梅毅 作品

南北英雄志

文明皇后 上

天地出版社 | TIANDI PRESS

图书在版编目（CIP）数据

南北英雄志. 文明皇后 / 梅毅著. —— 2版. —— 成都：
天地出版社, 2025. 6. —— ISBN 978-7-5455-3594-5

Ⅰ. I247.5

中国国家版本馆CIP数据核字第20252YK935号

NAN-BEI YINGXIONG ZHI · WENMING HUANGHOU

南北英雄志·文明皇后

出 品 人	杨　政
作　者	梅　毅
责任编辑	燕啸波
责任校对	卢　霞
封面设计	今亮后声·郭维维
内文排版	四川最近文化传播有限公司
责任印制	王学锋

出版发行　天地出版社
　　　　　（成都市锦江区三色路238号　邮政编码：610023）
　　　　　（北京市方庄芳群园3区3号 邮政编码：100078）
网　　址　http://www.tiandiph.com
电子邮箱　tianditg@163.com
经　　销　新华文轩出版传媒股份有限公司

印　　刷　北京文昌阁彩色印刷有限责任公司
版　　次　2025年6月第2版
印　　次　2025年6月第1次印刷
开　　本　710mm×1000mm 1/16
印　　张　44.75
字　　数　827千字
定　　价　168.00元（全二册）
书　　号　ISBN 978-7-5455-3594-5

第一章　叛逃之罪

太平真君八年（公元447年），北魏都城平城[1]，皇家游猎园林鹿苑。

秋天，茂密的树林呈现深绿色，山谷内的坡地上开满了野花，秋雨过后，还留有无数闪光的水洼。在不少陡峭的山崖下，一汪一汪的水塘闪烁着光芒。青草在阳光照耀下散发出潮湿的芳香，夹杂着苜蓿和黑土的香气。在一片开阔的高地上，一大群红嘴山鸦伫立着，似乎在沉思，无所归依，又似乎在向已经消逝的夏季默默告别。

鹿苑之内，殿宇林立，遍布参天松柏。亭榭参差，曲桥幽径，峰回路转。一架巨大的由两头大象夹侍的豪华象辇[2]，从远方慢慢移动而来。

象辇后面，大批禁卫军跟随，皆面色严肃，鸦雀无声。辇上端坐着的，正是北魏太武帝拓跋焘。

距离御辇几步远，一位五十岁左右的宦者骑马跟行。此人就是拓跋焘宠信的大宦者——秦郡公、中常侍宗爱。宗爱马后，紧随着一个二十岁左右的小宦者贾周。

拓跋焘，小名佛狸，是鲜卑拓跋氏建立的北魏王朝第三位皇帝。他登基以来，心怀统一天下大志，亲自率军攻灭赫连夏国、冯氏北燕国、沮渠氏北凉国等北方割据小国，向北远逐柔然，向南攻取南朝刘宋在河南的多处重镇，逐步统一了中国北方。

拓跋焘披散着辫发[3]，左衽[4]，身穿黄色裤褶[5]，腰系镶嵌宝石的蹀躞带，脚上穿一双软皮长鞘靴。他的右手紧握一把带鞘的玉首短剑，剑鞘镶金玉。

---

① 在今山西大同。

② 北魏太武帝时期的御辇，形制皆与前朝历代不同。

③ 鲜卑辫发是披发，梳成许多细细的小辫，绝非清代那种秃顶大辫子，也不是西夏髡发。

④ 北魏时期，相对于鲜卑等胡人，汉族士大夫右衽。

⑤ 从北魏道武帝开始就认为鲜卑也是黄帝后代，国家五行为土德，所以衣服崇尚黄色。裤褶是中国北方游牧民族的传统服装，上衣下裤，不加裘裳。从南北朝时期开始，这种服装在汉族地区流行。

拓跋焘仪容弘毅，表情冷峻而无情。

跟从护卫的皇宫禁卫军全副武装，表情严肃，默然无声地手持长戟，机械地骑着马。

延和三年（公元434年），秋天。薄暮时分，平城皇宫太华殿。

平城的秋阳晒着禁卫军兵士的脊背，也把骑兵们的鞍褥也晒得暖烘烘的。风很大，横扫着吹，但他们红褐色的脸颊却显得非常滋润。由于陪同皇帝，情绪紧张，不少人帽子下面的额角已经被汗浸湿。

宫殿之内，拓跋焘一脸怒容地坐着。在他身边，侍立着宗爱。

太华殿内早早地开始照明，宫人们在四处高烧白色的巨大蜡烛①。宗爱近前，在拓跋焘面前的案上缓缓摊开一卷缣帛。拓跋焘紧皱眉头，低声喝问："赫连昌？他竟敢叛逃？！"

宗爱低声细语回禀："陛下，赫连昌想逃亡南朝宋国，在黄河边上被抓，现如今已经押到殿外，等待陛下发落。"

闻言，拓跋焘怒不可遏，他猛地抬头望向殿门之外。太华殿门口，赫连昌一身褶裤戎服，上半身穿着一件半袖②。显然，他是化装后逃跑时被抓，没来得及换装。此人长身玉立，长相俊美，面色却非常颓唐，脸上有被打伤的痕迹。

赫连昌是十六国中赫连夏国创立者赫连勃勃的儿子，战败亡国后被拓跋焘生擒。拓跋焘很敬重这个相貌英俊的亡国青年皇帝，以礼待之，还把自己的妹妹始平公主赐给他为妻。

如今的赫连昌，堂堂大魏帝国的驸马，再一次成了囚徒。他的手臂被绳索紧紧缚住，握紧的双手被绳子勒得失去了血色。他被两个全副武装的卫士推搡到殿内，押到拓跋焘御案近前，跪下。

拓跋焘目光炯炯，上下打量着赫连昌。忽然他面露微笑，大喝道："来人，给赫连驸马松绑！"

赫连昌本来一脸桀骜，被松绑之后，反而低下了头。愣怔片刻，他伏地行礼："罪臣赫连昌，拜见至尊！"

拓跋焘扭头对宗爱低声说了几句话。宗爱躬身离去，下去转达拓跋焘的命令。拓跋焘上下打量着一表人才的赫连昌，惋惜地说："妹夫，你本来是夏国亡国之君，曾经率领军队在统万城抵抗过我大魏天兵，最后呢，因为兵败被我大魏

① 蜡烛在南北朝是稀罕物，只能在皇宫内以及大贵族府内使用。
② 类似今天坎肩的服装。

生擒。作为一个亡国贱俘，朕当时不罪不杀，封你为常忠将军、会稽公。你在平城的住所以及所有用具，都和朕一模一样。后来，朕还封你为我们大魏的王爷，秦王！朕还把亲妹嫁给你为妻，又纳你三个妹妹入后宫。朕和你赫连家族，可以说是亲上加亲。如今，你的大妹妹是朕的大魏皇后。仔细想想，朕待你们赫连家族，确实不薄啊。"

听拓跋焘如此说，赫连昌表情似有所动，再度低头拜谢："罪臣深愧至尊信任。但平城终究不是我夏国的统万城，即便在大魏尊贵如此，我也一直感到如马在厩，如鸟在笼。罪臣不堪羁绊，确实有负陛下，但求速死！"

拓跋焘仰起头，不理会赫连昌的话，自顾自地说："你叛逃到南朝宋国，又能如何呢？大不了也是封王。当年你到平城，朕待你如亲兄弟，深山野林之中，我们两个人多次单独打猎，两马相并，追逐麋鹿，射杀野猪。高山危谷，急湍深河，你我纵马而入，朕内心对你没有丝毫恐惧和猜疑。当年之乐，你还记得否？"

赫连昌表情复杂："罪臣当然记得。"

拓跋焘："我大魏上下人等，一向知道你勇猛有力。每次和你外出打猎，都有禁卫军将领劝朕不要和你单独纵马深入。其实，我们两人一起打猎的时候，你手中有槊，腰中有箭，随时可以置朕于死地！你知道朕当时是怎么回答劝朕的那些将领的吗？"

赫连昌感到有些好奇："臣实不知。"

拓跋焘："当时朕就对他们说，天命自有定数！赫连昌是夏国皇帝，最终也被朕所擒，朕有什么可畏惧的呢！我皇皇大魏，上有天威，下有朕躬。你这么一个亡国之君，纵然英武有力，又能如何？！"

听拓跋焘如此说，赫连昌更加灰心丧气。而此时，拓跋焘的脸色却柔和下来，闲聊一样接着对赫连昌说："汝父赫连勃勃，人中龙虎，可惜我从未见过他本尊。赫连夏国，也曾威名远扬，想当初汝国曾经南接秦岭，东到蒲津，西收秦陇，北抵黄河，连南朝大英雄刘裕从姚氏秦国（后秦）夺取的长安，都被汝父赫连勃勃收入囊中。可惜的是，同我大魏相比，唉，赫连夏国，最终还是一个蕞尔小国。汝父晚年虐用民力，穷兵黩武，加上你们赫连兄弟自相残杀，最后你们才落得为朕所擒的下场。"

赫连昌心服口服："吾父晚年听信谗言，废长立幼，致使兄弟手足相残。我太子大哥赫连璝杀了我二哥酒泉公赫连伦，我又趁机出兵杀掉了大哥。吾虽然由此得封为太子，但萧墙内斗，已经使我夏国元气大伤。"

拓跋焘连连点头："即便如此，倘若你当时死守统万城，如此坚城，朕平生罕见，哪里会被轻易攻克？谁料你竟然中朕之计，主动开城率兵出击，一败之余，最终连城都不敢回，带着残兵败将仓皇而去。舍统万城不回，汝欲何之！"

赫连昌听拓跋焘如此说，更加垂头丧气："大概上天夺我魂魄吧，至尊确实乃天神降临。我手下当时残军也有数万，竟然没敢回归统万坚城，匆忙奔跑到上邽①……"

拓跋焘不停点头："汝赫连家英雄辈出，你的兄弟赫连定也挺勇猛啊。当时他得知你被擒的消息，不屈不挠，最终竟然也收集夏军残部数万人，逃奔到平凉当了皇帝。"说到此处，他忽然一笑，"想来真是可惜，你弟弟赫连定即位，以平凉城为大本营，四出杀伐，竟然还出兵剿灭了乞伏氏秦国（西秦）。天丧其魄，那秦国'皇帝'乞伏暮末都投降了，你弟弟赫连定还把人家整族都杀了。族灭乞伏氏，五百多人啊！"

赫连昌诚心诚意地说："吾弟赫连定乃鲁莽粗暴之人，怎比至尊您宽宏大量。听我们夏国降人说，当年十月，吾弟赫连定登上平凉附近的阴槃山，眺望故国方向，当众发誓要恢复夏国。岂料，他话音刚落，突然蹿出一大群狐狸在山下不停哀鸣。众兵士一起发箭，却一无所获。如此奇怪的事情，是大不吉的征兆，显然天道不会保佑夏国！"

拓跋焘依旧沉浸在自己的回忆中："汝弟赫连定替朕灭掉乞伏氏秦国，呵呵，也算是有功于朕啊！他当时兵锋甚锐，结果不思修整，不思如何保存实力，却马上又去攻打沮渠氏凉国（北凉），半途遭到吐谷浑可汗慕容慕三万骑兵截击，一朝覆灭。想想看，你被朕俘获之后，你弟弟赫连定打着大夏国旗号，又足足折腾了四年，也真算是一个人杰了。"

赫连昌低头不语。

拓跋焘叹息一声："汝父赫连勃勃，本来与我大魏是世仇，但乘晋朝内乱，控弦鸣镝，据有朔方。唉，赫连勃勃风骨魁奇，器识高爽，开宫建国，驱驾英雄，一时间纵横天下，确实让人悠然神往。汝父汝兄汝弟，包括你，你们赫连家的男人，真都算得上是人中龙虎。"

赫连昌听拓跋焘如此夸赞，似乎看到了一丝生的希望，不无奉承地说："上天肇兴大魏，吾赫连家族父子猜忌，兄弟相杀，家国不造，为至尊自相驱除。天意如此，人事难逆！"

---

① 在今甘肃天水。

薄暮时分，殿内灯烛明亮。拓跋焘一边手持酒觞，一边和跪在地上的赫连昌对谈。

宗爱现身。他低声对拓跋焘说："始平公主觐见。"

始平公主冉冉而来，跪拜如仪。她缓鬓倾髻①，身穿素白色衣服②，趋入殿内向拓跋焘跪下，表情震恐，低声告言："臣妹参见陛下。"而赫连昌见到自己的公主妻子，情不自禁长叹一口气。

宗爱递给拓跋焘一截打开的缣帛，指着上面的名字说："逆臣赫连昌，除与公主所生二子之外，还有八个弟弟，赫连满、赫连安、赫连社干、赫连度洛孤、赫连乌视拔、赫连秃骨、赫连助兴、赫连谓，如今皆在平城府邸被逮。"

赫连昌此时竭力掩饰住自己激动的心情，向拓跋焘乞求说："我叛逃之事，公主毫不知情，恳请至尊切勿把她牵连进来！"

宗爱阴阳怪气地插嘴说："公主乃陛下亲妹，当然不知情。不过，依照大魏律令，你的两个儿子，还有八个兄弟，肯定难逃诛戮！"

拓跋焘俯视着跪地叩首的妹妹，面无表情。始平公主跪地抽泣。

拓跋焘皱眉，不耐烦地挥手："来人，即刻送公主回府！"

始平公主战栗叩首行礼，一直到下殿，自始至终没望赫连昌一眼。

赫连昌目送始平公主下殿，一副心如刀绞的样子。

殿门口，公主所生的两个儿子由几个兵士看护着。这两个粉雕玉琢一般的男孩子，四五岁的样子，左顾右盼，脸上丝毫不见害怕。显然，他们是初次来到皇帝舅舅办公的太华殿。

赫连昌静默良久，忽然对拓跋焘发问："我三个妹妹在至尊后宫，我这次叛逃，她们完全不知情。不知至尊可否宽恕她们？"

拓跋焘听赫连昌如此问，面上露出很惊讶的样子："汝之大妹乃我大魏皇后，她是'手铸金人'成功之后才得封皇后的。你要知道，汝大妹洪福齐天，皇天后土保佑她成为大魏皇后，如今她母仪天下，怎么会和你有瓜葛！汝其余二妹常居深宫，侍朕殷勤，又怎么会和你有牵连？日后但凡她们三人中有人为朕生子，更是贵上加贵。"

赫连昌以额触地叩谢："多谢至尊保全。"

拓跋焘命赫连昌免跪，又让宦者递给他一杯酒。然后，他拿起手上写有罪犯家属姓名的缣帛，问赫连昌："如果你坐在朕的位子上，该如何处理这些人

---

① 北魏后宫嫔妃和公主的典型发型。

② 始平公主穿白色素服，是显示她自己也是戴罪之身。

呢？"

赫连昌苦笑："依据大魏律令，吾之大罪，该当门诛！我八个弟弟肯定死罪难逃，不过，我两个儿子乃公主所生，现在都还年幼，他们也是至尊的外甥。……生死去留，一任至尊。"

赫连昌说话的时候，拓跋焘死死地盯着赫连昌看，他的脸上依旧没有任何柔和的表情。

拓跋焘点头，他望着殿门口蹦蹦跳跳兀自玩耍的两个外甥，说道："嗯，果然是赫连家族的男人，好见识，好见识。不过，汝与始平公主之子虽然是朕的亲外甥，毕竟也是你赫连家族血胤。朕岂能以亲情犯国法，留叛贼之后！"

赫连昌闻听拓跋焘此言，心如死灰，一脸绝望。良久，他拱手道："至尊明鉴！"

拓跋焘连饮数觞酒，忽然显得异常烦躁，大声问宗爱："寒食散何在？"

宗爱急忙驱使身边的小宦者端起早已经准备好的一盅药散，置于拓跋焘的案上。而后，宗爱亲自斟酒入盅，飞快地调和好寒食散，跪地膝行，递到拓跋焘手中。拓跋焘的手有些颤抖，迅速持盅服下。很快，他脸上涌起一阵潮红，恢复了精神，目光炯炯，神采奕奕。

赫连昌失魂落魄，坐在原地发呆。他的脸上呈现一种近乎无所谓的表情。他深知死亡越来越近，生存，成为最大的黑色现实。他英俊的脸上，完全失去了三十岁年纪那种细腻、活泼的神采，连脖子上的血管都因为恐惧和焦虑剧烈地跳动着。

赫连昌曾经容光焕发的俊美脸庞，此刻显得棱角生硬而冷峻。他僵直的颈背，恰似在惨烈狂风中摇摇欲坠的树枝，绷紧着，摇摆着。赫连昌忽然猛吸一口气，仿佛要拼命抓住生命的每分每秒。拓跋焘坚信，人的外表是不足信的。因为人们可以伪装，可以为了自己的私下目的改换表情。他回忆起自己和赫连昌最后一次一起打猎的情景，当时，这位妹夫英俊的脸，是那么诚实无欺。不过，他也记得，当晚饮酒喝醉，赫连昌的脸上时而露出难以捉摸的微笑……

赫连昌到底为什么逃跑呢？拓跋焘也在深问自己。他作为失国的皇帝，兵败被擒，没有被自己诛杀，没有得到惩罚，难道就认为自己是王者不死了吗？

服药之后，拓跋焘精神焕发。他解下缠在头上束辫用的一条丝锦，随手扔给赫连昌："妹夫，昔日我二人平城围猎之乐，犹在目前。朕念与汝相交一场，英雄相惜，就赐汝全尸吧。汝可持此，回府自裁！如果对自己下不去手，朕现在也可以让宗爱帮汝了结！"

赫连昌听拓跋焘如此说，知道自己死亡的命运是完全无法改变了。再转头，他望向刚才自己两个幼子身影闪现的殿门口，忽然跪起，仰头尽饮杯中之酒，高声说："大丈夫没能战死疆场，吾一直深为愧恨！吾非晋人（汉族人），不爱全尸，希望至尊能赐我砍头之刑。白刃临空，春风过颈，快哉，快哉！"

赫连昌言毕，起身，头也不回地大步离开，朝殿门方向走去。

望着赫连昌的背影，拓跋焘怅然若失。此时，寒食散的药劲过去，他的表情又开始烦躁起来。他那张如风化石崖一般刚毅的脸，似乎正在经受某种突如其来的痛苦。而忍受这种痛苦所导致的愤怒，继而如浪涛一般，不断在虚空中拍打着他。

拓跋焘拿起案上的药盅，重重砸在地上，高声喝道："此等亡国余孽，天生反骨，岂可留存！宗爱，传朕旨意，立刻派人，对赫连家族这些贼人尽诛不留！"

宗爱："诺！"

第二章　无端之祸

太平真君八年。北魏都城平城。

深夜，宫内夜色似水，时有鸟雀惊飞。永安殿内烛影闪闪。大太监宗爱箕坐，持酒慢饮。小宦者贾周持笔，在一张裱好的纸质空白诏书上面书写着什么。在这寂静的午夜，两个宦者掌握着大魏许多人的性命和家族命运。

烛光之下，宗爱的脸上没有什么光泽，脸色近似某种铅灰色。终日紧张的脸，因为忽然的放松而显得特别呆板和憔悴。他的鲜卑式发辫如海浪白沫般打卷，在他低头的时候掩盖住半张脸，显得尤为古怪阴暗。他混浊不清的眼睛里忽然闪烁出阴狠而微弱的光芒。这种光芒离奇古怪，是刑余之人处于人生晚途的那种回光返照。

贾周递上诏书，小心翼翼地说："宗大人，那年处理赫连家族，您可真是果决。但凡在我大魏的赫连宗族，包括赫连昌和始平公主所生的两个儿子，以及他八个兄弟，加上散落在各处的宗人、亲眷，总共二百一十一人……"贾周没继续往下说，抬眼看向宗爱。宗爱诡异而轻蔑地笑了一下，用手在自己脖子处横着比画了一下。

贾周："是啊，那赫连家族不仅仅是门诛，是族诛！不过，始平公主毕竟是陛下亲妹，当时为何也杀掉了她的两个孩子呢？"

宗爱冷冷地说："当年在太华殿，陛下明明白白地讲，就是要不留后患！陛下天性凉薄，果于诛杀。别说亲妹妹的孩子，就是亲兄弟、亲姐妹、亲叔叔，他哪个都敢杀，都会杀！"

贾周赶忙点头："陛下一代雄主，确实冷酷无情。宗大人，您看看，这份名单上这次要处决之人，是否还要加上别人？反正加上谁都行，有陛下天诏，我手里这支笔便尊您金口玉言，您是真可以任意生杀啊！"

宗爱沉思了一会儿，说："加上冯朗一家，施以门诛！"

贾周有些惊讶："冯朗？秦州刺史兼雍州刺史冯朗？那个一直不肯向您进献宝物的冯朗？"

宗爱点头："对。就是那个被陛下亲自伐灭的燕国王子冯朗！"

贾周面露迟疑之色："这个冯朗，我觉得他和赫连昌大有不同。先前冯氏燕国皇帝冯弘册立慕容氏为皇后，冯朗作为皇子，因为惧怕被慕容氏迫害，和他弟弟冯邈相伴，以一郡人马主动投诚我大魏。现如今，他不仅是秦州刺史和雍州刺史，还有散骑常侍、征西大将军和西郡公的位号。"

宗爱不屑："那又如何？刚才陛下咬牙切齿地讲过，要尽诛那些亡国余孽。这个冯朗，曾经的燕国太子，和赫连昌一样，都是亡国余孽，难保他日后不反！"

贾周频频点头，提笔蘸墨。落笔之前，他还是有些犹豫："冯朗之妹乃陛下内宫宠妃，位列左昭仪。如果其兄及其家族被诛戮，她是否会反应激烈？万一她到皇帝面前告状怎么办呢？"

宗爱有些不耐烦："休再多言！当年赫连昌之妹尊为皇后，其兄赫连昌谋逆叛逃，她都不敢说什么，更别说什么左昭仪冯氏了。这些女人，皆是亡国覆宗的女流。身居后宫，得保自身就是大幸，哪里还敢过问国事！"

贾周不敢再说些什么，在诏书空白处奋笔疾书。

宗爱依旧愤愤："冯朗何物？！他不过是秦州刺史，我是秦郡公，他却从来不拜我门下，不诛何待！"趁着酒劲，他对殿门处高喝，"来人接诏！"

黑暗处，那些持戟侍立的披甲侍卫一动不动。为首一名中级军官不敢怠慢，闻声马上趋身近前，自报家门："步兵校尉乙浑，参见宗大人！"

宗爱让贾周把刚刚填好的诏书递给乙浑，声色俱厉："依照诏书上的名单，诛赫连昌一族！慢着，解决赫连家族之后，你马上带一百禁卫军前去长安，诛杀冯朗一门！抄没家产，女眷入宫为奴婢！"

乙浑丝毫不犹豫，跪地捧诏："诺！"

长安城，刺史府邸。时值中秋花月夜，花园之内宾客满满，笑语暄暄。雍州刺史兼秦州刺史冯朗频频举杯，对前来给他庆祝生辰的客人表达谢意。

冯朗四十岁左右，一身华服（汉服）打扮，褒衣博带，头戴小帻。夫人王氏，笑意盈盈，也举杯小口啜饮，朝宾客致意。

王氏出身于乌桓，乌桓习俗与鲜卑习俗近似，所以她的发型是头发从中间分开，左右各梳一髻，发髻之上遍插金碧头饰。

冯朗的儿子冯熙是个十岁左右的翩翩少年郎，正与一个叫李奕的同龄少年欢笑交谈。这两个少年手中都拿着一柄练习用的木剑，模拟互相击刺。

雍州治中别驾李真是李奕的父亲，他是刺史冯朗的主要助手。李真站在两个少年身后。他两手分别搂着两个少年，为他们讲习剑艺。

忽然，一个六七岁的华服女孩出现在冯熙和李奕近前，手里也拿着一支木剑，边舞边走，还稚气可爱地高声喊叫："看剑！"

李奕笑着躲开。冯熙假装上前迎击，佯作不敌，被妹妹木剑刺中后，手捂胸口："哇，我被刺中了！"

这个年方六岁的女孩冯婉华，正是冯朗之女。

冯朗看到女儿，情不自禁笑开怀，对身边的治中别驾李真说："我这闺女自幼调皮异常，你瞧，这才几岁，就舞刀弄剑的。"王氏也笑："冯家曾为帝为王，祖上也是北地出身，自然会舞刀弄剑。不过我们这个闺女算是文武全才，还会背诵不少诗词歌赋呢。"

冯朗招手，把冯婉华抱在怀中，对着满庭院的宾客说："来，此情此景，你给大家背诵一首鲍照的《秋夕诗》。"

冯婉华忽闪着大大的眼睛，想了想，朗声背诵起来：

"虑涕拥心用，夜默发思机。幽闺溢凉吹，闲庭满清晖。紫兰花已歇，青梧叶方稀。江上凄海戾，汉曲惊朔霏。发斑悟壮晚，物谢知岁微。临宵嗟独对，抚赏怨情违。踌躇空明月，惆怅徒深帷。"

乐曲声中，冯婉华童音琅琅，词义却甚哀。秋空澄净，微风拂面，星星闪烁。在座的宾客，包括冯朗夫妇，皆一时沉浸于凄美的诗歌意境当中。

就在刺史府内宴饮之际，从平城来的禁卫军军官乙浑率领皇宫禁卫军百十号人马，在夜色中对守卫长安城门的兵卒大声呼喝着。火把光中，守门的军吏查看了禁卫军令牌和皇帝诏书，诚惶诚恐，马上大开城门，放他们入城，并且指示刺史府所在方向。

禁卫军全副武装，气势汹汹，纵马飞奔。长安守门军卒个个惘然，面面相觑。隐约之间，城内坊市中不少看家狗忽然吠叫起来，此起彼伏，整个城内充溢着某种焦急、危险的气息。长安街道上，被月光照白的树木和士卒惊讶的神色相互交现。他们的目光所及，是一条漫长的、望不到头的路……

此时此刻，刺史府邸花园内依旧是节日气氛。冯婉华的眼睛闪亮闪亮的，看着满怀笑意的父母和宾客。院子里长长的案子上摆满了成排的鲜花花篮，其间满是美丽的花朵。无数的美味佳肴散放在这些鲜花之间，绝大部分是猪、牛、羊以及鸡、鸭、鱼等肉类，还有不少烤制的鹿肉、獐肉、野猪肉，以及鹌鹑、大雁和野鸡等飞禽。

刺史府内有几个仆从专门负责烤炙食物，再细心切割成小块后端上大案，供客人分食。王氏和冯婉华相依，站在一个大火坑前，饶有兴趣地看着一个老兵模样的人正在做"胡炮肉"：一只肥羊被当众宰杀之后，切成细片，放入豆豉、葱白、盐、胡椒、姜黄等物拌匀，然后把一个洗干净的羊肚翻转过来，装入调拌好的羊肉细片，缝好之后，放入地下事先挖好的放置了炭火的窟窿内，细细烤炙。

香气弥漫，每个人都露出希冀的神情。冯婉华更是高兴，边咽口水边搓手。她的这种表现，使得身旁的哥哥冯熙和少年李奕哈哈大笑不已。发觉哥哥和李奕在笑自己，冯婉华喜笑颜开的脸上浮起羞答答的表情。

忽然之间，马蹄声声，庭院内冲进两匹马，马背上是两个二十岁左右的青年人，正是冯朗的弟弟冯邈和李真的长子李敷。二人飞马落地，冯邈边大声招呼刺史府内的兵吏关闭大门，边急匆匆对大哥冯朗说："兄长，刚才长安城门忽然被外兵叫开，据说来人上百，他们自称都城禁卫军，前来捉拿我们一家！"

冯朗听弟弟冯邈如此说，大梦忽醒一般，直勾勾地望向庭院外沉沉的夜色："我们冯家投靠大魏之后，没做任何不法之事，为何朝廷派兵来拿我们？！"

冯邈语气非常急切："先前就听说赫连昌无故叛逃南朝，在黄河边上遭到擒拿，惹得皇帝大怒，下诏族诛赫连家族。或许，朝廷由此对我们冯家也产生了疑忌。"

冯朗面色惨白："君疑臣，臣必死！可惜我冯家投奔魏朝以来，一直忠心耿耿，从无二心……"

王氏惶急地说："如果我们能够到达京城，或许能够亲自向陛下解释。"

冯朗凄然一笑："依照魏朝惯例，京城禁卫军手持诏书到地方，肯定是专门来诛杀罪臣的。你和婉华乃女流，兴许能够免死，充入掖庭①为奴婢；而我们冯家的男性，诏旨读毕，肯定就会立刻遭到诛杀！"

乙浑率京城禁卫军到达府门前，纷纷下马。守门的几个刺史府兵士上前喝问，均被禁卫军当头迎砍，刀刀致命。未几，守门兵士均倒在血泊之中。大门外，乙浑声嘶力竭地高声叫喝："府内人等听仔细，我奉皇帝诏旨，擒拿叛贼冯朗一门。敢违抗者，门诛！"

或许是被刺史府内散发出来的烤肉香所吸引，在门外叫嚣的禁卫军个个喉结

---

① 宫女的居住地，往往也是国家犯官家属妇女或者被灭国的贵族妇女配没入宫后的劳役地。

滚动，咽着口水。他们不停地用刀敲击着刺史府大门，呼喝威胁。

嘈杂声中，冯朗望着面前冯熙和冯婉华这一双儿女，想到即将到来的黑色命运，忽然变得多愁善感："唉，今日良宴会，欢乐难具陈。人生寄一世，奄忽若飙尘。……"

言毕，冯朗搂住女儿冯婉华，泪如雨下："爱女，人生如梦，你就像是遥远国度送来的一束鲜花，让我再闻闻你身上的馨香吧……"

六岁的冯婉华面对突发的变故，惊骇异常，她无助地看着悲泣的父母，环顾四周宾客，只见来客均低头不语，周遭陷入死寂的沉默。

李奕过来抓住冯婉华的小手："妹妹毋惊！"

冯邈挥舞着手中长剑，低声怒吼道："吾辈岂能束手遭到擒杀，不如挺身一搏！"

李敷也扬起手中剑："冯叔叔，朝廷肯定有奸臣进谗言，您不能白白等死啊！"

李真呵斥儿子李敷："小子毋妄言！我们现在还不清楚皇帝诏旨内容，岂敢造次抵拒！激成灭门大祸，枉坏冯刺史一家门户！"

此时，乙浑手下的禁卫军高烧火把，把刺史府大门处照得如白昼一般。不少禁卫军重新上马，跑开一段距离之后，持弓弩开始往刺史府内部发射。嗖嗖声中，刺史府内传出阵阵惨呼。

乙浑高呼："我等乃都城禁卫军，遵皇帝诏旨到长安擒拿冯朗。尔等再不开门，我们将发射火箭烧毁刺史府，到时候，必烧杀府内所有人！"

看到身边的宾客中箭倒地，冯朗不禁凄然。他高声喝道："外军停止放箭，我们马上开门！"

然而，嗖的一声，一支箭射中王氏的胳膊。哎呀一声，她血流不止。

冯婉华见状，更加惊恐。冯邈目中带火："反正是死，大丈夫何不战死于此？"

冯朗苦笑："吾等如今是大魏臣子，战死无名，徒然连累满府宾客。"

冯邈以剑砍树。他看了看侄子冯熙："既然如此，能逃一个算一个！"

冯邈身旁的李敷咬肌滚动，跃跃欲试。

冯邈说着话，拉起冯熙，指向府邸一个隐蔽的角门，低声说："那里可以逃出。你先跑出去，如果我能够跑出去，再找机会与你会合。"

冯熙："不，我要和我父母妹妹一起！"

冯朗面色忽然变得非常冷峻，他冷静地对儿子说："存我冯家门户血胤，你赶快逃！"

此时，一个四十岁左右、身形健硕的妇女从人群中走出，拉着冯熙说："公子，跟我走吧。我娘家是羌人，就在长安附近坞堡之中。"这位姚氏是冯熙乳母，其父是长安附近的氏族坞堡堡主。

王氏泪如雨下，不顾淋漓鲜血，她忽然抱住姚氏："姊姊，但求你保全我们冯氏血脉！"姚氏没有多言，只是使劲点点头，而后拉着冯熙就跑。

冯熙一步一回头，满脸是泪。冯婉华大哭嚎叫："哥哥！"

冯熙也哭叫："妹妹！"

李奕紧紧抱住冯婉华："妹妹不哭……"

冯熙消失在了夜色中。冯朗对着手下死守大门的军卒大叫："打开府门！"

刺史府大门刚开，乙浑等人冲入。禁卫军个个气急败坏，进门见人就杀，守门的刺史府军卒被杀数十人，血流满地。李真护着冯朗挺身而出，对乙浑大声说："将军，我乃雍州治中别驾李真。冯刺史如有罪，我能否一观朝廷诏旨？"

冯朗伫立在原地不动，高声说道："我就是冯朗。"

乙浑怒气冲冲地用袖口拭擦着自己汗涔涔的前额，目光警觉地四下搜寻了一遍。随后，他忽然举起手中剑，直直刺入李真胸部。

李真大叫一声，轰然倒地。见此情状，冯朗趔趄了一下，王氏赶忙捂住冯婉华的眼睛。

冯婉华惊呆，紧紧握住李奕的手，浑身瑟瑟发抖。

冯邈见李真被杀，忍不住心头怒火，大喝一声冲上前，李敷也奋不顾身与禁卫军搏斗在一起。纷乱之中，冯邈掩护李敷冲出府门，身负重伤，幸亏他座下有一匹快马，终于逃脱，消失在府门外的茫茫黑夜之中。

乙浑厉声厉色，对禁卫军下令："封闭府门，严查冯氏全家，务必一个不漏！"

刺史府花园内死尸狼藉，禁卫军仔细地翻查着地上的尸体。四进的院落里，禁卫军踢打驱赶着男女仆从，把他们往大堂集中，对宾客们也区分、严查，之后又拳打脚踢，把他们尽数驱赶出刺史府邸。

李奕也被赶出了刺史府，他一步三回头，眼中无泪，怒不可遏。

刺史府里，几乎所有人都被禁卫军驱赶到大堂内一个角落中，王氏一直搂着惊骇至极的冯婉华。冯婉华从来没有见过如此场景，表情无限惊恐。

乙浑搭着双脚坐在一张长榻上①，表情阴狠。他看着冯朗，面目狰狞，说："吾等一帮兄弟，乘驿站快马，日驰二百里，赶了五天的路。有时候还日夜兼程，睡都睡在马上，不敢耽误了皇帝捉拿你全家的诏旨。"

冯朗尽量做出一副低声下气的姿态，试探性地问道："将军辛苦！我不知自己犯有何罪？将军您此次前来长安，是否要抓我到平城拘审？"

就在这时，冯婉华忽然哭出了声来。冯朗听到女儿的哭声，脸色变得异常惨白。他原本清俊的面容，忽然变得苍老好多。

乙浑大口啃吃着手中一块鹿肉，冷眼看了看冯婉华和搂着她的王氏，扭头问身边的军吏："冯府上下，可有罪人遗漏？"

军吏俯身低声："冯朗之弟冯邈抗拒，已经在府外被杀。其余人等，包括男女仆从，均拘押在此。不过……"

乙浑停止了咀嚼："不过什么？"

军吏："冯朗之子冯熙不在此中，据说趁乱逃走……"

乙浑闻言色变，扔掉手中的肉，起身大喝："即刻封锁城门，严查来往行人！"

乙浑来回踱了几步之后，低声吩咐军吏："先在城内捉一个与冯熙年纪相仿的少年，万一抓不到那个小子，也好砍个人头回去充数！"

军吏躬身施礼："诺！"

冯朗听乙浑和军吏如此对话，深知自己不可能得活。一思及此，他反而冷静下来："将军，能否告知我犯有何罪，也让我死个明白。"

乙浑大口嚼着肉，望着冯朗那张苍白的、高贵的、忧伤的脸，表情忽然柔和下来："冯大人，我还真不知道你犯有何罪？是宗爱大人让我携带诏旨前来。"

听乙浑如此说，冯朗若有所思，他把脸转向窗外，凝望着夜色。一只鸟孤零零地站在黑漆漆的树枝上，忽然飞起，恰似腾空而起的焰火，奔向黎明前最黑的夜。

冯朗低头，表情非常沮丧："将军，说实话，宗爱大人数次派人找到我索要金银，我一直没能满足宗大人的索求……"

乙浑短时间内停止咀嚼，嘿嘿一笑："宗爱大人乃陛下身边红人。如果找我索要金银，我会倾尽所有家财满足他。给了他金银，他能不回报你吗？再说，你从前毕竟是燕国太子，身边能没有金银财宝？"

---

① 按当时的风俗，乙浑本来应该跪坐在长榻上，但他粗莽，以坐行军胡床的姿势坐在榻上。

冯朗苦笑："我在燕国，因为继母谗言，几乎被父皇杀掉。当时我能够有命逃离燕国就不错了，惶急之余，哪里来得及携带金银等物。大魏素无俸禄，这几年我在秦州、雍州刺史任上，全靠当地豪族接济和各地坞堡头人给予银两度日。加上秦州、雍州二地常年战乱，人民穷苦至极，即使我刻意搜刮也得不到财物，哪里还有金银给宗大人？"

乙浑瞟了冯朗一眼，露出一丝不加掩饰的、近乎狡黠的笑容。这种笑容看上去是在表达友好，其实却带着无法掩饰的狰狞。他起身："冯大人，那就算你这辈子倒霉了。你如果得罪陛下，犹可有机会得活；得罪宗爱大人，只有死路一条！"

冯朗低头沉思。王氏抱紧了冯婉华。

乙浑忽然大喝："来人，即刻送冯大人上路！冯家女眷，皆押送平城，入掖庭为奴！"

王氏想要冲过去抱冯朗，立刻被人拦住了。冯婉华冲了过去，紧紧抱住冯朗，高声号哭："父亲，父亲，父亲……"

几个禁卫军兵士欲冲过来阻挡，乙浑摇头示意。冯朗看到女儿身上的衣服满是鲜血，急切地跪下来上下抚摸、观瞧，最终发现是从王氏伤口处沾染的血。

冯朗长叹一声，站起身来，坚定地对女儿说："婉华，活下去！"

而后，他信步走出大堂，消失在熹微的晨光之中。

冯婉华泪流满面，不停哭叫："父亲，父亲，父亲……"

第三章　皇后与昭仪

平城西郊圜丘，是北魏帝王冬至祭天的地方。

十二月辰日，魏朝腊日大祭①。皇帝拓跋焘冠冕赫赫，神情威严。

他的御用乘舆辇辂非常威武，十六根巨大的龙绘车辕，朱红色斑纹轮毂，轮面雕饰复杂，有雕虬、文虎、盘螭的装饰。巨大的龙首衔轭，圆盖流苏，蛟龙盘绕在车盖之上。

紧跟着御用乘舆，出现了赫连皇后所乘的乾象辇——装饰有华丽羽毛的圆盖，车上遍画游龙、飞凤、朱雀、玄武、白虎、青龙、二十八宿、天阶云罕，以及各种奇禽异兽。

赫连皇后身穿袆衣②，她长着一张美丽绝伦的脸，冷傲没有表情。赫连氏乃原赫连夏国皇帝赫连勃勃长女，先前被族诛的赫连昌之妹。

乾象辇车之后，一辆金根车出现，羽葆垂旒，彩绘车厢，朱轮华盖。车上坐的是冯昭仪。隐约可见她身穿榆翟青衣祭服，表情沉郁，一副心事重重的样子。

赫连皇后与冯昭仪的车后，均有数十名宫内女官骑马跟从。由于这是北魏正式祭祀活动，这些女官都佩戴笼冠③。

接下来出现的，是皇太子拓跋晃的四马鸾辂，车辕上画着巨大的龙头，朱轮绣毂，彩盖朱裹，九游龙旌。拓跋晃二十多岁年纪，身穿华服，神朗气清。而后，是诸王和高级官员的公安车，皆是缁漆车厢，紫盖朱裹，彩绘车辕。车厢上面绘有朱雀、青龙、白虎，以三马驾车。非常靠前的一辆车中，坐着司徒、东郡公崔浩。崔浩六十多岁，白须飘飘，仙风道骨。

---

① 北魏为土德，腊日大祭于十二月第一个辰日举行。

② 皇后专用的祭祀服装。

③ 又名繁冠、漆纱笼冠，本来是汉代武官之冠。魏晋南北朝时期成为文武官员主要冠饰，男女皆可使用。

由于这是每年一次的腊日祭天，排场盛大，拓跋焘出动御用"大驾"，前导是四个骑兵仪仗大方阵，威风凛凛，通门四达。迎风飘动的五色车旗，猎猎作响。皇帝与后妃车驾在第一方阵内，诸王在第二方阵内，公爵在第三方阵内，侯爵在第四方阵内。其后，禁卫军仪仗队鱼贯而行，千乘万骑，威风赫赫。

魏朝祭祀多神。圜丘之下，除了皇天后土和列祖列宗牌位，还有水神、火神、城北星神、风伯、雨师、司中、司命等神。大祭圜丘之时，拓跋焘身穿全套祭祀专用的行头，衮冕剑舄，群臣朝服，都跟随拓跋焘在圜丘前拜礼祭奠。

而后，宽阔的平地上，开始举行庄严隆重的"升祭柴燎"仪式。巨大的火堆火焰冲天，烟云滚滚。仪式完毕，拓跋焘带着大批的后妃群臣原路返回，亲临太华殿。太华殿内陈列着魏朝的先帝牌位和冕服，拓跋焘先率领后妃、群臣瞻仰，而后升座，接受群官拜贺。

魏朝先帝牌位摆放如仪：成皇帝拓跋毛，神元帝拓跋力微，文皇帝拓跋沙漠汗，章皇帝拓跋悉鹿，穆皇帝拓跋猗卢，烈皇帝拓跋翳槐，昭成皇帝拓跋什翼犍，献明皇帝拓跋寔。上面的魏朝诸帝，实际上都没有做过真正的皇帝，是追封追谥的。真正有魏朝牌位暨冕服的，只有道武帝拓跋珪、明元帝拓跋嗣。

当皇宫内的诸多后妃离开太华殿进入内殿时，拓跋焘先看到了皇后赫连氏。随即，他又瞥见了冯昭仪。特别显眼的是，冯氏头上簪了一朵白花。

见到象征孝服的白花，拓跋焘若有所思。

华林园小殿内燃着巨大的炭炉，湿润温暖，香气缭绕。进入小殿，拓跋焘已经脱下正式的冕服，穿黄色袍服，披着辫发，坐于榻上。宗爱在其身边侍立。

贾周："宣皇后、冯昭仪、太子、司徒崔浩入见！"

赫连皇后、冯昭仪趋入殿内，跪伏拜礼。而后赫连皇后入座，冯昭仪跟随，坐在赫连皇后身后偏右的地方。

拓跋晃紧赶慢赶，往小殿方向走。途中，他遇到司徒崔浩。崔浩欲下拜，被拓跋晃拉住："司徒公，如此寒日，往来奔走，真辛苦您了！"而后他搀扶着崔浩，二人一同前往小殿。

小殿内，拓跋晃和司徒崔浩居左，赫连皇后和冯昭仪居右，分别坐于拓跋焘下首两侧。赫连皇后和冯昭仪皆头梳蔽髻[①]。特别是赫连皇后，她的蔽髻填以垫高的假髻，所以发型特别高耸，远望有峨冠的感觉，发上还插有十二花饰，遍嵌金

---

① 一种假髻。北魏妇女流行使用假髻，宫内妇女高髻的制作方法，是将剪断的头发捆缠在一个中空的竹制小笼上，再放入真发之中。

玉珠宝，步摇①满头。

冯昭仪的蔽髻没有刻意垫高，发髻上插有九个花饰，嵌金玉。非常奇怪的是，她头上还簪有一朵夺目的白色鲜花。刚才，这朵白花就引起了拓跋焘的注意。

赫连皇后和冯昭仪身后，躬身侍立着几个身穿青纱公服的宫女。拓跋焘望着面容秀美的赫连皇后和冯昭仪，目光瞬间显得非常柔和："这几个月来，朕戎马倥偬，北伐柔然，无暇得游后宫。昭仪，你鬓边为何插白花，是家族中有亲属病亡吗？"

侍立在拓跋焘身边的宗爱闻言耸然一惊，他身后的贾周更是面露惊骇惧怕之色。冯昭仪强忍悲痛，哀容满面，叩首行礼："臣妾之兄冯朗，前日有罪，已获门诛，臣妾万死！"

拓跋焘惊讶异常："冯朗？！雍州刺史冯朗？他犯有何罪，竟至门诛？朕对此事为何不知？"

拓跋晃见父皇望向自己，赶忙摇头："这几个月我一直从征，完全不知此事内情。"

拓跋焘："崔司徒？"

崔浩看了一眼宗爱，拱手道："陛下出征之前，诏旨内发，此乃中常侍宗爱大人所办之事，待外朝得知消息之时，冯朗一门已经在长安被诛。"

拓跋焘一脸狐疑，转向宗爱："朕怎么一点都不知道冯朗的事情？"

宗爱躬身，一改平素的阴柔恭敬，理直气壮地答道："延和三年赫连昌被诛那天晚上，陛下亲口下诏'尽诛此辈亡国余孽'！老奴得旨，诛杀赫连家族之后，几年间无一日懈怠，追查此辈亡国之徒的不臣之举，为斩草除根，杜绝后患，近日才派人到长安诛冯朗一门，并无滥杀。"

拓跋焘："冯朗有何反迹？朕当年并没有言及冯朗啊。"

宗爱朗朗而言："冯朗本来就是燕国冯氏的亡国余孽。此人多年在秦州、雍州外放为官，时时出言怨望。其弟冯邈与国家世仇柔然是姻亲，其幼弟冯业在燕国灭亡前携带三百多人逃往南朝宋国。老奴听说，近期南朝常有人到长安，与冯朗秘密联系。防患于未然，老奴承风希旨，诛杀冯朗一门，以绝后患！"

宗爱斩钉截铁这么一说，竟然把一代雄主拓跋焘说得哑口无言。

拓跋焘沉吟久之，叹息一声："既然人都死了，朕就不追究了。"

他这句话，很有分寸，并未言明是不追究冯朗叛魏还是宗爱矫诏。

---

① 南北朝时期贵族女性重要的发饰，因"上有垂珠，步则摇动"而得名。

冯昭仪连连叩首："谢陛下不杀之恩！"

叩首求哀之时，冯昭仪泪满盈眶。拓跋晃和崔浩四目相对，交换了一下眼色。宗爱嘴角微撇，扬扬自得。贾周则紧咬嘴唇，悄悄用袖子揩去了额头上的汗水。

从华林园小殿出来后，拓跋晃愤愤不平。他边走边对崔浩道："司徒公，宗爱这条老阉狗，矫诏打击报复，滥杀无辜。冯刺史天性谦和柔顺，投归我大魏以来，在雍州、秦州政绩突出，广有民望，有功无罪，竟然遭受门诛！更何况冯朗亲妹还是陛下的左昭仪。宗爱胆大如此，我深为陛下忧！"

崔浩："宗爱此人性情深险，殿下您也一定要提防他。"

拓跋晃一脸怅然："法外施刑，明君不为！宗爱败坏陛下法度，诛杀任意，实为本朝大奸大恶。"

说着，二人经过一根大殿柱，忽然发现柱后躬身站立一人。仔细一看，原来是宗爱的心腹贾周。

拓跋晃、崔浩陡然色变。

第四章　旅　途

清晨时分。长安城在小姑娘冯婉华的眼中渐行渐远。深秋里大片的乌云掠过天际，一时间掩蔽了清晨的阳光。押解队伍中，京城禁卫军个个如狼似虎，一边吆喝着，一边在马上用鞭子抽打冯府的犯人。

禁卫军军官乙浑扬扬自得。

王氏、冯婉华母女神色黯淡，互相抱着，坐在一辆有棚的车上，一路颠簸着前行。王氏身上的衣服没有换，还是中秋节那晚穿的，胳膊上的箭伤依旧在，血色已经变黑。行路颠簸，她伤口阵阵疼痛，脸色惨白，却又怕女儿担心自己而一直咬着牙坚持。

除了她们，槛车上还有一个八九岁的侍女，叫元华。元华年纪虽小，却很懂事，不停给予王氏母女二人以照料。

队伍之中还有一辆装饰华丽的宫车，被一群禁卫军护卫着围在队伍的中间。车内坐着一个二十岁不到的宦者，赵黑。赵黑年纪虽轻，却不苟言笑，面无表情地端坐车中。

太平真君八年，大魏罪官家属冯婉华和她的母亲王氏被押往都城平城。

忽然之间，人声喧嚣，押送部队停止行进，停在一个奴隶市场。熙熙攘攘的人群中，三两成群地晃着不少买卖奴隶的人。奴隶贩子用绳子拉起一个个圈，让待售的奴隶站在中间。这些奴隶中最多的是从南朝宋国抢掠过来的人，青壮年不多，因为青壮年俘虏一般都会被魏军杀掉；老年人也很少，很多老年人都会因为消耗粮食而在半途被俘掠者杀掉。

奴隶中最多的是少年男女，特别是十岁左右的。除了从南朝宋国抢掠来的，其中还有不少身穿柔然服装的少女。这些女孩与南朝宋国的女子相比，皮肤黝黑，发辫浓密，穿的衣服多为羊裘。

看到禁卫军的槛车停下，十来个人贩子围了过来。观看之余，有一个长相低贱的人贩子还伸出手来掰冯婉华的牙。这个举动吓得小姑娘大声尖叫起来。

赵黑正在近前，看到此情景，他也不说话，先是一脚把那人贩子踹出几步远的距离，然后抽出腰刀，趁那人刚刚直起身，一刀就斩落了他的脑袋。

鲜血狂喷。几个人贩子吓得惶然散开，边跑还边嘀咕："官人尽管说话，奈何出刀就杀人？"

乙浑的表情有些迷惘，还是对那些人呵斥道："这些人不是要出售的奴隶，乃朝廷钦犯！切勿靠近！近者格杀勿论！"

赵黑转了一圈，回到了自己的车上。专门伺候他的四个禁卫军兵士紧随不离。

乙浑命令："就地休息，去弄些吃的东西来。"

人贩子被杀，很快就有市场的小吏屁颠颠过来，拖走了尸体，还在染了血的地上铺上一些黄土。地面很快就恢复了平常的模样，看上去就像这里从来没有发生过任何血腥之事。

即使有人被杀，奴隶市场的兴旺景象依旧。人的生命在这里就如蜉蝣。许多少男少女奴隶被人以两三匹帛的价格卖掉，男孩都很沉默，被人牵狗牵羊一样拖走；有几个女孩是和自己的哥哥、弟弟或者母亲分离，临别时凄然惨号，惹得买主用手中的木棍或皮鞭死抽。

王氏、冯婉华母女将这些情景看在眼里，痛在心上。一个禁卫军军官用手指着冯婉华的贴身侍女元华，悄声对乙浑说："校尉，不如把这个女孩卖掉。她又不是钦犯，没在名册上，我们还可以赚些绢帛。"

乙浑点头。

很快，一个着鲜卑服色的人贩子就被带到了槛车前。这人贩子长着一张吓人的大麻脸，头发打卷，脏手指头骨节粗大。他问禁卫军军官："是哪个？"

禁卫军军官指着元华。人贩子伸手要去掰看元华的牙齿，冯婉华又惊叫了一声。元华恐惧地往后躲。

人贩子："我看看牙口，拉你到凉州去卖作奴隶，如果你身体不好，卖不出去，只能在凉州把你拿去喂狗！"

禁卫军军官低声对元华喝道："别磨蹭，否则赏你一刀！"

元华四处张望，大声喊："父亲！"

元华的父亲是冯家奴仆，一直跟随槛车步行，此时闻声扑了过来："官人，求您了！别把我女儿卖到远处！我们都是冯家的仆从……"

禁卫军军官深恐冯婉华、元华的惊叫又把赵黑招来，从腰中抽出一个铁骨朵，抡起来正正击中元华父亲的胸口，哇的一声，元华父亲口吐鲜血，再出声不得。

元华惊叫："父亲！"

赵黑重新出现在槛车旁边。王氏："禀告这位公公，他们要把小女身边的婢女元华卖掉！"

禁卫军军官恨恨地瞪了王氏一眼，对赵黑拱手唯唯。赵黑手持腰刀，叱喝道："跪下！"

禁卫军军官不敢拒绝，他绝望地看了看乙浑之前所在的方向，却没看见乙浑。那柔然人贩子见势不妙，一溜烟地逃走了。

禁卫军军官长吁一口气，跪下乞求道："愿公公恕罪，小人是在替乙浑校尉办事！"

赵黑犹豫了一下，改将刀背朝下，在那禁卫军军官的右臂上狠狠砸了一下，同时说道："这两个人是朝廷要犯家属，这个婢女是她们的贴身丫鬟，再也不要打她们的主意！"

禁卫军军官忍不住剧痛，低声惨号。赵黑刚才的一刀背，已经把他的胳膊砸折。

从长安到平城的路途迢迢。北方初冬早晨的天气很凉。阳光虽然亮丽，人马的口鼻处还是有白色的呵气。四周的村庄已经有些许初起的喧闹，一些村民诧异地远远观望着这支行进的队伍。

天空如此寥廓和澄净，反衬得王氏、冯婉华母女的境遇更加悲惨。湛蓝晴空下，一群人走过空旷的林地，几声马嘶响起，激越而嘹亮。

乙浑骑在马上，似乎在自言自语："距离平城还有多远？"

禁卫军军官："回校尉话，还有二百二十多里地。"

乙浑："如今所带粮食已经不多，距离下一个驿站还有多少路？"

禁卫军军官："二十里。"

乙浑："犯官家属从人还有多少活着的？"

禁卫军军官："犯官冯朗直系家属只有王氏和那个小姑娘冯氏，除了她的贴身婢女，其余二十多人都是冯府的仆从和老妈子。路上因冻饿死亡的有七个，如今还剩下十五个。"

乙浑："男仆有几个？"

禁卫军军官："回校尉，九个。"

乙浑："拉下槛车，把这几个男仆都杀了，省得浪费粮食。犯官冯朗的妻女两人，务必保全，别让她们半路上冻死饿死。"

禁卫军军官有些犹豫："校尉，跟随我们的还有宫内的赵公公，要不要问他一声？"

乙浑低头想了想："不用！又不是处决犯官家属。马上把那些人杀掉。"

禁卫军军官立刻召集手下兵卒，从槛车中拉出冯府的男性家仆，连踢带打地赶到路边的小树林中，喝令他们跪下。

几个男仆表情麻木，没有求饶，沉默地跪着。只有元华的父亲高仰着头，努力望向女儿所在的槛车。

乙浑断喝："斩！"

血光闪过，九个男仆身首异处。槛车之中，王氏抱紧了冯婉华和元华。

冯婉华非常清楚发生了什么，她的眼睛里面泛出一层泪光，但并没有哭出来。元华也没有哭出声，大颗大颗的泪珠却从她脸上滚落下来。

宫车内的赵黑听到了喧哗，探出身子望了望，向车边的一个禁卫军小军官问了些什么。得知情况之后，他腮边咬肌滚动不已，但知道人已经被杀，也无可奈何。

他拂袖坐回到车内，依旧面无表情。

行进途中。乙浑骑在马上，啃着一块肉，兴致很高的样子。他手下的兵士也都骑在马上，各自吃着干粮。其间，乙浑骑马行至赵黑的车旁，递上用皮囊盛装的美酒，一脸谄媚："公公饮酒否？"

赵黑非常不耐烦，也不说话，挥手示意乙浑离开。乙浑腮边咬肌乱滚了几次，唯唯诺诺退下。

乙浑离开后，赵黑对身边的心腹禁卫军军官说："这条不识抬举的小阉狗，如果他不是宗爱大人的属下，我早就找机会把他弄死了！"

禁卫军军官听乙浑如此说，还挺害怕，只是点头，也不敢接话。

槛车上，王氏脸色惨白，身体不停发抖。冯婉华非常焦急地说："母亲，您的身体好热啊！"王氏挣扎着，强装笑颜，摇摇头："我没事。"

乙浑若有所思地看着近处槛车上的王氏和冯婉华，对身边的禁卫军军官说："千万别让这两个人死了，还有那个侍女，保证她们的吃喝。"禁卫军军官扭头示意身边的一个兵士，兵士便从囊袋中掏出几个干胡饼，扔到了车上。元华和冯婉华急切地抓住胡饼，顾不上饼上沾了尘土，立刻各自掰了一块下来，都递给王氏。

王氏强忍不适和疼痛咬了一小口，对她们笑了笑："孩子们，你们也吃点吧。"

雪花飘落，乙浑仰头望了望，对禁卫军军官低声说了一句什么。禁卫军军官环顾左右，高声下令："停止行进，休息！"

禁卫军纷纷下马。把马拴在道边的树上后，他们四处捡取干树枝，堆拢在一起，用火镰生火。薄暮时分的旷野上燃起数个火堆，空气里满是入秋以来被遗忘的树木气味。有烟气氤氲在王氏和冯婉华她们的槛车周围，一时间似乎形成了一种魔幻般的氛围。

元华望向远处，一脸忧戚，显然还在伤悼她不久前被杀掉的父亲。王氏饱受着身上伤口的折磨，整个人都显得异常瘦弱。但她时刻怀着求生的欲望，希望自己能够活下去。

王氏仍有求生欲，主要是因为女儿冯婉华的存在。王氏的目光焦灼而充满期待，不停地揽过女儿的身体，紧紧地抱住她，似乎这样做才能保护她。

北方冰冷旷野上的空气中，燃起的柴火透出阵阵树枝气味，恰如那刚刚逝去的昔日温馨岁月，连同松树枝条所发出的清香味道，涌入了这对患难母女的鼻孔。王氏母女以及元华啃着干胡饼，艰难地吞咽着。槛车旁一个四十多岁的鲜卑兵士趁伙伴没有注意，把一只盛水的皮囊递给了王氏。

王氏感激地点点头，赶忙拿起水囊给女儿和元华。冯婉华大喝了一口水，推让给母亲喝。就在这时，乙浑走到槛车旁边，看到王氏胳膊上的伤口，他眉头皱了起来："你的伤口都发臭了。这样下去，你怎么能活着到平城？"

王氏低头不语。冯婉华看着乙浑狰狞的脸，很害怕地抱紧了母亲。元华的脸上闪现出仇恨的神情。乙浑四处望了一圈，从槛车旁边的火堆中取出一根已经燃烧了许久的树干。他先是慢悠悠走过来，继而忽然扯过王氏，把通红的树干按在了王氏的伤口上。王氏大声惨叫，随后因为剧烈的疼痛昏了过去。

冯婉华跳起来扑向乙浑，元华也扑过来挡在王氏前面。乙浑一巴掌把冯婉华打翻在地，随即又一脚踢开元华："哼，小贱人，还敢打我，我这是在救她的命！"

傍晚时分，官府的驿站内，来往的官员、军官及其随从人员、军卒很多。乙浑率领的是京城禁卫军，非常霸道，占据了驿站内最宽敞的一个大厅。

大厅里灯火高燃，驿站头目恭顺地站立在乙浑身边，不停指挥驿卒给乙浑以及他手下几个禁卫军高级军官添酒添肉。他们哈哈笑着，畅饮美酒，脸在炭火的烘烤下满是油汗。

乙浑大声言道："这次我们奉宗爱大人的命令，顺利铲除叛贼冯朗，立下大功一件。快到平城了，罪犯家属只剩下王氏和她的女儿，你们给我好好看着，别让她们节外生枝。"

乙浑坐于榻上，两鬓宽阔的硕大脑袋靠在背后的墙上，眼神锐利而严肃。即使不停地饮酒吃肉，他依旧警惕性很高，不断向驿站头目探询周边的道路情况。

他问驿站头目："赵公公安排得可好？"

驿站头目恭谨地答道："大人您放心，赵公公吃过晚饭，已经歇下。"

禁卫军军官从鼻子里哼出一口气，低声说："这个公公年纪虽轻，架子倒不小，从来不和我们一起吃饭喝酒。"

乙浑望了一眼驿站头目："人家是宗爱大人的心腹，说不定还是皇帝陛下面前的红人，咱们可不敢惹。"

驿站头目唯唯诺诺，不敢答话，只接连敬酒，递上热乎乎的酪浆和酒食。

酒足饭饱，乙浑安闲地闭上了眼睛，似乎在思考着什么事情。他的鹰钩鼻油亮闪光，鼓鼓的黑腮帮子上挂着虚汗。当他微笑的时候，乌黑的大胡子下露出满口细密的白牙，显得表情尤为狰狞。

而与此同时，驿站内的监舍昏暗低矮，王氏和冯婉华母女半躺在泥地上，互相拥抱着取暖。一个老年驿卒端着一个食盘，推开门走进来。此人汉人穿戴，身上却披着一件破旧的鲜卑式皮袄，神情阴沉而疲惫。入门之后，他端详了一下王氏和冯婉华母女，又看了一眼忙前忙后的元华，把两碗酪浆放在了地上。

老年驿卒问王氏："这个小姑娘是不是病了？"

王氏听到驿卒说华言（汉语），赶忙挣扎着坐直，向来人行礼："谢谢您的照料。我的女儿好像发烧了，晚上开始的，病得不轻。"

老年驿卒望了望昏暗灯光下王氏那近乎残废的胳膊和衣服上已经发黑的血迹，又仔细看了看呼吸急促的冯婉华，叹息了一声。呆坐了片刻，他很费劲地脱下自己身上的皮袄，轻轻盖在了冯婉华的身上。

元华仔细替冯婉华披紧皮袄，不停用手抚摸着冯婉华的额头。王氏艰难地跪地拜谢。

在老年驿卒身后的暗影里，站着面色冷峻的赵黑。他依旧不动声色，片刻后便悄然离去了。

深夜。驿站内灯火暗了下来，乙浑和他手下的禁卫军都已经睡熟，只有巡更的驿卒在驿站周围走动，木然地敲着梆子。黑黢黢的监舍内，冯婉华不停呻吟着。王氏的表情异常焦急，她不停抚摸女儿的额头。元华用一块巾帛沾了水，不停给冯婉华的额头降温。

监舍的门忽然开了，先前那个老年驿卒推门进来。他身后跟着两个人，都穿着长长的鲜卑式披风，看不清面目。王氏警觉地抱紧了冯婉华，往后躲了一下，靠在监舍的墙上，元华也站了起来。

此时，走在老年驿卒后面的人才掀起披风的头罩，露出了面容。原来，来人竟然是李奕！

王氏惊奇地看着李奕，又看了看他身后的人。

李奕："夫人，您不要害怕，这是我家的管家。他的父亲就是驿站这位长者，他恰好在这里当差。"

王氏："景世（李奕字），你怎么到了这里？我儿冯熙呢？"

李奕："晋昌（冯熙字）哥哥已经逃出长安，跟随他的乳母到达了她羌地的老家，现在由当地部族保护着，非常安全。"

王氏听闻此言，眼泪夺眶而出，哽咽着道："啊，我儿逃出生天，我无忧矣。"

李奕蹲下身，焦急地拉起冯婉华的手："婉华妹妹怎么样了？额头怎么这么烫？"

王氏："婉华病热，一天多了，粮水未入。我们娘儿俩能活到现在，就凭的是一口气。如今知道我儿还活着，我死无恨矣！"

冯婉华因高热近乎昏迷，此时听到母亲这样说，忽然睁开了眼睛："景世哥哥，你怎么来了？"

李奕："妹妹，跟我一起逃走吧，我们去我在赵郡的叔父那里。我哥哥李敷已经逃到赵郡，他不放心你们，特意让我暗中一路跟随你们，找机会带你们逃出去。"

冯婉华："景世哥哥，你带我母亲走吧。我浑身无力，恐怕是要死了……"

王氏凄然泪下："婉华，要死我们也死在一起！"

冯婉华有气无力但十分坚决道："母亲，求您一件事……现在您就掐死我吧……如果不忍心，就让元华姐姐用绳子勒死我……反正到了平城，也是当奴做婢，不如现在死了好……刚才景世哥哥说了，哥哥得活，我们冯家没有断后……"

王氏闻言，心如刀割，泪下如雨。她搂紧了冯婉华："孩子，你有个姑姑在皇宫内做昭仪，到了那里，你不一定没有活路的。"

李奕虽然是少年，却冷静果决。见此情景，他为冯婉华号了号脉："妹妹，你只不过是患了由风寒引起的表热。我略懂医术，让人给你开些黄连、黄芩、黄柏、栀子等药，喝几服药应该就能好。"

王氏苦笑："禁卫军如狼似虎，哪里容得我们服药？"

老年驿卒："夫人放心，我一会儿去弄药，哪怕能服上一服也是好的。"

李奕急切地说："夫人，趁现在夜色正浓，不如跟着我们逃出驿站，赶往赵郡！"

王氏摆手摇头："景世，你赶紧离开。太感谢你了，让我知道我儿子得活，我死而无憾。将来你如果见到他，一定让他找到他妹妹啊！"

李奕还想说什么，驿站内忽然嘈杂起来，灯火重新大亮。或明或暗中，赵黑带着四个贴身侍卫急匆匆走到中庭。喝得醉醺醺的乙浑也拿着刀，来不及披挂甲胄，慌忙走出来，四处吆喝手下的禁卫军。

李奕眼神中闪过一丝慌乱，他身后的老年驿卒和他的儿子也面色紧张。此时王氏却非常冷静、决绝地对李奕说："景世，趁现在还有机会，你马上离开！一路上千辛万苦，我们母子都能活到现在，真到了平城，料也无妨。更何况婉华在宫内还有个当昭仪的姑姑。"

冯婉华泪眼蒙眬，看着李奕："景世哥哥，你赶快逃！"

李奕迟疑片刻，终于点了点头："夫人、妹妹，你们保重！"言毕，他由驿卒父子带着，消失在黑暗之中。

不久，赵黑急匆匆进入监舍，身后跟着乙浑和多名禁卫军官兵。乙浑厉声喝问老年驿卒："听说刚才这里有动静，为什么不报告？"

老年驿卒："这个犯官家属的孩子似乎犯病热，我刚才听到犯妇呼唤，特意前来查看。"

王氏搂住冯婉华，冯婉华面色潮红，发着高烧，浑身打着哆嗦，然而母女俩都非常冷静。

赵黑走近前，轻轻推开元华，非常仔细地观察了一下冯婉华，马上对老年驿卒说："即刻唤医者前来救治！如果这小姑娘死了，拿你治问！"

乙浑飞起一脚，朝着老年驿卒的肚子猛踢，恶狠狠地接着叱喝道："马上去唤医者来！"

第五章　南征远图

平城皇宫，安昌殿。白天。

拓跋焘独坐在一张巨大的案子后面，案子上摆着酒食和刀，他一边吃，一边和太子拓跋晃及大臣崔浩说着话。他身后侍立着宗爱。宗爱微躬着身体，密切注意着他吃东西的进度，不停以眼神命令宫女和小宦者呈上新的食物。

拓跋晃和崔浩分坐在拓跋焘下首的左右两边，各自面前的案子上也摆着食盘，都是精美的漆器。还有筷子和匕匙，都是汉人所用的食器。然而二人几乎没有动箸，皆注目于皇帝，侧耳倾听着。

拓跋焘："刘车儿①最近屡次兴兵，犯我边界，鼠辈安敢尔！"

崔浩："刘车儿在宋国为帝二十多年，府库充盈，器杖精良，趁陛下率领大魏天军攻伐柔然等国之际，我听说宋国的彭城太守王玄谟为了迎合刘车儿经略中原之意，不时慷慨进言，数次上奏，惹得刘车儿有北犯之心。"

拓跋晃："根据北来的降人讲，刘车儿看了王玄谟疏奏后，对侍臣讲，'朕观玄谟所陈，令人有封狼居胥意'。这位南朝皇帝好大喜功，很想把我们河北地区夺回去……"

拓跋焘一脸疑惑。显然，他对于拓跋晃转述的"令人有封狼居胥意"这句话不是很明白。

拓跋晃："陛下，刘车儿此言，是表示他自己非常追慕汉朝大将霍去病攻伐匈奴并在狼居胥封山告天以临瀚海的雄图伟业。"

崔浩轻蔑不屑："宋国君臣坐谈而动远略之雄心，不败何待焉？南朝自晋将谢玄以北府兵击破苻坚后，曾经威震淮北。刘裕曾经也是平广固②，入长安，一度尽有河南之地。而后他又破姚兴，败拓跋嗣，都是倚仗南朝的北府兵。手下有北

---

① 指南朝宋文帝刘义隆。"车儿"是其小名。

② 在今山东青州西北。

府兵，又立得大功，刘裕才率领重兵南返建康城，改朝换代，建立南朝宋国。然而刘车儿即位后，深惧大臣篡位，连一个勇将檀道济也容不得，诬以罪名诛杀，以致宋国近来大将凋零。而原先的北府兵现在也青黄不接，已经完全没有从前那样的战斗力。"

拓跋焘、拓跋晃父子二人皆仔细倾听崔浩所言。

拓跋焘："崔司徒确实知己知彼。你看宋国的北侵意图到底如何？"

崔浩："宋军攻略黄河以南之地后，只想守住这些地方。河南乃四战之地，攻易守难，宋军沿千里黄河屯戍置守，战线过长，每处都可轻松击破。黄河虽是大河天险，但到了冬天结冰后就成了平地，我大魏天军即使无船也可冲杀过去。"

拓跋晃："崔司徒高见！现在回想起来，神䴥四年（公元431年）宋国第一次北侵，如果他们真正想攻败我们大魏，就应该一鼓作气占领河北。我记得崔司徒您当时在表章中就对陛下说，宋军过河之后不过是固河自守，没有北渡的想法。"

崔浩："其实宋国当时有个青州刺史刘兴祖很有远见，他上表进言刘车儿说宋军应该进兵河北，堵塞太行山各个隘口，将我们大魏天军遏于山西之内。如此，平定河北，阻遏险关，河南自然归宋国所有。"

拓跋焘不停地点头："这事朕记得。这刘车儿比起他父亲刘裕真要差得多，他没有气略采纳刘兴祖的计策。此等龟鳖小竖，何能为也！"

崔浩："陛下神明勇武，何愁江南不灭！"

拓跋焘意气风发，颇为自得："朕明年深秋当率领大兵出征，定要扫平江南，生擒刘车儿，混一南北。崔司徒，朕出兵之后，留太子监国，你也留在京城，务必辅佐太子。同时，你要把我们大魏的国史修好。想我大魏先祖，几代人积德累仁，功闻四海。我太祖道武皇帝，四处征伐，开基建业；太宗皇帝承继大统，不忘征伐。朕继位之后，扬威朔漠，威平凉州，扫定赫连。如今克定秦陇，徐州兖州尽归大魏版图。嗯，朕皆仰仗列祖列宗护佑，武功不敢言小。希望崔司徒能够在辅佐太子之余，综理史务，把我大魏的开国历史修细修好，务必以实论史，言以实录。"

拓跋焘说话的时候，兴致很高，目光炯炯地扫视着拓跋晃和崔浩。崔浩很兴奋，他的情绪也被拓跋焘炯炯有神的眼睛所感染。拓跋晃则时时点头做领会的样子，但一直想避开父皇那咄咄逼人的目光。

崔浩离席，顿首行礼表示感谢："臣自少年以来，熟读《孝经》《论语》《诗》《尚书》《春秋》《礼记》《周易》，数十年来，昼夜无废，专心读书，废寝忘食。如今陛下命令臣为大魏撰写开国历史，以荣显国家万世之名，臣不敢不兢兢业业，竭尽忠诚，必以事实记载史册，以彰显大魏开国事迹！如今我手下还有中书侍郎高允可协助臣共修国史，所以，臣向陛下保证，臣等必定按时完成大魏国史修撰大业。"

拓跋焘闻言大喜，转头对宗爱道："传朕旨意，赐崔司徒御缥醪酒十觚，水精戎盐一两！"又对崔浩说："此酒精酿至味，余味悠长；此盐乃西域进贡，颗粒晶莹如水晶。多年以来，爱卿献策多多，多益于国。赐卿美味盐酒，与卿同享，希望崔司徒你继续为国尽忠。"

崔浩离席顿首再拜。拓跋晃也恭敬离席。

宗爱躬身在旁，面色阴郁。

拓跋焘停顿了片刻，忽然又说："崔司徒，明年待我出征江南，你辅佐太子监国，又主管修撰国史，劳心劳力，朕便留宗爱在京中，协助你与太子！"

闻言，宗爱的面色顿时明朗起来，急忙跪地："老奴必定竭尽全力辅佐太子，协助崔司徒！"

安昌殿外走廊。拓跋晃一边走一边和崔浩低声说话，忧形于色。他四顾左右后才低声道："父皇留我在平城监国，为什么还要留宗爱这条阉狗在我身边，难道父皇对我不放心吗？"

言毕，他用坚定而严肃的目光看着崔浩的面孔，显然想听崔浩说实话。

崔浩欲言又止，想了想才道："陛下生性多疑。如今太子殿下您春秋正盛，近日我还听说您手下部属给事中仇尼道盛与宗爱宠信的小宦者贾周在街上争道，当众殴击贾周。据说宗爱听闻此事后十分恼怒，如今宗爱留守平城，福祸难料，希望太子小心为妙。"

拓跋晃："此等小事，微末嫌隙，难道宗爱会为此深恨我不成？"

崔浩："小人之怨，易构而难消。太子您先前几次在京城留守监国，多次拒绝宗爱为其关系亲近的人升官的请求，他肯定暗恨于您！此次陛下率领数十万大军征伐江南，殿下您务必多派使臣到军中汇报京中及周边情况，以使陛下安心，也免宗爱有诋毁殿下的可乘之机。"

拓跋晃深深点头。

夜晚时分。宗爱坐在白天拓跋晃所坐的坐席上，贾周侍立在他身边。二人正谈话中，一个穿着和贾周一样服色的小宦者手提一个木盒，匆匆入内。远远见到宗爱，他纳头就拜。

宗爱赶忙起身，同时低声对贾周说："这是皇后身边的人。"

小宦者："宗爱大人，皇后念您成日侍奉皇帝辛苦，特让小奴带来一副食盒，是皇后特地命御厨为您做的几味皇后爱吃的菜肴。"

宗爱听小宦者如此说，赶忙避席称谢。贾周跟随拜谢，小宦者也避席与他对拜。

礼毕。宗爱亲手打开食盒，然而食盒里不是食物，装盛的都是金宝玉石。小宦者谄媚地笑问："不知宗爱大人是否喜欢这一口？"

宗爱心领神会，笑言："请你回禀皇后，我老家也在昔日夏国，很喜欢这样的吃食。万谢，万谢！"

三人正在说话，寝宫内殿门打开。四个身穿红衣的宦者抬着一乘板舆从中步出，稳稳前行。板舆上坐着的，是刚刚被拓跋焘临幸过的冯昭仪。宗爱等人皆远远伏地行礼。

坐在板舆上的冯昭仪忽然叫停了抬舆的小宦者，很礼敬地对宗爱打招呼："郡公辛苦！"

宗爱毕恭毕敬行礼："昭仪安好！"

冯昭仪微微一笑，点头示意，而后才乘坐板舆离去。

望着冯昭仪远去的背影，宗爱若有所思。

回到安昌殿内，宗爱和贾周重新坐下议事。宗爱坐在席上，面前的案子上摆满了酒食。贾周依然侍立一边。

贾周："大人您真是我们大魏皇宫的红人，无论是皇帝、皇后，还是昭仪、贵妃，哪个不高看您一眼！"

宗爱一副深思的表情："我对皇上忠心耿耿，自然皇后和昭仪要对我好。当年皇后的兄弟子侄皆被陛下诛戮，她如今不好受啊，幸亏有我从中周旋，皇后的两个亲妹和她们赫连家族嫁入宗室的女眷才得活了几个。嗯，还有刚才这个冯昭仪，最近陛下确实宠爱她啊。"

贾周："没准哪天冯昭仪也能当皇后呢！早知道冯昭仪对您如此恭敬，说不定您当初就不会以皇帝旨意族诛冯朗了。"

宗爱飞快地捻动手中的佛珠："世上没有后悔药，冯昭仪对我确实恭敬，但那个冯朗可是很不懂规矩。嗯，事已至此，说多了没用，马上派人出城，迎一下乙浑和赵黑率领的禁卫军，详细询问一下冯朗家中的女眷还剩几个。"

第六章　卞入深宫

平城近郊。押送王氏、冯婉华等人的禁卫军队伍停在路边休息。禁卫军军官乙浑骑马，拿着一个皮囊在马上喝着酒水。赵黑面无表情坐在车上。他打开窗，满腹心事地瞭望着周围。

冯婉华不停抚摸着王氏手臂，声音带着哭腔："母亲，母亲，您醒一醒，马上就要到平城了……"

元华把先前在驿站中那个老年驿卒给的皮袄盖在王氏身上，手中拿着一碗水。王氏的脸异常瘦弱，鼻子吃力地翕动着，眼睛闭得紧紧的。她面孔全无血色，白得像一张纸，颧骨高高地凸起，偶尔睁开眼睛看一下四周，眼里也没有任何光彩。此时她依旧穿着离开长安时穿的那件衣服。

冯婉华轻轻晃动着王氏，哭着叫道："母亲，母亲……"

王氏一双悲凉的眼睛张开了，无神地望着天空。此时的王氏，确实病得连话都说不出来了。她的胸部急剧起伏着，忽然用手紧紧抓住了冯婉华的一只袖子。她嗫嚅着，低声说："婉华，我不行了。我一路忍死，只为了能够陪你走到平城……马上就到平城了，你的姑姑在皇宫里，想办法找到她。记住，你的姑姑也姓冯，是宫内的昭仪……"

望着母亲枯萎干瘪的脸，冯婉华似乎吓坏了。她发现母亲的膝盖都开始打弯儿，浑身上下都在颤抖，牙齿也咬得吱吱咯咯地响。薄暮时分的阳光照在母亲濒死的脸上，如同镀了一层金色，使得她的脸呈现出一种奇怪的样子。她的脸好像透明一样，充满了悲伤、痛苦。

最终，由母性生出的强大意志力似乎令王氏回光返照，使她能够在临终之际紧紧地握住冯婉华的小手。冯婉华接过元华手里盛了水的木碗，递到王氏嘴边，说："母亲，您喝点水吧，我们快到平城了，一起到宫内找姑姑吧……"

王氏的两眼，此时无力地闭着，她的呼吸已经十分微弱。最后，她吃力地再次睁开眼，无限怜爱地抚摸着冯婉华瘦弱的身体，用很低弱的声音说："我现在要去找你的父亲了，我们会在地下团聚。你要好好活着，让我们放心……"

冯婉华凄厉的哭声响起："母亲，母亲，母亲……"

乙浑正骑在马上，听到冯婉华的哭声，马上把口中一口酒吐掉，问身边的禁卫军军官："怎么回事？"

赵黑也从车上走下来，急匆匆的。

而待他走到相拥的王氏、冯婉华母女身边时，才发现王氏已经死去，小姑娘痛不欲生，元华呆立在原地。

就在此时，马蹄声阵阵，宗爱的心腹贾周带着几个禁卫军兵士匆匆赶到了。寒风呼啸着，道旁的犬吠声在这寒风中显得更加凄切。道路两边耸立着一排又一排的白杨树，全都光秃秃，道路长得似乎永远也走不到头。

贾周蜷缩着脖子，四处探望。看到王氏的尸体，他有些丧气地说："距离城内就不到三十里地了，这个妇人怎么这么没福气，居然死了！"

赵黑："你先回去禀告郡公大人，犯官冯朗之妻王氏因在长安受到箭伤，病重身亡。不过冯昭仪的侄女冯氏活得很好，请大人毋忧！"

贾周："世情变化确实快啊！本来宗爱大人是要对冯朗全家斩草除根的，幸亏这个孩子是个女孩，如果是男孩，恐怕在长安就被诛了。唉，这个女孩也是命大，能够活着走这么远的道没死，大奇，大奇！如今皇帝宠幸冯昭仪，这个孩子千万别再出什么差错啊。"

乙浑在一旁闻言，神色有些惊惶。

赵黑脸上的神情飞速变化："来人，让人换一辆舒适保暖的车子，保证冯氏小姑娘别再受风寒！王氏的尸体怎么处理？"

乙浑："扔在道边荒沟里算了。"

赵黑："王氏乃犯官冯朗的重要亲属，非家中婢女奴仆，即使死了，也要保证有尸骸可以查验。赶紧找地方埋上，竖立标记！"

乙浑："诺！"

平城皇宫，云母堂内，冯昭仪孤坐在榻上，表情肃然。她在忆念刚刚遭受门诛的哥哥冯朗一家。忽然的变故，使她数日以来一直郁郁寡欢。回忆如同一块从往昔冬日漂来的巨大浮冰，沉重地压在她的心头，泪水忽然就弥漫了她的眼眶。

此时，一个宫婢入堂施礼："昭仪，宗爱大人前来拜见！"

冯昭仪闻言，悚然一惊。她强压住惊惶，马上答言："速请郡公大人！"

宗爱昂然入堂，冯昭仪虽然端坐榻上，却微微点头示敬："郡公劳苦！"

宗爱一脸敬重，施礼道："昭仪，先前陛下轻信人言，门诛冯刺史一家，我救护不及，望昭仪恕罪！"

冯昭仪表情复杂："我们冯家是亡国罪臣，陛下政务万千，难免有所疏漏。普天之下莫非王土，率土之滨莫非王臣。君要臣死，臣不敢不死。"

宗爱听冯昭仪如此说，不停点头："昭仪，幸亏前往长安的禁卫军中有我派去的人。陛下法令他们不敢不从，但是他们还挺照顾冯刺史家人的。告诉您一个好消息，您的一个侄子冯熙当日有幸逃出，似乎前往羌地部族中躲避了；而您的侄女冯氏已经到达平城。您看是否需要我帮您把这个小姑娘安排在昭仪宫内？"

说话间，宗爱死死盯着冯昭仪的脸。然而她表情极其复杂，思虑了好半晌，才如同下了什么天大的决心般，终于在榻上低头向宗爱表示礼敬："宗大人大德，我没齿不忘！但毕竟家兄受国法，家属还是罪属，还请您先把她安置在掖庭吧。"

月光倾泻在掖庭的地上，宫内雾气弥漫，天上没有繁星。冯婉华在掖庭寒冷的殿外站了半天，脸上依旧是与她年龄不相符的浓浓的忧郁。

如她这般年纪的女孩，本来应该无忧无虑地待在父母身边，最多的感受应该是那种孩提时代甜蜜的空虚。然而如今，失去父母的冯婉华成了孤儿，在平城皇宫内成了一个干苦活儿的宫婢。

每天从早到晚，掖庭的宫婢、宦者以及卫士，都会看到冯婉华和元华抬着一个巨大的木桶往染坊里面送水。这两个身为犯官家属的女孩，每次抬水都竭尽全力。她们微微地摇晃着瘦弱的身体，从早到晚地辛勤劳作。寒冬的冷风不停吹弄着冯婉华的裙子，小姑娘雪白的脖子上围着一条母亲王氏临死时留给她的帛巾。她伸出雪白但逐渐粗糙的小手，不停地把裙摆掖在腰上。

掖庭内，有时候会闪现出赵黑的面孔。他目不转睛地注视着冯婉华的每一个动作，但从不上去和她搭话。偶然发现赵黑，冯婉华就低声和元华说着什么，然后警觉地更加卖力地干活儿。

在这深宫中，两个女孩的内心总是充满惊骇，战战兢兢，小心翼翼。晚上睡觉的时候，冯婉华总是很晚才能睡着。这一晚，她眼巴巴地望着宫婢居所低矮的窗户，无数次思念起惨死的父亲和母亲。她小小年纪的脸上没有任何女孩的天真，却有一种和她年纪不相仿的成熟。

听着窗外夜鸟凄厉的啼叫，冯婉华悄声道："元华，你睡了吗？"

元华咬着被角："没有……"

冯婉华："你想家吗？"

元华："嗯，我想我父亲……我母亲死得早，我是父亲养大的……"

啜泣声中，两个女孩昏昏睡去。

长日漫漫。长夜漫漫。

冯婉华和元华在平城皇宫内一直快快不乐，终日处于一种焦躁不安的情绪之中。即便如此，两个女孩还是坚强地活着。毕竟她们虽然在宫内干着苦累的活计，但有人做伴，到底还是能互相照应。

高大的宫墙下面，两个小姑娘羸弱的身形特别引人注目。无论白天还是傍晚，她们似乎一直在干活儿、干活儿。一年多的时间就这样过去了，历经千辛万苦，苦苦挣扎，冯婉华终于活了下来，而且是在魏朝宫内活了下来……

薄暮时分，夕阳吐着余晖，深冬的阳光制造出一种催人入眠的氛围。掖庭里，依旧是染坊到水井的那条路，依旧是冯婉华、元华两个女孩。春夏秋冬，两个孩子长大了一些，已经八九岁年纪的冯婉华和比她稍大一些的元华都穿着低级宫女服饰，青衣黑鞋。她们吃力地抬着一桶水，往染坊的方向行走。

水桶很大很沉，水不断往外溅，两个女孩的衣服和鞋子湿透了，不一会儿就结起了薄冰。但她们的脸都红红的，嘴里不断喷出白色的呵气。

"皇后驾到，回避！"

不远处，皇后宫中的宦者高声叫唤着，为皇后的辇驾清路。冯婉华和元华赶紧停住脚步，非常费力地把用粗木棍驾抬的水桶放下来。而后她们面对道路，跪倒匍匐，等待皇后辇驾过去。

一阵香风飘入冯婉华的鼻孔。小女孩忍不住好奇，抬头看了看，正好和坐于辇上的赫连皇后四目相对。

赫连皇后的父亲是曾经名扬朔漠的夏国皇帝赫连勃勃，生母是西域小国公主。所以赫连皇后肌肤白如冰雪，蛾眉蓝睛，悬鼻朱唇，面貌眉目与中原妇女非常不同，特别让人一见难忘。如今，辇车上的赫连皇后身穿华丽的袆衣，头上蔽髻满插金步摇，更是惊艳如天人。

冯婉华赶忙低下头。赫连皇后仔细端详着冯婉华，忽然问："你姓什么？"

一时间，空气似乎凝固了一般。跟随赫连皇后的宦者和宫婢都闭口不言，他们非常不明白，赫连皇后以皇后之尊，为什么会屈尊俯就对一个掖庭的犯官家属讲话。

而冯婉华根本没有意识到赫连皇后在和自己讲话，一直没敢抬头。

赫连皇后接着问："你姓冯吗？"

元华用胳膊碰了碰冯婉华。

冯婉华这才如大梦初醒一般，她以额叩地，回答道："回禀皇后，奴婢姓冯。"

赫连皇后轻轻叹了口气："难怪啊，你和冯昭仪长得那么像！"

听闻此话，冯婉华的泪水忽然就夺眶而出。到平城皇宫已经一年多了，她一直在掖庭内干粗活儿和重活儿，而她身为昭仪的姑母，从来没有找过她……

乾象四合殿内，冯昭仪得知皇后驾到，非常惊惶，她向皇后跪拜施礼："奴婢不知皇后驾到，未曾远迎，请皇后恕罪！"

赫连皇后扶起她："昭仪妹妹免礼。陛下出征，我们姐妹好不容易能够私下相聚，何必如此多礼。"

此时殿内完全没有平素宫里的虚假，却是一种平和亲切的氛围。夜晚终于降临，灯烛通明，炭火烧燃，使得寒冷的皇宫如春天一般，充满温暖和美妙的气息。看到冯昭仪仓皇间戴上的假髻有些歪斜，赫连皇后忍不住笑了。

按照礼仪，冯昭仪头上应该戴九钿，然而准备时间太仓促，她的头饰排列有些紊乱。而她衣服上的金章和紫绶，也都披得不太合适。

看到赫连皇后一直上下打量自己，冯昭仪非常不自在。她小心翼翼地问："皇后夜晚来访，不知有何赐教？"

赫连皇后沉吟片刻，说："昭仪妹妹，我今天夜坐无聊，过来和你闲谈一二，但最重要的是我带来两个女孩供你使唤。"

冯昭仪拜谢："深谢皇后惦念。我这里已经有不少宫婢听使，不劳您费心了。"

赫连皇后没有在意她的话，仍往殿门方向招手。门前伺候的太监赶忙挥袖，让恭立在宦者、宫婢群内的冯婉华和元华入殿。

两人战战兢兢进入殿内，来到赫连皇后和冯昭仪近前，跪下行礼："奴婢拜见皇后、昭仪！"

冯昭仪仔细打量着冯婉华和元华。而后，她的注意力集中在了冯婉华脸上。忽然，冯昭仪激动起来，她强抑自己的感情，问："你是何人？"

冯婉华："回昭仪，奴婢冯婉华。"

冯昭仪脸色煞白，扭头望向赫连皇后。赫连皇后目光中露出罕见的温柔：

"昭仪，这是你的娘家侄女，恭贺你们姑侄团聚！"

冯昭仪闻言，想起自侄女入宫以来她艰难地深藏于心、不敢表露丝毫的牵挂，忽然再忍不住，顿时泪如雨下。她跪地叩头，对赫连皇后行再拜大礼。冯婉华和元华也哭成泪人一般，皆跪地叩首。

抬头再看两个匍匐在地的小姑娘，冯昭仪几近仓皇地起身离席，过去抱住了自己的嫡亲侄女，姑侄二人痛哭不已。元华在一旁抽泣不止，赫连皇后也于座上拭泪。

时间，就像一种能把人们引向未知世界的诱饵。皇宫里的嫔妃们多年以来过着几乎与外界完全隔绝的生活，在寂寥中，在这样阴暗寒冷的冬日里，似乎就连遐想都会被冰冻住，偶尔冒出的一鳞半爪的真实情感，也最终都会没入痛苦的渊薮。

正是在这样的日子中，亲情显得格外重要。宫内这些女性内心的撞击，一般很少和外人道出，而赫连皇后能够如此对待冯昭仪，这两个深宫之内的女人关系一下子就紧密了起来。

慌乱和狂喜之间，冯氏姑侄俩甚至怀疑眼前一切的真实性。

但有赫连皇后在场，冯昭仪没敢过分流露出自己的激动。她强忍着悲喜交加的情绪，对赫连皇后千恩万谢。赫连皇后道："昭仪妹妹，你不必言谢！你我应该同病相怜。我们都是亡国贱俘，都是女流之辈，都是先前作为人质被送到大魏的。"

冯昭仪："皇后言重了。您是大魏皇后，我才是亡国贱俘。"

赫连皇后面色悲戚："即使我贵为皇后，依旧是亡国贱俘。想当年吾父如龙，吾兄如虎，怎奈气运不济，依旧身死国灭。然而我等女人命苦，不能掌握自己的命运，就连想去死，也不那么容易。"

冯昭仪："您的父亲，就连陛下也钦佩至极，时常说他恨不能与您父亲同时而生；至于您的兄长，更是人中龙虎，不甘久陷樊笼！而吾父①逃亡高丽之后，终是身死人手；吾兄归顺大魏，依旧被诬谋反之罪，竟遭门诛大祸……"

听闻此言，赫连皇后连忙以眼神制止冯昭仪就这个话题继续说下去。她深恐冯昭仪情急激动之下，语涉宗爱。

——大魏皇宫之内，到处都是宗爱的耳目。

---

① 冯昭仪和其兄冯朗的父亲是十六国时期北燕的皇帝冯跋。北燕被北魏拓跋焘灭掉，冯跋逃入高句丽，最后被杀。

第七章 盱眙城血战

太平真君十一年九月，拓跋焘亲自领兵南征宋国，滑台一役，首先遇到了宋国先前那位连连上书，最终激使刘义隆北伐的大臣王玄谟。

王玄谟这个人，一向号称知兵，真正上了战场，却变成了十足的草包，他所率领的军队与魏军兵仗相接，马上一败涂地。魏军得势不饶人，以每日一二百里的速度推进，连战连捷，杀得南朝宋国将士百姓死伤无数。

拓跋焘指挥几路大军直指建康期间，宋国几位将军竭力死战，救护了一些军队和城池，但总体仍抵挡不住魏军的攻势。魏军很快攻打到长江边上，大拆民房，声言要造船渡江。

得知魏军逼近，建康城内居民惊骇，随时准备在城破时逃命。自招兵灾的刘义隆登上石头城，忧色满面，后悔先前杀了最能打仗的大将檀道济。双方相持许久，魏军最终因为战线过长，补给不济，忽然在一天晚上沿江举火，遍烧民舍后退兵。

次年春，拓跋焘率领魏军回国途中，路过宋国的盱眙城。当时守城的是南朝宋国大臣臧质。盱眙城土灰色的城墙看上去并不是很高耸，淮河边被水浪冲击的鹅卵石不断堆积，形成了一条灰色的弯弯曲曲的河岸。春天的微风吹皱了青光粼粼的河水，城外的道路上生长着一丛丛高大的野草。那些褐色野草生命力非常强，被马蹄践踏过后，又在风中逐渐重新挺起身来。

盱眙城外，拓跋焘骑着一匹高头大马，对城上守军高喊："城主，你们守城的宋兵只有三千七百人，而我们大魏大军有几十万人，赶紧投降吧！主将臧质，汝若投降，朕封你公爵！"

臧质站在城头，一身戎装打扮，脸上没有丝毫的畏惧。他一脸威严，默默地注视着城下黑压压的大魏大军。

拓跋焘："臧质，听说你们江南的美酒不错，送两坛给朕尝尝吧！"

臧质闻言，对身后的从人吩咐了几句。

城下的魏军仰头观望，看到守城宋军从城上慢悠悠地吊下来两个大坛子。臧质从城头俯下身子，高声说："来，魏主饮酒！"

魏军的几个军卒快速跑过去，把两个坛子搬到拓跋焘的马前。打开一看，竟是两大坛子屎尿，刺鼻的臊臭味道熏得坛子旁边的兵士欲呕。

拓跋焘大怒，大声命令："这些蛮狗，竟然如此无礼！传朕号令，把盱眙紧紧围住！朕发誓，一定要攻陷此城，尽屠城内宋国兵民！有擒斩臧质者，封万户侯！"

一夜之内，魏军就在城外筑起长围把盱眙城团团围住，断绝水陆交通，还威逼被俘虏的宋国百姓不停地运送东山土石，想填平护城河。

盱眙城内，臧质坐在榻上，与身边的谋士和军将议事。他手下的一个参谋正在读拓跋焘写给守城诸将的信：

"各位守城宋将宋兵：现在围攻盱眙城的兵士，大多不是我大魏鲜卑人。城东北是丁零[①]和羯，南面是氐羌。如果丁零兵士被你们杀掉，正可减少我大魏常山、赵郡一带的贼人，你们要知道，丁零人常依常山、赵郡的群山叛乱。如果羯胡兵士死掉，我们大魏的并州贼就没了，因为这些羯胡部族总爱占并州一带反叛。如果氐羌兵士被你们杀掉，正好可以帮我们大魏灭掉关中贼，氐、羌两族国家虽灭，但族属繁盛，遍布关中……

"臧质爱卿，朕真心希望在他们攻城的时候，你和守城士兵替朕尽数杀掉他们，不要手软，如果这样，真倒帮了朕的大忙。"

参谋念完拓跋焘的信，问："臧将军，拓跋焘为什么这样说呢，他要咱们替他杀掉他们大魏的兵将？"

臧质沉思了片刻，说："胡主拓跋焘这样说，目的是恐吓我们。他知道攻城会死很多人，这些话表面是在讲他不在乎伤亡，尸平齐城也要攻下我们的盱眙城，其实呢，他还是心虚，怕我们誓死守城。这封信主要就是来吓唬我们。"

清晨时分，臧质率领盱眙兵将登上城头。面对城下黑压压的数十万攻城魏军，臧质先让一个大嗓门兵士念诵昨日拓跋焘写给自己的信。

大魏兵将们默默听着。

信念完之后，又是一阵静默。不久，城下那些准备冒死登城的大魏各族兵士都开始面面相觑，有些人开始交头接耳，相互低语。而盱眙城内，"咚咚咚"一

---

① 亦称"铁勒""敕勒"，因所用车轮高大，也称"高车"。

阵战鼓之后，大嗓门兵士站在城头，又开始高声朗诵臧质写给拓跋焘的复信：

"北军兵将听着！到现在为止，我们宋国已完全知晓胡主拓跋焘的险恶诡计。在恐吓我们之外，他的阴险目的也包括尽量消耗你们这些魏军中的外族异己力量。

"近日，我们江南童谣到处在传唱：'虏马饮江水，佛狸死卯年！'此战过后，如果佛狸你有幸，会在攻城失败之后被乱兵所杀，得个快死；如果运气不好，肯定会被我们宋国的兵将生擒活捉，然后绑在毛驴上，送去京城建康闹市千刀万剐。假如天地无灵，我臧质兵败，被你们这些大魏贼兵俘虏，那我也任由你们杀剐！毕竟我已竭尽忠诚，足以报效本朝！

"如今，春雨已降，我们宋国大军正从四面朝盱眙方向集结。拓跋焘，你这个胡贼虏主，千万别急往回跑，请尽管安心攻打我们盱眙城。如果你们军队缺粮，我们会送你们一些军粮让你们吃。至于昨日你派人送我做礼物的刀剑，我已经收下，正好可以用它们劈砍你们这些胡贼！"

盱眙那个大嗓门兵士在城头大声读信的时候，不少围城的大魏兵士都拥到城下来观看，特别是那些非鲜卑人，于是逐渐有更多的人开始互相低语。显然，经过这场心理战，围城的魏军里开始有愤懑情绪出现，军阵顿时显得有些松散。

看到守城的臧质如此顽强不屈，拓跋焘非常恼怒。他倔强地扬起雄狮一般的头颅，愤怒地望着城上。鲜卑式辫发下面，他的脸非常阴沉，颧骨下面几块凸起的肌肉在颤抖。他浓浓的眉毛中间，似乎也渗出了汗珠。

当朝霞的霞光黯淡下去的时候，拓跋焘骑马，立在盱眙城外的一个小土岗上。这时候，一个被俘的年轻宋国妇女走过来，战战兢兢地递给他一只金杯，里面盛装着美酒。

为了表示自己的镇定自若，拓跋焘下马，接过酒杯之后，把那妇女一只柔软的小手紧握在自己发黑多毛的手掌里，仔细端详着。而后，他就站在这个美貌的女俘身边，久久地眺望着盱眙城那被箭矢和攻城机械弄得千疮百孔的城外墙。

他就这样久久地眺望，看似平静，胸脯却在剧烈地起伏，直到朝霞的霞光完全消失。

天空上，此时还依稀闪烁着晨星。风从黑云下吹过来，淮河上面雾气奔腾。几只大鸟怪叫着，在盱眙城外的斜坡上盘旋着。从高处俯瞰，城周围的河水、苇塘以及披着露水的树林，都笼罩在初春十分清凉迷人的朝霞里。然而如此良辰美景，却酝酿着深深杀机！

忽然，拓跋焘扔掉手中的金杯，勃然大怒，高呼："攻城！"

　　听到皇帝令下，大魏军兵拼死攻城。在督战队的催逼下，兵士们推着钓车、冲车等攻城器械往前冲，守城的宋国兵将则舍生忘死，顽强抵抗……

　　大战拖得越久，魏军攻破盱眙城的可能性就越低。盱眙城上，臧质率领手下的宋国兵将不惧危险，击垮了魏军一轮又一轮的进攻。一个又一个宋国兵士前赴后继，他们的脸上满是汗水和血迹。而魏军虽然使用了各种攻城器械，依旧不能得逞。术穷之后，拓跋焘不惜人命，对手下将军们下死命令，派各族兵士轮番上前肉搏攻城。

　　魏军中有一大批鲜卑军将组成的督战队，骑着马，手持利刃威胁着前方的兵士。大魏这些穿戴各异的各组兵士不得不奋力前进，因为无论是前冲登城还是后退逃跑，反正他们都是死。

　　一个上午的时间，魏军死伤以万计，死尸堆得几乎与盱眙城墙一样高，却仍然不能克城，被勇敢顽强的南朝宋国军民打退。而后，魏军继续攻城三十日，却依旧不能克。春天正是疫病频发时节，很快，魏军中许多人水土不服，甚至有不少人病倒死掉。而后，拓跋焘害怕自淮河入海的宋国水军与彭城的军队会合，对自己实行夹击，不得不终止攻城。

　　拓跋焘下令烧掉城外所有围攻盱眙的攻具，开始撤退。

　　由于战斗减员及疾病死亡，在这场南伐战争中，魏军的人马死伤过半。回师路上，气急败坏的魏军肆意报复，杀伤沿途南朝宋国人民不可胜计。只要俘虏了青壮年，魏军会马上杀掉，妇孺亦不能免。

　　由此，但凡魏军所过的南朝宋国郡县，赤地无遗。

第八章　皇太孙

平城皇宫，太极殿东堂，傍晚时分。

窗外的天色昏暗了下去，浓云密布。笼罩在殿庭内的夜雾逐渐浓重，建筑物平整的阴影在消失。在逐渐弥漫的灰色暗影中，监国拓跋晃和崔浩正在商议国政，中书侍郎高允也在座，他们面前的案子上摆满了卷牍。

拓跋晃拿起一卷案牍，面露忧虑，对崔浩说："宗爱向我推荐数人为国内各地郡守，我都一一回拒了。"

崔浩："宗爱有皇帝令旨，协助太子您留守国都。如果完全不接受他的推荐，恐怕此贼又会生出枝节，向皇帝陛下告状。"

拓跋晃："我拒绝他推荐的郡守人选，完全是出于公心，真还不怕此贼为这个事情向陛下告状。倒是您，司徒您和高侍郎主修国史，直书原委，不避忌讳，已经惹来不少鲜卑勋贵的不满，我听人说宗爱已经向陛下告状，说您派人把国史铭刻于石碑上，大排碑林，费银三百万……"

崔浩："我让人把国史镌刻于石，就是想让咱们大魏的历史万代流传啊！陛下出征前还特意嘱咐我直书国史，不必隐讳。出于对陛下的赤诚忠心，我一定要把国史修好！"

高允："国史刻石之事，司徒公您如此行事，确实授人以柄。毕竟陛下对其内容还没有完全首肯，一旦奸人趁机进献谗言，或许陛下会有所谴责。"

崔浩："我崔浩对国家忠心无二，崔家自我父亲开始一直效忠大魏，参咨国政，尽心尽力，我心中无愧！不过宗爱阉人性奸，确也是不可不防。"

高允很有些忧虑："近日有消息传来，说我大魏军队先胜后败，在撤退途中，几十万人的军队，连一个小小的盱眙城都没能攻克。近日又赶上春日疾疫流行，死了不少人，此时正在狼狈撤回的途中。"

拓跋晃："是啊，我已经命令相关人员紧急调动接应物资，迎候皇帝率领人马归国。"

平城附近的路上，回撤的大魏大军缓慢地走着，都显得非常疲惫。拓跋焘使劲抽打着胯下马，风一般疾驰。他手下的禁卫军也都紧贴着马背，紧紧跟随皇帝。这些人看似都在使着最后的力气，每匹马的身上都挂满了汗沫。

拓跋焘的脸色很难看。

从平城方向吹来的风带来阵阵晚凉，夹杂着青草和苦艾气味。马上的兵士们发现，平城方向的某个地方，天空闪烁着曲折的蓝色电光，想必是要下雨了。靠近平城的土地里，小麦已经长出了尖尖的绿芽儿。这些麦子贪婪地吮吸着土壤里的养料，正准备抽穗开花，此时麦粒里面已经灌满香喷喷的乳浆。当拓跋焘及其手下禁卫军的铁蹄经过，迅飞如电的马蹄在麦地里一阵乱踩，那些沉甸甸的麦穗便全被踩烂在田垄上，形成了一条宽阔的路。

正在田间耕作的百姓皆匍匐在地，等待皇帝和禁卫军飞驰过去。马蹄声、铃铛声以及喧哗的人声，混成一片。

一行人飞奔到了平城南门，禁卫军前去叫门，然而守城兵士都在城头观望，竟然没有一个人开门。有兵士探出身，仔细打量来人后，大声说："如今戎旅大兴，京城戒严。无太子手令，任何人不得开门。"

拓跋焘身边的禁卫军高声喊道："皇帝陛下南征回返，尔等马上开门迎驾！"

城门上方的守门兵将观望了一会儿，应该是有人认出了拓跋焘。他们不敢再和城下的禁卫军答话，即刻派人到宫内请示拓跋晃。

拓跋焘的脸色更加阴沉，他胯下的马也不耐烦地来回转悠着。骑马拥在周围的禁卫军都非常恐惧，面面相觑。

而后，宗爱忽然出现在城楼上。他居高临下，仔细打量来人过后，即刻对拓跋焘下拜，高声道："奴才拜见陛下！"

拓跋焘仰面上瞧。

宗爱大声对守门兵士高叫："来人，即刻给陛下开城门！"

南城城门轰然大开。拓跋焘居首，率领左右禁卫军千余人入城。城门两边，包括宗爱在内，跪满了把守城门的兵将。

拓跋焘一行骑在马上，缓缓入城。看到先前在城楼上拒绝开门的守城兵将也跪在宗爱旁边，拓跋焘猛地抽出腰刀，一刀就把这个将领的脑袋斩落。

鲜血喷溅，连宗爱的袍子上都溅了血。宗爱假装战战兢兢，但面上却难掩得意之色，他跪地向拓跋焘行礼："吾等迟开城门，万望陛下恕罪！"

守城兵士皆十分惊惶，不少人跪在那里战栗着。刚刚被拓跋焘斩首的兵将尸体蜷成弓形倒在原地，他刚刚被砍下的头颅距离身体有一小段距离，两只眼睛没有完全闭合，似乎在惊讶地打量着自己的身体。

拓跋焘以马鞭轻拂了一下宗爱表示亲近，然后他回头对禁卫军高声怒喝："传朕旨意，今日所有守城门者，杀无赦！"

平城城内道路上，拓跋焘骑马往前走着，长时间沉默不语。死一般的寂静就像铁箍一样，紧紧地箍住了整支队伍。路上行人皆跪于道边，拓跋焘看也不看一眼。

此次南征失败，入城又受到阻拦，确实让他恼羞成怒。忽然，一只飞近的乌鸦在空中一声惊叫，仿佛把他从短暂的回忆中惊醒。他抬起头，正看见那只蓝黑羽毛的鸟蜷着双腿，大力挥动着翅膀，飞走了。

宗爱见拓跋焘怒气稍敛，说："陛下且息雷霆之怒。前些日子您率领大军离开之后，太子和崔浩全权统管京城事务，我一直插不上手。太子还把宫城禁卫军改成东宫卫队，最不应该的，是他擅自下令关闭城门，阻止陛下您入城！"

拓跋焘几乎是自言自语，似乎在为拓跋晃找借口："军旅南还，大兵骚动。太子下令京城戒严，或许是怕有敌军趁机偷袭入城吧。"

宗爱："平城以外几百里之内，都是森然关塞，哪里可能有南兵偷袭！太子忙于万机，北防柔然，南供粮草，崔浩一人独揽京城大权，生杀任意，授官选人尽在他一人之手。"

拓跋焘回首示意身后紧随的禁卫军退后，转头低声问宗爱："朕回京之时，城内有何传言？"

宗爱："老奴不敢讲！"

拓跋焘有些不耐烦："但讲无妨，恕你无罪！"

宗爱嗫嚅半晌，说："陛下您自盱眙撤兵之后，一直有传言说崔浩等人谋求关闭城门，在京城辅佐太子提前登基。"

拓跋焘猛勒缰绳，胯下马忽然停住，仰头嘶鸣。

宗爱故做犹豫状："……当然，不排除这样的可能，就是太子等人怕陛下您在外有个三长两短……据说他们还要遥尊您为太上皇……"

拓跋焘下意识伸出右手，握紧了腰边的刀柄，咬牙道："今日之语，朕知你知，不必对他人道言。"

宗爱对拓跋焘察言观色，而后俯身道："诺！"

平城皇宫里，北苑永乐游观殿是个风景优美的好去处。午后时分，寒风在北苑的林木中呼啸着，四处冲撞。西面的半边天上，有一片淡紫色的晚霞，衬映着金黄的夕照，使得这灿烂的景象看上去有一种不真实的感觉。

父母双亡，颠沛流离，一朝由赫连皇后牵线与姑母冯昭仪认亲，冯婉华这么一个孤苦伶仃的女孩终于离开掖庭，来到了昭仪宫里，不用再在染坊干粗活儿，还能够在姑母身边得到种种照顾。经历过这一切，如今的冯婉华似乎长大和懂事了许多，但她还是会满怀伤痛地想念自己的父母、兄长以及昔日那温馨的岁月。

站在暖和的殿内，冯婉华望着院子上空盘旋的一只大鹰，有些着迷。这时，不远处跑来一匹红色骏马，驰骋着，从北苑低矮的小山上飞奔而下。马背上稳稳坐着一个身穿白衫的少年，一头辫发，鲜卑打扮。这个少年乃拓跋晃的儿子，高阳王拓跋濬，时年十岁。

似乎故意放纵这匹马，马上的少年没有紧揽缰绳，驾着马箭一般地向殿门直冲而来。冯婉华冲出殿门，迎着那匹马就喊：“站住！”

马上的少年即刻勒紧缰绳，骏马嘶鸣，前蹄高举，而后定定地停了下来。少年拍拍马身，大红马退后了几步。拓跋濬飞身下马走到冯婉华面前，非常好奇地打量着她：“你是谁？”

这个少年人刚刚纵马飞驰了好一阵子，气喘吁吁的。从他那冰冷、红艳的嘴里喷出来的是北国风的气味，也仿佛是北苑草原上吹来的新鲜干草味，还有类似甜乳酪的气息。

冯婉华挡住拓跋濬，试图阻止他进殿去打扰姑母：“我是昭仪宫的宫人。你是谁？”

闻言拓跋濬笑了一下，后退几步，随即又飞身上马：“哦，你是冯昭仪的宫人啊。我是高阳王！”言毕，少年飞驰而去，再次冲上了北苑的高坂。

就在这时，冯昭仪出现在冯婉华身后。她望着拓跋濬纵马飞驰的背影，半是自言自语，半是对冯婉华低声说：“嗯，那就是高阳王，太子之子！”说着，她抬手扶上冯婉华的肩膀，若有所思。

入了夜，拓跋濬的乳母常氏入殿见冯昭仪。冯昭仪坐在榻上，身边侍立着冯婉华。

相比冯昭仪的汉式礼服，常氏穿着一身鲜卑妇女常穿的服装，夹领小袖、小襦袄，丹绣两当，腰间系着紫红色的皮革腰带，脚穿革履。她四十多岁年纪，身形丰满，圆脸大眼，说起话来音声朗朗。

冯昭仪非常和蔼可亲地对常氏说："常妈妈，您请坐。"

常氏不肯："昭仪，奴婢怎么敢和您对坐？"

冯昭仪做出想要起身的样子："常妈妈，我有事相求于您啊！"

常氏面带谄媚微笑："昭仪，您唤奴婢来，有何吩咐您尽管告诉奴婢就是。"

虽然如此说，她的眼珠子还是转了几转，心中真弄不清楚面前这位颇得皇帝宠爱的冯昭仪到底会有何事相"求"于自己。

冯昭仪抬手招侄女近前："来，婉华，见过常妈妈！"

冯婉华向常氏施礼。冯昭仪又道："常妈妈，这是我的娘家侄女婉华。"

常氏听冯昭仪如此说，马上亲切地拉着冯婉华的手："哎哎呀，小美人坯子啊！和昭仪长得真是太像了！"

冯昭仪满脸笑容："常妈妈，您看能否让婉华到高阳王殿内侍候？"

常氏听冯昭仪如此说，恍然大悟，原来冯昭仪所"求"的是这件事情。她面露得意之色，拍着胸脯道："昭仪，如此小事一桩，奴婢马上就能答应您！高阳王就跟我自己儿子一样，他的事情都是我说了算。"说到这里，她意识到这话有些冒失唐突，转而又道，"嘿嘿，昭仪，这可是您的亲侄女，奴婢一定当主子看待！"

冯昭仪起身施礼："感谢常妈妈厚爱。能够到高阳王身边伺候，也算日后有个前程了。"

常氏忙不迭地起身回礼："昭仪看得起奴婢，奴婢愿为您上刀山、下火海，万死不辞！"

冯昭仪再次起身，亲手从元华手中拿过一个小漆匣，递给常氏："区区小物，不成敬意，常妈妈拿去买些脂粉"。

常氏："昭仪您看得起奴婢，奴婢去办就是，哪里敢收您的礼物？"

冯昭仪小声说："如果常妈妈不收，就是嫌弃我礼薄啊。"

常氏脸上笑开了花："哪里哪里，奴婢收下就是！"

常妈妈离去后，冯婉华非常不情愿地说："姑姑，我刚才在您身边过了几天好日子，我不想去高阳王那里。"

冯昭仪语重心长地说："婉华，人生如逆水行舟，不进则退！女人以色事人，色衰而爱弛。当今陛下宠爱我，只是一时的事情，你能在我宫里待一辈子吗？当然不能。"

冯婉华嘟囔着说："高阳王也是个小孩子，我为什么要去服侍他？"

冯昭仪差点被冯婉华气乐了，她抿嘴故做严肃状，说："高阳王是谁？他的父亲是拓跋晃，当今太子！如果不出意外，日后他也将是太子！你去高阳王那里，日后又怎么会差？……难道是你不喜欢那个男孩？"

冯婉华想了想："我倒是对那个人不是很讨厌……"

冯昭仪笑了："高阳王是个很好的孩子，你不会讨厌他的。但这些都是次要的，重要的是，你去了高阳王身边，一定要多长些心眼啊。"

冯婉华："元华和我一起去吗？"

冯昭仪："高阳王现在和太子殿下住在万寿宫，不是随便谁都能去的。元华她不和你去，她就留在昭仪宫，我给她请了一位教习武功的师傅，她要学武。"

冯婉华面露坚定的神色："我也要学武，以后为父亲报仇！"

冯昭仪轻抚着冯婉华的肩膀，说："如果你想报我们冯家的大仇，仅仅学武是做不到的。听我的话，你先到万寿宫侍奉好高阳王，日后你会明白我今日的苦心。"

同一时刻，平城内民坊某座住宅中，常氏和她的亲兄常英、侄子常泰也正聚在一起。常英不到五十岁的年纪，样貌阴柔，其子常泰还不到二十岁，相貌很清俊，但眼神飘忽，身上混杂着纨绔子弟和奴家之子的气质。

三个人聚在一起，常氏打开先前冯昭仪给她的漆盒，仔细观瞧。看到漆盒内的东西，常英双眼发亮，贪婪地说："咦，这么多珠宝，冯昭仪真是出手大方啊！"

常泰："有了这么多钱，咱们可以在平城购置一座大宅院了！"

常氏听侄子如此说，马上严词厉色地啐道："呸！还购置大宅院呢，显山显水的！你们爷儿俩赶紧回辽西老家，多买些土地！"

常英接过常氏的话茬，表示赞同："妹妹高见！毕竟你是高阳王乳母，咱家要真在平城买房置地，说不定会有人眼红，诬告咱们的钱财是你从万寿宫里偷来的。"

常泰听父亲和姑母如此说，哈着腰，连连点头。

常氏叹了一口气："想我们常家，从前也是几代官宦人家，一直为燕国[①]守护辽西。燕国被大魏所灭，我们常家就开始倒霉了。唉，也幸亏当时我被投入宫内

———————

① 这里常氏口中的燕国是指北燕，即冯氏燕国。

当宫婢，入得万寿宫，成为高阳王乳母。这些年来，高阳王这孩子视我如生母，平时没少赏赐钱物，你们爷儿俩才能够在京城安居，免为奴仆……"

常英父子低着头，眼睛望着常氏，做洗耳恭听状。絮叨了片刻，常氏忽然高声呵斥二人："如今兜里有了几个钱，尔父子切勿张狂，切勿凭空在京城给老娘惹是生非！"见常英父子躬身点头，常氏的脸色才重新变得柔和，"冯昭仪真是好人，人家现在是皇帝身边得宠之人，只为了让她娘家侄女到高阳王身边伺候，就给了我这么多珠宝……"

常英："这也是人之常情，高阳王是太子嫡子，日后肯定也是太子。冯昭仪很有远见，这是替她们老冯家找后路啊。"

常氏点点头："我看那个小冯氏也是聪明伶俐之人，长得怪好看的，日后若是成为高阳王的姬妾，必定会念我好处。如果命好，高阳王以后做了太子，她当上太子妃，肯定也会念记我今天对她的好，会成为我们老常家的靠山！"

午间，北苑永乐游观殿内，赫连皇后坐在上位，冯昭仪侧身坐在下位。冯婉华盛装，侍立在姑母身后。

如此近距离地面见赫连皇后，冯婉华忍不住仔细打量她。赫连皇后长相非常秀美，由于西域母家的血统，她的眼眶深凹，蓝色眼珠在雪白肤色的映衬下更显得熠熠有神。还有她娇秀的鼻子，秀挺不凡，和寻常的鲜卑女孩及汉家女孩都大有不同。

赫连皇后发现冯婉华在看自己，扭头也看向她："你觉得我好看吗？"

冯婉华赶忙低下头："回禀皇后，您太好看了！"

冯昭仪笑着呵斥冯婉华："你怎敢窥视皇后圣容，不得无礼！"

赫连皇后也笑："昭仪妹妹，这又不是朝堂，小孩子好奇，便任她看个够好了。哦，昭仪妹妹，婉华今天为什么打扮得这么漂亮啊？"

冯昭仪："禀皇后，婉华马上要去万寿宫侍奉高阳王了。"

赫连皇后闻言，愣了一下。

冯昭仪思索片刻，又说："那日高阳王在北苑附近骑马，看到了婉华。估计他想让婉华当玩伴吧，没多久就派乳母常氏到我这里来索要。"

听姑母如此说，冯婉华有些诧异，心想明明是姑母主动去求常氏的啊。

赫连皇后面露惆怅："高阳王，万寿宫，太子之子……嗯，还是昭仪妹妹你想得远啊……"

冯昭仪心知皇后已识破自己的计划，踟蹰再三，不知如何作答。

赫连皇后叹了一口气："昭仪妹妹，瞧瞧，你现在还有个嫡亲的娘家侄女在身边，还能享天伦之乐，还有家族的念想。想我们赫连家族，男性尽被诛灭，一个活口都没剩下。"

冯昭仪："皇后，您还有两个妹妹，都是贵妃啊。"

赫连皇后苦笑："那有什么用，我们姐妹三人在宫内，没有一人怀孕生子，就连一个公主都生不出来。我有时候琢磨着，最可怕的是我们姐妹三人都是陛下的姬妾，等于是一同搭上一条船，可这条船再大，也有出水靠岸的那一天……"

冯昭仪再一次不知如何接话。这时，冯婉华却童声稚气地开口了："皇后，您母仪天下，当今大魏的太子也是您的嫡子，太子之子高阳王也是您的嫡孙！"

赫连皇后听闻此言，笑了："小姑娘真会说话，我要是也有你这样一个侄女就好了。"

正说话间，宦者低声禀告说高阳王乳母求见。冯昭仪："啊，常妈妈来接婉华了。"

常氏急趋入殿，匍匐下拜："奴婢常氏拜见皇后、昭仪！"

赫连皇后纹丝不动，没有任何表示，倨傲地俯视着她。冯昭仪本欲起身回礼，见赫连皇后如此，也只能复坐回原处。而冯婉华则很机灵，赶忙过去扶起常氏，低声说："常妈妈您辛苦！"

常氏不敢在赫连皇后面前抬头，很感激地对冯婉华点点头，依旧恭立在原地，道："皇后吉安！奴婢前来接婉华去万寿宫。"

赫连皇后这才起身，冯昭仪赶忙随着起身。只见赫连皇后慢步往外走，经过常氏身边的时候，厉声说："婉华乃昭仪亲侄，你好生伺候着！但凡有差池，绝不饶恕！"

见皇后如此声色俱厉，常氏吓得一激灵，赶忙又跪了下去。冯昭仪很尴尬，只得以眼色示意冯婉华再把常氏扶起来，她则跟在赫连皇后身后，将她送出了殿门。

第九章　天家无骨肉

午后时分，北苑永乐游观殿内，冯昭仪、冯婉华姑侄正说话间，殿门打开，一个面目和蔼的中年宦者入内。来人四十多岁的模样，身后跟着年轻的宦者赵黑。

这个中年宦者名叫抱嶷，正是昭仪宫的主理宦官。

冯昭仪对侄女说："婉华，过来见过抱公公！"

冯婉华依言施礼，而后抱公公仔细打量了她一番，眼圈发红："姑娘，你这相貌，好像老奴从前的妹妹啊。"

冯昭仪很感慨，说："愿抱公公能够像爱惜女儿一样对待婉华。"

抱公公有些哽咽："三十多年前，我们一家给大魏军队从南朝掠来当奴隶，全家失散。当时老奴才八九岁，入宫受阉为奴，老奴的妹妹当时七八岁，也就是婉华姑娘这个年纪吧，听说被卖到了遥远的北地，可能是柔然，至今下落不明。"说着，他走过来紧紧搂住了婉华。

冯婉华一下子紧张起来，倒不是害怕身为宦者的抱公公，而是不远处神情严肃的赵黑让她感到十分紧张。抱公公感觉到她的情绪变化，指着赵黑呵斥道："赵黑，你还不赶紧过来拜见姑娘！"

赵黑急趋过来，跪地向冯婉华下拜："拜见姑娘！小的先前有失礼之处，望祈姑娘海涵！"

冯婉华不知就里，望向姑母。冯昭仪道："赵公公自小入宫，是由抱公公养大的，眼下在宗爱手下当差。这次长安之行，是赵公公一直在暗中保护你们啊。"

赵黑："宗爱在禁卫军中耳目众多，禁军校尉乙浑又是他的心腹，小的只能尽力保姑娘和姑娘母亲不失性命，别的，小的确实做不了什么。然而姑娘母亲最终还是伤重不治，小人罪该万死！"

听赵黑言及母亲王氏，冯婉华长吁了一口气。想起母亲死在距离长安咫尺之遥的地方，她的眼泪一下子就掉了下来。在姑母的眼神示意下，她慢慢走过去，对跪伏在地的赵黑好言道："谢谢赵公公的一路保护，我母亲最终身亡，和她先前在长安受箭伤有很大的关系，与公公无干。"

冯昭仪和抱公公看到冯婉华如此懂事，对视了一眼，都赞赏地看向冯婉华。冯婉华继续安慰赵黑："一路上那个坏蛋乙浑和他的手下对我们叱骂殴打，不给我们吃喝，总有一个鲜卑兵士偷偷给我们粮食和水，肯定是赵公公安排的吧？"

赵黑躬身："姑娘明鉴！小的不敢做得太过显眼，只能做到这些了……"

同一时刻，太极殿内，拓跋焘斜倚在一张凭几上，面前案子上摆有酒肉。宗爱呈上来几粒黑色药丸，拓跋焘接过，以酒吞服。

他问宗爱："近来外间议论何如？"

宗爱："崔浩及其手下妄撰国史，尽述大魏皇族拓跋氏早年历史，特别是有关道武帝之事，无所避讳，诚为胡说八道的秽史！"

听闻此言，拓跋焘立刻瞪圆了双眼："崔浩所撰已经制成了碑林刻石？"

宗爱："是，陛下。碑林用工三万人，用时一百天，费银三百多万，立在城西天郊大道，任人观瞧。其中多涉皇祖皇宗秘事，甚至乱伦妄杀也记载详细，读之令人发指！"

拓跋焘腮边咬肌乱滚，勉强忍住怒气："崔浩乃文士，崔家父子两代历事我大魏三朝。此番他奉旨修撰国史，朕令其从实记述，他恐怕是误解了朕意。"

宗爱："崔浩污蔑先皇，刻石为史，置于通衢大道，致使百官和百姓议论纷纷。陛下，您可以去问一下宗室贵戚，大家无不切齿。望陛下明察！"拓跋焘怒饮一杯，宗爱继续添油加醋，"更可恨者，崔浩诱引太子，导以邪念，还妄图趁陛下北归之时在京城擅立太子为帝，遥尊陛下为太上皇！此行此举，实有谋反之心！"

听到这里，拓跋焘猛地把酒杯掷于地上："崔浩心怀叵测，大不可忍！"

万寿宫内，太子拓跋晃正与崔浩、高允议事。他紧皱着眉头，说："前日陛下率领大军南征还都，宗爱这条老狗，竟敢假传我的命令，致使城门守将拒绝陛下入城。陛下怒极，当时就手杀守将，尽诛守城兵卒！"

崔浩听拓跋晃如此说，也是满脸忧色："阉人奸险，谁料到他能想出如此毒计。"

高允低头沉思片刻，问："殿下，您去向陛下解释过吗？"

拓跋晃："我几次请求面见陛下，均遭拒绝了。"

崔浩："陛下与殿下如今关系微妙，父子相疑实为国家大祸，我即刻前去请见陛下，为殿下解释一二。"

拓跋晃："不可！听闻陛下最近派人到天郊通衢验看司徒您主撰的国史，还派人抄写碑林上刻写的内容带回宫内。宗爱又派其心腹贾周以鲜卑语转译核心内容给陛下……"

听到此处，崔浩已明了，摆摆手说："陛下仅是粗通华文，就怕宗爱指使贾周胡说八道啊。"

高允拱手道："国史之事，在下作为副撰，也难逃责任。太子和司徒敬请放心，陛下如果怪罪，在下必当承担罪责！"

万寿宫的象贤殿，是拓跋濬的居所。拓跋濬背对殿门跪坐在一张茵褥上，正摇头晃脑地背诵《诗经》："击鼓其镗，踊跃用兵。土国城漕，我独南行。从孙子仲，平陈与宋。不我以归，忧心有忡。爰居爰处？爰丧其马？于以求之？于林之下。死生契阔，与子成说。执子之手，与子偕老。于嗟阔兮……"

背诵卡在此处，拓跋濬重复了"于嗟阔兮"好几次，还是背不下去。刚走到殿门外的冯婉华忍不住，高声接着背诵："于嗟阔兮，不我活兮。于嗟洵兮，不我信兮！"

常氏忍不住跷起大拇指，对冯婉华表示赞赏。

拓跋濬看到是常氏来了，亲热地说："常妈妈！你去哪里了？我一上午都没有看到你！"

常氏指着高允对冯婉华说："婉华，这是高大人，高阳王的师傅。"

冯婉华向高允行礼，高允则非常感兴趣地看着冯婉华，神情亲切。常氏便又指着冯婉华对高允说："高大人，这位是冯昭仪的侄女，我带过来给小殿下做伴。"

拓跋濬："啊，太好了！你到了我们这里，以后你就帮我背诗吧！"

高允面色威严："殿下，请您坐好。"

拓跋濬："师傅，我都背一上午功课了，能否先吃点东西？"

高允摇头，表示不允。常氏走到拓跋濬近前，偷偷塞了几块干乳酪给他。

高允走到冯婉华近前，面露慈爱之色，问："小姑娘，你也会背诵《诗经》？"

冯婉华很骄傲地说："我从三岁就开始背诵，'诗三百，一言以蔽之，曰思无邪！'《诗经》中所有的诗我全会背诵。"

高允听冯婉华这样说，十分惊讶："哦，那你给我说说，这篇《击鼓》讲的是什么？"

冯婉华想了想："东汉郑玄有《毛诗笺》一书，解释说这首诗是在讲述从军战士之间的约定，战士们在军中危险艰难，'与子成说'是表示相爱相惜之恩，意为危难之时能够互相帮救；'执子之手'则是讲战士之间执手相约，示以信义；'与子偕老'表示战士之间的友情，他们都希望彼此能够在战争中存活下来，活得长久……"

高允不停点头，又问："这首诗还有别的解释吗？"

冯婉华毫不怯场："三国时期的王肃认为这首诗讲的是战士离家之时思念妻子，战士们契阔勤苦，感伤悲痛之余，愿夫妻二人终不相离，相互扶持，白首偕老。开始的两章是怨辞，后三章呢，是战士上战场之前与妻子的离别辞。契者，合也；阔者，离也……"

冯婉华似乎回到了昔日在长安听师傅讲解《诗经》的日子里，她像老学究一样微闭双目，摇头晃脑地背诵讲解着。高允一边踱步，一边听冯婉华侃侃而谈，不停地点头，常氏和拓跋濬则在一旁听得发呆。

高允："殿下，您真该学学这位小姑娘啊！看看，您学了近一年《诗经》了，却连一百篇都背诵不下来，更别提详细解释其中涵义了。"

拓跋濬不服气地低声嘟囔："我皇祖常说，我们大魏马上得天下，奈何学老学究，苦读死背！"

拓跋晃和崔浩不知何时入了殿，已在一旁听得多时。由于背对殿门，众人都没有注意到他们。骤然听儿子如此说，拓跋晃不禁呵斥道："孽畜！大魏天下，马上得之，岂能马上治之？！尔顽劣不学，意欲何为！"

拓跋濬见到父亲，立刻匍匐跪地，不敢言声，常氏、冯婉华也赶紧跪地行礼。

拓跋晃接着怒斥："尔终日喜穿鲜卑式短衣小袖，走马射箭，一旦静下来读书，马上就犯困思倦。"说着，他转向高允，"高侍郎，我年少时，崔司徒给我当师傅，严厉不苟，所以我至今还算学有所成，希望你对待此儿也似昔日崔司徒对我那样，切勿姑息，毋怠毋忽！"

高允躬身施礼。

拓跋晃这番发作完，才又俯身和颜悦色地对冯婉华说："这位小姑娘，你真有才学。你是哪里来的？"

常氏："这是冯昭仪的侄女，刚来万寿宫，给小殿下做伴读。"

拓跋晃脸上露出同情、怜惜的表情："哦，原来你是冯昭仪的家人。唉，冯刺史可惜了……想必从小你家里就为你延请宿儒教习了吧。唉，童子之功非朝夕而成啊。"

冯婉华听到拓跋晃言及自己的父亲，一阵心酸，泪珠扑簌簌地就流了下来。崔浩见状，面露和悦，说："有此女伴读，小殿下学识当日有所长。"

拓跋晃点头。想了一下，他摘下身上挂的一只玉佩饰，递给冯婉华："从今日起，你便负责监督高阳王的学业，如果他不服你的管教，你尽可示此于他。见玉如见我！"又踱到案前，俯身拿起一只当镇纸用的铁如意交给冯婉华，"高阳王顽劣，如果他学书不细，惰懒拖延，你可以用此物惩罚他！"

听到此处，拓跋濬抬头看了看冯婉华。拓跋晃怒喝一声："孽畜，记得我言否？"

拓跋濬吓得浑身一哆嗦，赶紧匍匐顿首："谨记父亲教诲！"

崔浩和高允互相对了一下眼色，常氏偷偷捂住嘴笑。冯婉华不知该如何作答，只能低头唯唯，但脸蛋红红的，半是出于害羞，半是出于紧张。

而后拓跋晃又回头对跟随的宦者交代，按宫内女书史的标准给冯婉华发禄米，这才离开。

看到父亲终于离开，拓跋濬大舒了一口气。高允见冯婉华还没明白过来怎么回事，笑着对她解释："恭喜你啦小姑娘，在宫中，女尚书、女史、女贤人、女书史、书女这些官职，等同于三品官啊。"

北苑，拓跋濬骑着骏马，兀自在前面走着，冯婉华骑着一匹三岁口的儿马尾随在后。拓跋濬显然是有老大的不高兴，道："哼，本来常妈妈说你到我这里来是给我当玩伴的，现在倒好，你成我的学伴了，监视我读书，我还要受你的气！"

冯婉华扑闪着密黑的睫毛，笑意盈盈："我是监督你读书，不是监视你读书。"

拓跋濬不理她，气哼哼地说："更可气的是，我父亲还给了你玉佩和铁如意，如果我不读书，难道你真敢打我不成？"

冯婉华噘起小嘴："太子殿下之命我不敢违。"

两个孩子你一言我一语地说着话，行走在北苑的山岭上，周围山林风景秀丽，令人心旷神怡。拓跋濬换了一个话题，说："你们华族人（汉族人）就知道憋在屋里面读书，哪里知晓我们鲜卑人的纵马奔驰之乐！"

冯婉华："我也会骑马啊！"

拓跋濬脸上露出不屑的表情："你也就是坐在马上，哪里叫骑马！"言毕，少年忽然一拍马脖子，胯下马便风驰电掣般冲了出去。

拓跋濬的胯下骏马撒着欢儿，四只蹄子翻蹄亮掌，一股烟一样沿着山岭飞驰。少年微微俯身，口中嘚嘚不止。岂料冯婉华竟然也毫不怯懦，夹了一下儿马的肚子便跟着拓跋濬飞奔起来。

两匹马跑得非常欢快，忽前忽后，如同赛马一般。冯婉华所骑的儿马不停地扭着脖子，像是要摆脱缰绳；而拓跋濬听见身后马蹄疾踏的声音，用鞭子更加卖力地抽打坐骑，很快就跑上了一座小山冈。万寿宫里豢养有几条身形高大的猎狗，这时候也欢快地跟在两人后面，吠叫着奔跑。它们紧贴着两人的坐骑尾梢追赶，使得两匹马跑得越发快。冯婉华的儿马对紧追自己不放的两条猎狗大发脾气，在疾驰中数次扬蹄，想踢开它们，因此跑得颠来倒去，马背上的冯婉华却丝毫不惧。

拓跋濬扭头看了看冯婉华骑马的英姿，很感诧异。他使劲用马鞭抽马，从小山冈之上风一般冲下那沟壑纵横的谷底。而冯婉华也不顾危险，跟随他驰骋而下。到了谷底，二人皆揽住缰绳，驻马而立，四目相视。两个孩子脸色都被风吹得透红，尤其是冯婉华，粉红粉红的小脸蛋上满是倔强。

至此，拓跋濬方才真心实意地点头，佩服冯婉华的骑术。他一脸钦服地道："真看不出来，你一个只知道死读书的女孩子，还有这样骑马的本事！"

冯婉华："哼，我们燕国冯氏本来就是骑射传家，驰骋英姿不输鲜卑人。更何况我母亲王氏出自乌桓高门，她也从小就会骑马。我从四五岁就开始骑马，我们家里的人也都会！"

拓跋濬笑着说："幸亏你会骑马，否则只当我的学伴监督我读书，就太没意思了！"

万寿宫内，拓跋晃坐在榻上验看拓跋濬的书帖，神情严肃。拓跋濬侍立在旁，冯婉华也站在一边。

拓跋晃审看了片刻，说："《书经》乃必学必懂之书，你这篇《尧典》抄得不错，书法大有进步。"

听闻此言，冯婉华悄悄捅了拓跋濬一下。拓跋濬犹豫片刻，跪下回禀："父亲，儿子昨日耽于打猎，这篇《尧典》是婉华代我写的。"

拓跋晃没抬头："还算你诚实，我一眼就看出这字绝对不是你能写出来的！"

冯婉华松了一口气，元华笑着看了她一眼。拓跋晃转向冯婉华，目光柔和："你年纪这么小，书法能够写成这样，当年在长安定有宿儒教习。唉，北地多年离乱，多亏这些宿儒，薪火相传，使得孔孟之道能够延续下去。经书典籍乃三皇五帝治化之道，能益补王者神智。唔，你一个女孩都能写得这样一手好字……"

见父亲如此夸奖冯婉华，拓跋濬偷偷看了看身边娟秀可人的女孩。冯婉华赶忙向太子施礼："多谢殿下夸奖。我从四岁就开始习字，《女诫》《诗经》《尚书》《礼记》等都学习过。"

拓跋晃面露赞赏，对儿子道："一个女子，读过这么多儒家典籍，字写得这么好，你瞧瞧！你切勿沉湎玩乐田猎，养成恶习！"

拓跋濬诚惶诚恐："谨遵父亲教诲！"

冯婉华又盈盈施礼："殿下，当今皇帝陛下喜欢马术田猎，近来几次召高阳王一起观猎跑马。高阳王娴习马术，目的就是让皇帝陛下心喜。陛下心喜，殿下您也心安。"

听冯婉华如此说，拓跋晃不停点头。

拓跋晃离开后不久，天色已然完全黑了下来。

先前拓跋濬还与冯婉华隔了一些距离，不久，他就嬉皮笑脸地挨近过来。冯婉华悄悄离远了些，一眨眼工夫，拓跋濬又凑了上去。而这次冯婉华不再移动了，任凭少年抓住了她的手。

天越发浓黑了，拓跋濬搂着冯婉华，把自己的肩膀往她身上靠。两个孩子心照不宣地紧挨在一起，皆沉默不语。冯婉华尽量避免接触拓跋濬的目光，他们就这样一直坐在黑暗中。殿外，天上挂着硕大一个血红色的月亮，让人印象极其深刻。大而圆的月亮在天空中慢慢地移动，时而躲进大朵大朵的浓云之中，浓云便像镶上了一层闪亮的花边。

冯婉华想起了长安的月亮。就是那天，他们冯家遭到屠戮。那晚的月亮和今夜的月亮一样大，一样圆。自那日之后，冯婉华再没有心情去欣赏月夜，然而此时此刻，似乎那个她永远不曾遗忘的秋夜，忽然回来了。

冯婉华哭了。拓跋濬有些惘惑，他第一次意识到，自己或许是爱上了身边这个女孩，为她苍白又俏丽的容颜着迷。

拓跋濬："你为什么哭啊？"

　　冯婉华没有立即回答，只是用双手捂住了自己的眼睛。拓跋濬握住她的手，将它们从女孩的眼睛上挪开。

　　女孩的脸颊上挂满了泪水。

　　少年将自己的脸紧贴在女孩身上，任凭她的眼泪不停地淌下来。

第十章　屠狼少年

这一日，艳阳高照。北苑里一行人在骑马打猎，为首的是一位三十岁左右英姿勃勃的禁卫军军官。此人名为刘尼，乃禁卫军直阁将军。在刘尼身边还有数匹马，马背上坐着的分别是拓跋潘、冯婉华、元华，以及几个手持弓箭的禁卫军兵士。

刘尼吹了一下口哨，几条猎狗急速奔来。他眯着眼睛往远处望了一望，对高阳王和冯婉华等人说："殿下，北苑山里最近出现了几匹狼，已经吃掉鹿苑中好几头鹿。我们已经得知这些狼的踪迹，今天我们争取干掉几匹。"

顺着他的鞭梢所指，众人果然看到三四条像大狗一样的黑灰色动物，正一边左顾右盼，一边在树林边缘的草地上行走。

刘尼简短地命令道："大家跟在我后面，追！"说罢他高举鞭子，一抖缰绳，沿着一片非常陡的山梁飞驰而下。拓跋潘以少年独有的高声喊道："放狗追！"禁卫军兵士于是也都呼叫着，皆拍马狂追。

众人的马好，又是陡坡，奔出去如箭一般，很快就抵近了那几匹狼。有一匹小狼慌不择路，逃入旁边的沼泽地中，陷入其间。另外三匹狼无暇他顾，在森林里继续迅速奔跑。

路过那匹陷在沼泽地的小狼近旁，元华弯弓搭箭，一箭就把它的脖子射穿了。小狼呜咽几声，不动了。冯婉华禁不住夸赞："元华姐姐好身手！"

元华得意地看了看刘尼："是刘将军教得好。"

刘尼此时正专注在猎狼上，搭弓嗖的一箭，奔跑中的一匹深褐色的花腿大狼便应声而毙。其余两匹狼一大一小，跳过芦苇丛生的泥泞沼泽，把身子伏低，连跑带滑地继续奔跑。然而刚刚跳过一条沟，几只猎狗便追了上来，很快形成了一个密集的包围圈。看到前面的道路都被切断，体形较小的那匹狼不得已掉头往回，迎着刘尼等人所在的方向奔来。

拓跋潘有些慌神，张弓射了一箭，没中。狼继续奔窜，直冲他所乘的大红马而来。一旁的冯婉华早已经拉开弓，看准了狼头，一射正中狼嘴。嗷呜一声，狼腾空翻了一个筋斗，摔在距离高阳王马头十多步的地方，死了。

冯婉华脸色发白，心脏跳得厉害。毕竟还是个孩子，第一次射死活物，她心中的震撼无以言表，浑身都在哆嗦。

在猎狗的围攻下，最后那一匹大狼非常艰险地突破重围，跳跃着跑上一个小土岗，然后朝着另一片树林飞奔而去。刘尼、元华、拓跋潘均施放箭矢，但大狼奔跑速度太快，又有树木遮蔽，都没有射中。

冯婉华使劲一踢胯下儿马的肚子，儿马立刻飞奔起来。风在耳边呼啸，她伏在儿马的脖子上，感觉自己的眼睛上似乎都蒙了一层泪雾。

元华喊道："大狼窜进山林啦，小心被树枝挂住！"

冯婉华赶紧回应："华姐姐，你从右边绕过去！我们一起追！"

也就是一两年的时间，这两个女孩已经不知不觉长成了身材匀停、别具风韵的美丽少女，似乎完全告别了她们多灾多难的童年。冯婉华身材纤细，秀美的双眼里闪烁着少女特有的腼腆和顽皮，她的身体还没有像大姑娘一样长成，但胸前已经隐约鼓起，手臂修长，肩线平直；而元华大概是最近总在户外练习骑射，皮肤有些黝黑，眼睛更加炯炯有神，眼神中藏有一股咄咄的杀气。

感觉到追击的人马进入树林，离自己越来越近，大狼迟疑了一下，在树林里面兜转了几圈。那几条大猎狗仍然紧追不舍，没有办法，大狼扭头又跑到了空地上。冯婉华和元华用鞭柄捶打着胯下马，绕过一处陡崖，分别从侧翼包抄，紧追了上去。

刘尼和拓跋潘并排驾马立于一处小高岗上，正在观看。马嘶狗叫人喊中，大狼再次被迫转向，窜往邻近的山谷。山谷中人迹罕至，满目荒凉，到处都是衰败的蓬蒿和野草。冯婉华和元华都挺起身子站在马镫上，用袖子擦着被风吹痛的眼睛，仔细察寻大狼的踪迹。

片刻后，拓跋潘赶了上来，大声说："进入绝地，大狼跑不了了！你们两个不要再射箭，看我的厉害！"

冯婉华和元华相视一笑，放下了手中的弓箭。

大狼被追得几乎喘不过气来，突然停在了前方。三条猎狗也赶到近前，然而一条白色大狗刚靠近，就被大狼一口咬住了喉咙。大狼扭头一甩，将猎狗扔到旁边，其余的猎狗见此情状，狂吠不止，但都不敢再贸然冲上去。拓跋潘弯弓搭箭，看得清楚，一箭射了出去。大狼正在提防猎狗，被一箭射在腿上，疼得满地翻滚，几只猎狗这时候才纷纷扑上去撕咬。

拓跋濬很得意，跳下马来，抽出腰刀，想亲手割断大狼的喉咙。刘尼刚刚赶到，跑得气喘吁吁，对拓跋濬说："殿下，这次看您的了！割它的喉咙！"

岂料拓跋濬刚走近正在与几条猎狗撕咬的大狼，大狼忽然挣脱了包围，弹跳起来，扭头咬住了拓跋濬的靴子。情急之下，冯婉华果断发出一箭，正好射在大狼的肚子上。

拓跋濬也急了，他莽撞又勇敢地扑倒在地，把大狼压在身下。趁着几条猎狗咬住大狼，少年按住狼脖子，把手中刀狠狠捅进了它的喉咙。

刘尼跷起大拇指，夸奖道："高阳王少年英才，手刃恶狼！这两位小姑娘亦乃豪杰，这么小就能和我们男人一起打猎了！"

冯婉华和元华用围巾擦着通红的脸上的汗水，对视一笑。冯婉华下马，从马鞍上的窄皮带绳结上摘下一只镂花的皮水壶，递给拓跋濬，少年接过来便仰头狂喝。

没多久，一行人来到近前，原来是太子拓跋晃过来了。

看到父亲，拓跋濬的脸色一下子就变了。

北苑鹿苑台下，站在拓跋晃身边的老将军陆丽一身戎装，面色阴沉。他看上去瘦骨嶙峋，但体格还算健朗，精神头特别好。作为禁卫军最高首长领军将军，他很有威严的派头。

地上，几个禁卫军兵士刚把一匹冲下山坡时被枯树桩子撞伤的马抬过来。这匹可怜的棕红色战马横躺在地上，大口地喷着气，马脖子上有一个裂开的伤口。那伤口又深又长，大到似乎可以把手塞进去，正往外冒着热气，当它艰难地呼吸时，都能看见伤口中上下鼓动的鲜肉。战马的紫色瞳孔逐渐黯淡，身体不停地抽搐着。

陆丽递给刘尼一把刀，扬起下巴示意。

此时，宗爱和贾周等几个宦者，以及乙浑等禁卫军将领也都过来向太子行礼。此时乙浑已经升为禁卫军右卫将军，陆丽是他的顶头上司，因此他还专门拜见了陆丽。

冯婉华和元华骤然看到乙浑，赶忙垂下眼帘。元华的脸变得通红，手不自觉地握紧了腰中刀。冯婉华偷偷捅了她一下，她的手才慢慢放回去。

乙浑的注意力都在太子、高阳王和陆丽身上，似乎完全没注意到冯婉华和元华，或许只以为她们是太子宫内的普通侍女。

陆丽非常气愤地怒斥刘尼："养成一匹战马要耗费多少人力物力，就等着为国杀敌或者保护陛下出征用。你们倒好，在御苑之内的陡峭山坡上策马疾驰，如今马死了也就算了，倘若高阳王有点什么闪失，我如何向太子殿下交代？！"

宗爱、贾周、乙浑等人在一旁幸灾乐祸，看笑话一样等着看刘尼如何解释。

刘尼行礼："下官有罪，下官愿拿出俸禄来赎这匹军马！"

拓跋濬急忙为刘尼辩解："陆大人请不要怪罪刘将军，我们今天恰好看到刘将军率领禁卫军在御苑射兔，这才拉着他来打猎的。御苑如今有恶狼混入，我们的本意是击杀恶狼……"

拓跋晃大声呵斥："孽畜，住口！打狼是禁卫军的职责，哪里有你掺和的份儿？！不在殿内读书，就知道弯弓走马，成何体统！"

冯婉华本想出来说些什么，被元华拽了一下袖子，忽然意识到乙浑就在一旁，赶紧闭紧了嘴。

拓跋晃深知陆丽是个倔强的老头儿，语气里便带了些讨好："领军将军，若您有空，是否可到我宫里来，我备薄酒一杯款待将军？"

陆丽老将军面色威严，深施一礼，不卑不亢地说："在下正在宫内执勤，很快陛下就要来此地骑马射箭，在下不能离开。如果殿下您有公事，请当面吩咐在下；如果是私事，还请恕在下不敢从命。殿下乃国之太子，位尊储君，在下身为领军将军，不敢私下谒见殿下！"

陆丽一席话，说得拓跋晃面子有些挂不住，很尴尬地站在原地。宗爱则不言不语，只将这一切看在眼里，微微颔首。

第十一章　夜间密谈

夜晚，万寿宫内非常寂静。

经历了猎狼一事，拓跋濬忽然觉得冯婉华这个学伴是那么聪慧、迷人。趁左右无人，少年人温柔地握住她的手，端详起她闪耀着美丽光彩的俊俏脸庞来。

冯婉华还处在懵懂期，她隐约意识到自己心中似乎产生了一种全新的情愫。她忽然想起哥哥冯熙，眼泪忍不住掉了下来。拓跋濬见状，赶紧拿出绢帕揩拭她的泪水，想方设法止住她的眼泪。

这样的温情脉脉，于冯婉华而言已经太过久远。这个少年对她如此亲近，让她的心灵生出了第一颗爱的种子。此时的冯婉华不会知道，在日后很长一段时期内，每当她独自于梦中回忆，她就会想起此时这温暖的一刻，少年少女情窦初开，犹如一轮明月，又像腾空而起的焰火，在茫茫黑暗之中照亮了生活的道路。

冯婉华轻柔地把手从拓跋濬手中抽出来，轻声说："我们一起读书吧。今天该学《书经·大诰》了。'武王崩，三监及淮夷叛，周公相成王，将黜殷，作《大诰》。王若曰：'猷！大诰尔多邦越尔御事。弗吊……'"

拓跋濬笑着说："高允师傅还没教我这篇文章呢。……好吧，我先跟着你背诵下来。"

就在这时，常氏带着两个宫婢蹑手蹑脚地进入殿内，望着拓跋濬和冯婉华认真读书的样子，她会心一笑，一脸慈爱。她小声吩咐宫婢将漆碗装盛的吃食拿给两个孩子，而后便轻轻地退到殿门外，伫立着，似乎在等什么人。

过了一会儿，乙浑率领一队禁卫军巡查宫禁，看到常氏，赶忙过来。常氏忸怩作态地说："右卫将军，您平时骑在马上的样子更好看，威风凛凛……"

乙浑的一双色眼瞅着常氏上下打量，左右看了看，低声说："在宫内巡察可不能骑马，我只能在御苑中骑。"

常氏嘿嘿笑了起来："先前在北苑看到过将军打鹿，将军骑术真不一般。"

乙浑见左右无人，伸出手来捏了一下常氏的衣裙，悄悄道："常妈妈这条裙子真好看！"

常氏将手中绢帕挥了一下，左右看看，笑言："将军自重，不得调戏老身！"

这个常氏，从前也是有过花容月貌的，当下却已凋零不再。但看到乙浑这样一个和宗爱走得颇近的禁卫军将军向自己示好，她还是忍不住春心萌动。这中年妇人时而噘嘴，效仿冯婉华那般小女孩的憨态，时而浅浅一笑，欲卖弄出个娇媚的风情来，却因为脸上的肌肉已不再年轻，使得她的笑颜看上去就像是在做鬼脸一样。

乙浑对她的扭怩作态恍若不见，拱手道："常妈妈如此年纪，春秋正盛，何言'老'身？高阳王乃太子之子，将来也是太子，日后您定也能像保太后那般荣升太后呢。到时候常妈妈可一定要提携在下啊。"

听乙浑如此说，常氏有些发愣。乙浑所说的保太后，就是当今皇帝拓跋焘的乳娘窦氏。由于北魏有"子贵母死"制度，拓跋焘自幼由窦氏养育，与窦氏感情深厚，继位后这位窦氏便被敕封为保太后，荣宠一时，颇预当时政事。而后，窦氏在太平真君元年病逝，其家族依旧显赫。

很快，常氏醒过神来，满面是笑："我这个苦命，哪里有窦太后的命！不过借将军吉言，日后我若真当了保太后，肯定有将军的好！"

暮春时分，平城似乎还有些清凉。清晨朝气萌发，清新的晨意带来的是温馨的气氛，和谐地融在宁静之中。坤德六合殿里一片湿润和明媚，一个巨大的黄铜炭盆放在殿内，时不时蹿起耀眼的火苗，添加的香料使得整间殿堂暖香拂面。

冯昭仪穿着一袭鲜红帏衣，面容慈爱地坐在榻上。看着站在她面前的冯婉华越发素雅大方，她非常高兴。她问侄女："婉华，高阳王现在的字写得怎么样了，太子殿下常到高阳王那里去吗？"

冯婉华："回姑母，小殿下很聪明，他从前爱骑马打猎，现在有我陪伴读书，勤奋了很多，书法也越写越好，连高允师傅都夸我呢。不过太子殿下不常过来，有时过来也不是专为看小殿下的功课，而是来找高允师傅谈事的。他们总是会交谈很久，我和小殿下也不知他们在谈些什么。"

抱公公插话说："太子殿下如今日子也不好过，听说宗爱在皇帝陛下面前说了不少太子殿下的坏话。"

冯昭仪面露忧色，叹息道："唉，我们冯家真是命运多舛，好不容易将婉华送过去陪高阳王读书，岂料现在太子又境地危险。"

冯婉华："姑母勿忧。皇帝陛下已经几次唤小殿下入宫，和他一起骑马射箭了，对小殿下很是喜爱。"

抱公公点点头："是啊，皇帝陛下对这个孙子是从心底喜欢的。"

冯婉华露出一丝忧虑的神色，说："不过，我发现常妈妈和乙浑关系非常好，常妈妈的兄长和侄子在宫外常被乙浑邀去喝酒。"

元华听到乙浑的名字，咬牙切齿。冯昭仪看着侄女，问："你怎么知道的？"

冯婉华："万寿宫伺候常妈妈的宫婢和我关系很好，我和她们闲聊的时候听她们说起的。"

抱公公若有所思："乙浑现在是右卫将军，宗爱心腹，是宗爱一手提拔起来的……"

元华表情愤激地说："乙浑此人极坏，想从前，在从长安到平城的路上，他没少欺负夫人和姑娘，还让人杀了我父亲！"

冯婉华也点头表示同意。抱公公道："乙浑看似一粗鲁武夫，但他能在宗爱和常氏之间左右逢源，说明他其实不简单。姑娘你可千万不要轻易得罪此人。"

冯昭仪点头，叮嘱道："抱公公所言极是！乙浑是宗爱心腹，又搭着常妈妈那条线，脚踩两条大船。宫内关系向来千丝万缕，你一定要小心谨慎，特别是对常妈妈，你更要尊敬。对她好，就是对你自己好。"想了想，她又补充道，"在宫内这地方，你一定要多长点心眼，待人接物要随和，喜欢谁恨谁，不能形于颜色！"

冯婉华忽闪着长长的睫毛，不停点头，一一应允。

说到此处，抱公公道："都是因为有子贵母死制度在，有保太后窦氏在前，常氏以及那些巴结讨好常氏的人或许都在想她日后也能成为保太后。"

冯婉华好奇地问："我总是听别的宫婢说什么子贵母死，这是什么意思？"

冯昭仪："这是我大魏后宫的一种制度，即在立太子时先赐死其生母。最早干这事的是汉武帝，当时他快七十岁了，立六岁的儿子刘弗陵为太子，为防止刘弗陵生母钩弋夫人在他死后像吕后那样大权在握主宰朝政，汉武帝就提前赐死了钩弋夫人。"

冯婉华惊讶地张大了嘴："啊，还有这样的事情？！"

冯昭仪："先前你在长安，师傅教授经义方面的东西多，历史你懂得少，以后一定要多读多想。不过汉朝被赐死的太子生母也就钩弋夫人一人，'立子杀母'这个制度到了我们大魏方才沿袭成势，南朝的皇室也没有类似事情发生。"

冯婉华："为什么呀？"

冯昭仪："大魏初创时，因君位传承引发了不少动乱，与大魏结盟的贺兰、独孤、慕容等部落与大魏皇族世代为婚，储君的策立和登基一直与其母族关系密切，往往'母强子立'，道武帝即位时就完全依赖贺兰太后的家族势力。道武帝成人后，很想改变母后势力凌驾拓跋氏皇族势力的局面，不断利用战争手段强制离散母族贺兰部、妻族独孤部等大部落，最终统一代北。为了'父子家天下'，道武帝先后逼死了贺兰太后，赐死了太子生母刘皇后。于是，从道武帝开始，子贵母死就成了大魏后宫的惯例。"

冯昭仪这一席话听得冯婉华和元华呆呆发愣。冯婉华神色凝重，问："如此说来，姑母，如果您生了太子，命也保不住了？"

冯昭仪面色严肃："切勿在外间说这种话！当今皇帝有赫连皇后为正宫，又有太子殿下为储君，还有嫡孙高阳王殿下。即使我真的生子，也不可能是太子！"

冯婉华还是第一次看到姑母如此严厉的表情，偷偷向元华伸了伸舌头。元华很好奇地问："如此说来，当今太子殿下的生母也是被赐死的？"

抱公公在一旁笑了："当今太子殿下的生母贺氏还真不是被赐死的。她殁于神麚元年，是生了太子之后得产后风病去的。"

冯婉华："如果贺氏当时没有亡故，生下太子后多久会被赐死呢？"

冯昭仪："根据明元帝之后的制度，是后妃所生的孩子被封为太子，那个后妃才会被赐死。当今太子殿下是在延和元年被立为太子的，如果贺氏没有因产子而亡故，她应该会在那时候才被赐死。"

冯婉华："啊，那贺氏岂不是就算活着也生不如死，总害怕哪天自己的孩子当上太子，自己便会被赐死……"说着，她长叹一口气，"唉，人活着好艰难啊。"

冯昭仪："是啊，尤其是我们宫内的女人，更是艰难，即使生下儿子，也可能是化福为灾。"

元华看着冯婉华，笑着说："如果你有本事，以后就只当皇后，不生太子！"

听闻此言，冯婉华面上的忧色褪去，也懵懂地笑了："这样确实好！"

听到两个女孩如此嬉笑着说出这种话，冯昭仪和抱公公无法苛责，也跟着笑了。

第十二章　崔氏惨祸

万寿宫内，太子拓跋晃和中书侍郎高允脸上都满是无限忧虑的神色。拓跋晃近日一直心神不安，眼皮略显浮肿。

"听说最近宗爱日夜向陛下进言，说崔司徒与我结党营私。陛下盛怒，天威一发，祸不可测啊。唉，往昔皇太祖道武帝对司徒的父亲崔宏言听计从，遵行黄老之法，反对一切奢侈浮华，力图保持我鲜卑朴实纯诚之风。如果没有崔宏，我大魏开国规模肯定不行的啊。"

高允："崔宏大人协助皇太祖道武帝促成了从黄老名法向礼法的转变，实际上削弱了鲜卑部族间的分离趋势，使得太祖大柄在握，国力日强。虽然如此，太祖不久还是废除了汉人圜丘祭天的仪式，改用鲜卑原有的四月西郊祭天，可见当时儒化是多么艰难。"

拓跋晃叹息："皇祖明元帝以崔浩为师傅，抚合内外，礼法结合，礼爱儒生，确实是一时之盛事。仿效汉人的皇权继承，皇祖当时令陛下以太子之位行监国之事，这才使得大魏继承权明晰，保持了大魏父子天下的稳定。当今朝廷的太学、中书省、秘书省以及几乎所有律令，皆由崔司徒一人推动。如此大功，陛下竟然完全弃之不念，确实太让人感到惊奇。"

高允："其实，陛下对崔司徒曾经信任非常。太平真君五年，陛下下诏弹压沙门，在全国范围内大肆废佛，改信道教，皆为崔司徒一言所致！"

拓跋晃摇头，痛心疾首："是啊，崔司徒结识道士寇谦之之后，受其影响信奉道教。深知陛下痛恨羯胡，崔司徒便劝陛下说佛乃羯胡之神，使得陛下一怒而废佛。"

高允："当时大魏境内的僧侣确实太多，不符合陛下全民皆兵的理念。特别是当时又有卢水胡人盖吴在杏城①聚众十万造反，致使陛下亲自率兵前去镇压。陛下到达长安，在一所寺院内发现兵器，更怀疑沙门与盖吴通谋，大为震怒，立刻下令诛杀全寺僧众。崔司徒正是在当时的时机下，劝陛下进一步灭佛的。"

拓跋晃面露惋惜之色："幸亏我当时监国秉政，又笃信佛法，再三上表，劝阻陛下缓行灭佛之策。虽然言不见纳，但废佛诏书毕竟得以缓宣，远近沙门闻讯逃匿获免不少，佛像、经论也多得密藏。否则的话，还不知有多少沙门会被杀啊。"

高允："从昔日的言听计从，到今天弹指可杀，陛下喜怒转换太快！我总觉得，此次皇帝陛下急欲杀戮崔浩，肯定还有更深刻的原因。"

拓跋晃更加忧形于色，低首思之，回答说："当然，见司徒与我交好，宗爱等人日夜在陛下面前谗毁我，又说崔浩等汉官结成朋党，特别是陛下南征归来时宗爱假传我的命令关闭城门拒绝陛下入城，令我百口难辩……"

正当拓跋晃和高允二人计议之时，太极殿内，拓跋焘也在与人谈话。他端坐御座，距离他很近的地方围坐着四个脑袋上梳辫发、身着鲜明鲜卑式服饰的拓跋氏宗亲和鲜卑勋贵。这四个人，正是长乐王拓跋寿乐、建宁王拓跋崇、永昌王拓跋仁，以及帝舅杜元宝。拓跋寿乐是个白胡子老头儿，拓跋崇满脸凶相，拓跋仁器宇轩昂，杜元宝则长着一个巨大的酒糟红鼻子。

拓跋寿乐大声直言："陛下，崔浩所谓的'齐整人伦'，表面上是说要用儒家观念来规范我们大魏官员的德行，其实是想从根本上改变我们大魏的选官制度；而他所谓的'分明姓族'，表面看是要注重门第高低，区分士庶，其实是要恢复魏晋时期华族那些大门阀的特权。如果按照崔浩的选士标准，我们鲜卑勋贵没几个人有儒学修养的，都当不成大官。这样下去，大魏的天下慢慢就不再是陛下的天下，也就不是我们的天下了！"

拓跋崇附言道："崔浩是华族，此贼心存南朝！陛下您想一想，只要我们北伐，他都全力支持，唯恐我们出兵不多，杀伐不大。但无论是皇祖还是陛下您，只要想去南征，他每次都拼命阻止，甚至先前宋国皇帝刘裕病死，我们想趁机攻取洛阳、虎牢、滑台等地，他竟然还说我们是因丧伐人，不一定能够战胜对方，其心可诛！"

听闻此言，拓跋仁也附和说："我们大魏一直有分部制和诸部鲜卑大人参政

① 在今陕西延安黄陵县西南。

的传统，我们这些人，陛下，可是大魏的柱石啊！现如今崔浩选用大量和他有姻亲关系的人进入尚书省、中书省，哪里还有我们这些鲜卑勋臣说话的机会，朝政都由他们把持了啊。照这样发展下去，大魏将不国！"

帝舅杜元宝虽是汉人出身，但已经完全鲜卑化，此时也做披肝沥胆状："崔浩此辈乃北方晋人余孽，陛下不可轻信！"

四人你一言我一语，不停言说，拓跋焘不停点头，目光望向殿外，若有所思。

平城城南的刑场上，大批军士侍立，正在准备行刑。距离刑场不远有个集市广场，广场上到处是民众交易所用的牛车，不少卸下来的车辕朝天竖着。时值正午，市场上熙熙攘攘，闹声连天，吆喝叫卖声和牲畜的鸣叫声不绝于耳。菜农摆起长长的摊子叫卖青菜，一个屠夫的屠案被一群孩子围了个密实，孩子们瞪大眼睛，看着屠夫割宰肥猪。四围还有不少卸了货的骆驼，嘴里冒着白沫，边咀嚼反刍的草料，边傲然环视着广场上的各色人群。

崔浩和他的宗族几百人都被囚于木笼之内，有数十名鲜卑兵士在刑台上嗷嗷大叫，笑骂着往他们脑袋上小便，看到拓跋晃和他手下几个属官匆匆驾马而来，方才有所收敛。

拓跋晃下马，即刻命令看守囚车的军官："速用清水为崔司徒沐浴！我将到陛下面前为崔司徒请命。"

监斩官施礼，低声对拓跋晃说："太子殿下，我等先前已得陛下诏旨，午时三刻一到，立刻行刑。如果太子想救犯官，希望您尽快得到陛下新诏。"

此时的崔浩，形容枯槁。如此古稀年纪，经过几日的折磨，他瘦得只剩一把皮包骨。身处土穴之中，木笼之内，他那张如泥壁风化般皲裂的脸上完全没有表情，表明他已心如死灰。他周身都是污秽，却恍若无感，因为这些痛苦都不及被皇帝抛弃来得强烈。

太极殿内，拓跋焘依旧一脸怒气。宗爱大声说道："今日皇帝升殿与众大臣议事，商讨逆贼崔浩之罪，明正典刑！"

拓跋晃即刻跪奏："崔浩才艺通博，究览天人，政事筹策，无与伦比，诚为我大魏之张良也。崔家两代侍奉我大魏三代帝王，皇太祖道武帝、皇祖明元帝皆对崔氏父子言听计从，宠遇隆厚。况崔浩谋略盖世，威未震主，望陛下思其旧功，全其门户，以免使后人有鸟尽弓藏之讥！斯人而遭斯酷，不亦悲夫！"

拓跋焘一言不发，宗爱身为一个宦者，竟然立刻就高声说道："崔浩操持权柄，越局侵官，有紊纲纪。他主修国史，却谩诋皇宗，妄为邪说，竟然声称我大魏拓跋氏之祖本源自汉朝叛将李陵，种种邪言妄语闻之令人发指，诚为大逆不道！"

拓跋晃腮边咬肌滚动，他也不看宗爱，依旧向拓跋焘奏禀道："崔浩多年忠心耿耿，为大魏齐整人伦，分明姓族，在朝中朝外树立道德观念和秩序原则，抑制鲜卑勋贵的跋扈不臣，完全是为大魏皇威考虑，没有任何私心邪念。怪只怪崔浩近期争强好胜，没有明哲保身和功成身退之道……"

听闻此言，拓跋焘暴怒而起："崔浩争强好胜？他和谁争强好胜？！"

原本宗爱听到拓跋晃说崔浩"争强好胜"，知道太子这是在变相指斥自己，心中一惊，然而乍然又见皇帝对太子当面指斥，心中暗喜不已。他面露凶光，继续反驳太子的求情："崔浩乃华族，心存华夏，多年来一直处心积虑，不断与南朝密谋。其一，神瑞二年（公元415年），明元帝想迁都邺城，崔浩力止，便是不想让我们鲜卑大魏入居中华旧地；其二，刘裕攻伐秦国，明元帝想出兵，崔浩竭力劝止，便也是出于偏袒南朝军队的'私心'；其三，明元帝和当今圣上北伐夷狄，崔浩无不全力支持，一旦陛下有南征之意，崔浩却总是反对，其本意依旧是帮助南朝；其四，陛下先前攻伐赫连夏国，连天风雨，士卒饥渴，崔浩力劝猛攻，至今思之令人后怕，他当时就是希望大魏大败！幸亏祖宗保佑，陛下神武，我们大魏军队在危难之际总能反败为胜；其五，陛下当年准备攻伐沮渠氏凉国，崔浩引用《汉书》说当地一直水草茂盛，仔细思之，如今距离汉朝已经过去多少年，水道不可能不改，兼之凉国路途遥远，军资耗费巨大，胜败不定……追根溯源，崔浩真是恶毒至极，其原意就是希望我大魏在进军途中兵败，他好有机会联系南朝宋国以倾覆我大魏！"

宗爱阉人阴毒，句句诛心，说得拓跋焘也须髯戟立，怒不可遏。拓跋晃听他如此栽赃陷害，气得冷笑："如此说来，当今陛下生母是华族，我们大魏皇祖明元帝立陛下为储君，当时崔浩力赞，便就是希望我们大魏皇帝是'华种'，日后才对华族有利不成？！"

拓跋晃此言一出，满朝文武骇然，宗爱一时间也语塞。

拓跋焘勃然大怒，使劲一拍桌案，怒喝道："崔浩包藏祸心，必须诛杀以定天下。太子毋多言！近日朕南返归京，据说他有辅佐你提前登基之意。如果你想回护崔浩，等你登基后，再替他平反不迟！"

听父皇如此说，拓跋晃只能噤声。

太武帝晚年征伐四克，却在对宋国的攻伐中大败而归，加之酗酒成性，自此性情刚愎多虐，喜怒无常。内廷之内又有宗爱从中离间，是以他多数时间都是丧心病狂的状态，往往令人骇之不敢言。

拓跋焘愤恨地说："别的不讲，就讲崔浩在国史中诋毁先帝之事！"

宗爱顿时来了精神："陛下明察！崔浩特别对太祖道武帝极尽污蔑，几处记载太祖屠城之事，意在对外宣扬太祖的严刑峻法，国史中还详细描写了登国十年（公元395年）太祖坑杀五万燕军的事情……"

说着，宗爱拿起卷牍念道："帝服寒食散，药数动发。灾变屡见，帝忧懑不安，或数日不食，或不寝达旦。帝归咎臣下，喜怒乖常，谓百僚左右不可信，虑如天文之占，或有肘腋之虞。追思既往成败得失，终日竟夜独语不止，若旁有鬼物对扬者。朝臣至前，追其旧恶，皆见杀害，其余或以颜色变动，或以喘息不调，或以行步乖节，或以言辞失措，帝皆以为怀恶在心，变见于外，乃手自殴击，死者皆陈天安殿前。于是，朝野人情，各怀危惧……"

宗爱朗读未竟，拓跋焘高声喝止："够了！崔浩在国史中如此污蔑太祖，大不可忍！"

宗爱躬身行礼，心中暗喜。

其实，拓跋焘本人就一直服用寒食散，所以对此记载更加敏感，以至于怀恨在心。他接过宗爱呈上的卷牍，仔细看了看，发话道："传朕诏旨，尽诛崔浩全族，族诛与崔浩有姻亲关系的范阳卢氏、河东柳氏以及太原郭氏！"

宗爱："陛下，崔浩手下党羽甚多，应该尽数诛杀，以申正法！"

拓跋焘点点头："嗯，据说中书侍郎高允是秘史的副撰，同诛无异！一切崔浩的同党以及参与修史之人皆诛五族！"

拓跋晃大惊，不顾一切地跪地极谏："中书侍郎高允自儿臣孩提时期即为东宫师傅，儿臣与高允相处多年，此人一向小心谨慎，他虽然与崔浩同修国史，但他官位微贱，只能听命于崔浩。儿臣请求陛下饶他性命！高允现在正在中书省值班，务请陛下找他来亲自审问！"

拓跋焘冷笑道："也好，让这些人死也死个明白！"

内臣传旨，高允很快在卫士夹逼之下被押到太极殿内。然而他不卑不亢，入殿之后依礼向拓跋焘行礼。

拓跋焘仔细打量了他一番，问："国史是崔浩主撰吗？"

高允："回陛下，《太祖记》乃前著作郎邓渊所写。《先帝记》以及《今记》皆是臣与崔浩一同撰写。但崔浩平素政事繁多，只负责总裁修订而已。至于书中注疏，臣所作多于崔浩。"

拓跋焘大怒："如此说来，你比崔浩的罪行还严重！家族性命，如何得活？！"

拓跋晃又跪地陈言："陛下天威严重，高允小臣肯定是惊慌失措，迷乱失言！儿臣先前问他，他都说国史乃崔浩主撰。"

拓跋焘盯着高允："太子所言，是实是虚？从实招来，朕可以饶尔不死。"

高允："臣才薄望轻，谬参国史，犯触天威，罪应灭族！如今白刃临头，绝对不敢再虚饰浮词，欺惘陛下。太子殿下因臣从前为他当师傅，讲书时间长，哀怜臣，为臣求命。如皇上您不问臣，臣也没有机会说话。如今陛下既然问臣，臣必须如实对答，不敢有丝毫迷乱！"

拓跋晃闻言，面如死灰，心想高允这一来肯定会被诛灭五族。

宗爱扬扬自得："崔浩、高允乃一丘之貉，这些华贼文士总想弄笔以动皇威。如今，真是死到临头了！"

然而拓跋焘却没有继续发怒，他忽然站起身，在御座旁踱来踱去数次，终于才说："憨直，确实也是人情所难，而你能临死不移，这就更难了！以实对君，确实是我大魏忠心不二的臣子。有高允你刚才这一番话，朕宁愿漏掉一个确实有罪的人，也应该宽恕你。"

见形势急转，拓跋晃暗自松了一口气，宗爱怏怏。高允再拜叩首："谢皇帝陛下不杀之恩！"

然而，虽然饶恕了高允，拓跋焘犹自余怒未消。他转身令宗爱速速拟旨，严惩崔浩等人。就在这时，宗爱眉头一皱，计上心来，对拓跋焘建议说："高允对贼党情形心知肚明，不如让他拟旨。"

拓跋焘点头，命令高允："撰修国史之人，自崔浩以下，包含书童、誊吏在内共一百二十八人，皆夷五族！高允，你急切替朕拟旨，叙述此类贼人诬枉之状，以诫国人！"

高允神情恳切，跪地回禀道："崔浩如果还有别的罪，臣确实不清楚。如果只是这一项'妄撰国史'的罪行，臣认为还不至于族诛。"

拓跋焘大怒："来人，马上把这个呆子绑了，与那些人一起，全部族诛！"

宗爱即刻指挥殿内的直阁卫士过来捆绑高允。拓跋晃又一次跪地拜请，大臣当中也有不少人跟随太子跪地。

见此情状，拓跋焘低头思忖一番，叹息一声，良久后才言道："如果没有这个人招惹我，恐怕现在就有数千人被杀了……既然如此，那一百二十八人皆处斩刑，亲族一概不问。所有国史刻石立刻平毁！国史文稿重新审验，但凡有涉及前朝忌讳者，尽数删除！"

宗爱发现如今少杀了这么多人，气急败坏。他盯着高允，暗自愤恨不已。

拓跋焘起身，拂袖而去之前说了一句："赦免其余人的族属，诛崔浩五族！"

散朝之后，太极殿外，拓跋晃心神甫定，忍不住责备高允："方才朝堂之上险恶至极，高侍郎你差点让我也下不来台啊。"

高允："殿下何出此言？"

拓跋晃很焦急地说："为人处世，应当把握时机，如果不知见好就收，学识又有什么益处？！为了救你一族，我在朝上一直从旁点拨，如果当时你顺着我的话说，陛下不会大动肝火……现在想起刚才发生的一切，我都还心有余悸！"

高允："臣乃东野一介平凡书生，本来没有做官的打算。恰逢朝廷圣明，选贤用能，殿下谬赞，使得我能够为官凤池，参撰麟阁。然我长久以来尸位素餐，确实没干多少事情……大凡国史史书，尤其关涉帝王实录的，都是警醒将来的宝鉴，通过史书的记载，今人可以观往事，后人可以知今事。故而帝王的言行举动，无不备载，借此也警示人君应该谨慎从事。崔浩世受国君的特殊恩遇，荣耀一时，确实在某些方面被个人的爱憎之情障蔽了公理之心。但如果说他在国史中故意诽谤，也确实过分了。史书中直笔书写皇帝起居，讨论国家大政得失，都属于史书笔法的大体模式。臣与崔浩共撰国史，按理说应该死生荣辱，义无独顾。今天，高允我得免族诛之祸，多亏陛下仁慈，犹念父子恩情，赦免了我的罪行。如果我违心攀扯崔浩，一心偷生苟且，真不是臣当初在朝廷为国尽忠的本意！"

拓跋晃听高允如此说，仔细思之，点头称叹不已："高侍郎风骨清高，确实是我大魏纯臣！"说罢，他发出长长一声叹息，又道，"崔司徒如今受五族之诛，无辜受戮，真乃天降大灾！"

高允也是痛心疾首："崔司徒之父崔宏辅佐道武帝、明元帝两朝，死后葬以王礼，极尽哀荣。大魏立国之初，所有制度规矩皆由崔宏所立，就连我们大魏的国号都是跟他商定的。当时崔宏还进言说我们大魏五行正应土德，由此服色以黄为贵；数字用五，无论吉凶皆以五为数，故而现在陛下诛崔司徒五族……"见太子面上的神色越发悲戚，他又道，"崔浩本心是在日后将不同族裔、部落以及地方势力全部归于我大魏统领之下，多年以来，他一直想模糊原有地方和种族的既定属性，建立我们大魏大一统的政治认同。就因为这个，不少鲜卑贵族认为崔司徒之举损害了他们的利益，故而勾结宗爱，在陛下面前屡进谗言，说他试图恢复晋朝以来北地汉族门阀旧有的世族地位，最终才使陛下顿起杀心！"

不远处，宗爱揣着手，正和贾周一起窥视着说话的二人。宗爱揣摩着二人的神情，对贾周说："日后倘若太子登基为帝，高允这些人弄权，吾辈必遭族灭！今日除去崔浩等人，看来还是不够啊。"

贾周沉吟半晌，回道："大人明鉴，我们必须先下手为强！"

平城城南刑场上，曾经仙风道骨的崔浩，如今只剩下满脸不自知的麻木。他从前容光焕发的脸庞变得衰老很多，由于脸上的血管已经完全失去弹性，他往日里睿智又充满活力的神采已全然不见。而他暴露在外的颈背和面颊上有不少鞭子抽打的痕迹，一头雪一样的白发随朔风飞扬，拂打着他瘦削的脸部，让人顿起痛彻心扉之感。

拓跋晃上前执起他的手，唏嘘不已："崔司徒，我有负于您，没能讨得陛下赦免。"

高允也不禁泪下："司徒公，诀别之际，希望您有教于我！"

崔浩望着眼前二人，愁肠百结，叹息良久才道："我崔浩自结发以来，善于谋国，善于谋人，而不善于谋己。眼下我获罪，有几点想再嘱咐殿下。其一，崔氏原乃久经中原丧乱的北方大族，数十年来我一直研经术，习政事，目的就是在大魏复兴儒家的五等爵制。多年以来，我为国选材，推荐冀、定、相、幽、并五州人士数十百人，皆起家为郡守，这些官员中华族多，我因而得罪了不少鲜卑勋贵，究其起源，我非修国史而得罪也。其二，鲜卑勋贵中有不少人笃信佛法，包括太子殿下，我却卓然高蹈，度越时俗，谏劝皇帝毁佛，本来目的是为国家节约开支，但我自己却崇奉尊礼道士之术，授人以柄。其三，我忠心为国，敬奉太子，却致使陛下疑心，这是我最大的死罪由来。希望我死之后，太子殿下能够常怀履冰之心，使陛下不失为慈父，殿下不失为爱子。"

言罢，他的目光又转向高允："高侍郎，我大魏起自朔漠，如今占据华夏大半，必须尊儒学之道，应天顺人，以治理百姓，收服人心。希望你能继承我的遗愿，日后能够有机会辅佐太子殿下，变风易俗，施仁义于四海。"

拓跋晃和高允听到此处，再不能忍，都低头拭泪。

就在此时，监刑官大喊："行刑——"

不远处陆续传来惊叫声、哭声、哀求声，崔浩心如刀割，悲不自胜，又对拓跋晃道："殿下，这就是我大魏的国法！一人有罪，诛杀五族！为了逼吓犯官，还要先斩族属，使犯官旁观，此举……此举诚为千古酷法啊！"

如同一艘在大风暴之下行将沉没的巨舟，崔浩这位千古奇才，此刻却全然是一副呆板、憔悴的模样。听着亲族中待斩的幼儿不断发出哭声和哀号，他的脸颊呈现铅灰之色，混浊不清的眼睛里残存着零星微弱的光芒，白发如蓬乱的白沫般披散在脸上。而与苍苍白发相比，他身上的那身紫袍更显得扎眼。曾经高贵、堂皇的司徒高官，如今缧绁在身，备受身心折磨，再也没有先前临危不乱、从容不迫的风度……

眼前的一幕过于真实，却又离奇古怪，直教拓跋晃和高允欲哭无泪。而同一时刻，太极殿外，几个鲜卑勋臣正毕恭毕敬地向宗爱行礼告别，表示感谢。宗爱面色谦恭，一一回礼。

目送着几个勋贵出宫，贾周低声对宗爱说："大人，您终于把崔浩除掉了！看看这些鲜卑老头儿，他们都是打心底里高兴啊。没有这帮人的帮忙，陛下恐怕还真下不了决心。"

宗爱摇摇头："别以为是咱们利用他们办成了事儿，其实是他们一直在利用我。孩儿，记住了，觉人之诈而不形于言！哪日若是这些人认为我们挡了他们的道儿，他们也会像在皇帝面前说崔浩坏话一样说我们的不是！利益——这些老头儿心里面最看重的，不是大魏家，而是他们自己的利益！"

贾周谄媚地说："嗯，反正崔浩被搞掉了，大人日后在朝中就省了不少的心。"

宗爱："孩儿啊，太子还在呢，活蹦乱跳的，你可知他的登基之日就是你我的末日！"

万寿宫内，阳光明媚。花园里那道向阳的斜坡上长满了鲜花和嫩草，经过一整日阳光的蒸晒，各色花朵的清香氤氲在空气中。然而这星星点点的花朵盛开着，却让人顿生淡淡的哀愁。

拓跋晃心情抑郁，在花园里行走着，一言不发。拓跋濬紧跟着父亲，冯婉华、常氏也跟在这对父子身后，慢慢地走着。忽而拓跋晃长叹了一口气，转身看向跟着他的几人，问："你们知道崔司徒的事情了吗？"

拓跋濬即刻躬身答言："回禀父亲，知道一些。他和他的全族都被陛下杀了。"

拓跋晃眼中闪烁起泪光，音声哽咽："你知道吗，在我很小的时候……大概从四岁起，他就是我的老师。他如同高侍郎对待你一样，手把手地教我识字读书……"

冯婉华看看拓跋晃，大着胆子低声问道，"太子殿下，连您也救他不得吗？"

拓跋晃摇摇头："我大魏天下乃陛下之天下，即使我身为储君，也救他不得……"顿了一会儿，他又对儿子道："日后若是你能当上我们大魏的国君，对待臣下一定要有柔仁之心，不要偏听偏信……"

远望着高天，拓跋晃遥忆起了与崔浩有关的一切。情尤切时，他开始低声吟诵："昔我往矣，杨柳依依。今我来思，雨雪霏霏……"

然而哽咽让他的吟诵无法继续，冯婉华见状，接口道："……行道迟迟，载渴载饥。我心伤悲，莫知我哀！"

拓跋晃深深点头，用手轻抚着冯婉华的肩，眼中赞许不已。而拓跋濬和常氏则面面相觑，完全不知道太子殿下和冯婉华所咏叹的诗句出自哪里。

第十三章　太极殿射礼

这一日，太极殿即将举行射礼。拓跋焘端坐在殿外御座上，表情平静，在他身边侍立着大宦者宗爱。广场上，除了嫡孙拓跋濬以及冯婉华，还站立着东平王拓跋翰、南安王拓跋余、右卫将军乙浑、直阁将军刘尼，以及一些禁卫军将领。

宗爱躬身立于御座前，余光一直停在皇帝身上，小宦者贾周则伺候在宗爱下首。

参加射礼的诸人鱼贯而入，拓跋焘兴致盎然。

射礼开始前，宫廷乐工演奏正歌，有《关雎》《卷耳》《鹊巢》《采蘋》等。乐工根据手持乐器的不同，有站有坐，分工精细。而后宗爱指使小宦者们将弓、箭、筹筹等器具搬到西堂陈设好，此时，身穿礼服的司射、有司、射宾都已在西堂下向南列队完毕。

作为射礼仪式的主持，按照礼仪，宗爱将在场地外迎接参加射礼的宾客。众人入场前一一从他面前走过，均向他躬身施礼表示尊敬，唯独东平王拓跋翰心性高傲，对他睬也不睬。宗爱依旧一副恭敬柔和的表情，只是腮边咬肌滚动了一下。

射礼开始，司射从堂西取来弓箭，登堂向参加射礼的来宾报称："弓矢既具，各位大人请射。"

参加者辞让，异口同声说请主人先射。于是司射挟带弓矢，踏在阶上，面向东北向宗爱报告："请射于宾，宾许！"由此，司射才开始配耦，即将六名射宾配为三组，分别称为上耦、次耦、下耦，组成所谓的"三耦"，每耦有上射、下射各一名。皇三子拓跋翰、幼子拓跋余为一耦；刘尼、乙浑为一耦；拓跋濬和女扮男装的冯婉华为一耦。

配耦之后，司射高呼："纳射器！"

三组射宾各自取纳弓箭，每人取弓一把，箭四支。听闻司射高呼"倚旌"，便有小宦者用旌旗为射宾指示靶心的位置。

而后司射声明："依次而射，不得杂越！"

此时，作为上耦射宾的拓跋翰和拓跋余褪去左臂的外衣衣袖，右手拇指戴上钩弓弦用的扳指，右臂套好护臂。而后他们左手执弓，右手指间夹一支箭搭于弓上，剩下的三支箭都插在腰带中。

司射高呼："诱射！"言毕，他便为射宾做示范。他先由堂西行揖礼，前进到阶下，向北面再行揖礼。踏上阶之后，又行揖礼；走上堂，再行揖礼。接着，他将左足踩到射位的标记符号上，面朝西，再扭头向南，全神贯注，目光注视靶心，以此表示全部心志都在射箭上。然后，司射俯身察看双足，小步移动调整。调整完毕，他方才开弓射箭，一气将四支箭全部射完。

司射示范完毕，有宦者立刻小步趋前将靶上的箭取回，插到堂西箭架上，然后快步返回原位。

此时，司射高呼："一番射！"

"一番射"是习射，也就是不管射中与否，都不计成绩。

上耦两位射宾拓跋翰、拓跋余闻言，趋步上堂。他们按照司射的要求在射位站好，目光盯住靶心，等待司射的命令。

听闻司射在堂下高声命令"无射获，无猎获（不许射伤报靶者，不许惊吓报靶者）"后，作为上射的拓跋翰向司射行礼，先开始射。二人轮流更替，直到二人将各自的四支箭全部射完。

报靶者高声向堂上报告中靶的结果。

而后上耦二人下堂，次耦刘尼、乙浑上堂，双方在西阶前交错时相揖致意。次耦习射流程完全与上耦相同，直至下耦拓跋濬和冯婉华习射完毕。

最终，司射上堂对射宾行揖礼，禀告说："三耦座射（三耦都已射毕）！"

三耦行揖还礼，司射便高呼："二番射！"

这第二番射，就属于正式比赛了，将根据中靶成绩分出胜负。上耦两位射宾相互拱手行礼后上堂，报靶者迅速离开靶位。司射又宣布："不贯不释（凡是没有射穿箭靶的，一律不计成绩）！"

而后两位射宾即开弓轮流射箭，若射中箭靶，负责计算成绩的有司就抽出一支算筹丢在地上。上射的算筹丢在右边，下射的算筹丢在左边。

如此这般，依照顺序，三耦全部射毕。而后便是宣布胜负以及罚酒、献酒。胜者脱去左袖，戴上扳指，套上护臂，拉紧弦弓；负方射宾则穿上左衣袖，脱下扳指、护臂，将弓弦松开。三耦依次上堂，负者站着将罚酒喝完，再向胜方拱手行礼。

而后司射酌酒，向报靶者献酒，并到靶前左、中、右三处致祭，再向堂下释筹的有司献酒。由此，第二番射才算完成。

射礼到此还未完。稍事休息，司射再次高呼："三番射！"

这第三轮射的过程与二番射基本相同，只是比射时有乐工奏乐伴奏，且"不鼓不释"，即不按鼓的节奏射箭的，不得计数。于是三耦射宾跟着《诗经·召南》中《驺虞》的节奏，依次上堂射箭。

拓跋焘一边饮酒，一边欣赏射礼，含笑不语。礼毕，三耦依次从他面前鱼贯而过，均下拜行礼。拓跋焘忽然扭头对宗爱说："中原华族的礼仪确实好看，就是太烦琐了些，装模作样的，不如我们大魏鲜卑的骑射精彩。"

宗爱本就一直在对皇帝察言观色，闻言立刻点头哈腰表示赞同："老奴对此也略知一二。射礼嘛，就是华夏经典礼仪，从春秋时代开始盛行。当时那些诸侯几乎天天打仗，崇尚武力，弓箭又是战争中最重要的武器。后来儒家学派想将弓箭这种武器变成礼乐教化之具，这才逐渐演化出射礼。那些书呆子们想用这种仪式表现儒家的礼乐配合及谦逊自省，正是所谓的'立德正己之礼'。"

拓跋焘听罢嘿嘿一笑："本来嘛，开弓射箭能够强健身体，增强战斗力，却被儒生这么一搞，变成了空心花架子。"

宗爱顺着拓跋焘的思路拍马屁："陛下圣明！儒家认为'射'只是表面仪式，而'礼'才是他们追求的目的，但最终结果还不是弱国弱民。呵呵，只有我们大魏这样的盛武之国，才能君临华夏！"

拓跋焘："嗯，让他们都别走，给朕演习一下骑射的功夫。"

宗爱一声令下，方才参加射礼的射宾皆翻身上马，拓跋濬和冯婉华也各自骑上儿马，轮番展示骑射功夫，几乎箭箭中的！

看到这样的骑射，拓跋焘特别兴奋，不时站起身来，连饮数杯，大声叫好。他指着站立在不远处的冯婉华问宗爱："这个王子我怎么看着好陌生，也是我皇族拓跋氏的孙辈吗？"

宗爱回答："那孩子是高阳王殿下的伴读冯婉华，乃冯昭仪侄女，此番女扮男装来参加射礼的。"

拓跋焘有些愕然："哦，是冯刺史的女儿啊。"

宗爱仔细观察着拓跋焘的反应，低声说："是啊。"

拓跋焘默然良久，说："冯刺史可惜了。唤那姑娘和高阳王前来与朕一见。"

宗爱："诺！"

拓跋焘上上下下、仔仔细细打量一番冯婉华之后，问："你叫什么名字，多大年纪？"

冯婉华跪下行礼，非常紧张，声音很低："回禀陛下，奴婢冯婉华，今年九岁，乃昭仪冯氏之侄女。"

拓跋焘："你怎么还会骑射之术？"

冯婉华："回陛下，奴婢在长安之时，府中除了宿儒教习经书，也有鲜卑战士教习骑马射箭。奴婢入昭仪宫和万寿宫之后，也日日练习。"

拓跋焘脸上露出非常欣赏的表情，鼓励说："你身为女流，知书达理不说，还能走马弄箭，悟性真好啊。既然你是高阳王伴读，那么给朕讲讲，射礼这么复杂烦琐的仪式，为什么重要呢？"

冯婉华逐渐不那么紧张了，吐字清晰地答道："'射'乃孔子'六艺'之一，儒家讲求'射以观礼''射以观德'。自古以来，射礼一直是国家朝聘宴享和祭祀大典的必行之礼，也是国君选贤举士、封侯益土的必行之礼，威仪最多！射礼不单单是射箭的仪式，其实是将射艺、音乐、舞蹈、礼仪以及仁义、道德融合为一的礼仪。"

拓跋焘脸上露出很感兴趣的表情，罕见地微笑着鼓励说："唔，你接着说。"

冯婉华得到了鼓励，声音逐渐增大："自周朝开始，射礼分为乡射、大射、燕射、宾射、习射、射牲、射鱼等等。刚才陛下所观，只不过是其中的乡射而已。"

拓跋焘佯作恼怒，扭头看着宗爱说："大胆奴才，为什么不为朕演习大射？"

宗爱惶恐："回禀陛下，若要根据周礼演习大射，奴才等来不及准备啊。"

拓跋濬朗声而答："陛下，大射是天子、诸侯为祭祀或选择贤良而举行的射礼，规模大，准备时间长，要召集各地诸侯王都前来参加。现在我们大魏和南朝宋国常有战争，各地王侯来不及赶赴京城啊。"

参加射礼之前，冯婉华已经给拓跋濬讲了许多有关射礼的事情，故而他能够侃侃而谈。

看着这个嫡孙，拓跋焘打从心底里就喜欢。他挥手对拓跋濬说："来，高阳王，给朕接着仔细讲讲。"

拓跋濬走近皇祖，朗声言道："陛下，宾射就是周代以来诸侯朝觐天子或互朝之际进行的射礼。当今，春秋战国时代那种关系平等的诸侯国已经没有了，宾射其实也就不存在了。燕射则是先前周天子和诸侯之间或者诸侯与臣下、使臣、宾客之间进行的射礼，包含燕礼和射礼两个部分。诸侯举行的饮食礼称为燕礼，卿大夫举行的饮食礼叫乡饮酒礼。好像《礼记·射义》中便有记载：'古者诸侯之射也，必先行燕礼。卿、大夫、士之射也，必先行乡饮酒之礼。故燕礼者，所以明君臣之义也；乡饮酒礼者，所以明长幼之序也。'"

拓跋焘听得津津有味，夸奖道："孩儿，你近来诗书进步真快，看来高侍郎和这个小姑娘费心不少啊。其实比起你父亲，你更似我们鲜卑男儿，骑射技艺精良。汝父贵为太子，平日却绝少弯弓走马，唉，他太似儒生了……不过，孩儿，你有这么好的骑射武艺，多学学诗书也无妨。"

拓跋濬受到鼓励，更加自信："《诗经》有云，'敦弓既坚，四鍭既钧；舍矢既均，序宾以贤。敦弓既句，既挟四鍭。四鍭如树，序宾以不侮'。"

拓跋焘高兴地不停点头："嗯，仔细解释给朕听听。"

拓跋濬："这几句是在讲燕射，较射时四人为一组，每人射一箭，按照每组的射中率定成绩。较射的时候大家都非常有礼，不会轻侮任何一位射不中箭靶的人。所以古代的燕射其实是以娱乐为先，竞射的意思不大……"

冯婉华在一旁听着，忽然胆量倍增，插话说："陛下，射礼能够让宗亲大臣熟悉礼乐制度，让百姓确认身份秩序，还能在朝廷和民间促成习射之风。"

拓跋焘不仅没生气，还故意逗冯婉华，问："射礼这么复杂烦琐，儒生学士才有耐心去弄，我们大魏的武士英雄怎么会天天搞这样的事情？"

冯婉华很认真地说："陛下，'天下无事则用之于礼仪，天下有事则用之于战胜'。我们大魏治理天下，应以礼为先，君君、臣臣、父父、子子，这样才可以教导臣下和百姓道德教化。"

拓跋焘面露微笑，问："如此深奥的道理，小姑娘，是你自己想出来的吗？"

冯婉华："回禀陛下，奴婢先前在长安有师傅宿儒讲习各种礼仪和它们的含义；入昭仪宫之后，姑母冯昭仪也常常给奴婢教诲。"

拓跋焘见冯婉华有见识，不怯场，更加欢喜，鼓励道："好，你接着说。"

冯婉华："射礼中既然有比赛，就一定会有输赢。射礼要求射宾'发而不中，反求诸己'，就是在劝诫射宾不要怨天尤人，射箭之时将靶子当作自己的道德标准来瞄准，若是发而不中，必须努力反省，从自己的修为上找原因。和射礼仪式相比，单纯的骑射比赛不过是比力气和技巧，这样简单的事情使人四肢发达，头脑简单……"

冯婉华还在侃侃而谈，拓跋焘扭头对拓跋濬道："嗯，此女见识非凡，你有这个伴读，朕心颇慰！"接着他又对冯婉华说，"待朕和你姑母昭仪说一说，日后高阳王娶妃，非你莫属！"

拓跋濬见皇祖亲自指婚，赶忙跪拜行礼。而后他很高兴地站起身，笑盈盈地看着身边的冯婉华。

冯婉华脸红得像一块红布，低垂眼帘，一时间不知道说些什么才好。一旁的宗爱赶忙道："陛下指婚，小冯氏，你还不赶紧跪下谢恩！"

冯婉华这才反应过来，赶紧拜谢："谢皇帝陛下！"

射礼结束之后，许多宦者和禁卫军兵士在收拾场地。来来往往间，贾周跟着宗爱四处指挥。贾周得暇，低声问宗爱："大人，如今吾等与太子势同水火，奈何还给高阳王这么多机会接触陛下呢？"

宗爱哼了一声，教训道："你这个蠢材！正是因为陛下知道吾等和太子关系不睦，我们才要更加亲近高阳王，这样才能让陛下觉得我们不是恨太子才说道太子。何况，陛下不喜太子，但喜欢高阳王！你要知道，皇帝与皇孙是血脉相连的隔辈至亲，他们祖孙之间无丝毫芥蒂，难以离间，不如现在我们趁机表示与高阳王关系亲密，以示吾等没有私心。再者，日后我们只要扳倒太子，高阳王的地位嘛，也会有变的……"

贾周有些心领神会，接着问："那您为何又向陛下说那个冯氏小姑娘的好话，促成了陛下亲自指婚呢？"

宗爱露出一丝微笑："宫内势力之间全都有着千丝万缕的关系。陛下一直宠爱冯昭仪，所以我们要把冯昭仪的侄女推出来，一来可以继续示好冯昭仪，二来也显示我先前诛冯朗是秉公为国。唉，这一张一弛之道，一刚一柔之理，你这个蠢材要好好跟我学啊！"

贾周听宗爱如此说，满脸钦服："宗大人，奴才顶礼！"

第十四章　景穆之死

傍晚，坤德六合殿内，大概是因心情长久郁闷，赫连皇后那双细细长长、眼梢上翘的蓝眼睛，似乎更加深沉了。她澄蓝颜色的眼珠没变，但平日里总是显得疲惫倦怠；而每当她瞪大眼睛直视某人，又会让对方感到似被一道灼人的闪电照射着。

对于冯婉华而言，她对赫连皇后印象最深的，大概就是那双漂亮又奇特的蓝眼睛了。当然，赫连皇后那头如波浪般起伏的栗色秀发也让冯婉华过目难忘，即使被头饰压住，还是很令她感到奇异。

平日里赫连皇后如此美丽的面庞上很少出现欢愉的表情，不过如今见到了冯婉华，她目光中满含温情、笑吟吟的样子，使得她的面孔一下子生动起来，显得非常亲切可爱。

赫连皇后微笑着说："婉华，能够让陛下亲自指婚给拓跋氏皇子的，你还是第一个啊。"

冯婉华娇羞地低下了头。冯昭仪满脸都是笑意，也说："是啊婉华，你还不过来谢过皇后！如果没有她把你从掖庭的染坊里面带出来，送到我这里，你就没有今天！"

冯婉华跪下，向赫连皇后行三拜大礼。赫连皇后起身，亲自将她扶了起来。

冯昭仪对赫连皇后说："皇后姐姐，我们心里对您千恩万谢！当初婉华以犯官家属身份来京，我就算身为昭仪，也不敢冒犯忌讳将自己的亲侄女从掖庭领出来，更不敢让她待在昭仪宫，还是您……"

赫连皇后莞尔一笑，打断了她的话："昭仪妹妹，我们都是亡国皇族的后人，就应该同病相怜，只有互相帮助，我们才能在这宫墙之内活下去。高阳王是太子之子，日后按理说也应该是太子。如果一切不出意外，婉华，他日你便会是太子妃。"

冯婉华小声道："奴婢不敢多想。奴婢情愿在姑母这里待着，伺候姑母一辈子。"

冯昭仪笑了，看着自己这个争气的侄女，她脸上满是怜爱："当初让你去给高阳王当伴读，我还真没多想，只道你日后能混上个媵妾的身份就很好了，谁料想你有这么好的运气，能够让陛下亲自指配你为王妃！你可千万别说要伺候我一辈子，我没有这福气啊。"

赫连皇后也笑着点头："凡事我们要往好里想……唉，说到这个，陛下自南征返京之后，脾气越发暴躁，外间总有传言说陛下对太子殿下起了疑心。"

冯昭仪听她如此说，脸色也有些黯淡："我也听说了一些传言。天家无骨肉，父子兄弟之间总是难免猜防倾轧，想一想皇后您的大夏国诸兄以及我们燕国兄弟父子之间的争斗、杀戮，都太让人寒心了。"

赫连皇后："这宫内的关系太复杂，有时候想一想我都脑仁疼。日后陛下升了天，太子殿下当了皇帝，高阳王肯定会被立为太子，他的生母也肯定会被赐死。若真是那样，高阳王身边那个乳母常氏就得意了。"

对于赫连皇后的话，冯昭仪没敢接。当今皇帝现在活得好好的，正在盛壮之年，赫连皇后竟然就已言及他"升天"之后的事情。不仅如此，她还想到了高阳王被立为太子之后常氏将上位之事，确实让人匪夷所思。

再之后，皇后与冯昭仪又聊谈了些什么，冯婉华就记不太清了。少女时代突如其来的爱使她忽然变得有些傻气，无暇去多想什么，她还沉浸在被皇帝指配为王妃的兴奋之中，懵懂的爱情还在不停地搅动着她那颗翻腾颠动的心。

然而，懵懂之中，她仍然感到了某种莫名的痛楚。她开始在心底对未来充满憧憬，同时，却又总是莫名其妙地提心吊胆起来。

午后，太极殿内，拓跋晃穿着宽袍大袖的儒服，入殿向拓跋焘行礼。

拓跋焘皱了皱眉。一些鲜卑勋贵和宗室也低声交谈着什么，似乎是对拓跋晃所穿的儒服表示不满和不屑。

拓跋晃没有察觉父皇的不快，兀自侃侃而言："陛下，儿臣以为如今国家之急务是富国强兵。而富国之法不外乎以下几点：命令有司详细巡察畿内之民的数量和当前生活状况，无牛之家借人牛以耕种的，凡种田二十二亩，耘锄七亩以偿付牛力；那些贫穷百姓和家里没有成年劳动力的无牛之家，凡借牛种田七亩，耘锄二亩以偿付牛力。另还须详细列明家庭情况和耕牛口数，对于各家所种明立簿目，在地首标题种田人家的姓名，以此来判定这一户人家每年的收成。同时，为了劝民勤加耕种，官府还应在各地禁止饮酒、杂戏以及放弃种田而去倒买倒卖的行为。如果这些都能执行到位，农户贫困破产者定能大大减少，国家的耕地收成定能大大增加！恰如《周书》所言：'任农以耕事，贡九谷；任圃以树事，贡草木；任工以余材，贡器物；任商以市事，贡货贿；任牧以畜事，贡鸟兽；任嫔以女事，贡布帛；任衡以山事，贡其材；任虞以泽事，贡其物。'"

拓跋焘强忍怒气，对拓跋晃说："朕继位以来，以战养国，开拓四海，财源广进，现在我们大魏应该不像你想象的那样贫弱吧！"

拓跋晃："如今大魏境内财富不少，但皆为先前陛下征战所得。而时下周边小国皆灭，北柔然、南宋国又难以在短时间内击灭。如此境况下，我们大魏必须开拓财源，鼓励农耕，才能增加赋税，以充军国之用！"

拓跋焘沉默半晌，对宗爱说："宗爱，你上午还给朕看过有人告太子手下营私舞弊、吞占田地的事情，当着太子的面，你可以说给他听听。"

拓跋焘如此当廷指名道姓，宗爱却摆出来一副耿耿忠心的样子，没有丝毫尴尬，道："天地无私，故能覆载上下；王者无私，故能容养万物。殿下是我们大魏的国之储君，万方臣僚百姓都将您当榜样来敬戴，可是您的手下却在京畿地区大肆营立私田，畜养鸡犬，而后拿着这些东西到市场上贩卖，与民争利！如今，四方远近都对太子您有谤声流布，事实不可追掩。天下者，诚为陛下之天下，也是殿下之天下！天子、太子富有四海，何求而无，您又何必蝇营狗苟，和市肆内的贩夫贩妇争夺这样的尺寸之利呢？如今东宫官员中贪利小人不少，名义上是为国求财，实则是为满足一己之私！长此以往，臣恐国家有颠覆之祸！希望殿下您能够斥去佞邪，亲近忠良，将所占田园分给贫下百姓，贩卖之物收散归官。如此，则美誉日至，谤议可除！"

拓跋晃完全没有心理准备，宗爱这冠冕堂皇的一席话听得他目瞪口呆。他脸色发白，对皇帝解释道："儿臣之本意一直是鼓励农家开垦耕地，发展生产，以充国用！如今京畿地少民多的原因，主要还是皇家苑囿太多太广，才使得不少农户无田可种啊！宗大人说臣手下圈占土地，与民争利，不知消息从何而来？"

拓跋焘冷冷地说："如此说来，倒是朕罪大恶极了，为了一己田猎之私，侵占农户土地？"

拓跋晃一时语塞，无言以对。

拓跋焘冷笑一声，说："你也不要太着急，等你自己登基之后，大可以把皇家苑囿分给农户百姓，收买人心！"

说着，他忽然起身，转身离开了御座。

太极殿偏殿内，午后，拓跋焘和宗爱相对而坐，案子上面放着酒具和菜肴，几个宫婢和小宦者在旁边躬身伺候着。

宗爱眉飞色舞，讲故事一样对拓跋焘说："刘劭是南朝皇帝刘车儿的长子，皇后所生。此人出生三日，刘车儿去看视，当时他头上的帽子原本系得很牢固，却忽然无故自落，坠于刘劭身边。刘车儿当时就心惊不已。"

拓跋焘若有所思："据说这个刘劭长得不错。"

宗爱："据说此人美须眉，大眼方口，身高七尺四寸，是个不折不扣的美男子。"

拓跋焘："刘劭为什么弑父？"

宗爱："陛下，这真是说来话长，待老奴为陛下从容道来。刘劭的姐姐是宋国的东阳公主，她有个名叫王鹦鹉的侍婢，认识一个名叫严道育的女巫师。公主见后很喜欢这个巫师，原本公主和太子刘劭平时关系不错，两人便一起观看严道育表演。眼看严道育举手之间，一道流光进入衣箱，命人过去打开，竟惊见两颗圆青可爱的珠子在箱子里面闪闪发光！"

拓跋焘："这不是西域幻术吗，有什么稀奇。"

宗爱："陛下圣明！但这种小小西域幻术，在南朝宋国却很少有人知道。东阳公主和太子刘劭大为信服，认为那个巫师真有异术。刘车儿还有个儿子，即始兴王刘浚。这个人与刘劭不是同母所生，但与刘劭相交甚密。几人混在一起昼夜求神，还雕刻代表刘车儿的玉像，埋在南朝宫廷的含章殿前，暗中诅咒刘车儿快死，太子刘劭好快点继位……"

听闻宗爱一口一个"太子"，拓跋焘不禁皱眉不悦。

宗爱仍未停下："东阳公主有个奴仆，名叫陈天兴，暗中与王鹦鹉淫通。不久东阳公主得急病死了，作为侍婢的王鹦鹉本应该出嫁的，岂料这个侍婢想得挺多，害怕自己与家奴私通的事情会泄露出去，就派人送信给太子刘劭，让他找人杀掉陈天兴。不久，陈天兴果然就在光天化日之下被杀，而与他一起埋刘车儿玉像施行诅咒的，还有一个东阳公主府内的小黄门，名叫庆国。这个庆国认为自己也定要被灭口，就暗中向刘车儿告发了这些事情。那刘车儿又惊又叹，马上派人搜查王鹦鹉家，果然获得太子刘劭、始兴王刘浚和巫师严道育等人诅咒他的往来书信等罪证。"

拓跋焘浓眉紧皱："那还不一下子把这些人统统抓起来？！"

宗爱："还真慢了一步。那时严道育已剃发乔装成尼姑，先藏在太子东宫，后来又被始兴王刘浚带着前往京口。刘浚这个小王爷的养母是刘车儿宠爱的潘淑妃，而太子刘劭的生母早先因潘淑妃受宠而活活气死了。原本刘劭是深恨潘淑妃和始兴王的，但那刘浚怕太子日后登基要杀自己，一直对太子曲意逢迎，渐渐地，这两个人倒成了莫逆之交。"

拓跋焘："这个刘车儿命真苦，竟然养出来两个逆子！"

宗爱："刘车儿知道始兴王藏匿严道育之事后，先召刘浚严加责问。刘浚还真没把太子刘劭供出来，只是自己在殿上谢罪。而刘车儿呢，还真心软，竟然当时就把这个逆子给放了。潘淑妃很爱自己的这个养子，回宫抱抚着刘浚，哭着说：'你们诅咒皇上的事情已经败露，我还以为你会悔改，怎么又要藏匿严道育呢？给我毒药，让我喝了吧，我不忍心看见你身败命死的那一天！'"

拓跋焘看宗爱说得绘声绘色，问："宋国皇宫里的这么多事情，你怎么知道的？"

宗爱："陛下，咱们在南朝宋国派有眼线啊！那个小王爷刘浚拂袖而去，临行前还恶狠狠地对潘淑妃说：'天下之事不久就会水落石出，我肯定不会连累你的！'"

拓跋焘："我听到现在，仍是不明白，那刘车儿为什么不立即派人逮捕刘劭？"

宗爱："说这宋国皇帝刘车儿行动慢吧，也不尽然。他总觉得太子刘劭就在京城之内，跑也跑不到哪里去！秘密审问始兴王刘浚之后，他当晚就和尚书仆射徐湛之密谋，准备废掉太子，赐死始兴王。然而如此国家大事，潘淑妃过来探听消息，他竟然全都讲给了潘淑妃听……"

听到这里，拓跋焘发出几声冷笑："谋及妇人，不死也难！"

宗爱："陛下您圣明！那潘淑妃爱子心切，从刘车儿那里一出去，立刻就秘密派宦者通知了始兴王刘浚。刘浚得信，马上就派人驰报了太子刘劭。"

拓跋焘听到此处，逐渐丧失了猎奇的兴趣，靠在凭几上开始饮酒。然而宗爱依旧绘声绘色："那太子刘劭没敢耽误，连夜起兵。他将一件朱衣披在甲胄之上，乘画轮车从万春门入宫。本来，按照南朝宋国的皇宫规矩，太子卫队是不能入宫门的，但当时刘劭对禁卫军称自己受诏入宫有急事，您想，宫内的门卫哪里敢阻拦太子啊，就任凭他的卫队进了宫……"

拓跋焘感到非常奇怪："刘劭能把整个卫队都带入宫？"

宗爱："当然带不进去。他只带了数十人而已，但这些人就足够了。跟随太子刘劭进宫的心腹中有个叫张超之的，是个绝对听从他的亡命徒。这些人进入禁城，拔刀直扑内殿。刘车儿一整宿都在和大臣徐湛之合计废太子的事情，当时蜡烛都还未熄灭。"

拓跋焘又问："那宫内值班的卫兵呢？"

宗爱："南朝本来在宫内值班的卫兵就不多，当时都在禁兵厢房中熟睡未醒。那刘车儿抬头，便忽然看见张超之提刀冲入，本能地举起座凳自卫。张超之那厮也是胆大，快刀砍下，把刘车儿的五指都一刀砍落，随即就横刀断头，将刘车儿弑于室内！"

拓跋焘面露惋惜之意："这个刘义隆，死时比朕现在大不了几岁，也就四十六七吧？"

宗爱："对，刘车儿死时年四十七。而后贼太子刘劭派人杀他的父皇左右亲信数十人，又派人进入内室杀潘淑妃，还剖开其腹，仔细验看她的心长在何处。那几个前去杀潘妃的人为逢迎贼太子刘劭，回来立刻禀报说潘妃狐媚惑主，肝歪心斜。一听此说，刘劭高兴得不行。"

拓跋焘忽然想起什么，问："那个和他一起搞事的始兴王刘浚呢？"

宗爱："始兴王刘浚很快也带人入宫接应，刘劭就对他说潘妃是为乱兵所杀。刘浚一愣神，反应还够快，忙道潘妃非他生母，如此邪恶妇人，这样的下场正是他所希望见到的。就这么着，虽然养母被杀，刘浚和贼太子刘劭也没翻脸。当然了，他们当时也没时间、没胆气翻脸。接着，贼太子刘劭把刘车儿的尸体随便一埋，自己登上帝位，改元太初。为不留后患，他还立刻下令杀掉了建康城里的宗室长沙王刘瑾等多位王公贵族。刘劭的叔父江夏王刘义恭趁乱跑出，刘劭愤恨，下令在闹市立杀刘义恭的十二个儿子。"

拓跋焘："宋国的这个太子刘劭，是刘车儿的嫡子啊，皇后所生，为了及早当皇帝，竟然弑父！想不到世上竟然有如此逆子！"

宗爱越说越精神，语声激越："刘劭得位不正，弑父自立，南朝很快就乱了。不久，刘车儿的第三子武陵王刘骏被部众推拥起兵，大臣沈庆之、柳元景、臧质以及南谯王刘义宣等人纷纷表示拥护，而后众人合军，公开讨伐刘劭。"

拓跋焘问："臧质？就是在盱眙城抵抗我大魏天军的臧质？"

宗爱："对，就是那个人。他们高举旌旗，一路上宋国的州府纷纷降附。贼太子刘劭闭建康六门守战，但城内将士没什么人为他卖命，纷纷跃城出降。不久，宋国的辅国将军朱修之等人率领兵马攻入城内，很快攻克了台城。贼太子刘劭逃到武库井中，被人捕获。至于那个杀掉刘车儿的张超之，竟然跑到合殿御床从前他弑帝的地方想躲，被众军士找到并击杀。诸将将他剐肠剖心，碎割他身上的肉，生吃以解恨。"

北魏和南朝宋国虽然是敌国，听到这里，拓跋焘却禁不住击掌赞叹："乱臣贼子，当脔割之！"

宗爱："生出这么一个贼太子，这刘车儿运气真是太差了。"

拓跋焘问："那贼太子刘劭是怎么处理的？"

宗爱："到了这个地步，贼太子刘劭还想乞活，问前去观刑的臧质能否将他流放到偏远之地，饶他一命。臧质说刘骏近在航南，到时自有处分，而后派人缚刘劭于马上，押至军门。当着刘劭的面，众人先将他四个年幼的儿子砍了头。据说当时刘劭被缚于马鞍之上不能动弹，眼睁睁地看着自己几个漂亮孩子哭泣哀求，仍被推翻在地，而后被大刀剁掉了好看的小脑袋……"

宗爱眉飞色舞，讲得很投入，拓跋焘也听得入迷。

宗爱："别看弑父弑帝，这位贼太子看到自己的四个粉雕玉琢的娃儿被砍下头，他也心伤不已呢！那之后，他们又杀了始兴王刘濬……"

听完宗爱的叙述，拓跋焘怃然不乐。宗爱察言观色，道："南朝宋国一直是我大魏帝国的心腹大患，他们皇室骨肉相残，陛下应该高兴才对啊！"

拓跋焘沉思良久，道："……这就是儒生们所说的萧墙之祸吧。"

乍闻此言，宗爱眼中贼光四射。

拓跋焘："宗爱，你应该知道我大魏皇祖道武帝，也是死于逆子之手吧。……皇祖还是我大魏子贵母死制度的首创者。"

宗爱躬身，高声言道："奴才知之。"

拓跋焘的语气带上了一分意味深长："朕之皇祖道武帝，神武严明，童幼时期就受过灭国之苦，所以他非常在意国家的传承。他当年就常和臣下讲，为了保住这份失而复得的基业，必须未雨绸缪，防患于未然。皇祖认定，一旦朕之皇考明元帝继承皇位，其生母刘氏，也就是朕那个来自独孤部的祖母，就可能成为独孤部外戚染指我们大魏皇权的代表。所以他当时下令赐死了刘氏，其目的就是使皇考登基之后能够摆脱母权干扰，防止我们大魏皇权旁落。朕看实录有记载，皇祖还教诲皇考说'昔汉武帝将立其子而杀其母，不令妇人参与国政，使外家为乱。汝将继统，故而朕仿效汉武帝，为国家长久之计！'……"

宗爱佯做叹息状："可惜啊，英明神武如道武帝这样的伟大帝王，也没有想到他自己会因子贵母死制度而命丧逆子之手啊……"

显然，宗爱十分清楚大魏的历史细节。

拓跋焘："是啊。皇考之生母刘氏被赐死后，皇考思母心切，日夜号泣，使得皇祖盛怒，甚至起了杀心，吓得皇考逃出了国都。得知皇考失踪，皇祖不得不考虑在国中重新立太子。当时他本想立清河王拓跋绍为太子。根据大魏制度，如立拓跋绍，肯定要赐死其生母贺氏，结果贺氏先行密告拓跋绍，这个逆子，就和你刚才所讲的南朝宋国逆贼刘劭一样，夜半时分率领手下家奴和宦者多人偷入宫禁，致使皇祖暴崩！值得庆幸的是，皇考当时正在距离京城不远处，闻讯立即还京，诛杀拓跋绍母子，最终登上了大宝之位。"

拓跋焘这么一个孤独的男人，整个下午都和一个宦者倾心交谈。而后他沉湎美酒，酣畅地沉浸在令人心醉的芳香中。在这样酣畅淋漓的快感中，一代雄主仿佛可以完全忘却全部的烦恼。酒酣耳热之余，他忽然问宗爱："刘车儿为太子所杀，本朝皇祖道武帝也被逆子所害……朕想知道，当今我们大魏的太子拓跋晃，何等人也？"

宗爱凛然一惊，低头想了想，拱手答言："太子乃英明果决之人！"

拓跋焘目露寒光，逼问："何以知之？"

宗爱："太子殿下自九岁起就在陛下您出征期间监国，在大臣的辅佐下留守国都，俨若成人。老奴还特别记得，在殿下十六岁之时，陛下亲伐柔然，携殿下从行，他就已经有非常独立的见解。当时我们大魏军队在鹿浑谷猝遇柔然部落，太子殿下认定是大批柔然军队惊走导致尘土飞扬，苦劝陛下下令追击敌军，可有大臣认为扬尘过多，或许有诈，强烈劝阻陛下。陛下您当时为保万全，没有下令追击，不久之后您就从俘房口中得到情报，如果当时下令追击，柔然可汗也跑不掉，我大魏必一举伐灭柔然！如果老奴没有记错，那是太平真君四年的事情。"

拓跋焘从怀中掏出一张缣帛诏书，说："嗯，这就是朕当时从柔然归来后下发的诏书，委任太子代朕监国的，你念一念！"

宗爱接过诏书，低头沉思片刻，念道："朕承祖宗重光之绪，思阐洪基，恢隆万世。自经营天下，平暴除乱，扫清不顺，二十年矣。夫阴阳有往复，四时有代谢。授子任贤，安全相附，所以休息疲劳，式固长久，成其禄福，此乃古今不易之典也。诸朕功臣，勤劳日久，皆当致仕归第，雍容高爵，颐神养寿，朝请随时，飨宴朕前，论道陈谋而已，不须复亲有司苦剧之职。其令皇嗣拓跋晃理万机，总统百揆，更举贤良，以被列职，皆取后进明能，广启选才之路，择人授任而黜陟之。故孔子曰：'后生可畏，焉知来者之不如今！'"

听宗爱念完，拓跋焘有些伤感地说："此诏……乃崔浩崔司徒所拟，笔意良美，褒赞之语溢于笔端啊……"

宗爱顾左右而言他："陛下，今天御厨进的菜式不错，由虎鞭、鹿鞭、熊鞭熬制的三鞭汤，请您一尝！"

拓跋焘喟然长叹，问："宗爱，你侍奉朕多年，深知朕的心思。今天下午，你跟朕说了几个时辰有关刘车儿父子相残的事情，应该不是若有所指吧？"

宗爱："疏不间亲，卑不谋尊！人情最难处者，帝王父子之间！唯望陛下自裁断之！老奴冒死进谏，倘若太子殿下柔仁懦弱，陛下或可原宥；然而相反，太子殿下乃聪明果敢之人，一旦从中生祸，大魏皇宫或可出现人不忍言之事……"

拓跋焘沉猜雄主，其实心中早已对太子生疑，听宗爱如此说，不停地点头。

殿内空气中氤氲着一直悬凝在他内心深处的恐惧和疑惑。而所有这些忧惧，更加凝滞了他的判断力和智力。只见宗爱又掏出几张犯人供述，对拓跋焘说："想必陛下已经略有耳闻，老奴根据陛下吩咐，逮捕了太子手下仇尼道盛。他被捕之后已经将罪行全部交代，先前陛下南征宋国之后返京，太子和崔浩等人密谋关闭城门，又串联禁卫军企图软禁陛下，对外声称陛下追求仙道而传位，而后遥尊陛下为太上皇。这是仇尼道盛的供词，请陛下明鉴。"

拓跋焘仔细看着那份供词，脸色异常阴沉。

宗爱仔细观察着他的脸色，继续说："如果陛下不信，可让有司押送仇尼道盛到陛下面前亲自陈说。"

拓跋焘猛地挥手："不必了！"

宗爱又掏出几纸供词："更令人深恨者，太子趁陛下南征宋国，竟然改易宫廷禁卫军为东宫卫队，还几次趁醉深夜入宫，淫污陛下宫人。这是几个宫人自尽前的供词，请陛下详查！"

拓跋焘仔细地看了那几张供词，额头青筋直跳，咬牙切齿不已。片刻后，他愤然道："看来，如果朕再迟疑不决，天真（拓跋晃小名）小儿就要效仿宋国贼太子刘劭了，朕恐怕将有刘车儿之祸！"

宗爱露出一副忠心耿耿、忧心忡忡的样子，激劝道："拓跋晃为太子十余年，不可显诛，望陛下念骨血之情，令其自尽可也！"

宗爱看到拓跋焘依旧沉吟不决，又进言道："陛下即便无好儿，可是陛下有好孙！高阳王拓跋濬才兼文武，秉性忠良，陛下今天无太子，明天有太孙，何愁大魏天下无嗣君！"

宗爱一席话说得拓跋焘终于下定决心废杀拓跋晃。复饮一巨觞，圣意已定，拓跋焘将手中酒杯摔在地上，厉声道："好吧，你替朕拟哀册！"

没过多久，宗爱就草拟成一份哀册。

宗爱手捧哀册，轻声念道：

"正平元年六月戊辰，薨于东宫，时年二十六。庚午，册曰：'呜呼！惟尔诞资明睿，岐嶷凤成。正位少阳，克荷基构。宾于四门，百揆时叙；允厘庶绩，风雨不迷。宜享无疆，隆我皇祚；如何不幸，奄焉殂殒！朕用悲恸于厥心！今使秦郡公奉策，即柩赐谥曰景穆，以显昭令德。魂而有灵，其尚嘉之！'"

拓跋焘仔细琢磨着哀册内容，默然良久。他又喝下一大壶酒，眼中隐有泪光。

午后，天气温暖，然而天色却阴暗。整个天空布满了乌云，露出的部分似乎是浅灰色的。大朵的云彩在残阳照射下镶上了淡红边，静静地在天上游动。云层中忽然间洒下阵阵细雨，很快，虹霓便在折光中耀耀闪现。

万寿宫内，拓跋晃正站在殿门前，等候宗爱等人的到来。

不久，宗爱一行人乘车而来。车门打开，宗爱下车，向拓跋晃行礼。而后拓跋晃很快又奇怪地发现，在宗爱车后还跟着一辆医车，那是宫内有重病之人才会使用的。医车后面，还跟随着右卫将军乙浑以及一队禁卫军，还有贾周、赵黑两个小宦者。

拓跋晃抬头看看天空，说："霓虹在天，好像不是什么吉兆啊。"

宗爱表情轻松，笑笑，问："殿下，何以为霓，何以为虹？"

拓跋晃："单出者为虹，双出者为霓。昨夜我梦到有双头巨龙咬我的身体，今天又看到霓虹并出，心内深感恶之！"

宗爱侧头打量着拓跋晃，说："殿下不必忧虑，霓虹，乃雨中日影也。天空晴而有雨，日照雨则有之，殿下不必大惊小怪。"

看着面前大魏家的储君，宗爱稍稍眯缝起他尖锐黑亮的眼睛，任凭雨点打湿了他的头发和下垂的黑白胡须。

忽然一阵风吹过，把宗爱手里拿着的一卷缣帛诏旨吹得有些翻卷。拓跋晃醒过神来，说："秦郡公，您有陛下诏旨给我，请入殿吧。"

宗爱点点头，跟随拓跋晃入殿，并示意贾周和赵黑跟上，还命令乙浑带几个禁卫军把守殿门。入殿之后，他又喝令在场的几个万寿宫小宦者立刻回避。

看到宗爱如此反客为主，拓跋晃有些惊讶。虽然这个大阉人是父皇身边的红人，但他进入自己的万寿宫后如此骄横跋扈，这还是头一次。

然而，宗爱的口气却非常柔和，说："太子殿下，请您坐下说话。"

拓跋晃有些惘惑："郡公，您不是携带陛下诏旨而来吗，不如您先宣召，待我跪受后我们再坐下说话？"

宗爱意味深长地稍事停顿，而后换上一种不可置疑的命令口吻对太子说："请殿下坐下说话，有一些事情，没那么着急！"

宗爱这阉人，之所以猫玩老鼠一样不忙不慌地和拓跋晃周旋，正是因为他深知此时的拓跋焘已经在畅饮美酒之后沉沉入睡，他有足够的时间处置太子。

而拓跋晃也终于感觉到了气氛的微妙。宗爱这个阉人平素从来不敢直视他的眼睛，展现出来的一向是宦者特有的低眉顺目和怯生生。然而如今，他发现宗爱一直用那双严厉的黑眼睛挑衅地从下到上打量他，薄薄的嘴唇抿着，脸上满是居高临下的倨傲。

拓跋晃与宗爱分宾主对坐，互相都在打量着对方。片刻后，宗爱严厉地一挥手，贾周和赵黑赶忙退到稍远的地方。

拓跋晃见状，越发心神不宁，问："郡公大人，有何见教？"

宗爱默默地把手中的诏旨递给他。

拓跋晃接过诏旨，先是看了看宗爱的脸，然后低头细读。

殿内高大通透，本来就不热。然而读毕诏旨，拓跋晃脸上竟挂起了大粒的汗珠。

"陛下何以至此？！我为太子二十年，一朝无罪而死，朝中大臣和天下百姓怎么想？！"

宗爱掩饰住内心的得意，说："这些事情，真不是太子殿下您要担心的。君疑臣，臣必死，更何况太子殿下您还不是一般的臣，而是随时能够代替陛下的太子！"

拓跋晃听宗爱如此说，一脸惨然："先前族诛崔司徒，我就感到自己将有大祸，太子位号会被陛下废掉。但无论如何我也想不到陛下竟然疑我到要杀我的地步！"

宗爱拿出了十足的耐心"劝解"："正如殿下所料，您当了二十年太子，废掉您太麻烦，会引起物议不说，肯定也会有不少鲜卑勋贵及汉臣在朝廷上死谏，影响陛下的威权。如今这样多好啊，太子您在宫内自裁，朝廷对外声称您是染病而死，您还是会有身后哀荣啊。"

拓跋晃听闻此言，沉默了许久，而后他似乎情绪平复了些许："想我当太子二十年，并无大过。若一定要说我有过失，也就是得罪了您，郡公大人。"

拓跋晃这种平静的表现，远远超出宗爱的预想。他没有哭泣，没有愤怒，没有抗争，镇定又诚恳，竟然还对宗爱毕恭毕敬，这太让宗爱感到奇怪了。

只听拓跋晃又道："郡公，您这几年以来一直在恨我怨我，不过是因着一些官员任命之事，我没有照您的意思去做。但我的初衷不是恨您，更不是对您有偏见，而是我觉得您推荐的那些人无论是资历还是能力都够不上您推举的职位，我完全是出于公心。我哪里能够想到，您因此一直给我下绊子，使得陛下处处疑我。如今，弄到这个地步，我死无妨，但恐于国家无益！"

宗爱表情复杂："此等大事，皇帝知之，太子知之，我知之，您就不必费心身后之事了。"

拓跋晃叹了口气，惨然一笑："天知地知，又有随从等人知！如此大事，岂能隐瞒得久长？！"

宗爱不语。

拓跋晃定了定心神，说："既然如此，多说无益。不知我是否能在死前见一下我的儿子高阳王呢？对了，高阳王乃陛下爱孙，我死无妨，高阳王不会有事吧？"

宗爱："太子放心，陛下对高阳王所爱甚切！您去之后，他就是皇太孙！"

拓跋晃拱手谢道："谢郡公成全。我九泉之下，当为您祈福。也请您放心，一会儿见到我儿高阳王，我不会有任何异样的表示。"

宗爱略微点头，说："今日之殿内，犹然是东宫之殿内；今日之殿下，犹然是大魏之储君。区区小事，当满足殿下！"

坐在万寿宫殿内等待爱子到来时，拓跋晃不知道为什么，忽然想起了自己六岁被册封为太子时的情景。当时的父皇总是高兴地把他抱起，大胡子扎在他的脸上，弄得他又痒又疼。他还想起了儿子拓跋濬出生的那一夜，自己都还是个少年的他初为人父，忍不住畅饮高歌，以为笑乐……

紧接着，刀绞一般的剧痛忽然澎湃在拓跋晃的胸中。死亡来临之前，种种回忆忽然那么清晰，许多被时间模糊了的、曾经亲切却又仿佛陌生的脸——浮现。拓跋晃的心突然跳得非常厉害。他力图抓住记忆中最后一次看到的父皇的脸，回想着父皇那鼓鼓的两颊上露出的不加掩饰的笑容。然而，只一瞬，回忆却又跳到了父皇南征回京后于太极殿临朝时那张满是冷漠警觉、怒气冲冲的脸……

不多时，拓跋濬、冯婉华二人入殿，向拓跋晃行礼。见到宗爱，他们有些意外，也行礼致意。

看到儿子拓跋濬，拓跋晃脸上露出无限的怜爱。他强掩内心的波澜，如平常般问道："高阳王，近来学业如何？"

拓跋濬每次见到父亲，基本都是父亲声色俱厉地考问他的学业，这一次他同样不免有些紧张："回禀殿下，有冯氏伴读，孩儿学业日有所长，《诗经》差不多学完了，已会默诵……"

冯婉华的脸一下子红了，低下头，很有些害羞。

拓跋晃音声柔和："高阳王，你给我背诵一下《诗经》中的《大雅·旱麓》。"

拓跋濬有些慌乱，迅速在脑子里搜索了一番，背诵起来：

"瞻彼旱麓，榛楛济济。岂弟君子，干禄岂弟。瑟彼玉瓒，黄流在中。岂弟君子，福禄攸降。鸢飞戾天，鱼跃于渊。岂弟君子，遐不作人？清酒既载，骍牡既备。以享以祀，以介景福。瑟彼柞棫，民所燎矣。岂弟君子，神所劳矣。莫莫葛藟，施于条枚。岂弟君子，求福不回……"

拓跋晃脸上露出罕见的柔和，不停点头。宗爱也低头沉思。

听儿子背诵完，拓跋晃又看向冯婉华，问："婉华，你给我说说：这首诗讲的是什么？"

冯婉华脆声朗朗："回禀殿下，这首诗是赞颂周文王的祭祀乐歌，内容都是在赞颂周文王的美好品行和他重视人才的德政。刚才小殿下背诵的六章诗文，每章四句。第一章前两句描写的是旱山山脚生长的茂密榛树楛树，以此作为诗歌起兴；第二章，玉之洁白与酒之甘黄相互映衬，色彩华丽，讲述周朝'祭祖受福'的美好；第三章忽然写飞鸢和跃鱼，正是《诗经》文采摇曳多姿之处，实际讲的是圣人之德，至于天则鸢飞唳天，至于地则鱼跃于渊，圣德明著天地；第四章呢，则是描写祭祖仪式隆重，特别是写祭祀的缩酒仪式，斟酒于圭瓒之中，铺白茅于神位之前，然后酒渗入茅中，如神亲自饮之，又写宰杀作为牺牲的牡牛献飨神灵，以太牢作祭；第五章写燔柴祭天之礼，将柞树、棫树的枝条砍下，堆在祭台上当作柴火，然后把玉帛和牺牲焚烧，当缕缕烟气升腾空中，世人对神灵虔诚的崇敬之意和祈求顿时上达天际，昊天上帝和祖宗先王在天之灵高兴之余必定赐福；最后一章，依旧用了《诗经》的比兴手法，以生长茂密的葛藤在树枝树干上蔓延不绝来作比喻，祈求上天永久地赐福给周邦的国君和人民……"

拓跋晃被冯婉华的解释深深吸引，思虑了一会儿，面向儿子道："高阳王，对于婉华所说，你有何见解？"

拓跋濬的表情有些愧然，答道："回禀殿下，孩儿只会背诵，确实不知道其中含义……"

不同于往日的斥责，拓跋晃面带微笑，温和地说："不妨事。童子之功，先会背诵为第一要义。婉华，我们还是今生有缘，刚才我本来传唤吾儿高阳王来见，没想到你也会来。"

拓跋濬施礼："父亲请勿怪罪！我正和冯氏在读书，父亲您传唤我，我就带了她来见您。前日皇祖亲自指婚，我还未向您禀报……"

拓跋晃看向冯婉华："此事我已经知道了，只可惜我不能看到婉华正式成为王妃了……婉华，希望你好生辅佐高阳王。"顿了顿，他又对拓跋濬道，"我大魏赫赫武功，天下无双。孔子说过：'质胜文则野，文胜质则史；文质彬彬，然后君子。'……"

冯婉华听到此处，内心已是迷惑不已：为什么太子殿下要说他看不到自己正式成为王妃了呢？而且殿下用了"辅佐"两个字，实在很是言重。

但是，毕竟面对的是当朝太子，也就是自己未来的公公，冯婉华的脸上浮现羞涩和温柔的神情，并没有多言。在她心中，面前这位仅二十多岁的太子殿下，既是她未来的公公，也是大魏未来的皇帝。他近在咫尺，又仿佛远在天边……

拓跋晃又端视了两个孩子片刻，叹息一声，直身坐起来，说："我近来身体有恙，你们瞧，皇帝陛下特别派宗爱大人前来探望我，为我送药。希望你们也好生保重身体……"

两个孩子忙道："望殿下保重玉体！"

拓跋晃温和地笑笑，看到面前的案上有几卷空白的缣帛，他又道："我好久没有写字了，高阳王，冯氏，我写两幅字给你们吧。"

宗爱警觉地挺直了身子，观看拓跋晃书写。

拓跋晃想了想，提笔蘸墨，先写了"福禄攸降"四个字。

看到拓跋晃不过是要写一些《诗经》中的祝福语，宗爱放心了，背过身走到了一边去。

而后，太子凝神略思，又写了两个字："景穆"。

写毕，他放下笔，对拓跋濬和冯婉华说："这两幅字墨迹未干，等墨干了你们再取走。现在我和宗爱大人还有正事要办，你们可以退下了。"

高阳王和冯婉华施礼退下。

出殿之后，二人总觉得太子今天不是很正常。往日里他每次见到儿子，都是细心查问学业功课，几乎没有一次不呵斥的。然而此次见面，他竟然对儿子完全没有责怪之意，这特别出乎拓跋濬的意料。

隐约之中，拓跋濬心内生出一种不祥的预感。这种不祥的、说不出所以然的预感，使得他在走出殿门的那一刻立刻转头，希望能抓住些许一瞬即逝的线索。然而刚出殿门，守卫在门口的乙浑便恭敬地跪地行礼："拜见高阳王殿下！拜见高阳王妃！"

平常在宫中，这些身披甲胄的军将即使见到太子，也都因为甲胄在身而站立行军礼。眼下冯婉华还没有正式封妃，乙浑就以重礼披甲跪拜，这令拓跋濬非常受用。冯婉华则从心底里感到厌恶和不自然……

拓跋濬将方才的疑虑抛于脑后，亲自扶起乙浑："将军不必多礼！"

万寿宫内，宗爱起身向拓跋晃施礼："太子殿下，如果您再无别的事情，是否尽早上路？"

拓跋晃回礼："感谢郡公成全。"

宗爱挥手让贾周和赵黑近前，对拓跋晃说："太子殿下，您请自选。"

贾周跪下，奉上一个小食盘，上面摆放着一个琉璃瓶子，内里装的便是毒酒，旁边还有一根丝绳。

宗爱非常认真地抬头往周围望了望，说："太子殿下，绳子稍显麻烦，我劝您还是饮下这杯酒。先前用狱里的死囚试过，这酒只要入口，立刻致死，绝不痛苦。当然，味道如何，入口到底是醇美还是涩口，我就不敢保证了。"

拓跋晃笑了笑，说："感谢郡公惦念。我信佛教，不能自杀，若是自杀，下辈子便不能转世为人。"说着，他拿起那根丝绳递给宗爱，"有劳郡公！"

宗爱愣怔了一下，依旧非常冷静。他想了想，起身接过了拓跋晃递过来的丝绳。

宗爱近看这位太子，他的脸庞线条明晰，刚毅英俊。同时，他洁白的肤色却又像女人一样温柔。他的嘴唇略微翘起，在髭须的掩遮下，似乎带着不屑和自嘲。此刻他依旧坐在榻上，叹息一声，满怀深情地望向殿外湛蓝的天空。

宗爱心中忽然涌起一股异样，甚至对自己此前处心积虑想要陷害太子之举生出一些后悔。他走到拓跋晃身后，嗓音变得有些哑："殿下，您六岁被封为太子，还是老奴抱您到陛下的御座前去受封的，您还记得吗？"

拓跋晃闭上眼睛默了半晌，而后平静地说："……对不起，郡公，我不记得了。"

宗爱咬咬牙，示意贾周、赵黑二人近前。二人匍匐着跪爬到拓跋晃身边，抱住了太子的腰部和双腿。

拓跋晃睁开眼，最后说了一句话："也有劳二位了。"

宗爱再次咬牙，将绳子套在拓跋晃的脖子上，然后忽然用力，死死勒住。

从前，赵黑和贾周一直在宫内服侍皇族，此时二人却死死抱着太子拓跋晃的下半身，要置他于死地。拓跋晃使劲蹬踏辗转，很快，他的双腿无力地松软下来，腰部也往下塌去……

良久，宗爱松开手。他冷酷无情的脸上，无声地滚落了几粒泪珠。

宗爱抬步迈出了万寿宫的宫门。在他身后，贾周和赵黑将拓跋晃沉甸甸的尸体搬出，挪到了等在宫外的医车上。乙浑和众禁卫军兵士皆满脸惊愕。

正平元年六月，北魏太子拓跋晃被杀。

第十五章　世嫡皇孙

夜。暗黑的太极殿内，拓跋焘沉默地坐着。殿内没有燃烛，影影绰绰中，侍立在各处的宫婢和宦者如鬼魅一般，无声无息。

宗爱望着拓跋焘的身影，心里沉甸甸的。勒毙太子之后直到现在，他没有感受到任何胜利的喜悦，反而满心都是一种空落落的失落和莫名的恐惧。面对沉默不语的皇帝，他有些忐忑，低声道："禀告陛下，我把太子遗体带到了殿外，您要看一下吗？"

拓跋焘默然良久，而后，回应宗爱的唯有长长一声叹息。

人死不能复生，观之何益！拓跋焘心中五味杂陈。且最让他焦虑的是，他忽然找不到自己痛苦的根源了。虽然对太子的疑虑使他大起杀心，可当这个虚无的威胁不复存在，他忽然开始自我怀疑。

酒，能够使巨大的痛苦稍有缓解，然而稍稍错神，种种悲伤又会卷土重来。更加残酷的是，此刻拓跋焘清晰地意识到，他自己就是悲伤的制造者！

这一日，拓跋晃的小殓礼将在万寿宫举行。宫内到处都是白色幡旗，哭声一片。巨大的柏木棺材摆放在正殿内，厚重的棺身如同一道墙壁，阻隔了死者与生者。而太子的遗体还未入棺，放在一旁的床上，面上盖覆着白色帛巾。

拓跋濬、冯婉华、常氏，以及几十名万寿宫官属，皆身穿白色孝服，跪在殿内痛哭。作为拓跋晃长子，拓跋濬双手拍着棺材外面巨大的镀金铜环，哀号不已。

阵阵鼓声中，虎贲千人，排在万寿宫外的广场上，皆身佩班剑，默然肃立。宫廷乐师演奏起哀乐，唱起挽歌：

"岩岩垂岫，岋岋高云。龙游清汉，凤起丹岭，分华紫蕚，底流天景。重渊余静，椒蕚方纷。如何斯艳，湮此青春。骚骚墟垄，密密幽途。悲哉身世，逝矣亲疏。沉沉夜户，瑟瑟松门。月堂夕闭，穷景长昏。攸攸靡吊，漠漠不存。哀痛神躯，永邈千龄……"

挽歌一唱三叹，绕梁不绝，促使在场的人们更加悲痛，情不自禁地开始新一轮的痛哭。

冯婉华一直沉默不语，泪水不停地从她眼中流出。跪在巨大的棺木前，她能感到柏木棺材上散发出来的夏天的泥土气息和某种香料的温暖气息。它们飘浮在迷离而又温柔的挽歌声中，哀感着在场所有的人。

然而，在一片悲声中，细看就不难发现，冯婉华那双细长的、美丽的蒙眬泪眼里不时闪过严厉，她的两道蛾眉因思虑而皱起，更显得双眸格外黑。几天前那些不连贯的零碎记忆在一点点拼凑，使得她在哭声中也保持着某种警醒和冷静。看着身边悲伤到不能自已的拓跋濬，女孩心中升起巨大的愤怒——太子绝非正常死亡！

夜晚来临，万寿宫内依旧烛光闪烁。由于连日痛哭，冯婉华本来清澈的眼睛失去了原有的光彩，有些红肿。元华专程从昭仪宫赶来，陪伴了冯婉华几日，眼睛也是红红的。

二人身边，坐着失魂落魄的拓跋濬。这个少年瘦削了许多，似乎一夜之间由一个少年变成了一个沉静的青年人模样。常氏满脸泪痕，不断以袖拭泪，轻抚着他的肩。

忽然，拓跋濬像是醒过来了一般，抱住常氏号啕不已。

冯婉华等了许久，待众人情绪稍稍平息，才从怀中掏出一卷缣帛来，正是三天前拓跋晃写给她的字——"景穆"。

常氏、元华不知就里，拓跋濬止住哭声，也没有发现什么异样。冯婉华音声愤愤："难道你们都没有注意到吗？刚才礼官念陛下赐给太子殿下的哀册，给太子的谥号就是这两个字：景穆！我们上次见到太子殿下的时候，他还好好的，只说自己身体不适，他怎么就已经知道自己的谥号了呢？"

拓跋濬听冯婉华如此说，拭泪止住哭声："……父亲写给我的四个字是《诗经》中'福禄攸降'，写给你的是'景穆'……咦，还真是！"

冯婉华："我想，太子殿下写给我这两个字，就是在暗示当时他的处境。殿下之死，肯定和宗爱老贼有关系！"

常氏赶紧过来捂住冯婉华的嘴，低声劝止："千万不要如此高声！宗爱公公在宫内有许多眼线，太子尚能被他所害，别再牵累了高阳王！"

太子大殓，负责护丧的大鸿胪已经到达。众人再次匍匐跪地，哭声一片。礼官指挥专司丧葬的人将太子遗体移入铺有经文锦褥的巨大棺材，盖上被子。一切都在有条不紊地进行着，然而就在准备封棺之时，大鸿胪忽然停止了仪式。

寂静之中，一座十六人抬的七宝旃檀刻镂辇缓缓进入万寿宫，辇上正是皇帝拓跋焘。

随着皇帝的到来，浩荡的哭声变成了低声哀泣。拓跋焘身穿常服，在宗爱的扶持下慢慢走入殿内，围着棺木转了一圈，脸色阴沉。而后，他什么话也没有说，沉默地走到殿外。

大鸿胪注视着皇帝的举动，高声喊道："魂兮，归来！"

招魂仪式开始。

古人认为人刚死的时候，魂气犹存，故而死者亲属都希望能够将死者的魂气召回，使其重新附于肉体之内，在最后时刻让死者起死回生。

这是一个晴朗的、干爽的夏日，万里无云，天空非常明净。太阳当空而悬，向四周映射出巨大的朦胧光影。风很大，吹得殿庭中的树叶呼啦啦响。忽然一个健壮又灵活的人出现在庭院内，手里持着太子生前所穿的爵弁服，纯衣、纁裳、缁带、靺韐。在众人的观望下，他从大殿东边的屋檐登上殿顶，以令人眼花缭乱的速度和姿势飞快爬上屋脊，面向北方，挥舞着手中的朝参礼服，以奇怪的长音呼唤起来："太子晃——太子晃——太子晃……"

招魂者大声连呼三次，而后将太子的朝参礼服扔了下来。当时的风很大，地面上接承的人用一只大箧把礼服接住，礼官趋行进入殿内，将礼服覆在拓跋晃的遗体上。

众人再次拥到棺前痛哭，而殿外，或是出于大悲无形，或是出于极度冷漠，皇帝的脸上没有任何悲戚。

此时宗爱的神情也是十分复杂，他时时观察着皇帝，一直在旁边小心伺候，不敢多说一句话。

拓跋焘痛苦地回忆起太子的一生。他竭力想把"背叛"自己的太子和往昔那个英俊果敢的太子分离开来，但所有的场景最终都纠缠在一起，悔恨和厌离之感交织，令他内心深处越发痛苦和矛盾。

在拓跋晃死后的几个夜里，拓跋焘酒醉之后醒来，都觉得那就是一个错觉或噩梦。一代雄主拓跋焘征战多年，此刻疲劳和软弱一下子爆发了出来。如果连自己的儿子都无法信任，那么世上还有谁是他可以信任的人……

棺枢被抬出大殿，哭声也随之涌出大殿。拓跋濬跪下抱住祖父的腿痛哭不止。

纵使杀伐一生，铁石心肠，看到心爱的皇孙如此悲恸，一股眼泪还是止无可止地从拓跋焘眼中涌了出来。他忽然高声道："朕宣布，拓跋濬为皇太孙，世嫡皇孙，依旧以万寿宫为东宫！"

拓跋濬、冯婉华、常氏等人尽数跪拜在地，匍匐俯首。

宗爱默然。他低头看了看跪拜的拓跋濬，又看了看昂头叹息的皇帝，使劲咽下一口唾沫……

第十六章　大祸将至

傍晚，凉风观内。

赫连皇后没有生过孩子，她的容颜显得非常年轻，似乎几年来都没有发生变化，恰似一朵永远不老的花。看到跪拜在地的冯婉华，她俯身亲切地握了握女孩的手，蓝色的明眸里满是安慰。

冯昭仪轻轻叹了一口气，对赫连皇后说："皇后姐姐，您说我这侄女多命苦，刚刚被皇帝指婚为高阳王妃，还没有册封，太子殿下就忽然薨逝了。"

赫连皇后安慰道："昭仪妹妹不要忧虑，太子虽然薨逝，但眼下高阳王皇太孙的地位已经明确，待孝丧一过，婉华就可以顺理成章地册封王妃，也就是我们大魏帝国的皇太孙之妃！"

冯昭仪依旧忧心忡忡，说："太子死非所命，宫内宫外颇有传闻。皇帝陛下近日心情不佳，喜怒无常，我是真怕夜长梦多，再出什么岔子……"

冯婉华在一旁听着二人说话，心跳得非常剧烈。宫内的女人在长久的寂寞孤独中总会互相亲切体贴，也会为了安慰彼此而说许多毫无意义的话，甚至她自己都想编造一个能够欺骗自己和姑母的谎言来作安慰了。然而痛苦是如此现实，她只能默默地承受折磨。

抱公公插言道："据老奴所知，景穆太子之死，和宗爱大有干系。"

冯婉华使劲点头，说："对！景穆太子薨逝前在殿内见了高阳王和我，当时就有宗爱、贾周和赵黑公公在场，现在想一想，那时景穆太子的情形特别古怪。"

冯昭仪奇怪地问："怎么个怪法？"

冯婉华："当时殿下和我们说话，语气特别特别温和，特别是对待高阳王，就像诀别一样！更奇怪的是，他在我们临走时给我们写了字，给我的两个字就是'景穆'！这就说明他当时已经知道自己要离世，甚至连自己的谥号都知道了。"

赫连皇后和冯昭仪都十分惊讶。元华过来揽住冯婉华的肩膀，问："你是说，太子殿下当时就已知道自己会被人害死？！"

冯婉华眼睛中满是疑惑："到底是什么情形，我确实不知。但真真切切的，他当时写给我的两个大字就是'景穆'。"说着，她从怀中掏出那卷缣帛给在场的人看。

抱公公若有所思，仔细看着两个大字："即使宗爱参与杀害太子，陛下肯定也是知情的，否则光天化日之下，他没有那胆量下手。更何况宗爱手下的赵黑乃老奴养子，杀害太子之事非常人所能，如果真是宗爱自己的主意，赵黑应该会马上告诉老奴。"

冯婉华继续回忆当时的情景："当时赵公公和贾周都在场，他们两个人和宗爱在殿内，殿门口还有乙浑带着一队禁卫军把守。……"

冯婉华的声音飘荡在耳边，带来越来越多的疑问。冯昭仪拿起那卷缣帛，两眼呆呆地注视着上面的"景穆"两个字。如今，景穆太子的暴薨使得她侄女婉华的将来变得更加不明朗，此事就像灼人的火炭一般折磨着她的心，让她涌起万般不安。

赫连皇后也眉头紧锁。她十分清楚太子的薨逝对于高阳王和冯婉华而言意味着什么。想到宫内更加扑朔迷离的将来，她内心深处也充满了不安。此事一出，在这巍峨皇宫之内，她似乎更找不到方向了。

思考了半晌，赫连皇后忽然喃喃道："高阳王现在是皇太孙，哪天陛下不在了，高阳王继位，依据大魏制度，他那个乳母常氏说不定就会当上保太后……"

众人都没敢接赫连皇后的话。这已经不是她第一次说出此类大逆不道的话了。如今皇帝陛下健在，不知是出于直觉还是什么，赫连皇后总说出"哪天皇帝不在了"这样的不吉之语，如果传到皇帝或者宗爱耳中，定然又会惹起大祸！

平城的七月，夜晚已满是凉意，太极殿内更是凉飕飕的。小宦者贾周两眼紧盯着宗爱的脸，很想从中看出些微喜怒哀乐的端倪。近日贾周发现宗爱的腮帮子旁边多了个黑色的囊肿，这使得他的面相显得越发狰狞，即使是在伺候皇帝的时候，他的低眉顺目也因这个黑色囊肿而大打折扣。

景穆太子被害之后，宗爱似乎也老了几岁。他昔日如鹰隼般锐利的目光变得有些呆滞，背也有些驼了，似乎他身上坚硬的外壳忽然裂开了一条缝。当他望着虚空的时候，两眼偶尔会流露出略带慈和的神情，然而一旦直视某人，他的目光又会立刻变得黯淡而阴郁。

这一天，宗爱显然心情沉重。他像是自言自语，又像是在对贾周说："有些事情，走出了第一步，就必须走第二步。真累心啊……"

贾周小心翼翼地试探："太子和太子那些党徒，大人，您借皇帝之手都一举铲除了！此后您应该无忧矣……"

宗爱心思深沉，嘿了一声："我观陛下最近几天的举动，似乎很后悔杀了太子。陛下疑太子，太子尚不能保命；如果哪天陛下疑我们，我们还能活吗……"

随着烛光摇曳，有阴影在宗爱脸上跳跃着，令他的神情几近怪诞。白日里的威严和阴沉被昏昏欲睡的倦容替代，烛光下他花白的辫发僵硬地贴在头皮上，眼皮耷拉着，因为长久的思虑而近乎胶合在了一起。前所未有的恐惧深植在内心，他不停地嘟囔着……

宗爱一反常态的模样令贾周也感到害怕。跟随宗爱的这几年，贾周亲睹他暗中害了不少人，但从来没有像今天这样担惊受怕过。毕竟，这次他所害的人，是大魏的太子！只要一想到白日里皇帝那张阴郁的脸，贾周就越发心惊肉跳。

就在贾周坐立难安之际，忽然，他听见宗爱说："我要去见一见皇后。"

这一日，平城的秋阳暖洋洋的。北苑永乐游观殿中，赫连皇后端坐在榻上，几乎难以掩饰内心对恭立在她地下首之人的深深的排斥。然而，深知这个大宦者是皇帝的宠臣，作为一个不受宠的皇后，她并不敢流露出不快之意。

宗爱一脸恭敬："皇后，这是西域进贡的石榴，籽粒大，味道甜美，老奴特意呈给皇后尝尝鲜。"

赫连皇后："感谢惦念。"

宗爱："陛下这些天很暴躁，无暇他顾，这些石榴是老奴特意拿来给皇后您的……"

赫连皇后强压心中的不快，对宗爱说："有劳郡公大人。"

宗爱摆摆手："皇后，老奴知道您对老奴有记恨。先前您的兄长逃匿，惹得陛下恼怒，问及老奴当如何处理，老奴也是不得已才那样表示的。"

一时间，巨大的仇恨涌上赫连皇后心头，但她还是竭力掩饰住，慢条斯理地说："当时我的兄长无故逃亡，事关大魏家之事，郡公您确是不得不如此。"

宗爱仔细斟酌着赫连皇后的表情，说："皇后，您也知道，陛下乃沉猜雄主，当时的境况，老奴只能附和啊。"

赫连皇后略带讥讽地说："郡公大人公私分明，所以陛下才这样重用您，信任您。"

宗爱顿了顿，他看到几个侍婢侍立在近旁，颐指气使地让她们回避，而后才压低音声，说："皇后，说出来您可能不相信，老奴的出身与赫连夏国有密切关系。老奴本姓铁弗，与赫连皇族是宗亲，二十多年前在一次战争中被大魏俘获，几经辗转，才阉割后进入宫廷作奴……"

赫连皇后还是第一回听宗爱如此说，大起疑窦，心道这个老家伙如今年近五十，二十多年前他已经是个小伙子了，怎么还可能受阉割后入宫？而且赫连皇后也知道，大魏早期对从周边部落和国家俘虏的青壮年男子一概屠戮，不留活口，先前在和赫连夏国的战争中，但凡俘获贵族子弟，除了主动投降的，也基本都是杀掉了事。

看到赫连皇后一脸怀疑的神色，宗爱也不奇怪。这位皇后长于深宫之中，当年大魏军队击灭夏国后，她与两个妹妹皆被拓跋焘纳入后宫，对于赫连夏国的宗亲和历史，她并不是特别熟悉。

在近乎凝固的寂静中，宗爱诡异地笑了笑。他低声对赫连皇后说："皇后，老奴别无他意，只是想让您知道，日后宫内若是有大事发生，老奴肯定是站在您这边的……"

傍晚时分，平城的市坊酒肆总是特别热闹。一间酒肆之中，常氏和乙浑连榻而坐，常氏之兄常英和侄子常泰坐在下首，都是一副唯唯巴结的样子。

常氏年纪虽然不小，毕竟曾有几分姿色，说起话来仍是颇有风情。在烛光之中，她的脸显得瘦削了一些，稍显扁平的面颊上一双眼睛秋波流荡。她头上梳着高高的假髻，两条粗粗的蓬松发绺耷拉下来，一直盖到耳边。

常氏的身材本来不错，这一日她身着紧身鲜卑式小袖，把她的胸部衬托得十分突出，而衣服上那些锦缎结子以及花边繁复的褶裥，更使得她整个人花枝招展的。

乙浑一边喝酒，也不避讳，一边抚摸着常氏的大腿。常英、常泰都假装没看见，不停地向乙浑敬酒。

常氏故做娇羞状："乙浑将军，您可是宗爱大人身边的红人，但凡有机会，您也推荐一下我兄长，给他弄个差事嘛。"

乙浑打了一个饱嗝儿，一笑："呵呵，常英老弟年纪太大了，就是这位常泰大侄子，年纪也大了，否则我跟宗爱大人打个招呼，他们便可净身入宫做宦者，肯定大有可为！"

常氏轻轻打了乙浑胳膊一下："将军说笑，他俩这个岁数还怎么能当宦者！我是说啊，如果宫内有些能委派他们父子在宫外干的差事，您给我们关照关照。"

常英："就是就是！乙浑大人，比如宫中御厨需要什么采买，就可以让我……"

乙浑笑着打断了他："如果是我禁卫军厨房需要东西，你还可以代为采办，从中赚上一些。御厨之物，哪里能轮到你啊！"

常氏："嘻，就是这个意思。我这兄长没什么本事，不过就想图个生计。"

乙浑继续摸着常氏的大腿，说："嗯，没有问题！"话锋一转，他又道，"……唉，先前我还巴结着你，心想日后太子登基，高阳王肯定也就是太子了，谁承想如今太子暴薨，宗爱大人又那么恨他，我都担心日后高阳王不一定能活！……唔，今天我酒喝多了，多说两句……太子之死，大有可疑！说是因病而死，实际上他就是被皇帝赐死的！……"

常氏听闻此言，脸色大变，赶紧压低了声音问："啊？！那可是太子啊，怎么会被皇帝赐死？！"

乙浑眉头一皱："他得罪了宗爱大人！宗爱大人是谁，皇帝对大人言听计从，对太子起了疑心，才会导致这样的结果。所以嘛，那什么太子之子高阳王，以后的日子也不会好过啰……不过我告诉你们啊，今天的话如果你们传出去一个字，必死无疑！"

乙浑的一席话说得常氏的脸红一阵白一阵，她咬咬牙，以劝说的口吻对乙浑说："大人，咱可不能这么势利，人这辈子总说不定会有时来运转的那一天！太子虽然暴薨了，高阳王却受封为皇太孙，没准日后就要继承皇帝之位呢！"

乙浑呵呵笑了："当然，这话我信！我虽然是个粗人，道理我都明白。所以我和你们一样，都是脚踩着两条船……唔，最好是三条船，四条船……"

常氏用手抚弄着自己的丝质衣服，感受着触手可及的柔软。她双腿裸露在外的地方，在乙浑黑黢黢的大手的映衬下，显得粉嫩如少女。

这个常氏当然不是个娇弱畏寒、羞怯胆小的女人，但是生活中无尽的变数依然让她时时感到疲倦，总有忍耐不下去，干脆豁出去好了的冲动。

黄昏的薄雾中，夕阳照耀在酒肆的墙壁上，散发出绚丽的红色。眼睁睁看着阳光在平城上空暗淡下去，常氏的心中升起更加深沉的忧郁。她利用难得的闲暇，贪婪地享受美酒佳肴，希望这能够带给自己短暂的乐趣，同时，她也期待着乙浑那双粗鲁的大手能够抚慰她的全身……

第十七章　暴怒的皇帝

秋日的午后，鹿苑里非常寂静。拓跋焘骑着一匹高头大马，后面跟着宗爱、贾周以及几个禁卫军兵将。宗爱距离他最近，只有一米开外，其余的人则都与他保持着十多米的距离。

鹿苑南起于平城之北，向北紧接长城，东包白登山，一直与广阔的西山相连，纵横近百里。从武川河引来的水流分成三条大沟流入苑内，最大的鸿雁池如同一面巨大的镜子，将绵延迤逦的群山映射在湖面上。

这片广阔的园林修建于北魏建都平城的第二年，也就是道武帝拓跋珪天兴二年（公元399年）二月。当时道武帝刚刚在与西北高车部族的战争中取胜，俘获高车三十多部共十万多人，缴获战马五万多匹，牛羊二十多万头。得胜之余，道武帝把俘获或投降的高车人全部驱赶到平城边上，迫使他们没日没夜地修建鹿苑。

高强度的劳作在半年内虐死了七八万人，鹿苑终于建成。

禁卫军骑着马在没膝的草丛里无声地行走着，巍峨的宫殿逐渐被他们甩在远处。正前方，轻柔的淡蓝色烟雾从草原深处缭绕升起，太阳疲倦了，懒洋洋地躲在天边一大堆浓厚的云彩后面，整个草原便似乎都沉默了下来。

拓跋焘极目远眺，望着远方漫无边际的碧绿蜃气，长久地静默着。

鹿苑非常辽阔，数不清的无名野花野草好似潮水，青草的草尖在阳光下发出铜绿色的光芒。草原上到处都是大针茅、线叶菊、红花鹿蹄草和羊草，虎榛子、元宝槭以及知母等植物杂生其中，偶尔还能看到沙地柏和楼斗菜叶绣线菊。中午时分，被阳光蒸晒的青草持续散发出清香，几片在凹地深处凿出来的大水塘孤零零地闪烁着珍珠般的光芒，仿佛在寂寞地喜笑颜开。队伍行进间，偶有沙狐、豹猫、猞猁、狍子以及黄鼬忽然出现，从马蹄间倏忽而过；天空上，则总能看见大天鹅、大鸨、白枕鹤、蓑羽鹤、秃鹫、红隼及草原雕等飞禽。

若是在从前，皇帝和禁卫军早已手忙脚乱地开始围猎大小野兽了。然而眼下，无论是天上飞的还是地上跑的，拓跋焘都不感兴趣，一行人就这样默默地走着。

宗爱忽然感到一种他非常难以把握的沉淀下来的恐惧。自从拓跋晃死后，皇帝总是长久地沉默。但宗爱能感知到，皇帝的这种沉默绝非来自柔顺宁静的心情，而是在压抑某种来之已久的暴躁和怀疑。宗爱深信，总有一刻，或迟或早，皇帝的情绪会喷薄而出，酿成大祸。

路过一处皇家养蜂场，禁卫军中一个下巴留着大胡子的高车兵士没约束好战马，不慎让马蹄踩烂了一个蜂箱。一时间，蜜蜂密密麻麻地都飞了出来，围绕着高车兵士嗡嗡旋转。蜜蜂虽小，却使得这个兵士十分惊恐，他不停把落在大胡子上的蜜蜂拂下，在马背上很是慌乱。

听到身后忽然出现动静，拓跋焘拨转马头，很快就来到了那个大胡子禁卫军的马前。蜜蜂还在嗡嗡不停，使得兵士又急又慌，看到皇帝走近，他不得已低头拉住马缰，尽力不再乱动。

然而他没有机会解释，只见拓跋焘乍然抽出腰刀，话也不说，一下就将他的脑袋砍掉了。事起仓促，这个兵士甚至都来不及反应，他那没有脑袋的身体还直直地在马背上僵立了片刻，才身子一歪，从马上掉下来，而他的一只脚还塞在马镫里。

看到皇帝发怒，骑马的禁卫军纷纷下马，跪倒在草丛之中。先前围绕那高车兵士的蜜蜂还在孜孜不倦地飞舞，只是此时它们围飞的脑袋已经不在活人的脖子上，却是瞪着惊讶的双眼落在了草丛之中。

皇帝这种随意杀戮的行为，近来已是常态。无论是宫婢、宦者还是禁卫军，甚至是宗爱的手下贾周，都总是因为这样那样的小事遭到毒打甚至是杀害。

小宦者贾周距离被杀的高车兵士很近，腥甜的鲜血溅到了他的衣服上，极度惊惶之下，他吓得浑身瘫软，大小便失禁，屎尿俱出。

闻到了贾周身上的臭味，宗爱紧皱眉头，立刻马鞭一指远处，让他立刻远离皇帝身后的扈从队伍。惊恐万状的贾周话都说不出来，即刻下马往后面的草丛深处跑去，生怕皇帝忽然大怒，再搭上自己的小命。

鹿苑静轮天宫，傍晚时分。拓跋焘似乎没有了白天的心烦意乱，神情稍微平静了些。他的视线掠过道武帝修建的西昭阳殿、西宫，又掠过明元帝时代修建于西面的板殿、蓬台以及白登宫。而后，看着自己先前下诏兴建的五色琉璃行殿，拓跋焘感到十分满意，他的目光逡巡了一会儿，最终定定地停在了"静轮天宫"牌匾上。

从静轮天宫的窗口望出去，天上乌云密布。远处山边电光闪闪，空中不时闪现橙黄色的闪电，而天边乌云下依旧透着夕阳灼人的余晖，这让拓跋焘眼前的景致显得越发壮阔。广袤的草原颇为寂静，大地沟壑起伏的皱褶里隐藏着无数人世间忧郁的回光。愁云漠漠，黑云中终于凝出雨点，一只大鹰在波浪般翻滚的乌云边际飞翔，扇动着它巨大的翅膀，飘舞一般潇洒地捕捉风势，在高空闪着亮丽的黑色幽光。那大鹰朝殿宇的方向直飞了一会儿，而后又斜着身子向远处的山冈飞去，双翅平展，越飞越远，很快就看不见了。

宗爱小心翼翼地亲自把酒温热，然后把寒食散放在一只精巧的西域琉璃盏内，走到临轩远眺的拓跋焘背后，小声说："陛下，请服药。"

拓跋焘转身走了几步，搭脚坐到一张胡床上。宗爱呈上琉璃盏，拓跋焘大口咀嚼着药丸。而后他接过酒盏，一口气将盏内的酒全都喝了下去。

他摸摸自己的肚子："朕饿了，速速上膳！"

宗爱赶忙吩咐下去。

很快，桌案上摆上来八个用漆碟装的小菜，琳琅满目，一个巨大的金盆也被端了上来，里面装着一只烤炙的羔羊。

香气缭绕，令人食指大动。宗爱先跪坐下来，用刀切开羔羊，仔细尝了尝，而后才请皇帝食用。他用绸巾揩了揩嘴，对拓跋焘说："陛下，这是最新的菜式——羯肉虾仁，选用的是上好的塞北羔羊，配以鹿苑内的湖虾，剥壳后塞进羔羊肚子里，穿在叉子上用炭火烘烤一整天……"

拓跋焘大口嚼着羊肉和虾仁，一直点头，显然很是满意。有小宦者不停地将金质酒壶递过来，每个酒壶都由宗爱先斟出一小杯来亲尝，然后才倒在酒盏中递给拓跋焘饮用。

没多久，半只羔羊和几乎所有虾仁都被拓跋焘吃掉了。饕餮之间，他还一直大口喝着酒。酒酣之余，拓跋焘似乎心情不错，对宗爱说："这种羊肉和虾仁弄在一起的做法，太好吃了。唤御厨上来，朕要亲自赏他几把金壶！"

宗爱立刻挥手，让贾周把御厨唤上来。不一会儿，御厨哆哆嗦嗦地过来了，神情近乎恍惚。他走到食案近前，在宗爱的提醒下忽然跪倒叩头，吓了拓跋焘一跳。他有些结巴，说："奴才张海峰，拜见皇帝陛下！"

这个名叫张海峰的御厨长着一张奴相的大脸，还是个兔唇，说话有些漏风。不过好在拓跋焘心情很好，随手一挥，将桌案上的六七把金壶全都拂到地上，对御厨说："羯肉虾仁味道不错，朕心颇慰！这些都是赏你的，拿回家中罢！"

御厨面对这突如其来的恩典，不禁感激涕零："……这、这这？！奴才叩谢天恩！！！”

说着，他忙不迭地不断叩首，脑门都磕得青紫了。

拓跋焘吧嗒着嘴，问：“你是新来的御厨吗，怎么先前没有这样的东西给朕吃？”

说着，他起身抚摸自己胀圆的肚子，在殿内走动起来。美食，酒，还有寒食散，使得这个帝王异常兴奋。

这个叫张海峰的御厨兴奋得过了头，看到皇帝竟然和自己闲聊，又看到宗爱大太监鼓励的眼神，他顿时有些忘乎所以。他回禀道：

“陛下，羊肉如果没有膻味，其实不好吃的；但如果膻味太大，肯定也不行。因此这道菜里的羊肉定然不能用膻味过大的公羊肉，一定要用塞北羯羊的羔羊肉！

“羔羊的宰杀也有讲究，俗语说‘牛锤头，猪捅心，羊刺颈’，奴才用尖刀横向穿刺，要插入羊颈上的大动脉，一下子使羔羊断气，这样肉才好吃。劏羊之后，除了放血和取脏，剥皮也是奴才亲自干的，不敢让厨下那些小公公们干，他们手里没劲，剥皮晚了，羊肉也会不好吃。

“在剥皮这个紧要的关头，奴才先在羊腿跗关节靠内的位置用刀开一小孔，然后抱住羊腿吹气，羊皮鼓胀后几下就要将整张皮搞掉，再用香辛料和清水对羊坯进行清洗和渍腌，去除残留的膻臊味。接着，奴才用香辛料加酒和面粉对羔羊进行裹腌，这样才能使香气牢牢附在羊肉上。

“腌渍完成，奴才就在羊肚内装入现剥的虾仁，用细铁丝把全羊捆扎牢固，放入地下挖开的窑洞，再用香樟炭仔细地慢慢烘烤，还要保证窑内没有黑烟。就这样，要用一天的时间，慢慢烘，慢慢烤，羊皮才会酥，虾仁才会鲜……”

御厨滔滔不绝，拓跋焘满意地说：“好！以后朕但凡到鹿苑来小住或者打猎，你就给朕做这个东西吃！”

御厨叩头致谢：“遵命！遵命！”

至此，原本御厨可以见好就收的，然而他似乎心有不甘，还想多说几句奉承话以博皇帝好感。于是他讨好地继续禀告：

“陛下，这个菜式是奴才从南朝宋国一个俘虏那里学到的。那个南蛮子本来是建康城内的御厨，一次探亲回兖州，正好被咱们攻城的大魏天军俘虏，带到了平城为奴。呵呵，这下也好，宋国那个南蛮岛夷皇帝刘车儿反正已被他自己的太子弄死了，即使那大厨有命回到宋国皇宫，也没有人能享受这样美味的菜式……”

拓跋焘本来心情甚好，乍然听御厨说到此事，勃然暴怒。一时间他的脸色阴沉得吓人，捡起一只金壶就狠狠砸到了御厨的脸上。

御厨的大肉脸上顿时鲜血迸出，鼻梁都被砸塌了。面对皇帝如此出人意料的暴行，御厨蒙了，跪趴在地，满脸惊惶，仰着头呆望拓跋焘。一旁的宗爱暗暗叹气，心道这个不懂事的御厨，好提歹提，你提南朝的皇帝和太子干什么？！

拓跋焘怒不可遏，吼道："狗奴才！南朝宋国皇帝刘义隆的小字名讳，也是你这种奴才能够随便提的吗？！宋国太子弑父这等事，也是你这种狗杀才能够随便说的吗？！来人，给朕弄死这个狗才！"

殿中禁卫军闻言，迅速围拢过来。然而拓跋焘忽然扬起一只手，阻止了他们："慢！不要拉出去砍了，没有那么简单，朕要慢慢收拾他！"

拓跋焘的脸通红。半是因为酒，半是因为寒食散，此时的他处于一种癫狂的状态。

看到皇帝如此暴怒，身为大太监的宗爱也吓得脸色蜡黄，脑中急速旋转。小宦者贾周更是心惊肉跳，他看看拓跋焘，又看看宗爱，简直是手足无措。

宗爱思虑了只片刻，厉声下令："来人，把这厮绑了！"

四个禁卫军兵士上前，很麻利地将张海峰的手脚都绑缚起来。这御厨此时已经吓得面无人色，嘴里连连哀求："陛下饶命，陛下饶命……"

宗爱仔细看了看殿内的陈设和梁柱，让人搭一条绳子在短梁上，又弄来一张小榻，逼着御厨站上去。而后他亲自弄了一个活扣，套在了这个倒霉蛋的脖子上。

拓跋焘依旧是气哼哼的，站起身仔细观察了一下绳索，说："让这个狗才多多受些苦！何等狗物，敢妄论国事！"

御厨此时后悔得肠子都青了，他依旧在妄想能侥幸活命，低声哀求着："陛下，求您饶恕奴才，求您饶恕奴才吧！这羯肉虾仁，大魏就奴才一个人会做啊，请让奴才继续伺候您吧！奴才并无意妄谈国事啊，奴才只是说南朝宋国太子的事情……"

"太子"两个字再一次刺激了拓跋焘的神经，他拿起腰刀，用刀背狠狠砸在张海峰的脖子上，疼得这个胖子顿时发出一声不似人声的号叫。

深恐皇帝继续暴怒，宗爱趁机一脚把御厨脚下的小榻踢了开去。

随着一声响，御厨肥大的身躯旋转了一下，忽然下坠，勒在他喉咙上的绳索急速抖动起来，他顿时被勒得喘不过气。但吊着他脖子的绳子很长，他正好可以用脚尖踩住地面。于是御厨没有立刻毙命，他旋转着晃了多次，努力向上挺起身子，踮起脚尖蹬住殿内石地，瞪着暴突的眼珠声嘶力竭地哀求："陛下！饶命！

饶命……宗爱公公！饶命啊，饶了奴才吧……"

御厨竭力挣扎着，嘴里流出了带血的唾液。宗爱有些忙乱，指挥四个禁卫军兵士，费了很大劲才把御厨肥大的身躯重新抬起，放在小榻上。他仔细琢磨着绳子的长度，心想若是能把绳子弄短些，或许能直接吊死这御厨，给他个痛快。

然而拓跋焘此时很兴奋，他拿起酒不停往自己嘴里灌着，手托着下巴，饶有趣味地看着御厨和宗爱，打量着御厨脚下的小榻和他脖子上的绳索。

宗爱在贾周的帮助下重新调整好绳扣。拓跋焘趋身上前，亲自飞脚，把御厨脚下的小榻踢开。御厨肥重的身子再一次开始在空中摇荡，他抽搐起来，在痉挛中不自觉地将头使劲往后仰，眼看脖颈就要被拉断。忽然，拓跋焘又把小榻踢到了他脚下，还竖立起来，好让他更好地踩住。

人的求生欲是无穷的。绳子紧紧勒着御厨的喉咙，他已经不能出气也不能出声。他瞪大绝望的双眼，泪如泉涌，发黑的舌头耷拉出嘴外，面目狰狞，但他仍然在拼尽全力将整个身体向上方探着，妄图减轻一些不能呼吸的痛苦。

除了拓跋焘，一时之间，所有在场的人都被这近在咫尺的惨状镇住了，包括宗爱在内，众人都面露惊恐地盯着御厨那张因痛苦而极度变形的脸。只见御厨还在不停晃动肥大的身躯，艰难地哀求："陛下！饶命，饶命，奴才没有别的意思……那南朝太子……"

听到御厨还在说"太子"，拓跋焘顿时陷入更加躁怒的狂乱之中。他高举手中的刀，对贾周断喝道："趴下！"

这一声怒喝吓得贾周只差神魂四散，忙不迭趴在地上，哆嗦个不住。看到心腹如此狼狈，宗爱不得不闭上双眼，心道皇帝恐怕会一刀结果了贾周。然而拓跋焘只是指着御厨脚下对贾周道："去，把小榻拿开，你过去趴在这个狗贼的脚下！"

贾周愣住了，一时之间没有弄懂皇帝的意思。宗爱却立刻明白了，赶紧猛踢了贾周一脚，咬牙切齿地低声道："陛下不是要杀你！是让你把这个肥贼慢慢折磨死！"

贾周会意，立刻爬到御厨脚下充当小榻。他一边紧张地观察着皇帝，一边拱起身子，努力将御厨往上顶。御厨已经发紫的舌头耷拉出嘴外，显然也明白了皇帝折磨自己的意图，他不再哀求饶恕，只是使劲蹬踏着脚下的贾周，想尽快死去。

贾周稳住自己惊慌的心情，将身体拱得更高了。就这般，一次次地，套在御厨脖子上的绳子紧了又松，松了又紧，肥胖的御厨脖子变得越来越长，大脑袋越来越仰。

随着时间流逝，绳子急速转动着，短梁也发出了叽叽呀呀的声响。拓跋焘挥着手，表情暴躁又陶醉，不断指挥贾周拱高或趴低，而那御厨越发黑紫的脸上，已经满是带血的唾液和热泪……

吊死了多嘴多事的御厨，沉重的苦闷和恐惧几乎压垮了宗爱。他在殿门处悠晃着，思绪纷飞，耳朵里似乎依旧在回响着御厨临死前的哀求和号叫，眼前也似乎依旧是那胖子颈椎断裂时呈现的黑色大脸。

贾周也是余悸未消。他的裤子还是湿的。刚才趴在御厨身下，他极度恐惧，身上的秽物似乎是尿液，也不知是那胖御厨的还是他自己的。

呆立了许久，确定皇帝已经入眠，宗爱和贾周二人才敢出到殿外。在清凉的夜色里，他们看到一颗流星忽然划破了漆黑的夜空。宗爱道："皇帝现在总是喝酒、大量吃寒食散，哪天他一发狂，很可能把我们也弄死……"

贾周浑身还是哆嗦不止，颤颤巍巍地说："太可怕了……现在真是活一天算一天……大人，您发现了吗，自从太子死后，陛下的性情变得完全不可捉摸了啊……"

第十八章　皇太孙元服礼

上朝的路上，拓跋焘坐在巨大的抬辇上，神情倦怠。忽然，他发现道旁有一头巨大的黑母牛，或许是给宫内供鲜奶的。大牛颈下的垂肉毛皮光滑，一直耷拉到膝盖，它不停摇晃着宽大的脑门，哞哞低吼着，身下还有一头牛犊在吃奶。

看到有人停在自己身前，大母牛强健有力的身体绷得笔直，转头对着皇帝呼扇起尾巴，试图保护正在吃奶的小牛。

拓跋焘情不自禁地抚摸母牛，又拍了拍小牛的屁股。小牛有些慌张，赶紧迈开四条小短腿想跑，牛腿却像四根小柱子一样插到了殿砖旁边松软的土里。

拓跋焘叹息了一声。

太极殿内，群臣肃立。拓跋焘以近来少有的柔和语气说：

"前些日子景穆太子暴薨，朕哀痛伤感，近日呢，朕又服用寒食散太多，暴躁异常，屡见怪异。朕记得《春秋》上说，星孛北斗，七国的君主都将有灾。今天官员报称日蚀于胃、昴，尽光于赵、代之分野，显然也都不是什么吉兆。……朕最近感觉太不好，身体确实已出现一些病状，虽然不严重，但作为一国之君，清醒的时候朕也会深感忧虑。如今景穆太子已经先朕而去，朕唯恐一朝奄忽，又奈国家社稷何如？！诸位大臣，请你们给朕出出主意。"

深知拓跋焘近日暴虐异常，殿堂上刀凿斧锯不离手，新近又在鹿苑虐杀御厨，因此许久都没有一个大臣出班对奏。拓跋焘见大臣们都不搭腔，就指名道姓道："高侍郎，你说说。"

高允出班，想了想，回奏道：

"陛下春秋富盛，圣业方融，以德除灾，身体应该很快就会好起来的。天道玄邈高远，或消或应，臣愿陛下排遣诸多忧虑，宁神保和，纳御嘉福。大魏皇朝圣华龙兴，储君之位非常重要。景穆太子薨逝之后，皇储之位未明，臣追思道武帝当年的前车之鉴，希望陛下能够早建东宫，在公卿中选用忠正贤良的臣僚充当师傅和辅佐，使得储君能够入总万机，像先前景穆太子那样出统军队政务，监国抚军。如果能够这样，陛下完全可以颐神养寿，进御医药，优游无为。如此，陛下百年之后，国有成主，民有所归，即使朝中有奸邪之人怀有什么企图和妄想，也只有息望作罢，国家大事也再没有什么空隙可钻了。"

拓跋焘满意地点头："高侍郎，我们大魏简选储君，你认为谁合适呢？"

高允马上回答说：

"臣认为皇太孙高阳王可！高阳王如今已经满十三岁，为人温良谦和，聪慧敏睿，乃我大魏百姓和臣下众情所推。如果现在他能够正式登上储君之位，真是天下的幸事！"

拓跋焘闻言大悦：

"拓跋濬，景穆太子之子，朕之嫡长孙！记得太平真君五年，高阳王才五岁，随朕北巡，路上恰逢军将押解一名奴隶要施以砍头之刑。高阳王当时就说：'这奴隶命大，今天能够遇到我，你应该马上赦免他，将他放掉！'军将奉命，当时就解除了那个奴隶的绑缚，纵放回家。朕当时就在旁边，此事乃朕亲眼所见。由此可知，高阳王五岁的时候就俨然已有天子之相！高侍郎，汝宿德旧臣，历事我大魏三世，功存社稷。现在朕决定采纳汝之建议，朕宣布高阳王拓跋濬为我大魏储君，名为'世嫡皇孙'！尔等可奉策告于大魏宗庙，自此之后，世嫡皇孙一月十次坐殿临朝，晓解俗情，明练国事。高侍郎，汝博闻强识，精于天人之会，可以辅助皇孙！……"

这一日，太极殿中，皇太孙拓跋濬正式加元服礼。

拓跋焘着饰通天冠、绛纱袍坐在御座上，黄门侍郎手持幡节，主宾高允和赞冠乙浑也都已就位。

典仪高呼："再拜。"

在场诸大臣皆再拜。

侍中高举手中的皇帝诏制："有制。"

高允再拜。

侍中朗声言道："将加冠于拓跋濬之首，公其将事。"

高允于北面再拜稽首，辞曰："臣不敏，恐不能供事，敢辞。"

侍中回身升奏，又承制降阶，说："制旨，公其将事，无辞。"

高允再拜，接制。

而后侍中手持敕旨站在乙浑面前，乙浑再拜。

侍中高声道："将加冠于拓跋濬之首，卿宜赞冠。"

乙浑再拜，接敕旨。

而后高允、乙浑出殿，皇帝拓跋焘降座、离殿。

高允、乙浑把制书放在一张有着五彩祥龙图案的案子上，盛张幡节，威仪铙吹开道，前往东宫朝堂。皇太孙东宫官属早已经各就各位。

万寿宫内，早有官员设罍洗于东阶东南，冠席①于殿上东壁下少南，西向；宾席②于西阶上，东向；三师③席于冠席北，三少④席于冠席南。张帷于东序内，设褥席于帷中；又张帷于序外冠席。内直郎一人身穿礼服，在帷内陈列皇太孙的礼服，包括衮冕，金饰，象笏，远游冠；缁布冠，玄衣、素裳、素韠、白纱中单、青领、褾、撰、裾，履、袜，革带、大带，笏……

奉礼郎共三人，各执立于西阶之西，东面北上。而后高允、乙浑升殿，典谒引领群官，按照官职大小就位。

此时，皇太孙拓跋濬戴空顶黑介帻，双童髻，着彩衣、紫裤褶、织成褾领、绿锦绅、乌皮履，乘舆而出。太子洗马迎于阁门外，左庶子请高允、乙浑从车上下来，太子洗马引之道东位，西向立。

这之后，太子三师、太子三少与高允、乙浑互拜，三师、三少就阶东南位，三师在前，三少在后，千牛⑤二人夹左右，其余仗卫，列于太子保傅之外。皇太孙拓跋濬出迎。

高允手持制书，拓跋濬站到专门标好的受制位，向北面恭立。

高允朗声高言："有制。"

拓跋濬再拜。

高允宣诏："有制，皇太孙拓跋濬，吉日元服，率由旧章！"

拓跋濬再拜。

太子少傅趋步行进到高允之前，恭受制书，转授皇太孙。拓跋濬升东阶，入于东序帷内，近北，南面立；高允升西阶，宗正卿各立席后。乙浑作为赞冠者诣罍洗，盥手，升自东阶帷内。皇太子出，立于席东，西面站立。

---

① 为皇太孙戴冠者的席位。
② 代替皇帝宣旨者的席位。
③ 即太师、太傅、太保。
④ 即少师、少傅、少保。
⑤ 禁卫军武将头衔。

乙浑作为赞冠者，为皇太孙拓跋濬戴上冠冕。

高允："吉月令辰，乃申嘉服，克敬威仪，式昭厥德。眉寿万岁，永寿胡福。"

众礼官高声祝福：

"以岁之正，以月之令。咸加其服，以成厥德。万寿无疆，承天之庆！"

皇太孙拓跋濬元服礼成。

第十九章　少年与少女

秋日里肃杀的气息四溢，然而身处九华堂内，却完全感受不到。纯铜的炭火大盆摆放在四处，散发着暖香炭温暖的气息。热气蒸腾，仿佛形成了一道温馨的透明屏风，殿内的人都感到通体温热。

受赫连皇后之邀，冯昭仪、冯婉华姑侄来到九华堂。贵为皇后，赫连皇后对待冯氏姑侄的态度比往常更加客气，宫中女人之间天然的敌意，仿佛从未在她们之间出现过。而虽然嫡亲侄女冯婉华已经是事实上的皇太孙妃，冯昭仪对赫连皇后依然恭敬有加，礼节上没有任何的疏懒。

秋天的早晨，透明如水晶般的阳光从殿门倾泻进来，顿时照得殿内陈设熠熠生辉，就连迎着朝阳而坐的赫连皇后，脸上也抹上了一层金黄，使得她更加美艳绝伦。她对冯昭仪表示祝贺："恭喜昭仪妹妹，如今，婉华就是我们大魏的储君之妃了。"

冯婉华闻言，抿嘴一笑，满脸羞涩。冯昭仪行礼道谢："谢皇后姐姐。还是那句话，没有您，就没有我们冯氏姑侄的今天！只是毕竟景穆太子薨逝才半年，还不能办喜事……"

说着，冯昭仪脸上的喜色稍减，冯婉华也跟着微蹙起眉头。元华见状，搂住了她的肩膀表示安慰。

赫连皇后笑了，说："这个倒不用担心。只要高阳王世嫡皇孙的位号不变，婉华早晚会是真正的王妃。我现在担心的是高阳王的生母……"

冯昭仪想了想，忽然发问："您说的是景穆太子的妃子郁久闾氏吧？景穆太子生前她就一直不怎么露面，太子薨逝后，她更是寂寂无闻了。"

赫连皇后："郁久闾氏其实和咱们姐妹一样，出身也很显赫，本是柔然王族。多年前陛下亲征柔然，柔然王族内讧，她被兄长郁久闾毗从柔然带着投奔大魏。当时，郁久闾毗还被陛下封为河东王。"

冯婉华一脸好奇，问："姓郁久闾？好奇怪的姓。"

冯昭仪："这是柔然姓，不是华姓。"

抱公公脸上露出柔顺恭敬的表情，插语说："南安王的生母，也就是现在的左昭仪，也是郁久闾氏。不过这位郁久闾氏的柔然王族血统更纯，她是柔然吴提可汗的亲妹。两位郁久闾氏是姑侄，就如同昭仪和你的关系。"

冯婉华认真听着，更加好奇了："我怎么从来没有听高阳王说起过他的生母？"

抱公公："大魏所有皇子一生下来都由乳母哺育，加之大魏有子贵母死制度，但凡身份尊贵的皇子，从出生那一刻起，基本就不被允许再和生母见面。拓跋濬自幼由乳母常氏抚养，他很可能连生母是郁久闾氏这件事都不清楚……"

赫连皇后陷入沉思，说："高阳王如今被封为世嫡皇孙，按照大魏制度，郁久闾氏不久后就应该会被赐死。但左昭仪郁久闾氏毕竟是陛下宠爱的美人，她是否会为侄女求情，陛下是否会为她破例，还要再看。所以眼下皇宫之内最高兴的，恐怕不是婉华，应该是那个常氏吧。"

冯婉华："常妈妈挺好的，她对高阳王和对待自己亲儿子没什么两样。高阳王的一切起居，包括每顿饭吃什么，每天穿什么衣服，自小到大都是常妈妈在安排。"

赫连皇后莞尔一笑，对冯昭仪说："妹妹，你看，婉华还真就是一个孩子，她哪里懂得宫内这些事情啊。一旦哪天世嫡皇孙高阳王能够登基做皇帝，这个常氏都有能力把咱们姐妹俩赐死！"

听赫连皇后如此说，冯婉华和元华对视了一下，吐了吐舌头。

冯婉华说话不知遮掩，说："不过，常妈妈和陛下身边的右卫将军乙浑关系非常好。这个坏蛋乙浑就是杀害元华姐姐父亲的凶手，当初我和母亲被禁卫军从长安押到平城，一路上他也干了不少坏事！不知为什么常妈妈会喜欢他，高阳王也喜欢他，陛下也特别喜欢他！"

冯昭仪闻言，诫嘱道："婉华，日后你一定要记住，仇人和敌人，是完全不同的！在宫里，如果你想好好活下去，就要先处理好和敌人的关系。所谓的仇人，还能化成'朋友'，但敌人就不一样了。"

冯婉华似懂非懂地点了点头。沐浴在秋天舒适的阳光中，再一次回忆起家人，她忽然有些恍惚。和元华一起走出九华堂，面对着已经被秋天染成一片金黄的树林和灌木丛，听着鸟儿依稀鸣啭，两个女孩的心情一下子又好了起来。她们在心中祈求着，希望那些不断弥漫的阴影能尽快从她们的生活中掠过，至少不要再出现得那样频繁。

  幸亏有西苑里广阔的草地，拓跋濬才能在飞马驰骋中宣泄心中的愤懑。许多个深秋的午后，他和冯婉华身披披风，纵马狂奔。这一日，他们又一次并马跑进西苑，任由骏马钻进杨树林，树枝甚至刮伤了他们的脸颊。

  有风吹过，可以看到树叶背面闪耀着蓝白色的光，发出某种低沉的沙沙响声。拓跋濬很希望整天都能骑在马上，甚至想效仿鲜卑先祖在广袤的大草原上那种野蛮的原始生活。马群在身边打转儿，他可以骑在马上打盹儿，也可以躺在草地上无忧无虑地凝视自由飘荡的云堆。想必那便能够让人忘却许多痛苦和烦恼吧。

  每每想起父亲的薨逝，拓跋濬的头脑就清醒不起来。各种胡思乱想猛烈地侵扰着他的心。每当这时，冯婉华就会为他讲述《诗经》《书经》等典籍中的内容，希望能分散他的注意力。

  不过这一天，冯婉华的讲述并没有持续多久。他们忽然听到几声炸雷，仰头一看，天空不知何时已布满浓阴。一片死寂过后，远处的什么地方轰隆隆响起连续的雷声，豆大的雨点开始倾泻到草原上，天幕上闪现出许多曲折的电光。惊雷不断，电光照耀下，两个少年人骤然又看见不远处有一大群没有鞍鞯的马。在黑云笼罩下，马匹全都聚在一起，似乎在奔跑。

  忽地一股旋风刮过来，卷去了拓跋濬头上湿淋淋的帽子，他不得不趴在鞍头上，有一瞬间，周围是一片漆黑的寂静。接着，无数响雷再次在高空发动，声音巨大，震得冯婉华的坐骑后腿都蹲了下去。

  狂风暴雨中，她艰难地睁开眼，看到马群正飞速向他们奔来。这些发疯的骏马头部都几乎贴着地面，正在风驰电掣。二人忙拨转马头躲避，堪堪躲开这一波冲击。

  马群冲了过去，却又停在了不远的地方。冯婉华大声对拓跋濬呼喊，希望能赶紧离开这片危险的地方。但她不懂的是，因大雷雨而受惊的马群恰恰是听到她的声音才跑过来的。如今她这么一喊，那些马掉转马头，再一次冲了过来！

  马蹄轰鸣声再次响起，拓跋濬大惊失色，急忙往自己的坐骑肚子上抽了一鞭子。但来不及了，一匹发了疯的黑色大马猛然与他所骑的骏马相撞，他飞一样从马鞍上被甩了出去。万幸的是，他落地后，几匹大马从他身上越了过去，竟然都没有踩踏到他，只有一只马蹄把他的披风踏入了烂泥之中。

  正在茫然之际，冯婉华纵马飞驰而来，焦急的脸上不知道是雨水还是泪水，糊成一片。看到拓跋濬安然无恙，她笑了。她从马背上伸出手来，拓跋濬拉住她的手一跃而上，从身后紧紧搂住了她。

二人共骑一乘，往回飞驰，一双身影似乎已经是脱去稚气的青少年了。

第二十章　帝　崩

　　昭仪宫外，草地在夕阳的照射下恰似池塘一般反着光，照得殿内呈现大片的金色，犹如梦境一般美丽。然而如此美景，相对而坐的两个妇人，冯昭仪和常氏，却完全没有心情欣赏。

　　常氏，她那稍显臃肿的身段和脸庞展露着已届四十的半老徐娘风韵。侍奉拓跋濬十多年，她的动作依旧麻利，依旧保留着没有完全耗尽的青春活力。她的脸端正而不失温柔，平凡却讨人喜欢。和鲜卑人白皙的肤色不同，作为汉族女人，她的脸被平城的骄阳晒得黑中透红，而恰恰是这样不敷脂粉的装束，使得她在宫中当差的女人中显得尤其亲切和自然。

　　然而此刻常氏满脸愁容，脸上不复往日的光彩，她对冯昭仪说："昭仪啊，我听说陛下要派高阳王到河北的封地去。太子殿下刚刚薨逝，他还这么小，如果现在就离开京城，我心里真是七上八下……"

　　冯昭仪吃了一惊："高阳王要去河北封地？常妈妈，这是谁告诉你的？"

　　常氏沉默好一会儿，方才豁出去了一般急切地说："昭仪，反正您也不是外人，实话告诉您，是右卫将军乙浑告诉我的。宗爱大人前日和陛下说起高阳王，就劝说陛下派高阳王到封地去。"

　　因为发自内心的忧虑，常氏的声音比平时要尖锐许多。

　　冯昭仪闻言，脸色突变："如此大事，乙浑怎么会告诉你？！"

　　乍然被这么一问，常氏的脸红一阵白一阵的。她嗫嚅着低声说："乙浑将军和我兄长常英时常一起饮酒，是他酒后说的……"

　　冯昭仪没有注意到常氏脸色的变化，兀自忧虑道："如果高阳王现在就远离京城，祖孙远隔，恐怕他与陛下的关系就会有所疏远啊……"

　　常氏也是一脸焦急，她拍着大腿讲："是啊，虽然高阳王已受封为储君，可陛下毕竟还有好几个皇子，一旦高阳王离开京城，与陛下渐渐疏远，这世嫡皇孙恐怕就白当了！昭仪，我和您不讲诳语，高阳王如果确要离开京城，我这么一个乳母也跟不了他去。唉，辛辛苦苦十多年，我肯定又会回去做奴婢……再者，景穆太子暴薨之因很可疑，高阳王离开京城去往远地，路上就会很危险，万一有个三长两短的，可怎么办呢！"

冯昭仪心里也很慌，嘴上却不得不安慰常氏说："常妈妈，我也不希望自己的侄女跟着高阳王离开京城，去往完全陌生的地方啊……"

常氏："昭仪，现在唯一能够让陛下回心转意的，就是您了！"

冯昭仪："可是我不能主动去找陛下说这事儿啊，陛下肯定会生疑，追问消息是谁泄露的，那样我们岂不就把乙浑将军卖了，也会把常妈妈你也连带进去。"

眼看着常氏行将落泪，冯昭仪沉吟半晌，犹豫道："让我想想，怎么才能尽快面见陛下……"

黎明时分，御苑内的鸟开始叽叽喳喳叫了。由于饮酒以及服用了寒食散，拓跋焘在昭仪宫内尽情地释放狂风暴雨，折腾了大半夜方才睡下。

冯昭仪几乎一夜未眠，遐思达旦。自从景穆太子薨后，皇帝已经许久没有心情临幸她了，今夜皇帝忽然到来，令她备感不安。想到在平城度过的这些年，想到当年她被当作礼物，由冯氏燕国进献给大魏的屈辱，每每面对皇帝的临幸，她都是战战兢兢地享受鱼水之欢。这个粗壮的男人身上浓重的雄性气味，以及他特有的酒味、熏香味、发膏味，还有其他种种只有帝王才能享有的奢侈物品聚合而成的味道，总会让冯昭仪彻夜难眠。

殿外，天色徐明，拓跋焘似醒非醒。忽然他四肢痉挛般发紧，嘴里嘟嚷起用鲜卑语说的梦话。

冯昭仪轻轻靠着他的额头，抚摸着这个让世界都颤抖的男人。不久，大梦初醒般短暂的蒙眬逐渐消散，拓跋焘张开了双眼。当看清身旁的人是冯昭仪，他的脸色温柔了许多，被有关太子的回忆折磨的痛苦，因为冯昭仪的抚爱而减退不少。

冯昭仪柔声说："陛下，您昨晚睡得很好啊，一夜都没有翻身。"

拓跋焘用大手抚摸着冯昭仪雪白的胸脯，盯着她的眼睛，说："朕近来心绪不宁，到了你这里，感觉才轻松多了。你似乎有事要和朕说？"

冯昭仪心中一紧，只得实话实说："陛下圣明！妾之侄女冯婉华，一直侍奉高阳王读书，日前陛下亲自指婚，妾感激莫名！还希望陛下能够尽快下诏，让他们成婚。"

拓跋焘："哦，是高阳王的事情，前几天宗爱还和朕说过。为了历练他，朕想让他之藩，到高阳封地去，不过此事朕还在考虑。如今他逐渐长成，外派他到河北封地，让他组建自己的班底，想来是很好的。"

冯昭仪把头从枕上抬起，急切地说："陛下，恕妾直言，国家新丧太子，高阳王刚刚被陛下立为世嫡皇孙，正应该留在都城跟随陛下学习朝仪，平息物议。待他年纪和阅历都稍长，再外派之藩不迟啊……"

拓跋焘闻言，略微沉吟："嗯，朕当仔细思之。"

冯昭仪："陛下，恕妾愚钝，妾求陛下留高阳王在京城，其实也有私心。妾之侄女冯婉华已经承蒙您亲自指婚为高阳王妃，如果高阳王能够继续留在京城，一旦景穆太子丧期过去，就可以由陛下主持婚仪，妾之侄女或也能早为高阳王生下子嗣！"

拓跋焘意味深长地看了看冯昭仪，说："嗯，朕就喜欢你这样直来直去。如果你只说高阳王留在京城是有利于他学习朝仪，朕还真的不信！私心这种事情，你说出来让朕知道，就不是私心了！人非草木，谁无亲情；人非圣人，谁无私心！好吧，朕就答应你，待过几年，高阳王年满二十岁，朕再派他外出之藩！不过你要明白，作为世嫡皇孙，他必须历练，方可治国！朕就是要教会他，一定要坚决把一切对自己有威胁的因素消灭在萌芽阶段，他必须历练这种无情之情，必须具备远见卓识！"

冯昭仪听拓跋焘如此说，心内无限感激。她抱紧皇帝的一只胳膊，把脸紧紧贴在这位雄武帝王的胸口："妾万谢陛下！"

鹿苑，是平城里拓跋焘最喜欢的地方之一，数不清多少次，他和拓跋晃父子二人在这鹿苑中率领群臣讲武教战，阅兵驰马，或是捍虎逐鹿，游猎驰射……每当在这里纵马驰骋，他便会回忆起很多往事。

为了避免孤零零一个人思念太子的痛苦，他更加拼命地抽打着胯下马。初冬时分，正午的太阳依旧让人发热，马身上也是汗淋淋的。他一直催马飞奔，偶尔才让马缓步走上一小会儿，一直走到一道荒沟里才停下。紧跟着他的禁卫军兵士过来卸掉马鞍，放马去吃草。

拓跋焘独自一人走到荫凉里，坐在一张胡床上，托颐沉思。没多久，他那匹名马"追风"吃饱喝足，晃悠悠地走了过来。这匹马生着一颗精瘦、机灵的小脑袋，批竹耳，胸部筋肉非常发达，臀部稍往下垂，尾巴卷着。而它那四条细长有力的腿，蹄腕骨简直是完美无瑕。仔细观看，它就连马蹄也非常光滑，像经过精心打磨的玉石那样熠熠生辉。

忽然，草原上一股带苦味儿的风把追风的鬃毛吹倒，追风低头用脸蹭着拓跋焘的腿。在大魏帝国，敢于这样公开和皇帝亲热的，也就只有这匹马了。拓跋焘搂住追风，略显干燥的马脸被冬天的风一吹，散发出一股微咸的气味，还有一股太阳的气味。

天空中满布低垂滚动的白云，大片的低地草原上到处蜿蜒着漫长曲折的浅谷，其间残留着一些被杂草掩没的禁卫军的马踏过的痕迹。如此广袤的草原，像极了鲜卑祖先生长的地方，珍藏着鲜卑的荣光，也埋葬着高车部族的骸骨。

电光闪闪，雷声隆隆。忽然间狂风大作，大雨咆哮而至，带着浓重袭人的凉气和呛人咽喉的尘埃。草原下了一场冬天罕见的暴风雨。拓跋焘打马狂奔，很快就进入了五色琉璃行殿。站在殿外的回廊上，他看到天空变成了灰色，西天涌起一片又一片浓重的乌云，下垂的云脚紧贴在迷离的地平线上，椭圆形的云头上闪烁着刀锋一般的白。

其实，相比白日，现在的拓跋焘更喜欢黑夜。即使是在冬天，他也总感到内心燥热，渴望着冰凉北风的吹拂。而每天夜里，畅饮着美酒，看着那乌黑天穹上灿烂的繁星，观察着广阔的银河，他就能感到好受些。仰望着无垠的夜空，想象着那些没有人迹的星群所铺成的道路，他猜想它们应该和人世间的道路一样纵横交错。也或许那苍穹之中也和人间一样，到处都是各种小鸟的鸣叫和响亮的蝈蝈儿声……

不知道为什么，终日晃动在拓跋焘眼前的，不是成年的太子拓跋晃，而是太子三四岁时候那白白胖胖的小孩模样。宗爱总是无声地跟随在拓跋焘近处，此时他看了皇帝一眼，吃惊地发现皇帝那被太阳和劲风弄得黝黑的脸颊上，竟然涕泪纵横。

这些天，除了宗爱，禁卫军领军将军陆丽、左卫将军刘尼、右卫将军乙浑也一直跟随拓跋焘在平城附近的鹿苑、西苑等地逡巡。在他们背后，还有一位将军，面庞黝黑，相貌英武，乃殿中将军源贺。

午后有凉风吹过，拓跋焘心情不错，命人唤陆丽和源贺过来说话。

陆丽来到皇帝面前，恭敬地行军礼："参见陛下！"

拓跋焘举手示意陆丽起身："陆丽将军，汝父陆俟，汝祖父陆突，三代效力本朝，真都是百战良将啊！"

陆丽："我们家族世受国恩，粉身难报！"

拓跋焘露出罕见的笑容，打趣地问："汝父陆俟个子矮小，是怎么生出你这样魁梧的汉子的？”

陆丽：“臣母出自鲜卑草原部族，身材高大，臣兄弟九人都是魁梧身材的大个子。”

拓跋焘笑了，回忆道：“嗯。朕记得始光三年（公元426年）朕亲征赫连夏国，命令汝父统军镇守大漠，以防柔然趁机进犯。柔然非常忌惮汝父，听说是他率军守卫，果然未敢越界。不久，汝父还率领我们鲜卑勇士攻克虎牢关，朕当时高兴极了，赐汝父为建业郡公，升为冀州刺史。而且他武功好，文治也好。朕记得当时考核大魏各州郡官员政绩，汝父陆俟名列第一！”

陆丽：“臣父威略智器，确实不同常人。”

拓跋焘继续回忆：“太平真君七年，胡贼盖吴在长安一带造反，声势颇大，汝父与高凉王拓跋那在杏城攻打盖吴叛军，大胜，临阵生擒盖吴的两个叔父。当时众将领都说要把那两个贼头押送到京师献捷活剐，唯独汝父不同意。他坚持自己的主意，要留下盖吴两个叔父的性命，纵放他们回去诱杀盖吴。”

陆丽：“是啊，臣父多次说过此事。他说，当时长安周边地区地势险要，百姓又大多刚猛强悍，部族繁多。即使在太平盛世，仍然多有叛乱发生，更何况当时盖吴还出逃在外。如果不彻底诛除那个贼头，长安之乱肯定没法结束。而且，当时盖吴只身逃窜藏匿，我大魏也不可能在当地滞留十万大军以追剿他一个人。所以，盖吴的叔父作为亲眷，是最有可能找到盖吴本人的人。臣父坚持在私下里向盖吴两个叔父许诺，说只要找到或者杀掉盖吴，就一定会宽免他们的妻子儿女！”

拓跋焘：“是啊，当时长安还有人向朕密报，说汝父私自擅权纵放逆犯，幸亏朕明察，不予理会，始终对汝父信任有加。”

陆丽很自豪地说：“臣父确实深谋远虑，全赖陛下圣明恩慈！因为胡贼盖吴谋反叛逆之心不死，如果他当时得脱，肯定会死灰复燃，在当地继续欺骗蛊惑不明事理的部族百姓，声称‘王者不死’，再次掀起祸患。臣父力排众议，决意要纵放盖吴两个叔父。当时众将领都在质疑若是纵放其二人回巢，他们一去不返，谁来承担罪责？臣父当时就拍着胸脯说罪责皆由其一人承担！”

拓跋焘：“朕记得汝父当时给了盖吴两个叔父杀掉盖吴的期限，结果到了约定日期，那两人竟然没有回来，吓得众将领都入营叫嚷，归咎汝父。唉，汝父真料事如神，坚称盖吴两个叔父是还没有找到下手机会，果然，几天之后二人携盖吴人头归营，长安大定！”

陆丽再次下拜，叩首言道：“陛下对子言父，臣无限欢欣，感激涕零！父子深恩，诚难回报！"

听到"父子深恩"四个字，拓跋焘的脸色忽然阴郁起来。景穆太子的面容又开始浮现。他叹息一声，说："朕近日神思恍惚，常常做噩梦，爱卿忠厚传家，朕心欢喜，希望爱卿能够继续效忠！"

陆丽："臣三世受国厚恩，诚惶诚恐，至死不渝！"

拓跋焘转向源贺，说："贺豆跋（源贺鲜卑小名），近来你好像胖了一些。"

源贺："总是得到陛下赏赐给禁卫军的酒肉，所以吃胖了一些。"

拓跋焘笑笑，说："源贺，朕这一生击灭数国，但汝父秃发傉檀的凉国（南凉），可不是朕灭掉的！"

源贺："臣父当年割据一方，未有机会孝顺皇帝。我们凉国是被乞伏氏秦国灭掉的。其实，当时臣父率领臣等全部宗族都投降了秦国，臣当时才十一岁。秦国国主不似陛下宽仁，不久就派人鸩杀了臣父。十年之后，臣兄秃发虎台和姐姐秃发王后①想为臣父报仇，合计谋杀乞伏炽磐，结果事情泄露被杀。当时臣与臣兄秃发保周有命逃离秦国，幸得陛下收留，才苟活至今。"

拓跋焘点点头，亲切地说："朕与你君臣风云际会，也算是龙虎之遇了！朕记得当时就给你赐爵西平侯，加封你为龙骧将军了。"

源贺行礼："陛下深恩，臣永不能忘！当时陛下认定我们秃发部族和您属于同一鲜卑族源，赐我'源'为姓氏。不久，臣随陛下征讨白龙胡和吐京胡，破敌立功，陛下又封臣为平西将军。为庆贺胜利，您又改臣的名字'破羌'为'贺'。而自从陛下为臣改名，臣遇事一顺百顺，深托陛下洪福！"

拓跋焘："疾风知劲草，希望爱卿你一直为我大魏忠顺之臣！"

源贺再次行拜礼："臣万死不辞！"

傍晚时分，拓跋焘骑马乏了，便在鹿苑静轮天宫里饮酒。期间，他忽然对身边侍奉的贾周说："朕头皮痒。"

贾周急忙跪爬过去，轻轻站起，用一支玉簪在皇帝的头皮上来回探试。皇帝一直摇头，贾周惶急，手上的力度便大了一些。然而猝不及防地，皇帝抽出了腰间宝刀，贾周大气也不敢出，站在那里瑟瑟发抖。

宗爱见状，忙走过来俯身解开皇帝的几根发辫，用长长的指甲轻轻为躁怒的皇帝解除瘙痒。拓跋焘头皮上奇痒得解，龇牙咧嘴，满意地点头，瞥着贾周对宗

————————————

① 即西秦王后，西秦乞伏炽磐之妻。

爱说："朕身下这白虎皮乃朕当太子之时，皇考亲自射猎赏赐给朕的。如果不是顾惜这张白虎皮，刚才朕就把这个奴才一刀两断了！"

贾周面无人色。宗爱扬扬下巴，示意他赶紧离开。

拓跋焘此时酒意上头，心中还是有气，对宗爱说："宗爱，你这个狗奴才，怎么最近不给朕讲南朝宋国太子弑帝的故事了？"

宗爱很想岔开太子的话题，怕一句话没说对惹皇帝发怒，于是只是道："禀告陛下，南朝宋国贼太子刘劭被杀之后，刘车儿的第三子武陵王刘骏继位。此人一介文弱书生，日后必定不是陛下的对手。"

拓跋焘扬扬自得，说："朕自少年时就心怀大志，必须廓定四方，混一戎华。数年以来，朕每每亲自率军征战，攻城拔寨，无坚不摧。你看看，朕攻灭赫连夏国、冯氏燕国、沮渠凉国，击走吐谷浑，征伐山胡，远逐柔然，一统北方，如此功业，前人有几人可及？"

宗爱谄媚地附和道："陛下英图武略，前无古人。来年秋至，一定再提大军，向南饮马长江，攻灭宋国，混一南北！"

听人如此奉承，拓跋焘连连点头。然而他忽然又重新回到了原来的话题上："当初景穆太子在世时，反状不明，奈何你未劝朕仔细鞠审？"

宗爱："……陛下，当断不断，反受其乱。景穆太子手下一直有兵，又有威望，他的部下仇尼道盛等人已经招供，还有宫内美人的供词……"

拓跋焘："你说景穆太子淫污宫内美人，可那几个美人都死了，证词岂能尽信？你说景穆太子调禁卫军为东宫军，朕后来想想，太子本来就是替朕留守京城监国的，京畿所有军队他都可以调动，如果他有反心，又何必大张旗鼓征调禁卫军？"

宗爱："景穆太子之事，陛下当时可是乾纲独断啊！"

拓跋焘沉吟片刻，说："朕知道你一向忠心耿耿。不过朕也知你一直和景穆太子有嫌隙，太子周围有人围聚，想提前让太子继位以博取富贵，这倒也是正常的事情。可景穆太子本人是否有反心，就不好说了。而你，一个阉割狗奴，大魏的不少郡守都是你私下委任的，不知你到底想要干什么？"

宗爱听皇帝如此说，赶忙匍匐在地。他的心怦怦狂跳，豆大的汗珠不断从脸上滚落。此时宗爱深知，死亡恐怕就是他马上要面临的现实。只要皇帝一个手势，阶下的禁卫军就会立刻将他五花大绑押送牢狱甚至是杀死。

然而拓跋焘并没有做出进一步的责斥，只是表情郁郁地兀自坐在那里继续饮酒，宗爱在旁侍奉得战战兢兢，心中惊恐不绝。

深夜时分，宗爱和贾周二人密谋。贾周脸色发白，声音颤抖，对宗爱说："君疑臣，臣必死！宗爱大人，如果我们不先下手，或许明天就会死！"

宗爱思忖良久，才点了点头。显然，做下这样的决定，太难太难。他朝殿内正熟睡打鼾的拓跋焘看了一会儿，一股忽然蹿上来的无声的愤怒憋得他满脸通红。他走近贾周，压低声音，近乎沙哑地说："陛下如今百鬼缠身，一天不杀人他就不舒服。或许是景穆太子的鬼魂缠住他了。如果我们不动手，肯定会死无葬身之地。……"

贾周掏出一个小琉璃瓶子，道："这是西域麻药，我刚才已经偷偷放在陛下酒中，足够他睡到明天中午的。"

宗爱大惊："我还没让你做你就动手了？！你怎么敢先斩后奏！"

贾周："箭在弦上，不得不发！今天不动手，或许明天小人就已经是一具尸体，再也帮不了大人您的忙了！"

宗爱一愣，叹了一口气，接过琉璃瓶子。

贾周掏出一条绢绳来，问宗爱："用这个如何？"

宗爱摇头："不行，明日御医查验，一眼就能看出死状！"他唤来同为心腹的赵黑，问，"汝此次回家省亲，家中安乐否？"

赵黑跪地行礼，回答说："回大人，家中父母都安乐。我还用您赏我的金银在家里购置了几十亩地以及几个奴仆。"

宗爱："嗯，这就好。赵黑，好好干吧。你下去，去把殿门关严！"

赵黑拱手道："在寝殿内伺候最累，不如我和贾周留下，大人您先去休歇？"

宗爱摆摆手，对赵黑说："不用！你赶紧下去吧。"

赵黑得令，只得从静轮天宫高陡的阶梯上慢慢往下走。

宗爱和贾周二人回到寝殿，由于被下了麻药，拓跋焘正鼾声如雷。

就着微弱的烛光，二人坐到皇帝的睡榻上，将一厚沓麻纸和一大壶酒放在了旁边。贾周掏出事先准备好的绢绳，悄悄把皇帝的双脚捆住。由于麻药的作用，拓跋焘没有丝毫感觉，继续打鼾熟睡。接着，二人又各拿起一根绢绳，蹑手蹑脚地走到拓跋焘头部近前，仔仔细细地把这位皇帝的双手绑在了一起。

贾周喘着粗气，紧张得浑身发抖，宗爱抬头瞪了他一眼。

就在这时，拓跋焘忽然睁开了眼睛！贾周吓得往后一跳，碰到了一个巨大的烛台。轰的一声，烛台倒地，拓跋焘被巨大的声音震得彻底清醒，满脸惘惑地看着四周。他使劲动了动，发现自己的四肢竟然已经被捆住，他想大喊出声，但麻药又让他的舌头动弹不得。

宗爱指挥贾周："把纸喷湿！"

贾周喝了一口酒，喷在一沓麻纸上。宗爱见状，摇摇头，自己端过酒壶喝了一口，揭开一张麻纸，将口中的酒都喷到了纸上。而后他将这张彻底湿透的麻纸盖到皇帝脸上，拓跋焘的喘息声立时变重了些。

宗爱仔细观察着，又把麻纸揭开，露出皇帝的眼睛，只让麻纸盖住他的口鼻。贾周效仿宗爱，也喷湿一张麻纸，再一次轻轻盖在了皇帝的脸上。

这一回，宗爱满意地点了点头。

而后，二人有条不紊，将麻纸一张又一张往皇帝脸上盖，如同裱墙一般。麻药的作用很大，四肢都被捆缚的情况下，拓跋焘死命挣扎，仍然根本动弹不得。当麻纸盖到五六张时，拓跋焘已经很难呼吸了，他努力用嘴往外喷气，试图把麻纸喷开，虽然麻纸很轻很薄，但湿透的麻纸韧性很强，他根本无法成功。情急之下，他拼尽全力往外伸舌头，试图用舌头捅破纸，让自己能够吸进一口空气。

见到皇帝死命挣扎，贾周忽然面色狰狞，大扇了皇帝一巴掌！这一掌把拓跋焘脸上的那沓湿麻纸都打歪了，他忽然得以吸入一大口空气，竟然低声号呼了一声！

宗爱迅速将湿麻纸重新放到拓跋焘的口鼻处，又将一口酒喷在他脸上，仔仔细细把纸张周围的缝隙抚平。

拓跋焘的胸脯越来越鼓，浑身颤抖着。他大睁的双眼里是越来越多的恐惧。由于不能呼吸，他的眼珠子似乎都要鼓出眼眶来！宗爱和贾周对视了一眼，又接着你一张我一张地慢慢将湿麻纸往拓跋焘脸上盖。

随着脸上的麻纸越贴越多，拓跋焘终于不动了。一代雄主，竟然就这样被活活闷死了！

坐在拓跋焘的尸体旁边，宗爱出人意料地镇静，竟然开始饮酒。而贾周则是咽了一口唾沫，长长地吁出一口气。他从紧张中清醒过来，脸上是极度的惶恐，问："皇帝死了？"

宗爱："应该死了吧。"

贾周不放心，又拿起酒壶冲着拓跋焘被厚厚一沓湿麻纸捂着的脸慢慢浇了一些酒。

宗爱："别弄太多酒在皇帝脸上，都流到脖子下面去了！赶紧擦干！"

贾周赶紧找来巾帛擦拭，却还是不敢将皇帝脸上的湿麻纸拿下来。

宗爱边喝酒边命令他："赶快把皇帝手脚上的绳子解开，趁着现在皇帝身体还软和，赶紧把他的双手放自然了，双腿也略略分开一些。"

贾周依令照做，然而，就在他摆放尸体双臂的时候，碰开了褥子，竟赫然露出一把锋利无比、未入刀鞘的匕首！贾周吓了一跳："陛下真是厉害，显然连我们都不信任，看，他睡觉都带着利器！"

宗爱："是啊。先前我们大魏的道武帝就是被儿子弄死的。陛下常常以此为戒，晚上睡觉也带着刀，我还一直以为他是将刀放在枕头底下的呢。"

贾周面色惨白，哆嗦着说："真后怕啊！如果我没事先往御酒中放麻药，就凭我们两个，绝对不是陛下的对手！"

第二十一章　帝崩之后

黎明时分，鹿苑静轮天宫内外安静得瘆人。殿门处，熟睡中的赵黑忽然被贾周的哭叫声惊醒。贾周以哭腔高呼："快，快！陛下不行了，马上唤御医！"

殿门大开，宫外宿卫值班的禁卫军全都拥到殿前大门外侍立，陆丽、乙浑、刘尼、源贺等人皆在，却因没有皇帝通过宗爱传口谕，谁都不能入殿。

寝殿之中，宗爱脸上泪痕犹湿，急切地问御医："陛下还有救吗？"

御医满脸是汗，惊恐地回答："陛、陛下已经崩逝了……"

宗爱故做大吃一惊状："啊？！什么时候？何病致死？"

御医惊惶无限，哆嗦了半天才说出话来："应是已崩一两个时辰了，我看陛下的眼睛，好像是……"

宗爱此时面目狰狞，觑着御医，引导性地问："陛下的眼睛怎么啦？嗯……难道是昨夜饮酒过多，突发呕吐而窒息致死的？……"

御医非常艰难地咽了一口唾沫，打量着宗爱的神情，使劲点头："确如大人所言！陛下是饮酒过多，半夜被呕吐出来的东西塞住了气道，堵憋致死……"

宗爱死死盯住御医的脸，低声说："好吧，你就依此说。刚才有个宦者还说你来的时候陛下还有一口气，我已叮嘱他们改口。若是陛下刚才真的还有一口气，说不定会有大臣说是你医救不及时的责任……"

御医闻言，顿时给宗爱跪下，叩头如捣蒜："万望大人相救！陛下确实是酒醉后半夜呕吐，气道阻塞而崩的！"

赵黑跪在一旁，看着皇帝的尸体，泪如雨下。

贾周也佯作哽咽不停。

宗爱带着御医从静轮天宫高高的阶梯上走下。在他身后，跟着贾周和赵黑。

陆丽等人见到宗爱，皆躬身行礼，急切地问："陛下病情如何？"

宗爱泪如雨下："根据御医诊定，陛下他……他……他已经驾崩了……"

惶急中，御医也流泪不已，附和道："陛下昨晚饮酒过量，半夜呕吐，堵塞了食道和气道……"

听闻此言，陆丽等人齐齐跪倒在地，大放悲声。宗爱任他们哭了一会儿，才高声道："诸位，现在还不是哭的时候，皇帝大行，新君未定，吾等应立刻封锁消息，禁止任何人出入宫禁，待回宫召集大臣，与皇后商定大计之后，方可发丧！"

众军将不疑有他，皆拭泪而起，安排皇帝后事。

到了早晨，诸事已基本安排妥当，宗爱和贾周继续商议下一步要怎么做。贾周见四下无人，低声问宗爱："大人，此后怎么办，您心中有新帝人选否？"

宗爱有些不耐烦："先回宫再说！"

几个鲜卑勋臣匆匆走入尚书省，正是主持尚书省政务的尚书左仆射兰延、侍中和疋、侍中薛提。三人与殿内的宗爱见礼，仔细询问了皇帝崩逝的情况，而后各个面露难色。

宗爱："诸位大人，如今皇帝大行，新君未立，不知当推举谁来承继大魏大统？"

三位贵臣平时非常礼敬宗爱，那都是看在他是皇帝宠臣的面子上。如今拓跋焘已崩逝，他们就不再拿宗爱这个宦者当回事，因此三人各自思虑，都未立刻接他的话。

尚书左仆射兰延想了片刻，方说："皇帝暴崩，内外疑惑，应该拥立长君。东平王拓跋翰，英明聪颖，年纪也最长，应当立他为帝！"

和疋马上附和："东平王才兼文武，可以为帝！"

薛提断然表示反对："大行皇帝生前曾当众宣布景穆太子之子高阳王拓跋濬为世嫡皇孙，就是把他视作大魏的储君，肯定应该是他继位为帝！"

兰延摇头说："高阳王年方十三，如果推他为帝，主少国疑，怎么能够使得我大魏江山安稳？！"

薛提高声反驳说："东平王是个白面书生，为人确实富有魅力，说话也斟词酌句，往往两片嘴唇一动便是妙语连珠。我们都知道，大行皇帝生前确实喜欢他。但是东平王乃绣花枕头，平时除了骑马射猎，就喜欢喝最名贵的美酒，沉湎酒色，德行不够！"

此时和疋也终于耐不住掺和进来，说："储君之选以嫡不以长，以长不以贤！如今景穆太子已经薨逝，大行皇帝诸子之中就属东平王年纪最大，他应该排在第一继承人的位置！"

…………

看着这几个人吵来吵去，贾周偷偷观察着宗爱的表情。

他发现宗爱没有任何表情。

直到一个时辰之后，三个鲜卑勋臣依旧在争来吵去，没有定论。

兰延盯着薛提，意味深长地说："薛侍中，这里没外人，我们说句实话，高阳王不过一孺子，世嫡皇孙，他登基继位是所有人意料中的事。那日后他回想今日登基的经过，也会认为这是理所当然的事情。于吾等而言，我们有何保举之力，又有何推举之功？"

薛提听兰延如此说，脸色一变，顿时沉默了。

宗爱则暗自一笑。

和疋此时忽然想到了宗爱，问："宗爱大人，您侍奉大行皇帝多年，您认为谁来继承帝位最合适？"

宗爱振袖而起，朗声道："我一个内臣，对此事没有任何意见。我觉得真正能够定议此事的，当为皇后！得到她的认定，才是当下最重要的事情。"

三位大臣恍然大悟！确实，皇帝崩逝之后，无论何人继承帝位，都要尊赫连皇后为太后，新帝的任命诏书也一定要以赫连皇后的名义发出。

宗爱继续说："三位大人，你们不妨在尚书省继续议事，我先派人把东平王接到宫内保护起来。我还得去见皇后，将三位大人提出的继位人选告知她，看看她如何定夺。"

兰延、和疋、薛提三人面面相觑，只得点头同意。兰延迟疑了一下，对宗爱说："皇后内宫只有宗爱大人您能够进入，您不妨把我们的建议告知皇后，让皇后做个主。国有长君，乃社稷之福啊。"

宗爱点头应下，非常客气地向三位贵臣告辞。而后出来尚书省的殿门，他小声对贾周说了些什么，贾周不停地点头。

坤德六合殿内，忽然听到皇帝暴崩的消息，赫连皇后也愣住了。她欲哭无泪，问宗爱："前日大行皇帝还到我宫内说话，能吃能喝，怎么忽然就崩了？"

宗爱满脸忧愁，叹息道："旦夕祸福，谁能知之！根据御医诊断，大行皇帝是昨晚饮酒过量，半夜呕吐，堵塞了气道而……"

赫连皇后重重叹息。宗爱又道："如今最主要之事，是赶紧决定推举谁来继承大魏正统。"

赫连皇后稍稍缓过神来，说："这还有疑问吗？自然是拓跋濬，世嫡皇孙啊。皇帝……大行皇帝生前就把他的储君名位定了的啊。"

宗爱意味深长地说："皇后，老奴也知道您和冯昭仪关系好，冯昭仪的侄女一直在高阳王宫内，大行皇帝也已指婚她为高阳王妃……"

赫连皇后禁不住面露厌恶之色："我和冯昭仪关系好坏暂且不说，她的侄女是不是高阳王妃也暂且不讲，只说依照大魏的继承法则和大行皇帝生前的公开宣布，大魏新帝当然应是世嫡皇孙拓跋濬。"

宗爱一副有恃无恐的样子，答言道："皇后，您想过没有，世嫡皇孙拓跋濬登基是顺理成章的事情，就连尚书省兰延等贵臣都知道，他当了皇帝，推举他的臣子们没有任何功劳，就算是您，也就是做了一个顺水人情而已。而更重要的是，一旦高阳王继位，依据大魏制度，他的乳母常氏马上就会成为保太后！您想想，之于高阳王，您这样一个皇太后和从小乳养他长大的保太后，谁亲谁重？"

赫连皇后顿时默然。思忖良久，她低声说："那位常氏当上保太后又如何？我和她往日无冤，近日无仇。"

宗爱察言观色，小声说："常氏乃一低贱乳母出身，家中有兄有侄，必然很快会有大臣阿附，在新帝身边形成势力。到时候，常氏这个人，还与您是平起平坐吗？"

赫连皇后愣了一下，忽然愤然道："倘若我兄侄还在，我也不至于像今天这样孤苦伶仃！"

宗爱的表情有些不屑："当年您的兄长赫连昌无故逃离，大行皇帝岂能容他！不过奇怪的是，门诛赫连家族之后，大行皇帝竟然没把您皇后的位号废掉！老奴估计大行皇帝当时还是笃信您当初手铸金人的成功，才没有起换皇后的念头吧。"

赫连皇后仔细思虑了许久，才又叹了一口气："那你说吧，你们准备推举谁？"

宗爱："拓跋余！"

赫连皇后很奇怪："南安王拓跋余？按照皇子们的长幼顺序，不是东平王拓跋翰居前吗？"

宗爱摇头，说："东平王拓跋翰骄横跋扈，据老奴先前知悉，他认为赫连家族已经被大行皇帝族诛，一向不把您放在眼里。如果他当了皇帝，后宫日后肯定就是别人的天下了。"

赫连皇后仔细想了想，问："皇孙拓跋濬，还是一个孩子，即使不推举他当皇帝，他还不至于有什么不好的下场吧……"

宗爱笑了："高阳王黄口孺子，何能为也！老奴我之所以不推举他，没有别的意思，就是担心日后他的乳母常氏会凌驾于您之上啊。既然高阳王当不了皇帝，对帝位就没有任何威胁，他本人也就没有任何危险。至于冯昭仪的侄女，大行皇帝孝期一过，高阳王大可以名正言顺地封她为王妃。……"

听着宗爱一连串的分析，赫连皇后心乱如麻。拓跋焘活着，对她是个折磨；如今他崩逝了，却又平添新的折磨，给她的生活投下重重阴影！当然，如今回头想一想这位大行皇帝生前对自己的短暂宠爱，她内心深处还是感到了某种莫名的忧伤。但又一想起自己的父兄以及大夏国家、赫连家族的命运，她又会涌起一种混杂着仇恨与恐怖的感情。

赫连皇后还在出神，忽然听宗爱大声说："皇后，请把您的玺印交给老奴吧，近日肯定有不少诏书，都需要以您的名义发布！"

看到宗爱从赫连皇后处施施然而来，贾周赶忙迎上前。他似乎非常着急，问宗爱："大人，东平王拓跋翰已经被接到了尚书省，如何处置他？"

宗爱一副成竹在胸的样子："东平王好处理，眼下得先把兰延、和疋和薛提干掉！"

赵黑闻言，大惊失色："这三个人都是重臣，如何敢擅杀？"

宗爱咬牙切齿地说："大行皇帝还在的时候，他们是重臣；现在，他们就是罪臣！如果拖延到明日早朝，全体大臣集结，这三人再提出新帝人选的问题，可就不好收场了。"

赵黑仔细观察着宗爱的脸色，问道："不能让禁卫军去处理这件事吗？"

宗爱："凡遇大事，一定要先发才能制人！现在皇后的印玺在我手里，我们先以皇后的名义把这事儿办了，然后再通知禁卫军和大臣。现下宫内无主，如果让陆丽等人去办此事，我怕他们会起疑心，弄不好他们会想办法亲自觐见皇后，求问是否懿旨是她本人发出。"

贾周："大人说得有理！"

宗爱："赵黑，你马上去尚书省，把那三个人诓到太极殿来；贾周，你去集结能出死力的宫内宦者，到时候听我命令。大概能召集多少人？"

贾周想了想："应该能够凑三十个吧。"

宗爱："好！各自行事，立刻！"

　　宗爱、贾周等人在做着杀人灭口的准备，兰延、和疋、薛提却还完全沉浸在推立谁人为新君的纠结中。他们从尚书省出来往太极殿走，边走边还在争论着什么。宗爱身后，三十多个小宦者手提利刃，地上放着几条卷起来的毯子。

　　兰延最先看到殿门口的宗爱，大声说："宗爱大人，东平王拓跋翰已经在尚书省，我们刚才和他谈了，他非常高兴，说要亲自去见皇后谢恩！"

　　宗爱大声回答："好，好，好！"

　　宗爱做出邀请的姿势，请三人入殿。然而刚刚入殿，三人就吓了一跳。只见几十个宦者忽然跳出来，个个手提利刀，直直就朝他们就冲了过来。兰延在前，当头就挨了一刀。懵懂之中，他下意识地抬起左手抵挡，又是一刀斩下，他的左臂被砍落在地。未等他缓过神来，几把匕首已经没入他的胸口。

　　和疋、薛提愣住了，扭头去看宗爱。宗爱阴沉着一张脸，站在原地，一动不动。

　　提刀的宦者个个面目狰狞，不消片刻，大魏三个朝廷重臣就倒在了血泊中。宗爱早有准备，命人迅速将三具尸体包在毯子里弄走，地上的血迹也很快被擦干净了。太极殿恢复了原状，仿佛什么也没有发生过。

　　贾周还在气喘吁吁，自告奋勇地对宗爱说："大人，小的去处置东平王吧。"

　　宗爱点头。

　　太极殿内，赵黑正在向宗爱汇报着什么，宗爱坐在榻上，连连点头，看上去非常冷静。不久，贾周大踏步入殿来到他跟前，音声清脆地说："大人，东平王拓跋翰已经被杀，您若是不放心，可以看看他的尸体。"说着，贾周神经质一般忍不住絮叨起来，"是小的亲手做的，刚开始还真有点可怕！小的先是朝他的脖子砍了一刀，他抬手格挡，大行皇帝的刀真锋利啊，他那胳膊一下就掉下来了！他鬼哭狼嚎，小的就又斜着砍了他一刀，一下就把他一个肩膀砍了下来！他躺在地上还没有马上死去，一直在大喘气，小的还能看到他的心！那真是心，不是红色的，是紫色的，在巨大的伤口里跳动着……真是可怕！可怕！"

　　贾周卷起的袖子已经被血浸湿了，然而他的眼神毫不胆怯，得意扬扬地看着宗爱。

　　虽然这个小宦者一直在重复"可怕"两个字，然而不难看出，他其实已经适应了这种无情的杀戮，甚至，还乐在其中。

第二十二章　冯氏燕国

皇帝暴崩的消息还没有传出去，傍晚，万寿宫内殿里，冯婉华像过节一样打扮得漂漂亮亮。女孩身穿蓝色襦裙，头上梳着双髻，面颊上泛起少女特有的粉红，整个人容光焕发。拓跋濬进来的时候，她正在箱子里找什么东西。一看见少年进来，她就放下箱盖，笑盈盈地站直了身子。

拓跋濬坐在箱盖上说："你也来坐一会儿。常妈妈有事出去了，元华也不在，现在宫里就咱们两个人呢。"

冯婉华温柔地在他身旁坐下，模样似是有些害羞。她斜睨了少年一眼，却见拓跋濬忽然抓住她的手，凑近她的脸道："我怎么觉得你这么好看呢？唔，你身上熏了什么香啊？……"

冯婉华假装要抽出自己的手："哼，我本来就好看！我熏的是姑母给我的西域香料，好像是陛下赏赐的，就是很香的！"

拓跋濬仔细打量着她，阳光下，少女粉红色的面颊秀润明晰，覆着一层柔软的茸毛。他将鼻子凑到她的头发上："你的头发也真好，又黑又长，还好香。"

冯婉华有些恍惚，她忽然忆起了过去："从前我听母亲说，在我四岁之前，她常常给我剃光头。后来我的头发一直又黑又粗，大概就和这个有关吧。"

拓跋濬笑了："啊，光头？那当时我若是见到你，恐怕会以为你是个男孩吧！"

冯婉华也笑了起来："哈哈……我当时在长安呢，你哪里能够见到我？"说着，她把一块雪白的绸缎头巾蒙在脑袋上。

拓跋濬把头巾掀开，抚摸着冯婉华的脸庞——一阵猛烈的爱意忽然胀满了少年的心。他非常想对身边的女孩说几句温柔亲密的话，却苦于找不到恰当的词句。他默默地把女孩搂到怀里，亲了亲她白皙的额角和像染过一般的红红的嘴唇。

大概是平时周围人太多，这样的亲热二人从来没有经历过。这一刻，冯婉华感到自己周身都充满了光彩。少年突如其来的激情让她浑身似火烧一样，神魂颠倒。她抓起少年的一只手，放到了自己的唇上。

拓跋濬很认真地说："孝期一过，我马上就去见陛下，求他恩准我正式娶你为王妃。"

冯婉华深情地看了他一眼："当不当王妃不重要，只要能和你在一起就好……"

拓跋濬搂紧了她："我就要你给我当王妃！否则……说不定哪天陛下会把哪个亲贵大臣的女儿或孙女指给我当王妃呢。"

冯婉华露出诧异的神色："陛下不是亲自给我们指婚了吗？你就是要娶我的啊。"

拓跋濬的脸色暗淡下来："陛下性情多变，说不好……"

随着他的声音小下去，两个人就这样手拉着手，默默地坐了很久，看着冬日里西沉的紫色余晖慢慢洒进殿内，各自想着他们共同的心事。直到天色终于彻底黑下来，天上升起点点繁星，他们仍然静静地坐在阴影中。

灵泉殿内，冯昭仪、冯婉华、元华以及抱公公正在聊谈，无意中忆念起了过往旧事。

冯婉华问道："姑母，我们冯氏燕国的传承到底是什么样的？从前在长安，父亲不常跟我说咱们冯家的事情，姑母，您能给我仔细讲讲吗？"

冯昭仪想了想，慢慢道：

"唉，话说起来好长。司马氏晋国（西晋）大乱之后，先前内附晋国的五大胡族纷纷建立国家。这五个胡族，符坚皇帝在位时就定下了名称，即匈奴、鲜卑、羯、氐，还有西羌，我们大魏就属于鲜卑国家。几十年的杀戮和纷争里，五胡建立国家十多个，其中燕国就有四个。我们冯氏燕国和另外几个燕国都有些关系，但那三个燕国的国主都是慕容氏的人，皇族都是鲜卑族，而我们冯氏燕国的皇族则是华族。

"当年趁着晋国大乱，被晋国封为辽东公的慕容皝自立为燕王，击败当时匈奴赵国（后赵）的二十万大军，在龙城①建都。慕容皝死后，他的儿子慕容儁称帝，迁都到蓟②。慕容儁死后，他的儿子慕容暐又继了位。这就是第一个燕国（前

---

① 在今辽宁朝阳。

② 在今北京。

燕），但它不久就被苻氏秦国（前秦）灭掉了。谁能想到，而后淝水之战里，秦国的苻坚皇帝大败于南朝晋国（东晋），不久便亡了国，先前逃跑到那儿去的慕容垂却趁此机会重新建立了燕国，这便是第二个燕国（后燕）。"

冯婉华："慕容垂是先前那个燕国皇帝慕容暐的什么人？"

冯昭仪："他是慕容暐的叔父。他当时受到侄子的猜忌，是为了保命才跑到苻氏秦国去的。慕容垂重建燕国之后，这老头子非常能打仗，可是一遇到我们大魏的道武帝就不行了。参合陂之战里，慕容垂的军队由他的儿子慕容宝带领，大败给我们大魏，慕容垂很快气死了，而后他那不争气的儿子就一直被我们道武帝追着打，最后不得已狂逃到他们的老巢龙城。当时慕容垂的舅父兰汗心怀野望，假装救援接应，迎慕容宝入龙城。慕容宝对兰汗没有任何疑心，入城后即被兰汗谋杀。这位兰汗一不做二不休，不仅把皇帝慕容宝杀掉，还屠杀了太子慕容策和燕国的宗室、王公大臣一百多人，而后自己做了皇帝。"

冯婉华："这个兰汗也是燕国的皇帝？他的燕国当算是第三个燕国吗？"

冯昭仪："兰汗不算。当时替慕容宝镇守邺城的是他的叔父慕容德，也就是慕容垂最小的弟弟，后来逃到了广固。这个慕容德也自称皇帝，他的燕国才是第三个燕国（南燕）。兰汗当皇帝时间太短，他又不姓慕容，所以没人承认。"

冯婉华听得津津有味。冯昭仪继续道："咱们接着说第二个燕国。那慕容宝有个庶长子叫慕容盛，闻听父亲被害，竟然敢只身返回龙城为父吊丧。而兰汗的女儿呢，是慕容盛的夫人。兰汗这个坏蛋老丈人，乍见女婿慕容盛回来，也是吓了一跳，当时他的几个弟弟皆劝说他杀掉慕容盛。消息一传出，兰汗夫人自然不干了，大哭大闹，为女婿求情。"

元华扑闪着睫毛长长的眼睛，追问道："兰汗肯定没杀慕容盛吧？"

冯昭仪："嗯，兰汗想来想去，实在是爱女心切，又想到自己刚刚才杀掉了人家的皇帝老子慕容宝，就没好意思再杀掉慕容盛了。再怎么说，这个小伙子也是自己的亲女婿，于是他任命慕容盛为侍中，将其当作亲信，留用宫中。"

冯婉华："可是……可是杀父之仇岂能不报！那慕容盛就这样安心留在燕国宫中了吗？"

冯昭仪："当然不！那慕容家族是有名的狼性家族，隐忍刚毅，慕容盛为了活命，低三下四地假装谦恭，暗中却一直在为复仇做准备。他先是联系了兰汗的一个外孙，也就是他自己的堂侄慕容奇做内应，而后又不断拉拢宫中卫士，暗中积聚力量。同时，他还不断挑拨兰汗与两个兄弟兰堤、兰加难的关系，使他们反目成仇。不久，兰汗兄弟果然翻脸，举兵相攻，慕容盛自然一马当先，把兰堤、兰加难打得逃出龙城。兰汗大喜，庆功宴上他连连举杯，不停地说自己女婿能干，最后饮得大醉。慕容盛立刻下手，在殿内斩杀了兰汗父子，又派兵四出追捕，击斩外逃的兰汗二弟，终于为父报仇成功！"

元华："姑母，您刚才说的整个过程就像编出来的故事一样，简直让人不敢相信！"

冯昭仪忍不住一笑："故事到这里还没完呢。慕容盛的堂侄慕容奇本来被派去外结丁零部族进讨兰汗，但他也姓慕容啊，听说兰汗已死，他就想自立为帝，干脆在外兴兵结盟，准备和堂叔慕容盛开打，结果也被慕容盛杀掉了。慕容盛称帝后，将国家治理得气象一新，大败周边常常出兵袭扰境土的高丽和库莫奚，但是他治下过严，严刑峻法最终惹得禁卫军趁夜谋反……"

冯婉华听得急了："禁卫军造反？！那慕容盛死定了！"

冯昭仪："禁卫军政变倒没有成功，可慕容盛却中流矢而伤重不治，年仅二十九岁，算算他的在位时间，只有三年。临死前他召自己的叔父慕容熙入朝，托以后事。这个慕容熙是老皇帝慕容垂最小的儿子，辈分虽高，却比慕容盛还小十二岁，时年方十七。当时燕国的丁太后非常喜欢慕容熙，两人不仅通奸，还以太后的名义下令废掉太子慕容定，立慕容熙为帝。"

元华："这么多姓慕容的，感觉真乱……这个丁太后是慕容盛的母亲吗？"

冯昭仪："她不是慕容盛的母亲，是慕容盛叔父慕容令的夫人。慕容令呢，则是老皇帝慕容垂的嫡长子。我刚才不是说过吗，在慕容垂建立第二个燕国之前，第一个燕国的皇帝是慕容垂的侄子慕容暐。慕容垂大败南朝晋国，却受到侄子慕容暐的忌恨，最终和他儿子慕容令一起逃到秦国……"

冯婉华："就是苻坚皇帝的那个秦国吧？"

对于这段复杂的历史，冯婉华只听过一遍就能够思路清晰，这让冯昭仪十分满意："对，就是苻氏秦国。慕容垂、慕容令父子到长安后，受到苻坚皇帝的热情接待，但后来宰相王猛想除掉他们父子，派人假传慕容垂的命令，迫使慕容令叛归慕容暐的燕国。慕容令回去后被认为是他父亲和苻氏秦国派来的奸细，很快就被杀了。慕容垂建立起第二个燕国之后，便追封这个枉死的嫡长子慕容令为献庄太子。作为慕容令的亲侄子，慕容盛即位之后又追尊他为献庄皇帝。所以丁太后虽然名为'太后'，其实她的丈夫根本没有当过皇帝。"

元华奇道："如此说来，那为什么丁太后还有这么大的权力呢？"

冯昭仪非常认真地叮嘱说："婉华、元华，你们一定要记住，这就是宫廷中的名分！在宫廷中必须有名分，有名分，就有权力！"

冯婉华听得入了迷，央求道："姑母，您接着讲慕容燕国吧。"

冯昭仪："慕容熙一即位，立刻就杀掉了慕容盛的弟弟慕容元，因为他这个侄子辈的慕容元年纪比慕容熙自己还大，接着又清除了当时不愿意拥立他为帝的朝中大臣。转年，他娶苻氏二女为妃，宠爱异常，这惹得当时的丁太后非常吃醋，就与娘家侄子丁信密谋，想废掉慕容熙，再另立他人为帝。慕容熙先一步得知消息，果断地杀掉了丁信等人，又逼迫丁太后自杀。"

冯婉华："苻氏二妃和苻坚皇帝有关系吗？"

冯昭仪："苻氏二妃还真就是苻坚皇帝的亲戚，是苻氏秦国宗室女子。这两个女子特别貌美，大姐名娀娥，小妹名训英，慕容熙对她们爱宠得不行，役使数万人建造花园宫殿，劳民伤财，耗损国力。然而苻氏二女福薄，娀娥病死不久，训英又患病而死。慕容熙心痛得不行，哭得背过气去，太医抢救了半天才把他救回来。丧礼上，为表哀痛，慕容熙严命大臣哭临，无泪者处斩。大臣们为了活命，只能用大蒜等辛辣物抹眼，以使自己装出泪如雨下的样子。"

冯婉华听得聚精会神："帝王荒唐，一至于斯！如此昏暴的皇帝，肯定长久不了！"

冯昭仪："是这样的。慕容熙为两个爱妃建造了方圆数里的巨大坟陵，为使高大的灵车能够顺利出城，他还下令拆毁城门。等到他哭天抢地护送灵车出城，他手下的禁卫军统领，也就是我的大伯父和父亲，率领人马关闭大门，拥立他兄长慕容宝的义子慕容云为主。慕容熙带兵反攻龙城，没有成功，扭头就跑，在逃跑途中被抓获，后被押回城内处死。算一算他当时才二十三岁，当了五年多的皇帝。"

冯婉华："哦，原来是伯祖父和祖父！那么，这个慕容云建立的国家，也是燕国吗？"

冯昭仪："慕容云称帝，依然用了燕国的国号。这个燕国就是我们冯氏燕国的前身，算是第四个燕国（北燕）了。慕容云本姓高，是高丽人，慕容宝当太子时看他武艺高强，收了他为义子，后来他当了皇帝，便改回自己的原姓'高'，自称'大燕天王'。高云深知自己不是真正的慕容氏，被拥立为帝之后，为了收买人心，他天天大开府库，赏赐一众文臣武将。不过他对别人大加赏赐，却对拥戴他当皇帝的我大伯及父亲非常疑惧提防，甚至养了一帮大力士在身边，吃住都与他在一起，时时赐以金宝，让他们来保护他。然而有话说世事难料，高云当皇帝三年，最后却被他身边的两个侍卫离班和桃仁杀死了。"

元华："离班和桃仁，名字怎么这么古怪？"

冯昭仪：“这两个人应该不是鲜卑人，可能是高丽人或靺鞨人吧。那时恰好你伯祖父在宫内值勤，听说皇帝被杀，立刻率兵入殿，立斩离班和桃仁！如此一来，燕国又没有皇帝了，众望所归，大伯父他就登上了‘天王’之位，其实就是当皇帝。当时他没有改国号，对外还是称燕国，从此这个燕国就是我们冯氏的了。”

冯婉华：“姑母，这以后的事情我大概也知道一些。伯祖父当了二十二年皇帝，是一位仁德的君主，他崇尚儒学，在国内轻徭薄赋，当时我们燕国人民都很拥戴他。”

冯昭仪看着侄女，忽然顿了顿，一时无话。抱公公原本一直站立在旁侍奉，听到此处，心知再往后的事情或许会让冯昭仪伤心，便适时地插话道：“还是让老奴来替昭仪接着说吧。”

他接过冯昭仪的话茬道：“昭仪的大伯父当了燕国皇帝二十多年，忽然病危，委任太子冯翼监摄国事。当时冯跋皇帝有个宠妃宋氏，她生下的皇子名受居，她很想让这个儿子继位，便在宫内假借皇帝的名义禁止太子入内侍病。岂料宫内有个叫胡福的太监，和昭仪的父亲很要好，急忙把宋氏要谋篡的消息向昭仪的父亲汇报了。昭仪父亲立刻率兵冲入皇宫，下令把宋氏和她的儿子冯受居幽囚起来。然而，眼见乱兵突入自己寝宫，弥留之际的冯跋皇帝竟然因遭受惊吓而崩了！昭仪，这以后的事情，老奴还要说吗？”

冯昭仪叹了一口气：“抱公公，你接着说，让婉华她们多知道些，日后她们也能更懂得宫内的生存之道。”

抱公公：“冯弘……请昭仪饶恕，为了讲得明白些，老奴就直呼您父亲的名讳了。”说着，抱公公垂首等待冯昭仪的回应，见冯昭仪轻轻点头，他才继续道，“冯弘既然入宫，就自立为‘天王’，废杀了侄子冯翼。不仅如此，他为了防止日后大哥冯跋皇帝的血脉对自己有威胁，不知道听信了谁出的坏主意，竟把冯跋皇帝多年来与嫔妃所生的儿子一百多人悉数杀死！”

冯婉华和元华都禁不住“啊”地叫了一声。冯婉华惊讶道：“一百多个？！”

抱公公苦笑：“是啊，一百多个！天家无骨肉啊，古来兄弟继承帝位，杀戮之事确不算少，但像你祖父这般一气杀掉一百多个侄子的事情，还真是非常罕见。那些孩子大多是怀抱小儿或十几岁的少年，确实是太狠了！”

冯婉华：“那宋氏呢，也被我祖父杀了？”

抱公公摇摇头：“你祖父杀掉了那么多的侄子，却因宋氏貌美而饶了她，后来还纳了她为妃。当然，宋氏的儿子冯受居是肯定不能放过的，他也被你祖父杀掉了。"

冯昭仪："唉，子女不言父母之过，但从实而言，父亲确实品行有亏。他即位之后胡乱施政，导致众叛亲离，最后就连我大哥和几个弟弟都逃离燕国，投奔了大魏。"

冯婉华："我在长安的时候，父亲从来没有跟我说过这些事情，他只说伯祖父是个好皇帝，所以我也只知道我们冯家有人当过皇帝，对其他事情却不太清楚。姑母，我很好奇，父亲到底是为了什么要从祖父那里逃出来呢？"

冯昭仪："父亲继位后废掉了原配妻子王氏及王氏所生的长子冯崇，把他之前娶的慕容宗室的一个美人慕容氏立为皇后。冯崇，也就是你的伯父，被外派到肥如去镇守，接着父亲又将慕容氏所生的儿子冯王仁立为太子。慕容氏害怕日后冯王仁继位之事生变，不断在父亲耳边说他其他几个儿子的坏话，包括你伯父冯崇和他的同母弟，也就是你的父亲冯朗和叔父冯邈。为了活命，他们兄弟三人才一起逃了出来，奔往辽西，归降大魏。"

冯婉华叹息："这真正是骨肉相残啊，难怪会亡国。"

冯昭仪亦叹息道："本来我们冯氏燕国和大魏就是敌国，在这样的情况下，我们和大魏交战，连战连败，十多个大郡都被大魏攻陷了。无奈之下，父亲舍近求远，向南朝宋国的皇帝求援，遣使称藩。宋国皇帝当然高兴，封父亲为'黄龙国主'，并答应出兵助战。但说归说，距离那么大老远的，宋军一时也真来不了，所以啊，父亲做皇帝后，其实没过过几天安稳日子。当时陛下也非常愤怒，派出四万大军兵临城下，父亲只得把我当作质子送到大魏来，换取陛下撤兵。"

冯婉华："姑母，听您这么一说，祖父似乎很是窝囊啊……唉，原来您是这样来到大魏的！"

冯昭仪陷入回忆之中，神情恍惚："不久，大魏又派使者到龙城催父亲把太子冯王仁也送到平城来当质子。想来想去，父亲终究是舍不得，又觉得向大魏称臣的日子不好过，竟然突发奇想，秘密派人去高丽求救……"

冯婉华："高丽国和我们燕国关系好吗？"

冯昭仪："很一般。我们冯氏燕国和高丽国距离近，高丽国和先前几个燕国都一直有交往，说到这里，从前慕容氏燕国强盛的时候，还差点把高丽国整个端掉呢。在大伯父当政期间，高丽一直向我们冯氏燕国称臣，是我们的附庸国。"

冯婉华："看来还是伯祖父能干。"

冯昭仪：“秘密求援于高丽王之后，父亲竟忽然率领冯氏宗族及他的后宫美人，还有一些龙城百姓，连夜向高丽国逃窜。临行前，他下令焚城，将宫殿烧了个一干二净！就这样，我们冯氏燕国亡国了！”

元华：“皇帝投奔到附庸国去，人家看得起伯祖父吗？”

冯昭仪：“当然不！父亲逃到高丽之后，高丽王派遣使者前去假装慰劳他，但已经不再拿他当宗主国皇帝，只是道：‘龙城王冯君来到我们国内的野外止息，兵马很辛苦吧？’父亲非常羞惭恼怒，还用皇帝的身份来应答高丽使者，高丽王不高兴了，就把他们安置在平郭，不久又迫使他们迁往北丰①。你们想想，手下虽然有几千兵马，却还是寄人篱下啊，再者父亲一向看不起高丽，还在大模大样地发号施令，俨然是高丽的王上皇。高丽王闻讯大怒，很快便派出重兵把父亲的人马都解除了武装，还把太子冯王仁抓走当人质。”

冯婉华：“哀其不幸，怒其不争！我们冯家有着这样的历史，难怪让陛下瞧不起！”

冯昭仪：“落到这步田地，父亲才感觉不妙。他派人偷往建康，乞求当时南朝宋国皇帝派人接自己过去。当时高丽国也向宋国称臣，高丽王听说宋国皇帝已经派出军队来迎父亲，很没面子，派兵一举包围了父亲的营地……”

冯婉华：“结果呢？”

冯昭仪：“还能有什么别的结果呢，父亲带去的冯氏宗族所有人，以及他的几百宫人和近侍，统统被杀掉，一个没留。高丽人只草草挖了个大坑，便把他们都埋在一起了。”

冯婉华再一次仰天叹息：“如此说来，我们冯氏燕国的灭亡，实是祖父自找的啊，天怨神怒，不得不亡！……”

几人在殿内絮絮叨叨说着冯氏燕国的往事，各自满腹心事。聊谈了许久，忽然常氏急匆匆从殿外跑入。她惊骇无比地高声叫道：“出大事了！刚才宫内有黄门郎来通知高阳王，说陛下驾崩了！”

冯昭仪等人皆大吃一惊。冯昭仪声音颤抖，问：“陛下何时驾崩的？！”

常氏：“不知道！应该是昨天晚上吧。”

抱公公满脸焦急：“高阳王何在？”

常氏答：“还在万寿宫。黄门郎通知他紧急上朝，他自己不敢去，我也不放

---

① 在今辽宁瓦房店。

心他一个人去，所以来见昭仪，可否让婉华陪他一起……"

冯昭仪低下头，陷入深深的犹豫中。

然而未等她表态，冯婉华忽然道："我马上回万寿宫！"

第二十三章　突如其来的新帝

冯婉华从灵泉殿出发之前，冯昭仪非常不放心，嘱咐侄女道："婉华，这一年多来宫内出了这么多大事，此番你陪同高阳王上朝，可千万要当心啊！"

冯婉华细心地安慰冯昭仪："姑母，您不要担心，没准高阳王被紧急召入朝中，是因为大臣们要推举他继位呢。"

抱公公在一旁摇头："婉华，咱们不要这样想。如果高阳王能继位，宫内早就会准备好法驾来万寿宫迎接他了。"

常氏听抱公公如此说，非常焦急："不管怎么说，先得让高阳王赶紧上朝……"

万寿宫内，拓跋濬神色颓唐地躺在床上，冯婉华、常氏、元华都围在他身边。他双手抱头，似乎是在逃避，道："我宁可一个人在床上躺着！我不舒服，我不想上朝！"

冯婉华语气坚定："殿下，你必须去！"

常氏也道："孩子，你一定要去！陛下暴崩，国家无主，大臣们今天聚集，就是要推举继位之人啊！"

拓跋濬闻言，脸色越发煞白："父亲去年才暴薨，现在祖父忽然又暴崩了，我此番去上朝，你们就不怕我被人弄死？！"

他这么一说，常氏的眼泪顿时就落了下来。冯婉华握住拓跋濬的手，为了不刺激到他，她努力让自己的声音听起来平淡冷静，劝慰道："人生自有命，来者不去，去者不来！有些事情，躲是躲不开的！……"

就在冯婉华等人劝说着拓跋濬的时候，太极殿内，宗爱正与南安王拓跋余面谈。拓跋余年方二十，面白唇红，长身玉立。入殿后见到宗爱，他马上非常恭敬地向宗爱施礼："见过郡公大人！"

如果是在往常，宗爱会马上起身回礼，然而如今他端坐在榻上，默然不动。拓跋余察觉到异样，只能尴尬地在原地站着。过了一会儿，他方才试探着小心翼翼地问："宗大人，您唤小王到宫内，有何见教？"

宗爱依然沉默。贾周鬼魅一样无声地走过来，将一个锦匣放在了拓跋余面前的案上。

宗爱示意拓跋余打开锦匣。拓跋余有些诧异，打开锦匣，赫然发现里面竟是兄长东平王拓跋翰的首级！那颗头颅的脸异常惨白，眼睛微合，竟是一副死不瞑目的样子。

拓跋余一声惊叫，身子往后一歪，声音颤抖地问："宗大人，兄长何故被杀，他是哪里惹怒了陛下？！"

宗爱："陛下昨夜暴崩在鹿苑，东平王与兰延、和疋、薛提等人密谋，妄图篡位，幸亏我发现得及时，把他们全部加以诛杀！"

拓跋余听宗爱如此说，眼神更显慌乱，问："父、父皇驾崩了？！"

宗爱点点头。拓跋余脸上血色全无，良久，他又试探着问："可是东平王他……他在先帝的儿子当中排行靠前啊……"

宗爱打量着拓跋余的脸，回答说："即使他排行靠前，也不能取代世嫡皇孙拓跋濬！"

拓跋余听宗爱如此说，呼出一口气："既然如此，大人功高无量！那不知大人唤小王来殿内又是所为何事……"

拓跋余说着话，心内惶惶，视线不停地滑向面前锦匣中兄长的首级。

宗爱伸手把锦匣的盖子盖上，他直视拓跋余，语气柔和："还记得三年前你留守京城，我们相处得很好啊。"

听闻此言，拓跋余紧张的情绪有所缓和，拱手施礼："当然，当然！当时南朝宋国大将萧斌之侵犯我们大魏的济州，宋国的宁朔将军王玄谟又率兵攻打滑台，父皇……不，先帝率大军南征南朝宋国，景穆太子则领兵北伐柔然，京城之内，先帝便留下我和大人您共同监国……"

宗爱笑了，说："是了，为报当时我们一时共事之情，今天我要送王爷一份大礼！"

拓跋余有些惘惑："您送我大礼？小王如何敢当啊！"

宗爱："我要送王爷一顶大白帽子戴！"

拓跋余依然满脸疑惑："大白帽子？"

贾周在一旁谄笑，解释说："嘿嘿，王爷啊，您怎么还不明白呢？您现在是王爷，宗大人送您一顶大白帽子，'王'字上面加个'白'字，可不就是一个'皇'字吗？！宗大人要让您当皇帝啊！"

由于刚刚杀过拓跋翰，贾周的袖子和下摆还都留有血迹，浑身都在散发出血腥味。他如此近距离地对着拓跋余谄笑，狰狞的样子将拓跋余吓得不轻。拓跋余这才终于明白过来，立刻匍匐在地，向宗爱行跪拜大礼。

拓跋余："宗大人恩重如山！"想了想，他睃了一眼锦匣，又问，"宗大人，先帝诸子当中，景穆太子之后有东平王，再之后还有我四哥临淮王拓跋谭、五哥广阳王拓跋建……果真让我来继位，皇族宗室会肯吗？大臣们会肯吗？"

宗爱面露得意，从怀中掏出一张缣帛向拓跋余扬了扬："肯不肯的都无妨，我这里有赫连皇后……不，是赫连太后的懿旨！"

上朝时间，宗室贵臣们鱼贯进入太极殿，殿内殿外四处是面色严肃而紧张的禁卫军，以及穿梭往来的宦者。

进入殿中的人们忽然发现，今天的太极殿内御座空着，宗爱和南安王拓跋余肃然站立在御座旁边。小宦者贾周换了一身衣服，手里拿着一卷缣帛，表情严肃而狰厉地俯视着殿下的群臣。

而殿门外，往常只有禁卫军将军手中会留持兵器，今日禁卫军却如临大敌，所有兵士皆手持兵器。

群臣肃穆，面面相觑。拓跋濬和冯婉华站在第一排朝臣队列中，亦是面色紧张。

忽然贾周大喝一声："肃静！"

殿内立刻鸦雀无声。

贾周手捧缣帛，高声说："宣太后懿旨，皇帝昨夜因病崩逝，遗命南安王拓跋余继承大统！兰延、和疋、薛提图谋不轨，与东平王拓跋翰相与谋划，入宫图谋社稷，已经在宫内捕杀！宗爱护驾功高，为大司马、大将军、太师、都督中外诸军事，兼任中秘书，封冯翊王！"

贾周宣完赫连太后的懿旨，殿下诸臣大感骇然。宗爱对群臣的震惊之色恍若不见，躬身扶拓跋余坐上御座，而后下拜。

殿下诸臣一看如此情形，也只得一一随着下拜。

拓跋余坐在御座上，一颗心突突地狂跳。他扫视群臣，首先看到的是他的侄子，世嫡皇孙拓跋濬。

……他赶紧扭过了脸去。

而宗爱看到事情进行得如此顺利，禁不住露出得意的神色。

散朝之后，宗室贵臣们都在交头接耳，议论纷纷。宗爱远望着正在退朝的人群，得意地对拓跋余说："陛下，御座可还坐得习惯？"

拓跋余起座，向宗爱躬身施礼："太师劳苦功高，全赖您扶持！"

宗爱："陛下，您已经是皇帝了，以后当着众臣的面，您可千万不要再给老奴行礼，折煞老奴！来，贾周，汝护驾有功，陛下赐爵东平公，还不谢恩！"

贾周趋身一步，向拓跋余拜谢。

拓跋余还不习惯别人称他为"陛下"，慌乱地扶起贾周："东平公劳苦！"

宗爱抬手又把赵黑召过来："赵黑，你往后就跟随陛下左右，小心伺候！"

太极殿外的广场上，以陆丽为首，源贺、刘尼、乙浑等禁卫军将领都身披甲胄，心事重重地走着。行走间，源贺忍不住道："昨晚我还和陆大人一起受到先帝召见，他当时一点异样都没有啊！"

刘尼："源将军，您这是什么意思？"

不等源贺回答，陆丽便面色肃然地说："源将军，切勿妄议国政！国家自有制度，如今新帝登基，太后有旨，怎么轮得到吾等在朝下私相议论？！"

虽然语气中满是责备，但源贺能够听出这位老将军也满腹怀疑。于是他又道："可先帝崩逝后，于情于理都该是世嫡皇孙高阳王继承帝位登基啊！"

乙浑在听闻源贺质疑时就已是十分警觉了，此时不禁插话道："依据朝廷礼仪，皇帝崩逝后以皇后最尊。赫连皇后，不，现在是赫连太后了，太后发有懿旨，谁敢不遵啊。"

刘尼哼了一声，道："赫连太后的懿旨？我看是宗爱掌管了一切吧！"

陆丽看了一眼乙浑，又瞪了刘尼一眼，厉声道："够了，勿再妄言！这是拓跋皇族的家事！先帝已经崩逝，如今社稷有主，吾等必须忠于新帝！"

第二十四章　幌子太后

在太极殿参加了新帝拓跋余的登基仪式回来，拓跋濬躺在床榻上，一声不吭。常氏侍奉在一旁，见状唉声叹气，却没有办法，只能不停地为他端茶倒水。然而拓跋濬厌烦地拒绝了，心中的不安使得少年缺少胃口，他一整天都没吃饭，却丝毫感觉不到饥渴。接连的意外让少年满心都想要逃避，所幸的是，冯婉华一直待在他的身边，这给少年带来了难得的安全感和宁静感。

即便如此，过于强烈的悲痛仍然给少年造成极大的打击，拓跋濬变得有些神经质，他躺了一会儿，又忽然坐起，接着又躺下，反反复复。片刻后，他低声嘀咕起来："如今我六叔继位为帝，我却还住在太子东宫……我还是主动向陛下上表，请求搬出去吧。"

常氏附和说："万寿宫这个地方太显眼了，如今新帝登基，或许不久就会有皇子降生，的确是把东宫让出来的好。"

然而冯婉华思虑了片刻，却是说："这倒不必！大魏皇宫自有制度，殿下，你世嫡皇孙的名号乃先帝亲自封赐，万寿宫又曾是景穆太子的居所，更何况太后懿旨之中也没有提及要让殿下如何如何，更未提及让你移宫。此事群臣和宗室自会有定论，咱们千万不要妄自菲薄，自降名号！"

傍晚，冯昭仪带着拓跋濬、冯婉华及常氏、元华入坤德六合殿拜见赫连太后。来这里的路上，他们不断遇到三三两两的禁卫军。那些兵将穿着崭新的制服，脚上的马靴也都是新的。把守太后寝宫的禁卫军中有不少人满面风尘，从他们被晒得发黑的脸便可以看出，肯定是最近才从平城外调入宫内的。

看到由女官引领的冯昭仪一行人，几个中低级禁卫军军官开始交头接耳，显然，这几个新近调入宫内的人并不是很清楚他们的身份。更让人感觉奇怪的是，宫廷内本来不允许骑马，但如今却有不少骑着马的兵将在宫内道路上疾驰。他们紧闭着嘴，一声不响地从冯昭仪一行人身边纵马跑过，却没有人停下，也没有人行礼。

来到殿内，赫连太后坐在榻上，许久都是一动不动。相比从前，她的脸色更加苍白了。冯昭仪向她行礼，试着安慰她道："皇后姐姐，不，太后，宫内出了这么大的事，幸亏由您做主……"

赫连太后："昭仪妹妹，这里只有我们姐儿俩，你也不必称呼我为太后了。先帝暴崩，你我都成了未亡人，唉，我这又是哪门子的太后啊，宫内大政无论如何也不是我说了算……"

这话说得遮遮掩掩，赫连太后欲言又止。这时，冯昭仪方才注意到赫连太后身边的宫婢和宦者中多了好几张陌生的面孔。她似有所感，谨慎地压低了声音问道："姐姐，您升格为太后，身边的保卫也多了。我们刚才进来还看到有许多禁卫军在外……"

赫连太后："是啊，是啊。昭仪妹妹，你坐到我身边来说话。"

冯昭仪犹豫了一下，过去坐在了赫连太后身边。赫连太后："婉华，拿些水来我喝。"

冯婉华得令，端起宫婢一直托在案上的茶水递给赫连太后。赫连太后也不抬头，只接过茶水，压低了声音道："高阳王如今境遇不妙，你们一定要小心为上。婉华，平日里高阳王的饮食，你一定要亲自盯着人尝过再给他用。"

一直侍奉在一旁的常氏此时不知哪里来的勇气，忽然上前，道："太后，我们高阳王是世嫡皇孙啊，您为何没有下懿旨让他来继承大统？"

赫连太后没想到她会如此发问，脸色突变，声色俱厉地怒斥："尔下贱奴婢，竟敢在我面前胡言！"

冯昭仪赶忙解劝："常妈妈毋多言……"

常氏悻悻，而一直站立在原地的拓跋濬面色更加颓唐了。

聊谈了一会儿，冯昭仪起身告辞，赫连太后面无表情，依旧压低了声音说："昭仪妹妹，日后你不要再亲自到我这里来，人多眼杂，高阳王更不要再来！但凡有事，你便派婉华来找我。"

冯昭仪一行人离开没多久，已是当朝太师的宗爱带着贾周等几个小宦者急匆匆赶到了坤德六合殿。殿外的禁卫军见到宗爱，皆跪拜行礼，贾周跟在他身后，小人得志，狐假虎威，也是一副猖狂自大的嘴脸。

宗爱径直走入殿内，见到赫连太后也不行礼，竟然直接问道："太后，刚才冯昭仪带着拓跋濬来见您，说了些什么？"

赫连太后蓝色的眼睛里闪出愤怒的火花，但只一瞬就被她平息了下去。她故作漫不经心的样子回答道："还能说些什么，来替拓跋濬求命罢了。"

宗爱依旧阴沉着脸："什么意思？"

赫连太后："我现在毕竟是太后，新帝登基的懿旨也是以我的名义发出的，高阳王作为世嫡皇孙，却没能够继承大统，冯昭仪的侄女冯婉华是高阳王未来的王妃，出于恐惧，冯氏自然是怕新帝日后会对他们下手。"

宗爱眼睛转了转，而后紧盯着赫连太后的脸，音声尖锐地发问："他们果真这样认为？"

赫连太后："是。我跟他们说了，新帝登基，为表仁慈以及对先帝的尊崇，肯定不会加害于高阳王。更何况，宗爱大人，您也清楚的，南安王登基为帝，无论是宗室还是大臣，内心都多有不服。如果此时再生新的事端，恐怕会导致人心思乱啊。"

听赫连太后如此说，宗爱点头表示同意。他往前站了站，换上一副诚恳的模样："太后，您说得对，想得也对。高阳王一黄口少年，又是先帝嫡孙，我先前也和南安王……不，是陛下，说过，高阳王是一定要保全的。"说着，他话锋一转，"……唉，太后，说起来，我现在也后悔，如果当初您的兄长赫连昌不叛逃，赫连家族有男丁留在世上，那如今我们大可以妥善安排，说不定这大魏天下就是大夏天下了。"

赫连太后乍闻此言，惨然一笑："您言重了！赫连家族已经遭到族诛，这都是上天安排好的，即便现在真有赫连家族的男丁存世，我也不会让他出来。得位不正，其能久乎？！只希望上天能让我多活些日子吧。"

宗爱不再多言，转移话题道："太后，该办的事情，我都已替您办好了。"

赫连太后奇怪地问："还有什么该办的事情？"

宗爱："昨晚老奴已经替您宣诏，赐死了南安王，不，是当今陛下的生母，先帝左昭仪郁久闾氏。"

赫连太后大感诧异："……根据大魏制度，都是皇子被封为太子时才赐死其生母。如今南安王是登基为帝，为何还赐死其生母？"

宗爱："太后，南安王是成年长君，如果他的生母郁久闾氏得活，她便是太后！那样一来，郁久闾氏兄弟叔侄当中肯定会有许多人入朝掌权，您想想，到时候您还能掌控后宫吗？"

赫连太后哽住，竟一时答不上话。

第二十五章　幌子皇帝

拓跋余躺在天安殿内巨大的床榻上，有些发呆。殿内帐帷大张，这位新继位的皇帝裸着身子，白皙而修长的身体略显瘦弱。在他身旁，几个宫婢躲在被子底下，神色惊惶。

片刻后，拓跋余摇摇晃晃地起身在殿内走了一圈，在窗前站住。凭窗眺望，他先前似乎没有注意到平城还有这样美丽的冬天。殿内温暖如春，而殿外广场上和殿宇屋顶上的白雪非常耀眼地闪着银光，树木上结满了晶莹的冰霜，阳光之下，冰霜闪烁着七彩霓虹，美得让人想要叹息。

这一切都太不真实了，拓跋余心中万分感慨。若有所思之中，他想笑，却又不知为什么笑不出来。就在昨天，他还是大魏帝国的南安王，住在皇宫之外的王府中。而今天，他已经是大魏帝国的皇帝，住进了皇宫内廷，还有绝色美女做伴。从前，他所熟悉的皇宫仅限于外廷，如鹿苑、西苑等地，他常被父皇召去参加打猎或典礼，而如今他真正进了内廷。内廷的奢华和神秘让他大开眼界，比如他只是起个身，便有几十个宫婢围绕着他，侍奉他盥洗、穿衣、梳头。

然而他没想到的是，就在几个时辰之前，就在他寻欢作乐、肆意享受的时候，近在咫尺的先帝后宫中，他那可怜的生母郁久闾氏已经被一杯鸩酒毒死了。

酒足饭饱，拓跋余穿着轻暖的裘衣，身后跟着赵黑和几个宦者，骑马来到鹿苑闲逛。到了五色琉璃殿，几个道士匍匐在地跪迎，因为从前父皇总是神神秘秘地在这里待很久，拓跋余十分好奇，因此他下马走入殿内，仔细察看着父皇先前放在这里的许多仙药瓶子。

闲逛到中午时分，拓跋余感觉有些热了，便来到一个池塘边的胡床上坐下，一边呼吸着冬天带有残雪和落叶气味的甜静空气，一边久久地凝望着不远处一片金黄的树林。树上还有不少叶子没有凋落，冬日的阳光在叶子上面闪烁，看上去美极了。

坐了没一会儿，咚的一声，水面上突然跳起来一条黑色的大鱼。大概已经习惯了被喂食，感觉到附近有人来，接着又是咚咚几声，更多的大鱼纷纷跃出水面。它们落回池塘中，在距离水面很近的地方游弋着，不停把翕合的大嘴拱出水面，鱼鳍和摇动的尾巴都看得清清楚楚。

拓跋余高兴坏了，不顾天气寒冷，连靴子也没脱，顺手从塘边拿起一只木桶，便连蹦带跳地进入浅水戏鱼。岸边有不少干枯的睡莲及其他水生植物的枯茎，大鱼都很贪食，围在喂食的人身边，没有游向池塘深处。拓跋余不顾自己冻得直哆嗦，深一脚浅一脚地踩着浅水里的烂泥，不停地将木桶砸扣进水中，几条肥壮的大鱼溅起水花，只片刻，他就逮住了五条大鱼。

岸边，跟随新帝的赵黑急得发慌，几个护卫的禁卫军也都已经看得呆了，赵黑命令小宦者赶紧去取暖酒。不远处，宗爱却冷冷地看着这位离谱的新帝。侍奉在一旁的贾周对他说：“陛下这么爱玩，这么大冷的天……”

宗爱呵呵一笑：“陛下爱玩好啊，就怕他不爱玩！”

在水中玩了好一会儿，拓跋余突然使劲打了几个冷战，感到自己的双腿似乎在抽筋。他这才赶紧从烂泥地里走出来，艰难地上岸。待到他穿好衣服，已有禁卫军和宦者拿来了炭炉。他喝着热酒，烤着炭火，这时宗爱上前，脸上满是关切：“陛下，您可千万别受了风寒啊。”

贾周狗仗人势，像教训小孩子一样对拓跋余呼喝道：“陛下别再这么玩耍了，真冻病了怎么办，太师要嗔怒啦！”

拓跋余愣了一下，随即笑呵呵地说：“我喜欢吃鱼脍，这些池塘里的大鱼肯定好吃！”

宗爱看着刚被抓上来的几条肥大的鱼还在泥地里挣扎翻滚，立刻命令手下宦者：“赶紧替陛下弄进去，让御厨给陛下做鱼脍！”

几个宦者或是害怕水冷，犹豫着没有马上行动。近前的两个禁卫军兵士见状，赶紧走到泥泞的岸边，用树条将几条大鱼穿起来弄上了岸，而那已及弱冠的新帝脸上还满是天真幼稚的笑。

长久以来，宗爱等人已经习惯了拓跋焘的跋扈暴戾，在他们看来，脸上展露着这般笑容的拓跋余可真是太过软弱好欺了。他们望着拓跋余，就像望着一只淘气的大狗一样，半是宠爱，半是责怪。

太极殿内，拓跋余坐在拓跋焘昔日的御座上。头一回坐上去时，他还有些诚惶诚恐。在他的童年时代，他几乎见不到父皇，因为拓跋焘不是在出征的路上，就是在凯旋的路上；而到了少年时代，在演武场上，他连同自己的几个兄弟以及宗室子弟，也总是只能远远仰望父皇威武的仪容；近两年以来，特别是景穆太子暴薨之后，传言纷纷，他更是基本没有亲近父皇的机会了。

总之，在拓跋余的印象中，父皇和"慈爱"这两个字完全没有关联。对于父皇拓跋焘，他心中只有无边的神秘感和敬畏感。而此时坐在空旷的太极殿内，他甚至还会感到父皇仍然存在，像幽灵一样正在高处细细观察着自己。冥冥之中，父皇的面目似乎还不时发出璀璨夺目的光芒。

想到这里，拓跋余忽然感到浑身发软。他对侍奉在旁的赵黑说："如今我能够当上皇帝，真像做梦一样。"

赵黑："陛下，您应该习惯自称为'朕'，再不要'我我'的了。"

拓跋余："对，对。朕如今能坐上这个皇帝的位子，从前是怎么也想不到的。宗爱公公他真是朕的贵人、恩公啊。"

赵黑表示赞同："宗爱太师不仅是陛下的恩公，也是奴才的恩公，是我们许多人的恩公。"

拓跋余："先帝在时，大家都知道宗爱大人是先帝最信任的人，所以朕现在想想都后怕。三年前朕才十六七岁，就被父皇指派与宗爱大人一起留守京城，如果当时朕哪一点得罪了大人，哪里还有朕的今天！嗯，哪里还有朕的今天啊……"

赵黑："陛下，您为人处世谨慎，无须过分担忧。其实东平王之所以被杀，正是因为他每次见到宗爱大人都非常不尊敬。如果他也像您一样对宗爱大人敬之爱之，或许今天坐在御座上的就是他了。"

拓跋余听赵黑如此说，一点也不生气和责怪，反而重重点头。

太极殿外广场上，宗爱心情舒畅，大步向前走着，贾周亦步亦趋地跟在他身后一步远的地方。远远看到二人，禁卫军皆跪地行礼，仿佛看到了皇帝亲临一般。宗爱自信地微笑着，他一步步走上太极殿外的台阶，停在最高处，转身俯瞰广阔的广场，如同俯瞰着大魏王朝的万千百姓。

看到宗爱和贾周入殿，贴身侍候拓跋余的赵黑赶忙降阶迎候。拜见了宗爱，他才抬起笑脸向贾周见礼。

自从被封为东平公，贾周便有些瞧不起赵黑了，甚至私底下也不轻易跟他说话。在皇宫内院，宦者们身份发生变化，会立刻引起他们与同僚之间关系的变化，毕竟在这些人之间，根本没有任何友谊可言。赵黑自然深谙此理，看到贾周上扬的下巴，他只得赔着小心，露出对贾周更加尊敬的神情。而此时的贾周，确实也已经完全忘记了他和赵黑曾经相当亲近，也忘记了昔日二人在深夜里共同值班，哆嗦着偷喝同一壶酒取暖的情景。如今贾周对待赵黑，记得他是谁，却也只是记得他是谁而已。

拓跋余看到宗爱和贾周进殿，赶忙起身，拿起几卷案牍苦笑着说："太师，这些事情以后就由您做主吧。朕看这些东西感觉太累了，好多事情朕都还没有学会该如何处理。"

宗爱闻言，也不推拒，很得意地对贾周说："这些事情便由你去安排尚书省的人做。至于选人用官，则必须我们亲自来定夺。"

拓跋余对贾周也是一揖："有劳东平公！"

贾周满脸的得意扬扬："诺！"

宗爱："陛下，我今天和贾周又替陛下办了两件大事。"

拓跋余一愣："您又办了两件大事？为朕？"

宗爱："陛下，按照大魏的继承制度，先帝崩逝，本该由世嫡皇孙拓跋濬继位，但他乳臭未干，所以我便做主绕开了他。然而除开世嫡皇孙，仍有您的两个兄长临淮王拓跋谭和广阳王拓跋建排在您之前。这两个人，我不放心啊，恐日后对您不利，所以我以赫连太后的名义，今日上午派宫内使者到王府宣旨，送他们到天上去和先帝见面了。"

拓跋余大惊："啊？！"

宗爱："陛下放心，毕竟两位王爷都是您的兄长。我派去的使者很有耐心，也很仁慈，给了他们二位机会和时间选择自己的死法。最后他们都选择了鸩毒。这种毒起效很快，只要嘴唇上沾上一滴，立刻归天。"

拓跋余惊怒交加，说不出话来。一瞬间，他心中升腾起一股黑色的意念：既然宗爱能够轻易就让自己的兄弟归西，是否也能如此轻易地让自己也归西呢？！

当各种复杂的想法涌上心头，拓跋余的神情使得宗爱疑窦大起。他和贾周直愣愣地盯着御座上的新帝。

忽然发现宗爱和贾周在紧盯着自己看，拓跋余从思虑中清醒过来，赶紧深施一礼："生我者父母，贵我者太师！"

宗爱方才满意地点头："临淮王拓跋谭和广阳王拓跋建都是果敢之人，特别是临淮王，勇锐英武。前几年他跟随先帝进攻南朝，夺取宋国邹山险固坞堡，截获军粮三十万斛，而后率领军队造竹筏，偷渡淮河，大败宋军，斩贼首万余。再之后，他又率领人马截击宋国积弩将军毛熙祚，夺取了整个淮南地区……英武如此，他对陛下您的威胁就更大，所以此人必须杀之！"

第二十六章　逃　亡

午后，宗爱入坤德六合殿，望见端坐在上的赫连太后，他装出来一副温和可亲的样子。不过即便如此，赫连太后仍是对他反感非常。

宗爱没有施礼，站在殿中对赫连太后说："太后，当今陛下春秋正盛，精力旺盛，确实可以托付大业。但为了国家的长治久安，我还是替他除去了临淮王拓跋谭和广阳王拓跋建。"说完，他仔细打量着赫连太后，观察对方的反应。

赫连太后很奇怪："临淮王？就是先前跟随先帝南征立下大功的那位临淮王？"

宗爱莞尔："功高从来不一定是好事，自古就有'功高震主'之说。更何况临淮王功劳再大，又能够有汉朝的韩信功劳大吗？就这么一个年轻英武的王爷，只要有您的懿旨，不也要乖乖跪下受死，没有任何得活的机会？"

赫连太后更惊了："我的懿旨？"

宗爱："如今先帝崩逝还没到六个月，自然是您的懿旨管用，您毕竟是当朝太后啊。"

赫连太后愤然："你总拿我的名义行诛戮之事，天下人将何以看我？"

宗爱拱手，面露不屑："太后，您不必忧心朝廷之事！如今外有陛下统摄众臣，内有老奴我管理内务，您只管稳坐宫内，做您万古尊荣的太后！"

宗爱的声音抑扬顿挫，他高昂着头，面上满是自傲，俨然他才是大魏真正的主宰者。

赫连太后愣怔了片刻，无奈地叹了一口气，似乎是在自言自语："临淮王和广阳王都是当今皇帝的兄长，细想来，这两个人确实对新帝的帝位有威胁。可是你们如此随意地行杀戮之事，总不会以后也要对高阳王下手吧？"

宗爱眼珠转了转："今天不会，今年嘛，应该也不会。但高阳王毕竟是先帝亲封的世嫡皇孙，如今他年岁渐长，羽翼渐丰，再过上两三年，说不定当今陛下就会自己想办法去解决他了。"

言毕，宗爱也不等赫连太后再说什么，略略向她一拱手，便甩袖离去了。

傍晚时分，冯婉华和元华都穿着宫婢的服装，低调地进入坤德六合殿的寝殿中。赫连太后见到二人，沉默了许久方才低声吩咐冯婉华："高阳王目前恐怕不再安全了，你不要和你姑母说这事儿，夜长梦多，回去之后你马上想办法让高阳王尽快逃离万寿宫。"

冯婉华还想再问些什么，赫连皇后却摆摆手，示意她们赶紧离开。

回到万寿宫内，常氏听闻消息哭泣不已，冯婉华和元华愁眉不展。拓跋濬掩饰不住内心的慌乱，低声说："昨日源贺将军在万寿宫执勤时偷偷告诉我，说如果感到有危险，他在距离平城一百多里的地方有个庄园可以供我们藏身。"

常氏："殿下，您长这么大，一直住在万寿宫内，连平城都没有出过，怎么能去那么远的地方啊！"

元华一脸凝重："事已至此，连赫连太后都劝我们离开皇宫。如果不走，我们恐怕会遭遇大事。"

冯婉华坚决地点点头："宗爱假借赫连太后的名义矫诏，连当今陛下的两个亲哥哥都杀，更别提殿下您是先帝亲口御封的世嫡皇孙了。再继续留在这里，恐怕就不是大事小事的事情，我们必须离开！"

甫一踏上逃亡之旅，一行人还都很有兴致，禁不住观看着到处是雪丘的草原。对于冯婉华而言，自几年前她和母亲作为犯官家属从长安被押到平城以来，这还是她第一次出宫进行长距离的旅行，路上的景物总会引起这位姑娘的注意和好奇。

平城通往周边乡下的道路有不少都是位于半丘陵的草原上，山上林木茂密，草原上几乎没有人烟，山下则是炊烟缭绕的村庄。此行拓跋濬带了三驾大马车，除了他和冯婉华、元华以及常氏，还有十余个前景穆太子宫中的属官及侍卫、仆从随行。此时雪太大，拉车的马匹只得缓步慢慢地走，积雪在车轮下咯吱咯吱响。十二三个身材高大的随行人员骑着马，身上都穿着厚厚的皮袍，缩着头紧紧地跟在马车后面。

四匹马拉的大车车厢里，拓跋濬斜躺着，背靠一只软枕，恹恹思睡。冯婉华裹着一件厚厚的鲜卑式女式皮袄，紧紧靠坐在他的旁边。在车厢另一头，元华也裹着一件厚厚的皮袄，她的黑眼睛在羊毛帽子下闪着警觉的光芒。在他们的车后，第二辆马车中坐着常氏，正愁眉苦脸。

撩开窗帘，远远望去，能看见草原中央被马匹和车轮轧得平滑如镜的道路，以及远方烟雾弥漫的地平线。而同处一个车厢中，拓跋濬总忍不住斜眼去看向冯婉华，看她那因为车厢缝隙中有冷风吹入而冻得红扑扑的脸颊，看她秀美的黑眉毛和弯弯的睫毛下忽闪着光明的眼睛。

聪慧如冯婉华，自然知道拓跋濬时时都在看自己，这让她原本充满不安的内心浮起来些许羞涩。对她来说，突如其来的逃亡让她心中忐忑不已，然而能跟着心爱的少年远走高飞却也是她一直梦寐以求的。她没有想过，她竟然有一天会以这样的方式离开平城这个又危险又安全，她又熟悉又陌生的地方。

黄昏时分，人困马乏，拓跋濬一行人依旧在前行。因为天气寒冷，先后有几个骑马的仆从掉了队，在冯婉华关照下，很快他们就得到了救护，却也无法继续骑马了，只得将他们抬到第三辆大车上。

不久，有侍卫前来报告，说有个年纪稍大一些的仆从已经濒死。拓跋濬听说，赶紧来到那个仆从身边蹲下，最后一次仔细地看那仆从的模样。

这位少年王爷本以为自己定力挺好，但当他真正亲眼看到仆从的死状，还是从心底里感到恐怖。拓跋濬不由自主地哆嗦了一下，他这才知道，死亡会改变人的容貌，让一个人变得完全陌生。就在几天之前，他记忆中的这个仆从还是个嗓门很大的中年汉子。他似乎是一瞬间老下去的，苍白而干瘪的腮帮子上全是灰色的胡须，这使得他瘪进去的嘴看起来没有一丁点的活气。他的眼睛半闭着，露出的眼白也没有生气和光泽，就像死鱼的眼白一样。

看到仆从行将就木的面庞，拓跋濬眼里泛出泪光。冯婉华内心悲恸不已，脑海中似有往事浮现，然而她只是坚定地劝说道："殿下，我们走吧。"

丘陵后面有风吹来，深寒彻骨。

半路，拓跋濬病了。

马匹吃力地走在刚刚化完雪的道路上。草原上的积雪融化之后形成无数小水沟，拉车大马的马蹄深陷在小水沟里，车夫不得不使劲抽打，马才能费力地从烂泥里挣扎出去。这些马匹弓起脊背，大汗淋漓，泥泞的污秽一直染到马腿中部，前行得十分艰难。

刚开始，为了减轻马匹的负重，马车上的人还不时地从车上跳下，艰难地从烂泥里往外拔脚，跟着马车走。可正是这样几上几下，拓跋濬很快就病倒了。此刻他躺在车上，瑟缩在羊皮鞣制的大毯子里哆嗦。发烧高热让他时而失去知觉，陷入昏迷，苏醒后额角上又会沁出豆大的汗珠。

冯婉华和常氏都快急死了，不停地用冷水揩拭他的身体，为他降温。然而情况并没有好转，拓跋濬烧得说起了胡话。一次长久的昏迷过后，他终于苏醒，恰巧冯婉华正弯腰俯在他身旁观察他。看到他醒了，冯婉华紧张地问：“你醒了，好些了吗？”

此时拓跋濬只能够勉强睁开眼睛，女孩的脸虽然近在眼前，却迷离不清，他能感受到她的忧心忡忡和无限关心。他努力睁大眼睛，忽然感觉头顶出现了非常灿烂的阳光，一群大雁正在湛蓝的广阔天空中鸣叫，被太阳晒热的土地散发着腐烂而甜腻的气息。

拓跋濬开始大口地呼吸，近乎贪婪地往自己肺里深吸着“美丽春天的新鲜空气”。

不久，他们终于路过一个村子，常氏满脸焦急地带着两个仆从从村子中领来一个看病的郎中。郎中给拓跋濬摸了摸脉，以非常肯定的语气对常氏和冯婉华说：“公子的病害得不轻。老夫劝你们最好停止旅行，否则照顾不周，颠簸烦扰，恐怕公子会支撑不住，殁在半路上啊。”

送走了郎中，常氏看着冯婉华，带着哭腔央求：“我们不能再走了！马车颠簸得厉害，殿下睡都睡不安稳，病不可能好啊！”

冯婉华叹息一声：“听常妈妈您的。……不过，若是平城那边有追兵来，我们就危险了。”

常氏：“死生有命，只能先这样了……”

一行人无奈，只得暂时中止逃亡，停留在山岭之间露营。

次日一早，天放了晴，没有了乌云的天空愈加辽阔，一片深邃的碧蓝。拓跋濬仍躺着起不了身，闭着眼一动不动。冯婉华的声音很不清晰地传到他耳边，他稍稍睁开眼睛，发现四周的一切，包括空气和蓝天，都呈现出一种不真实感，甚至视线所及的树木也小得出奇，人也远得出奇。

某些瞬间，拓跋濬似乎感到自己异常清醒，周围逐渐传来更多声音，有马匹的嘶叫声，有车轮规律的叮当声，还有各种嘈杂的人声。接着他的嗅觉好像也恢复了正常，甚至比平常更加敏锐，似乎他能够用鼻子去感受干草混合马汗的刺鼻气味……然而所有的一切仿佛都是从另外一个世界转移到他混乱的意识里来的。

感觉到女孩在和自己说话，拓跋濬竭力集中意志，仔细倾听着她的声音。听了不知多久，他才终于弄明白冯婉华是在问他：“你要喝肉汤吗？”

拓跋濬稍稍动了动自己的舌头，舔舔因高烧而干裂的嘴唇。很快，他就感到有一股稠稠的鲜香的肉酱汁在往他嘴里流。然而只喝了几口，他忽然有些恶心，不得不又咬上了牙关。冯婉华见状，问道："要不咱们再停几日？"

这一回拓跋濬几乎是立刻就听明白了女孩的话，脸上露出痛苦和恐惧的神情。他竭力翕动嘴唇，近乎耳语地说："拉着我走吧……只要、只要我还没死……"

迷迷糊糊中，他从冯婉华的神情中明白，女孩肯定听见他的话了，于是放心地闭上眼睛，很快就又一次沉没到浓重的黑暗中去了。在失去意识的前一刻，他隐约中感到自己的肉体仿佛正在远离这个嘈杂喧闹的世界。

看到拓跋濬再一次昏迷，常氏忍不住低声啜泣起来。

常氏并非出身于贵族世家，她能够生存到今日，一是靠运气，二是靠她那来自下层社会的勃勃不息的生命力，她的聪明恰到好处，却又不完全依赖于聪明，该拼命的时候她总会拼尽全力。

这些年来，常氏总是在回想，幸亏她的家族被大魏军队俘获为奴的时候，她生下了一个孩子，也幸亏她自己决绝韧忍，主动要求进宫当乳母，那种意志力是那样坚决，即使自己刚刚出生的男孩饿死也在所不惜。

当然，迄今为止，常氏一直没有意识到，她身上这种决绝的气质会在日后的宫廷生活中让她大展手脚。眼下她甚至完全不清楚自己的力量所在，此时的她对于拓跋濬的忠诚，完全是来自一个女性爱惜孩子的天性。

第二十七章　绝处逢生

这一日，太极殿里乱哄哄的。新帝拓跋余坐在御座上，宗爱、贾周侍立在他身旁，一众文臣武将站在殿中，身体姿势都很僵硬。

一位大臣出班禀报："南朝宋国在边境对我们大魏几个州郡发动了进攻，因丧伐人，欺人太甚，万望陛下能够发兵回击！"

拓跋余低头仔细地阅读奏疏，想说些什么，却又没说出口。想了好一会儿，他方才仰头对身边的宗爱发问："太师，您觉得现在我们反攻合适吗？"

宗爱："我大魏新丧国君，眼下内部还非常不稳定，当然不能出兵。臣认为可命令当地郡县属官和将领坚守不出，以待时机。"

听见宗爱如此荒唐的建议，殿内一众大臣忍不住纷纷露出愤然之色。然而新帝对此视而不见，想也不想就同意了宗爱的提议。

三朝之后，拓跋余退入内殿，与两个宦者玩握槊游戏，赵黑在一旁饶有趣味地观看。不一会儿，宗爱和贾周也退入殿来，两个宦者赶忙匍匐行礼，逃一般地仓皇离去。赵黑也忙不迭起身行礼："太师安好！贾……贾大人……东平公安好！"

宗爱不假颜色，脑袋向上仰着，根本不看赵黑。他径自坐在拓跋余身边的坐榻上，扭头说："陛下，高阳王忽然不见了。"

拓跋余一脸惊讶："他不在万寿宫？"

宗爱脸上闪过懊恼："不在。唉，早知道他会跑掉，还不如先前赐死临淮王和广阳王的时候就把他捎上。当时办事儿可比现在容易多了，无非就是再写一份诏书，再带一份毒酒。"说着，他越发愤愤，"当时我是顾忌宗室和大臣不服，才没赐死他。现在，您看，麻烦来了吧。"

拓跋余不无焦虑："可总不能公开赐死先帝所立的世嫡皇孙吧……朕倒是觉得高阳王即使逃出去，只要不公开造反，应该就威胁不大。"

贾周急赤白脸地高声说："陛下怎么就知道高阳王他不会造反？！他有世嫡皇孙的封号，这在百姓中还是非常有号召力的。一旦他投靠哪个对我们不忠心的将军，指不定就会扯旗造反！高阳王若是反，可就不是一般的反了啊！"

宗爱没有贾周那么急，却也不断点头表示同意："贾周说得极对！先前我们投鼠忌器，没能弄死他，哪里又想到他会直接跑掉！此事我们实在是大意了，当时应该先把他关起来的。如今他已经逃出平城，陛下又不好公开发诏逮捕他，再怎么着这孩子毕竟也还是世嫡皇孙啊。"

拓跋余小心翼翼地说："是啊。朕刚刚登基，临淮王、广阳王已经被赐死，此时我们若是做事太过，恐怕会弄得天下人心不稳啊。"

就在拓跋余瞻前顾后之时，贾周忽然攘袂，高声道："一不做二不休！本来这个皇帝的位子就不是陛下您的，多亏太师从中周旋，您才有今天。大丈夫做事，岂能留人后手？！"

听见这一番话，宗爱觉得很受用，一脸扬扬自得，而本该高高在上的新帝却低头皱眉，一副倒霉样儿。

愣怔了一会儿，拓跋余才举手一揖："万事皆听太师和东平公处置。"

贾周得意极了，临出殿也不避人，对身后的四个禁卫军道："刚才陪陛下玩握槊的那两个人，马上给我找出来，用绳子勒死！这两个奴才，竟敢诱引陛下耽于玩乐，罪该万死！"

太极殿偏殿内，宗爱已经领着贾周离开，只余拓跋余和赵黑君臣相对。赵黑低声说："宗太师如今大权独揽，军政最高权力全在他和贾周的掌握之中。陛下，您看他，坐召公卿，权恣日甚，皇宫内外没人不怕他，群臣众将见到他无不望风而拜。如此一来，恐怕要不了多久，太师就会变成赵高了啊。"

拓跋余听赵黑如此说，不住地点头。确实，日益跋扈的宗爱让已经坐上御座的拓跋余感到非常不安，拓跋余忧形于色："宗爱可比秦朝那赵高还要有权势！赵高面对秦二世尚会装装样子，但刚才的情形你也都看到了，宗爱对待朕可没有丝毫面对帝王该有的尊敬，简直就是直接在对朕下命令！"

拓跋余没来由地坚信赵黑是效忠自己的，才敢和这个宗爱派来的宦者说出心底的话。

赵黑："人无远虑，必有近忧，陛下您还是想一想如何摆脱宗大人吧。"

拓跋余绞尽脑汁想了许久，仍然完全不知道自己该如何是好。这个肤色白皙的年轻帝王越发感到焦灼，只觉得皇帝之位让他如坐针毡，这巍巍皇宫之内暗藏的波涛远比他从前知道的凶险得多。

赵黑看出皇帝的焦急，又低声劝说道："陛下毋忧，领军将军陆丽、殿内将军源贺、左卫将军刘尼等人都是先帝手下的忠勇之士，您且别声张，一步步动之以情，晓之以理，让这些人知道先帝暴崩乃宗爱、贾周所为，届时必定激起他们的义愤。只要他们能听从陛下您的指挥，大事必定可成！"

太华殿内，赵黑和抱公公坐在榻上密谈。二人凑得很近，赵黑表情忧急地道："义父，请您务必转告冯昭仪，一旦有高阳王的消息，立刻知会小的们一声。宗大人已经派人出去寻找高阳王了，一旦找到，高阳王定是凶多吉少！"

抱公公低头沉吟半响，颇为凝重地道："赵黑啊，我没白养你这么大！难为你还能把这样重要的事情告诉我……但如今冯昭仪恐怕是真的不清楚高阳王的下落啊。"

赵黑以首叩地："义父，您养育我这么多年，我有事一定会都告诉您的。先帝暴崩那一夜到底发生了什么，只有宗爱和贾周两个人知道，但据我观察，当今陛下只恐也长久不了，大魏社稷危矣！"

抱公公面色越发凝重，颇为担忧地向赫连太后寝殿的方向望了一眼。

同一时刻，平城市坊一间酒馆的静室里，乙浑、常英、常泰三人也在低声密谈。乙浑坐上首，桌案上摆满了酒菜，常英点头哈腰，恭敬地想要给他斟酒。

乙浑摆手阻止常英："别，今天我是真没有心思喝酒吃饭。你也不用瞒我，你肯定知道你妹妹常氏的下落，呵呵，那高阳王嘛……"

常英联系不上妹妹时就已经预感到不对，没想到乙浑如此单刀直入，顿时大惊失色，手中的酒壶都掉了，碎了一地。

乙浑笑了："你不必惊慌，我若是想卖了你，你现在早就在衙门里受尽酷刑了！我现在就是要告诉你，尽早通知高阳王一行人，宗爱大人已经派出人马前去追赶他们了，让他们赶紧想办法！"

常英伏地叩首："万谢将军！谢将军还惦念我妹妹，将来有机会，我们一家定万死以报将军今日厚德！"

乙浑的面色忽然变得阴狠："你且不必多言，我岂是贪恋你妹妹那一身老肉？！我只是心知当今坐上御座的新帝懦弱无断，日后必不成事！而高阳王乃先帝御口亲封的世嫡皇孙，若是他能得活，肯定是要当大魏皇帝的！"

太极殿外广场上，正在执勤的殿中将军源贺身披甲胄，满腹心事地来回踱着，似乎是在等待什么。夜已深，一个禁卫军兵士终于气喘吁吁地跑来，呈上一只黑色的锦囊。

源贺打开锦囊，赫然看到从锦囊中露出来的一块小竹片，上大下小，如同一只小铲子。竹片上写着"世嫡皇孙"，而似乎是铲柄的部位上则写着"追兵在路"。

源贺脸色大变。

也不知是不是强大的求生欲让拓跋濬从重病中活了下来，虽然依旧虚弱，但持续了数日的高热总算是退了。行到平城外围的丘陵地带，大病初愈的拓跋濬被刺骨的严寒冻醒，意识迎来了久违的清明。

车窗外，乌黑的天幕上飘浮着浓厚的黑云，偶有零散的星星在云隙中出现，闪耀出淡黄色光晕，却好像只亮了一刹那，立刻又被无边的黑暗遮住了。紧挨着草原的大道上忽然来了几列大车，人声喧嚣，车轮滚滚不绝，应该是一支规模不小的商队。拓跋濬所乘马车的车把式吆喝了几声，挥鞭打马，似乎是在追赶他们。

伴随着皮鞭抽打在马匹身上发出的清脆响声，拓跋濬越发清醒，他能感觉到车速顿然加快，甚至能听到辕木和车厢的撞击声。他转头看看身边正倚靠着车厢沉睡的冯婉华，一阵心疼，费劲地把盖在自己身上的厚重皮袄往上拉了拉，挪到了女孩身上。这动作扰醒了冯婉华。睁眼看见原本阳光清俊的少年已被折腾得瘦了一大圈，两腮凹陷，嘴唇也失去了血色，甚至连那头原本乌黑油亮的发辫都变得暗淡无光，冯婉华忽地就掉下来一串眼泪，止都止不住。

草原上的夜风很烈，吹得四周稀疏的树木发出悲伤的呜咽，将女孩的哽咽都遮掩了下去。二人一时相顾无言，然而就在此时，他们突然同时听到了一阵他们熟悉的、迅速却整齐的马蹄声！

——只有皇家军队的战马会踏出这样的蹄声。

源源不断的马蹄声在浓重的夜色里格外让人心惊，拓跋濬和冯婉华忍不住屏住了呼吸。茫然无措中，元华骑马来报，说的确是宫里来的追兵，正在前面挨个儿翻查商队的马车。

常氏的声音已然带上了哭腔："这一次我们完了！"

冯婉华也是脸色大变，连声音都有些颤抖，然而她强力压下恐慌，眼中满是精光："别慌！慌也没有用！殿下，请振作起来，即使是死，也要像个男人一样去死！"

拓跋濬没有答话，他抿了抿嘴，虽然神色仍显得颓唐沮丧，却还是拔出了腰间的宝剑。

马蹄声越来越近。冯婉华攥紧双手，浑身都忍不住轻轻抖了起来。过多的苦难让这个少女的心智过早地成熟，她一直在鼓励着身边的人，给予人依靠。然而此刻面临近在眼前的危机，她的心就像破了个口子一般，再没了方才鼓励众人拼死一搏的气劲。她肩上扛着的是众人的仰仗，而她自己却无可仰仗。

未及多想，前面的商队已经被翻查了个底朝天，十多个黑衣人纵马向他们的马车冲了过来。冯婉华看不清马背上的人的面目，勉强辨认出他们身上的黑色小袖是鲜卑平民样式，然而他们高扬马刀的姿势却表明他们都是职业军人。

黑衣人直奔向第一辆马车。所幸一路上冯婉华一直在不停更换三辆马车的前后顺序，头天晚上刚把他们所乘的马车换到中间。可怜了头车里外的一干仆从和前东宫属官，皆来不及反抗就被黑衣人砍死，惨叫声环响不绝。

混乱之中，拓跋濬和冯婉华本能反应一般从第二辆车中逃出，各自骑上一匹马，跟随元华一起开始往远处狂逃。天色已发白，黑衣人们在黎明的微光里将三辆马车中的人悉数砍死，未能找到目标，这才发现他们，忙不迭地追击而来。

黑衣人的速度非常快，没一会儿就离他们只有几个马身的距离了，眼看就要追上。就在此千钧一发之际，不远处田地斜坡下忽然又出现一支骑兵，只二三十人的样子。拓跋濬等三人被前后夹击，猛地勒缰停住，驻马在一座低冈上，似乎已到绝路。

然而令几人感到惊诧的是，前方的骑兵并未对他们发动攻击，反而是后方的追兵原本来势汹汹，人数也更多，却被前方的骑兵吓住了似的，也勒马停下，犹豫着没有继续追击。

追兵首领眼神阴鸷，定定地看了拓跋濬片刻，直将几人都看得浑身发毛。突然，仿佛下定了什么决心，他们同时举刀呐喊，齐齐打马再次往前冲。

冯婉华等人大惊，元华眼底发红，露出野兽被困陷阱中一般绝望又凶狠的神色。熹微之中，零星的小树林中树木的尖梢就像一把又一把绿色的剑一样刺进晴空，几人的胯下马都已浑身大汗，打着响亮的响鼻。冯婉华紧张地抚摸着自己那匹枣红马因汗湿而发黑的脖子，不断向两旁张望，妄图在绝路中找到一丝生的希望。

另一面的骑兵也开始冲锋，马蹄带起骇人的滚滚尘土。拓跋濬伸手拉住冯婉华，闭上了眼睛。

就在这时，一阵熟悉的声音穿透黎明，震撼着拓跋濬的耳膜。他惊喜地睁大眼，只见殿中将军源贺骑在一匹奔腾的高头大马上，紧握着缰绳冲在队伍最前方，他手中的弯刀在晨光中闪烁着暗蓝的光。

源贺边冲边喊："高阳王，毋轻动，我们来了！"

那马是真快啊，贺源一边喊着话，一边已经飞一般从拓跋濬等三人身边冲过去了，在他身后还跟着几十名身穿禁卫军制服的战士。冯婉华最快反应过来，猛地回握住拓跋濬的手："殿下，我们战斗吧！若一定要死，不如战死！"

"冲啊——"

草原在无数马蹄的践踏下发出沉闷的呻吟，拓跋濬的身体虽然还很虚弱，但他强打起精神，接过一柄长槊，利落地掉转马头卷进从身边疾驰而过的禁卫军马队，跟着他们全速飞奔起来。

禁卫军队伍最前面，源贺矫健的身影格外醒目，他的胯下马也似乎格外矫健，四腿一蜷再一张便能迈出去足足一两丈远。兵士们都跟着他，口中发出震动天地的叫喊。

冯婉华也拍马跟了上去。一道又一道黑乎乎的沟垄不可阻挡地迎面而来，箭矢拖着短促的飞鸣声划破晨曦，不时有哀号从震耳的呐喊声中挤出来，衬托得草原越发壮烈又凄美。她看见拓跋濬将长槊的槊柄紧夹在腋下，和她一样也伏低身体，几乎是靠在汗淋淋的马脖子上。有那么一瞬间，她想，不知道拓跋濬是否也跟她一样，能够闻到刺鼻的马汗臭味呢。

后来每每回想到这一天，冯婉华都不记得当时的一切是怎么发生的——她只记得看见拓跋濬的马忽然中箭，原本正在飞驰的马身直挺挺地斜摔到地上，擦剐得满身血污，拓跋濬也弹离马鞍飞了出去。斜刺里立刻驰来一个面目狰狞的黑衣人，他高举着手中刀，大叫着朝刚刚勉强躲过一只马蹄的拓跋濬冲了过去。

冯婉华睁大了被风吹得满是泪水的双眼，直直盯着眼前即将发生的惨剧。她很想冲过去挡住那可怕的马刀，可她做不到，她不可能在这么短的时间内冲到拓跋濬的身边。

就在此时，身材高大的源贺将军不知从哪个方向掠了出来，风一样从那黑衣人身边卷过，几乎快出了残影，抬手就给了黑衣人肋部一刀。一声惨号，黑衣人跌落马下。生死之际，拓跋濬的反应也极快，眨眼间他已经重新起身，跳上一匹无人骑的马，全力勒紧马缰，挺起手中长槊，狠狠往那黑衣人身上扎了下去。

生死关头爆发出的力量是惊人的，以至于那槊尖刺进黑衣人身体后，连木制的槊杆也跟着扎进去一半。然而这一击似乎也耗尽了拓跋濬的力气，他再没力气拔出长槊，在黑衣人身体的重压下，他不得不松开了槊柄。

无人掌控的长槊插在那黑衣人的身体上兀自乱动，跟着他的身体一起哆嗦，成了那倒霉蛋的身体的一部分。而此时黑衣人队伍已经是混乱不堪，原本跑在最前面的几个黑衣人在源贺将军和禁卫军兵士的冲击下已经四散，剩下几个还没死的人也都拨转马头，往后面的山冈奔驰。

源贺高呼："杀，一个不留！"

禁卫军听令，放箭的放箭，纵马砍杀的纵马砍杀，飞一般越过他，全都奔了出去。

捡回一条命的拓跋濬在昏沉中四下顾盼，忽见元华呐喊着纵马从一边飞驰而过，他也不知为何，拨转马头就跟了上去。追了好几步，他才发现，原来元华是在追击一个落了单的黑衣人。那黑衣人丢了战马，只将一把刀攥在手里，似乎已经吓昏了头，摇摇晃晃地顺着一条沟垄跑着。

拓跋濬和元华一起追击。他们能看见黑衣人翘得高高的后脑勺，还能看见他脖子上被大汗湿透的衣领。很快，元华就追上了他。大概是受到周围禁卫军将士们几近疯狂的情绪的感染，女孩无惧无畏地也举起了马刀。

然而元华在马上挥刀向那黑衣人砍了几次，都未能命中要害，只将那逃跑中的黑衣人吓得发出骇人的惨号。待狂逃中的黑衣人扭头，才看清原来追击自己的是个半大女孩。一瞬间，黑衣人大了胆子，他原地站住，高高扬起手中的刀，准备跟元华硬扛。

就在此时，拓跋濬拍马冲了过去。病痛留下的虚弱和疲惫不见了踪影，他清楚地回想起曾经在鹿苑演武场上跟禁卫军将领们学来的招式，从马鞍上把身子往下一探，手中斜握着马刀，轻快地在那个黑衣人的脑袋上靠近太阳穴的地方划了一刀。

一声号叫，那个黑衣人丢了手中的刀，慌忙用两只巴掌按住自己的伤口。剧痛之下，他不得不转身，背靠在一棵树上。

拓跋濬勒不住马，唰一下从他身边擦了过去。

不远处，冯婉华紧张地看着这一幕，心已经冲到了嗓子眼儿。只见元华飞快地兜转回来，朝着黑衣人就冲了过去。

黑衣兵士原本黝黑的脸吓得白无血色，灰白的嘴唇不停地颤抖，太阳穴处被划开的肉皮像破布一样耷拉着，伤口里的血不停往下流淌，几乎遮住了他的视线。元华愤怒的目光和他的目光相遇，他呆呆地望着奔驰而来的战马，眼里充满了面对死亡的恐惧。

元华没有犹豫，大喝一声，挥刀横劈，这一次，她一下就几乎把黑衣人的脖子砍断了。黑衣人斜栽在地上，再没有了气息。元华胯下的骏马长嘶一声，驮着女孩继续飞驰而去。

如此近距离地目睹此番场景，冯婉华瞪大了眼睛，浑身颤抖不停。一匹浑身汗沫的大马拖着一个黑衣人的尸体从她身旁跑过，死尸的一只脚还挂在马镫里，战马因此受到惊吓，边跑边跳，已经血肉模糊的尸体便被战马拖着在高低不平的沟垄内不停翻滚。

天光大亮，耀眼的阳光铺洒在整片草原上，似乎是预示着生的希望。

源贺下马，向拓跋濬行礼："殿下受惊了！"

拓跋濬此时身体已经近乎虚脱，在马上摇摇晃晃，费尽全力才能勉强答道："幸亏将军及时赶到，我们差点就……"

源贺："王者不死！是臣救驾来迟，万望殿下恕罪！"

冯婉华在马上向源贺深施一礼："将军，日后高阳王如有寸进，必当厚报将军今日之恩！"

源贺回礼。

再抬头，源贺瞧向还在马背上警觉地四下观望的元华，禁不住赞叹道："有女如此，真了不得！臣还是第一次看到女孩子杀人。"

冯婉华脸上显露出骄傲的神色："这是我家婢女元华，她一直跟随刘尼将军学武。"

源贺眼中赞赏之色愈甚，不停点头。

众人骑马回到三辆大车前面，一一安置方才一战中被黑衣人杀掉的东宫官属和仆从。拓跋濬悲从中来，不能自抑："我们刚才为了活命，只顾着自己逃跑……我的乳母常妈妈还在车厢里，肯定也遭了毒手……"

说着，这个不久前还在纵马奔腾、四处冲杀的少年竟然哭了出来，眼泪横流。然而出乎所有人的意料，这时，第二辆大车里连滚带爬地出来了一个人，满身都是鲜血，正是那引得拓跋濬哭泣不已的常氏！

拓跋濬又惊又喜，破涕为笑。他不顾常氏满身血迹，跳下马就抱住了这位死里逃生的乳母："常妈妈！您还活着？！"

常氏惊魂未定："我一直躺在车里，有人被杀在车门处，那些黑衣人没有仔细检查，以为我也是死人，我才捡回来一条命！当时但凡有人多心，再往车厢里看一眼，我恐怕就见不到殿下了！"

拓跋濬赶紧上上下下打量着常氏，无限关切地问："常妈妈，您没受伤？没吓着吧？"

常氏强撑起笑容，安慰拓跋濬道："……二十年前我们家被大魏军队俘获的时候，也是这样兵荒马乱的，也死了好多人，那可比今天这个场面惨烈多了！您别怕，我身上这些血都不是我的……"

几日后，拓跋濬、冯婉华、元华、常氏等人乔装打扮了一番，带领侥幸活下来的万寿宫仆从、侍卫，在源贺的护卫下回到了平城附近。拓跋濬四下张望，问："源贺将军，我们是马上就要到你的庄园了吗？那里安全吗？"

源贺："殿下，臣的庄园您是不能再去了。如今您的行踪已经暴露，留在外面太危险，正所谓最危险的地方有时候最安全，陆丽将军在城内有一个地方可供您暂时住几日，臣这就护送您过去。"

听源贺如此说，拓跋濬心中略感轻松。他跳下马来，坐在一辆马车的车厢门口，拼命呼吸着平城初春的凉风。恍惚中他想起了过去的生活，尤其是和父亲、祖父在一起的时光，立刻让他的心如被马刀扎了一下似的疼痛不已。

为了驱除这股思绪，他进到车厢内，与冯婉华絮叨起不久前那些相对安稳的日子。有这个可心的女孩在身边，拓跋濬感到心情轻松多了，恬静和幸福的感觉涌上心头。

傍晚，一行人终于驶近平城。拓跋濬、冯婉华并肩从山冈上向平城望去——拓跋濬未曾从这么远的地方远望过平城，街道、坊市、广场、殿宇落在他眼里都十分陌生，然而他却感到无来由的安心与熟悉。

视线一一扫过围耸在城池四周的高大城墙，当拓跋濬能够看清万寿宫前高大的牌坊和殿顶如鸟儿一般展翅欲飞的檐角时，他感到有一股热血从胸口上涌，顿时将他淹没在了复杂的回忆中。他禁不住热泪盈眶。

冯婉华的眼睛也红了。往后的日子福兮祸兮，难以预料。

第二十八章　再弑一帝

午后时分，宗爱、贾周二人对榻而坐。在拓跋焘生前独享的静轮天宫最高层回廊上，这两个宦者一边欣赏平城及周边的风景，一边密谈。

贾周一脸谄媚："太师，想想先前，我们太危险了，随时会送命。先帝暴虐，我们整日提心吊胆，怕这怕那，最终还把他解决了。您瞧，杀掉皇帝这事竟然这么容易就能得手！"

宗爱饮了一口酒："也就是咱们这样的身份才能得手！也只有在鹿苑这静轮天宫里才能得手！我们是先帝的贴身随侍，禁卫军都做不到在夜里还能待在他身边。……不过，仔细想想也是后怕，万一那天你那麻药失效，凭着先帝的一身武艺和气力，加上他的宝刀，咱俩再加上十个宦者也弄不过！"

贾周："太师，现在的大魏天下就是您的天下，当今皇帝烂泥扶不上墙，还不如把他搞掉，您自己做皇帝！"

宗爱苦笑："吾儿啊，你这就是梦话啦，我现在的权力确实是与皇帝无异，可真让我当皇帝，那就是笑话了！你听说过有宦者做皇帝的吗？我死后又要将这天下传给谁，传给你？"

贾周很严肃地说："当然可以，您若是当了皇帝，便封我为太子嘛！"

宗爱面色一沉："你小子，别开玩笑了！现在你我大权在手，可以随意杀人、随意封赐，你以为都是为什么？还不是因为我们手里有赫连太后和皇帝！如果没有赫连太后的懿旨和皇帝这个活招牌，宫内宫外，宗室、大臣、军将，谁会服从我们呢？！"

贾周见宗爱色变，不敢再提自己当太子的话茬，只是连连点头。

宗爱话锋一转："听赵黑说，皇帝最近对我非常不满啊。"

贾周眼露凶光："我总觉得赵黑这厮不太对劲。您派他过去本来是去监视皇帝的，可我感觉他现在倒和陛下打得火热。"

宗爱摇头："赵黑是咱们的人，他和陛下关系好，正说明他装得像！"

贾周若有所思，问："那赵黑具体是怎么说的？"

宗爱："他说陛下最近一提到我就咬牙切齿，还说我是赵高一样的人物！"

贾周满脸警觉，急切地说："太师，若是陛下果真这样说的，咱们就必须尽快结果他了！"

宗爱愤愤："是啊，这个白眼狼，如果没有我，哪里轮得到他当皇帝！既然他过河拆桥，就别怪咱们不仁义！明天他要去东庙祭祀先帝，你就趁此机会把他做了！"

贾周站起身拍拍胸脯，不无得意地道："太师，包在我身上！不过……这次做掉他，咱们又再找谁来做皇帝呢？"

宗爱已经略有醉意，随口说："拓跋宗室里那么多人，谁做皇帝不行？这次弄个岁数小的，我们更好控制朝廷！"

鹿苑中，拓跋余在陆丽等禁卫军将领的陪同下，骑着马四处闲逛。这位皇帝年纪还轻，不习惯在皇宫和鹿苑中乘坐御辇。此时他骑的是先帝拓跋焘曾经的御马，生机盎然的草原上，他沐浴着初春的太阳，重重将空气中好闻的春草气息吸入鼻腔，举手投足间显得风度潇洒。相比拓跋焘的英武，这个小伙子太过温雅，几位跟随过拓跋焘的军将在他身边，竟都备感轻松，再感受不到从前面对先帝时的精神压力。

拓跋余低声细语地问："诸位爱卿，朕登基以来，你们觉得朕做得如何？"

众人一时沉默，都没有回答。

拓跋余笑了，直接转向身边的陆丽："陆将军，要不您先说。"

陆丽当然也不好说什么，只能回上一两句套话："陛下龙飞九五，圣化日新……"

拓跋余似乎是明白了众人的顾虑，道："赵公公是朕手下忠诚之人，诸位不必多虑。"

几个禁卫军将领瞥向垂手侍立在拓跋余身边的赵黑，神情尴尬。

又逛了一会儿，拓跋余远望着高耸入云的静轮天宫，忽然又开了口："先帝就是在这里崩逝的。当时是半夜，只有宗太师和东平公在先帝身边……不知太医最终给出的死因可信否？"

诸将默然。赵黑轻声道："奴才记得，那个太医转天就暴死了，家里还着了一把大火，全家上下一个不剩。"

拓跋余意味深长地环视了众人一圈，才道："诸位将军，先帝死非所命，朕一定会查个水落石出！"

诸将不敢接话，只得拱手施礼。

如此这般近距离地观察这位新帝拓跋余，众人不难发现，虽然他那么年轻，可才不到一年的时间，他明显老了不少。原本这个青年皇帝的面庞有着拓跋家族特有的棱角分明的冷峻，可眼下他活泼的神采已全然不见，脸上只剩憔悴、呆板，眼睛里也全是浑浊。登上帝位之后，拓跋余无时无刻不处于高度紧张的状态中，这使得他心力交瘁，因而时时都无意识地露出一种颓唐神色。加之在宫内过度纵欲，这个年轻的帝王心神俱疲，好像已行至人生晚途了一般。

就当拓跋余和几位禁卫军将领骑马谈话的时候，在鹿苑静轮天宫的第二层，宗爱和贾周隐藏在阴影中，静静地观察着他们的动静。

贾周对宗爱低语："太师，陛下现在开始和禁卫军将领们联系了。"

宗爱面色阴狠："咱们要尽快动手！"

不久，乙浑被宗爱唤来。见到宗爱，乙浑赶忙跪地行礼。

宗爱非常亲切地把乙浑扶起来，言语亲切地说："将军，你最近气色真好啊。"

乙浑做出一脸憨愚状，异常恭谨地说："托太师洪福，乙某才能够当上右卫将军。乙某愿肝脑涂地以报太师大德！"

宗爱点点头，满意地注视着乙浑的眼睛："嗯，你可是我一手提拔起来的，日后这宫内的领军将军非你莫属！"

贾周在一旁插话："乙浑，领军将军可是禁卫军最大的头儿了！到时候，你可要对太师绝对忠心！"

乙浑："谢东平公教诲！只要太师吩咐，我乙浑赴汤蹈火，在所不辞！"

宗爱沉吟片刻，对乙浑说："明天早上，你率领手下人马，把赫连太后所在的寝殿好好把守住，隔绝内外人员往来，不许任何人进出！"

乙浑闻言，稍显犹豫："太师，赫连太后那里有专属的禁卫军，我去到那边，如果有人抗命怎么办？"

宗爱面色平静，说："赫连太后那里的专属卫队也是我安排的，你出示我的手令，便没人敢抗命！乙浑将军，你一定要知道，现在皇帝是谁不重要，最重要的是赫连太后，她是我们手里最重要的幌子。废帝立帝，只需要她的一张懿旨……万一她被人劫走，事情真就不好办了……"

平城郊外，东庙。拓跋余正在恭敬地拜谒东庙内北魏开国皇帝道武帝的神主。在他身后不远处，恭立着赵黑。

拜谒行礼毕，拓跋余起身。他注视着道武帝高大的牌位，感慨万千。像是在自言自语，又像是对身边的赵黑说话，拓跋余道："道武帝有吞并天下之大志，奋其灵武，兴复我大魏宏业。唉，我如今为帝，却为人所困，确实惭愧啊……"

赵黑躬身道："太祖道武帝英明神武，以一旅之众纵横朔漠，而后南入中土，变风易俗，是上天赐予我们大魏的大英雄！"

拓跋余叹息一声："唉，我们大魏英主总是英年早逝，道武帝晚年竟然因为子贵母死制度祸生肘腋，被儿子刺死……"

感慨之间，拓跋余像对待同龄的朋友一样，和赵黑这么一个宦者在东庙的祭堂内讲起道武帝拓跋珪的旧闻逸事来。死亡，确实能够使得所有的伟业黯然失色，而对道武帝功业的缅怀，仿佛能够帮助拓跋余克服自己对死亡的惧怕和对当下尴尬境地的忧虑。

拓跋余望着庙堂内道武帝的牌位，悠然神往地说："有朝一日，当朕不再受困于这副皮囊，希望后世子孙也能把朕供奉在这样的庙宇中，接受后人的崇拜和纪念，那该有多好啊……"

赵黑听拓跋余如此说，答道："陛下，如果想达到这样的目标，您确实需要振作起来，倾心国事，乾纲独断啊……"

拓跋余禁不住苦笑了一下："朕如今类同傀儡，不过就是一个秦二世，如何能够乾纲独断啊……"

二人说话间，面色冷漠的贾周忽然带着两个身强力壮的宦者进入东庙。贾周用不容反驳的命令口吻对赵黑说："赵黑，我有要事和陛下商谈，你先出去。"赵黑虽然感到有些奇怪，但也不敢违拗这位盛气凌人的东安公，只得躬身施礼，而后快步退出东庙祭堂。

见到贾周如此盛气凌人，拓跋余深感不快。但他也不敢表露自己的愠怒，只能转身面对道武帝的神主，不理睬贾周。

望着拓跋余的背影，贾周不屑地一笑："陛下，宗爱大人有诏旨，请您过目。"

拓跋余缓缓转身，掩饰不住脸上的轻蔑："制书、诏旨虽然以朕的名义发出，但国玺在宗太师处，你们自己决定就行，不必给朕看了。"

贾周手里托着一个锦盒，表情阴险，闻言冷笑了一下："还是要给陛下审看一下才好。"说着话，他打开了锦盒。

拓跋余走近几步，贾周从锦盒中拿出来的东西赫然在目。这不是什么写在缣帛上的诏旨，而是一把锋利的尖刀。未及拓跋余反应过来，贾周已经忽然将那尖刀高举，迅速捅入这位年轻皇帝的左胸。剧烈的疼痛使得拓跋余大叫一声，出于本能，他抓住了刀柄，身体往前倾，倒向贾周。

贾周面目狰狞，恶狠狠地说："没有宗爱大人，没有我，你这么一个王爷，怎么可能当上大魏皇帝！我们能让你当，就能让你再当不了！"

拓跋余伸出左手，想要去抓贾周的脸，却被贾周身后两个身强力壮的宦者抓住了两只胳膊。贾周使劲，将手中的刀又转了几下。

拓跋余的双脚猛蹬着地面，但他的身体被两个宦者按得死死的，一动也不能动。过了一会，拓跋余终于不再挣扎。他刚才还俊美生动的脸，现在已经像白布一样，双眼瞪大，眼里失去了生命的火焰，变得涣然无神。

门外，洒满了耀眼的阳光。蔚蓝色晴空万里无云，到处都是沸腾的生活和鲜活的生命……

第二十九章　拼死一搏

　　陆丽的隐秘私宅位于上林苑附近一个四面环水的小岛上，就藏在密匝的树丛中。拓跋濬一行人在这里住了下来。这里占地广阔，却十分简单朴素，相对于从前在万寿宫内的奢侈生活，岛上的吃喝都是由陆丽派亲随在夜里划小船送来的，着实简陋了不少；又因为担心引来关注，他们也不敢随意生火、点灯，故而一入夜，这岛上就是一片静谧无边的黑暗。

　　但一想起此前奔波在逃亡路上的遭遇，众人又感到眼前的一切都太来之不易。

　　初春时节，环绕小岛的水势浩荡，波声不断。拓跋濬和冯婉华很快就习惯了这近在咫尺的河水喧闹声。有时两人会并排躺在斜坡上，久久地一言不发，远望河岸对面笼罩在阳光和烟霞中的高大树木。在那片树林的后面，就是他们再熟悉不过的万寿宫。

　　每当拓跋濬想起自己的父亲和祖父，他心里就会燃烧起愤怒的烈火，似乎仇恨会立刻沸腾。这一天，他照旧出了一会儿神，忽然对坐在身边的冯婉华和元华说："日后若是我当上皇帝，就封婉华为皇后，封元华为贵妃！我们再也不要分开！"

　　冯婉华的脸唰的一下红了，元华却一点也不买账："我才不当贵妃！"

　　常氏很奇怪，问："为什么不当？元华，你是婢女出身，能给皇帝当贵妃简直就是祖坟冒烟了呀！"

　　元华面色坚毅："我要为我父亲报仇！贵妃什么的，我才没那心思去当。"

　　拓跋濬满脸不解："为你父亲报仇？你父亲是怎么死的？"

　　冯婉华看了常氏一眼，心知常氏和乙浑关系很近，赶紧转移话题，打趣拓跋濬道："问那么多作甚，人家元华姐姐就是心性高，不愿意给你当贵妃呢！"

　　这一日，几人又一起来到河岸边。拓跋濬叉开两腿趴在河岸上，胳膊肘撑着上身，凝视着不远处阳光下烟雾缭绕的草原。午后时分，远处山冈上可以看到古垒在阳光下闪烁着奇妙的光环，空气中还能看见流动的蜃气。他闭上眼睛，仔细听着远处风吹嫩草的声音、鸟叫声以及近处河岸下波涛的滚动声。庄园内，有马匹正在吃草，还传来马笼头摇晃发出的叮当声，轻微的踏蹄声，以及穿透力极强的响鼻声。

冯婉华坐在拓跋濬的身边，元华和常氏也站在不远处，几人都为眼前的美景所陶醉、感动。

拓跋濬将整个身体都贴在坚硬的土地上，感受着远离尘嚣的感觉。刚刚逃过大难，这般心境对于这个少年人来说更加珍贵。对于大难不死的拓跋濬来说，整个世界都好像是全新的，他的视觉和听觉仿佛都比先前更加敏锐。特别是经历了大病和死亡，许多先前他不曾留意的景物，如今看上去是那么亲切，饶有趣味……他转过身，仰躺着，看着湛蓝天空中一只大鹰掠过。那大鹰翅膀横展，斜着身体迅猛飞行。不远处的冯婉华也发现了大鹰，她抬起一只手挡住阳光，也全神贯注地观察着。

看了一会儿，拓跋濬低下头，开始注视身边一棵长着紫红色花朵的草茎。颜色奇异的鲜花迎风摆动着，这时，一双绣花鞋踏上了他眼前的草地，淡绿色的鞋面被青草上晶莹多彩的露珠打湿了些许。拓跋濬转过身，仰头，看到了冯婉华笑意盈盈的脸。

拓跋濬也笑了："婉华，我真想和你们永远这样生活下去，不再担惊受怕，不再在严寒的夜里逃亡……"

冯婉华："孟子曰，'天将降大任于斯人也，必先苦其心志，劳其筋骨，饿其体肤，空乏其身，行拂乱其所为也，所以动心忍性，增益其所不能……'"

拓跋濬抱头趴在地上，笑着说："哎呀，好不容易歇歇脑子，你怎么又来给我咬文嚼字了……"

元华也走近来，笑着对拓跋濬说："有婉华妹妹给你当老师，你就不会荒废学业了！"

这时，常氏也小心翼翼地走了过来，欲言又止。冯婉华问："常妈妈，您可是想说什么？"

常氏低声神秘地说道："唉，我有一事，不知道该说不该说……"

冯婉华："您有事，但说无妨！"

常氏："乙浑将军和我兄长的关系一直很好……我兄长和侄子秘密派人告诉我，乙浑将军说，这两天肯定有大事要发生，让我们提高警惕，随时做好逃跑的准备……我也不知道乙浑将军这样说到底是什么意思……"

拓跋濬闻言，气急败坏地道："我可再也不往平城以外的地方去了！大不了一死！"

冯婉华听到他这话，脸色突变："殿下休妄言！常妈妈提醒得对，我们千万不要懈怠！"

元华一脸疑惑："这里是禁卫军的领军将军陆丽大人的私宅，应该很安全啊……"

常氏猛摇头："人心隔肚皮，谁也不能保证谁对谁永远忠心……"

东庙外，人声寂然。贾周从祭堂中出来，两只袖子上沾满了血迹，脸上却是一副满不在乎的神情。东庙外执勤的禁卫军兵士皆背向祭堂，列戟森然。

等候在庙外的赵黑发现异常，迎着贾周走过去，想进入祭堂内查看情况。贾周见状，立刻将他拦住，说："陛下突发狂疾，自咬舌头出血，你赶快去唤太医！"

赵黑看着贾周两袖的血迹，疑窦大起："陛下吐了这么多血？！"

贾周脸色平静如常，冷冷地回答："是啊。"

值日的左卫将军刘尼恰好站在东庙旁边的一个高台上，看到贾周和两个宦者出来，正感到诧异，此时刚好赶到，见到贾周身上的血迹也非常奇怪，问道："东平公，你袖子上怎么这么多血迹？陛下呢？"

贾周见到刘尼，眼神有些慌乱，兀自强装镇静道："陛下忽然得了狂疾，自己咬舌导致狂吐鲜血。我搀扶陛下的时候，血都吐在了我的袖子上……赶紧唤太师前来，他自有处分！"

刘尼仔细打量着贾周的神情，脸上露出极其复杂的表情，腮边咬肌滚动。大概是也收到了急报，这时陆丽和源贺也都赶了过来。但是鉴于北魏皇家禁卫制度，没有皇帝宣诏或者皇帝身边的贴身太监召唤，禁卫军无论是将领还是兵士都不能进入皇帝所在的殿内，因此几位将领此刻明知祭堂内有异，却都毫无办法。

不久，宗爱驾马迤然而来。在他身后，跟着几个宦者和数名骑马的禁卫军。到了东庙前，也不和几位禁卫军将领打招呼，宗爱便径自下马进入了庙内。贾周亦跟随在后。

不久，宗爱面色阴沉地走了出来，低声对周围神情严肃的禁卫军道："陛下……驾崩了。"

几位禁卫军将领皆面露惊骇之色。赵黑闻言，一脸悲愤。

宗爱左右打量了众人一番，以命令的口吻高声道："领军将军陆丽，速去太极殿安排布置，在皇宫内外实行戒严！源贺将军，谨守宫内武库，严禁任何人靠近！"

二人领命，接过宗爱手下宦者递过来的令牌，皆骑马奔驰而去。

刘尼走近，低声对宗爱说："太师，陛下暴崩，国家社稷无主。如今应扶立世嫡皇孙拓跋濬为大魏宗祀继承人……"

宗爱摇了摇头："左卫将军，亏我一直把你当心腹，你太傻了！世嫡皇孙拓跋濬是景穆太子之子，虽然现在他只十几岁的年纪，可许多事他心里都明白。当年景穆太子之死，外面一直有传言说和我大有干系。如果他真当了皇帝，他身边一定会有人撺掇重提此事，到时候，我还能得活吗？！"

刘尼一脸焦急，问："太师既然有如此考虑，那您又想拥立何人为帝呢？"

宗爱信心满满："晚些再定无妨！有赫连太后在，懿旨内出，我们回到皇宫之后再仔细商量一番，挑选拓跋氏宗室中有贤能者即可。"

刘尼还想说些什么，贾周很不耐烦地打断了他，呵斥道："刘将军不要多事罢，大事自有太师定夺！"

刘尼："我……"

宗爱以安慰的口吻对刘尼说："刘将军放心，我现在就去见赫连太后，大魏社稷定会有主！"

太极殿内，群臣如无头苍蝇一般，或是走来走去，或是三五成群，皆各执一言，摇头叹气。

"天不祚魏，连丧帝君！陛下暴崩，国家社稷当何如？"

"如今之计，该马上拥立新帝登基！世嫡皇孙拓跋濬当继承大统！"

"可高阳王最近忽然失踪，莫非是被人谋杀了不成……"

"景穆太子生有十二个王子，除了一人早殇，在世的还有拓跋新成、拓跋子推、拓跋天赐……"

"最好还是把高阳王找到，毕竟他是太武帝嫡孙，景穆太子嫡子，谁都不如他名正言顺！"

…………

殿内众人议论纷纷，争论不休。殿外，禁卫军诸将皆身披甲胄，腰间挂剑，神情严肃。

刘尼愤愤道："今天我在东庙值日，眼见陛下进去的时候生龙活虎，没有任何异状，不承想没多久贾周便浑身是血地出来了，而后就说陛下暴崩……其中一定有诈！"

赵黑附和道："我从庙内留守的沙门处得知，陛下左胸被刺，血已经流干了……陛下定是遇刺而崩！贾周胆大包天，肆行弑帝！"

刘尼越听越激愤："当年先帝暴崩，肯定就是宗爱、贾周所为。如今才一年多的时间，这两个人又弑一帝，真正是胆大包天！"

源贺握剑，大声道："先帝待我等有深恩大德，当年先帝暴崩在静轮天宫，而后宗爱推南安王为帝，自取拥戴大功，我等无可奈何。但陛下毕竟是拓跋皇族的长君，我等忠心诚意效忠，也算不辜负先帝……可如今宗爱、贾周又弑陛下，世嫡皇孙高阳王下落不明，大魏社稷危矣！"

陆丽听到此处，思虑片刻，忽然高声说："世嫡皇孙拓跋濬殿下现在就在平城附近我的私宅内！既然源贺将军和我们同道，你可立刻率人马前往，速将殿下接过来，我们共同推举他继承大位！"

源贺行军礼："陆将军放心，给我一百人马，我即刻动身！"

陆丽音声沉稳地答道："我给不了你一百人马，只能给你十个人！如今兵符不在我们手中，你走之后，我们还要想办法解决宗爱和贾周。"

赵黑："事不宜迟，源贺将军须赶快行动才是，以免太极殿内那些朝臣又商讨出什么别的……再者，宗爱和贾周现在赫连太后殿中，又有乙浑把守，若是被他们控制了太后，懿旨一降，朝臣和宫外诸将都是认旨不认人的，恐怕大事就难成了！"

陆丽的隐秘宅第之内，拓跋濬、冯婉华、常氏以及元华等人正在百无聊赖地说着闲话。忽然，马蹄声声由远而近，庄园的大门随即被敲得山响！庄园内众人都吓得面无人色，却听源贺在门外高声喊道："高阳王殿下！不要怕，我是源贺，今奉陆丽将军之命，特前来迎接您回宫！"

冯婉华走近大门，隔着门问道："源贺将军，您来迎接高阳王所为何事？"

源贺万分焦急地说："陛下今日在东庙暴崩，国家无主，陆丽将军派我迎接殿下入宫登基，继承大统！"

拓跋濬此时也来到门前，隔门问道："源贺将军，您有太后懿旨吗？"

源贺回答："事出紧急，我等还没来得及去太后处请懿旨……"

拓跋濬转身，对冯婉华和常氏低声说："这如何是好？没有太后懿旨，我哪里有资格登基当皇帝？宫内如今混乱至此，我还是先躲在这里，等外间安定了再出去不迟！"

常氏点头表示认同："殿下明见！现在外面兵荒马乱的，弄不好要出大事，咱们便先留在这里，保证性命无忧才是……"

然而就在此时，冯婉华却异常坚决地劝说拓跋濬开门："殿下，有源贺将军到此，肯定没有什么大的欺诈在其中，皇宫之内有禁卫军护卫，我等回宫也定不会立刻遭遇生命危险……所以，你现在必须前往皇宫！"

拓跋濬一脸迟疑："昔日我皇祖暴崩，大家也都认为是该我登基继位。结果到了皇宫之内，登基的是陛下……这次万一大臣们又推出另一个人来继承大统，或者宗爱假借赫连太后懿旨引我回宫，却要当场赐死我，我岂不再无机会得活啊！"

冯婉华目光坚定："该断不断，必受其乱！有时候人生是一定要拼的！先前我们在逃亡路上遇到宗爱派出的杀手，殿下就是抱着一死的决心，最后才有了机会不死！如今帝位就在宫内，你不能迟疑！"

听到冯婉华如此说，常氏也没了主见。拓跋濬隔着门缝向外看了看，又问冯婉华："你真认定我回宫能够当成皇帝？"

冯婉华使劲点了点头："此去必成！如今咱们藏身的地方已经暴露，就算继续留在这里也没有任何意义！"

常氏此时也觉得冯婉华所说非常有道理，便也劝道："那就听婉华的吧……"

宅门大开，源贺带着身后十多个禁卫军兵士进入，拓跋濬、冯婉华、常氏、元华等人迎接。有兵士牵过来几匹马，扶他们上了马。在众人的护拥下，拓跋濬和冯婉华并辔而行，向皇宫飞奔而去。

源贺护卫着拓跋濬、冯婉华一行人匆匆疾行，迅速进入皇宫，而后一路畅通无阻，直接驾马到了太极殿外。源贺率部下马，与前来迎接的陆丽、刘尼会合，而后一同簇拥着拓跋濬入太极殿。

刘尼推开殿门，对殿内群臣高喊："世嫡皇孙高阳王殿下在此！陛下暴崩，该由殿下继承大统！"

群臣乍看到拓跋濬，不少人欢欣鼓舞。包括几个老臣在内，一半多大臣皆跪倒在地行礼，诚心诚意地朝拜。但殿内却有几个鲜卑勋贵站立不动，其中一个白胡子老头儿当众表示异议："陛下暴崩，天下无主，万事须听赫连太后处分！几位将军说应由高阳王继承帝位，不知有太后懿旨否？"

经这些老臣一问，陆丽等人还真有些踌躇，低头不语。朝臣当中此时有不少人也开始交头接耳，议论纷纷。冯婉华在拓跋濬身边低声说："殿下，你便说现在你就去太后处，自取懿旨！"

拓跋濬嗫嚅良久，说不出口。危急时刻，源贺站出来大声说："我们现在就率人拥世嫡皇孙去赫连太后处取懿旨，大家少安毋躁，静等佳音！"

刘尼见此情状，低声对源贺说："我们这里的兵士总共也就一百来人，太后那边被宗爱派的乙浑把守住了，他们有好几百人呢！"

源贺沉吟半晌，也有些懊恼："我是殿中将军，掌管宫内的兵马仓库，不缺武器。只是这一时之间，要去哪里找人呢？"

冯婉华在一旁低声出主意："万寿宫原先不是有百十来个服侍景穆太子和高阳王的宦者吗，他们现在都被关在掖庭内。您有武器有马，便发给这些人，咱们不就有了一支军队……"

源贺大喜，对冯婉华竖起大拇指，立刻低声吩咐手下军卒去掖庭安排此事。而后，在陆丽、源贺、刘尼等人的率领下，众人簇拥着拓跋濬前往赫连太后处请旨。

坤德六合殿内，赫连太后端坐着，面有不快之色。在她面前站立着宗爱、贾周以及二人的若干随从。赫连太后问宗爱："太师，又是何事劳您大驾到我这儿来了？"

宗爱面色傲然："今日上午陛下到东庙祭祀道武帝神主，忽然暴崩了！"

赫连太后大惊，站起来问道："怎么可能？！……前日他还来我这里请了安，他年纪轻轻的，怎么就……"

话未说完，一瞬间赫连太后似乎明白过味儿来。她缓缓坐下，长叹了一口气。

贾周上前一步，用威胁的口吻道："陛下暴崩，也不是什么坏事……小的听说陛下近日正与亲信宦者说赫连太后您乃国家罪宗亲戚，本来就应该废掉……"

赫连太后闻言，面上颜色不改，甚至还冷笑了一声："陛下果真这么说？倒是说得不错，我们赫连家族确实是罪宗犯臣……"

宗爱立刻用眼神制止了贾周再开口，转而对赫连太后说："陛下暴崩，国家无主，还请太后做主，另立新君！"

赫连太后冷笑，低头看着自己的指甲，问："太师，今日，你说要用谁当皇帝啊？"

宗爱："这是太后您的权力，您说谁，就是谁！当然，如果您对拓跋氏宗室里那些人不熟悉，老奴倒可以推荐一二……"

赫连太后抬起头，紧盯着宗爱的脸："这一次，我觉得，总该轮到高阳王了吧，他是先帝生前指定的世嫡皇孙啊……"

宗爱诡谲地一笑，摇摇头："还真轮不到他！即使轮到他，咱们也找不到他！前些日子高阳王忽然就从万寿宫消失了，至今活不见人，死不见尸。"

赫连太后一脸怅然，叹息了一声："这样啊……那你说选谁当新帝呢？"

宗爱递上一卷缣帛，说："陛下暴崩，按照大魏制度，应该从他的下一辈拓跋氏宗室中选出一人来继承帝位。"

赫连太后低头看着名单，面露忧虑："这些王子都是小孩子啊，最大的也才七岁。"

宗爱稍稍靠近她，说："太后，小孩子才好培养啊……陛下当初继位的时候已经二十岁，长君成人，不好控制，这不，近日陛下还说要废掉您的太后位号呢。"

宗爱说着，已经凑到赫连太后的近前，指着名单上的名字，想进一步解释。正在这时，殿外忽然传来一阵喧闹，一个禁军校尉急匆匆跑进来，顾不得礼仪，高声叫道："太师，大事不好！外面有禁卫军闯入！"

宗爱大吃一惊："禁卫军？禁卫军不都是我的人吗？"

话音未落，已经有几支箭飞射进来，吓得宗爱赶忙远离殿门。他声色俱厉地高喊道："贾周，速派人护送太后入内殿！乙浑！乙浑何在？！"

乙浑握着兵器迅速出现："太师，我在！"

宗爱拉着乙浑的衣袖，焦急地说："速速出殿，看看来的是何等反贼！"

前来报信的禁军校尉报称："是领军将军陆丽、左卫将军刘尼、殿中将军源贺，他们拥着高阳王前来！"

在场的所有禁卫军将士听到陆丽、刘尼、源贺的名字，个个神色慌张，低下了头。宗爱急得不停在殿内踱步，唉声叹气："没想到啊，这几个武夫反贼，竟把高阳王弄回来了！乙浑，现在就看你的了，此事办成，我立刻封你为领军将军！"

乙浑拔刀，高声言道："太师放心，贼人人数不多，待小人率领人马立刻为太师杀敌！不过……那个世嫡皇孙该怎么办？"

宗爱一脸冷笑，咬牙切齿地说："皇宫内院，肆极兵威！提头来见！"

乙浑行军礼，高声道："诺！"

乙浑推开殿门，陆丽等人已经率领禁卫军气势汹汹地杀了过来。乙浑手下的兵士几乎没有敢迎击的，纷纷后退。乙浑大喝一声，纵身奔到阶下。然而出乎所有人的意料，他站定之后，竟对自己身后的禁卫军兵士大喊道："所有人等，放仗！"

几百禁卫军听令缴械，统统放下了武器。如此一来，陆丽等人倒是愣住了。此情此景让紧紧跟在拓跋濬身后的常氏长舒了一口气。冯婉华也松了一口气。

乙浑奔到拓跋濬马前，跪下行礼："拜见殿下！此间之兵，都是殿下之兵！小臣之命，唯殿下裁之！"

这一切被守在殿门处的贾周看得一清二楚。惊骇之余，贾周回头大声对宗爱喊道："太师，乙浑反了！来人啊，赶紧关门，关殿门！"

乙浑挺身对阶下和殿门附近的禁卫军高呼："跟我来！诛灭弑帝贼臣宗爱、贾周！"

众兵士重新拿起武器，跟随乙浑、陆丽等人升阶猛冲。拓跋濬见状也下了马，在禁卫军的护卫下往阶上走，冯婉华上前一步挡护在他前面，常氏亦紧跟其后。

殿门很快就被撞了开来。殿门处已经没有禁卫军，只有宗爱、贾周手下的几十个宦者。纵然这些宦者手中都有武器，但面对来势汹汹的禁卫军，他们可以说是不堪一击。

乙浑入殿，一边走，一边用一卷缣帛揩拭着刀锋上的血迹。几乎不费吹灰之力，他们便将宗爱和贾周俘虏了。

贾周跪地，微驼着背，沉重地喘息着，目光一直注视着殿内的石制地面，不敢抬头。在贾周旁边，站着宗爱。他的身体僵直局促，似乎都不知道手该往哪里放。忽然间，他开始用手扯自己的头发，还不停地晃头。

宗爱和贾周旁边是几个常常给他们做帮凶的小宦者，由于突如其来的巨大惊吓，似乎都老了十岁，没有胡子的脸往下耷拉着，简直让人认不出来。

赵黑忽然发威，命令兵士把贾周架到大殿中央。贾周原形毕露，向后仰着身子，原本像死人一样耷拉着的脚开始在地上乱蹬，手紧抓着正在架抬他的兵士。他满脸泪水，不停挣扎，用沙哑的声音求饶："别杀我，别杀我……"

没人搭理他。他转向赵黑："兄弟！赵大人！看在佛祖的面上，你饶了我吧，我们可是兄弟啊……"

这时候，一个体形非常高大的禁卫军兵士走过来，有些不耐烦地用膝盖朝贾周的胸上一顶，把他踢跪在地上，接着又把他的上身扶正，便于砍头。

贾周似乎明白了即将发生的事情，匍匐在地，磕头如捣蒜，在禁卫军的脚底下乱爬。见没人理他，他又用干裂的嘴唇去亲吻那些往他脸上乱踢的皮靴。他连爬带滚地紧紧抱住赵黑的靴子，用充满恐惧的沙哑声音再次哀求："求求你，兄弟，不要杀我！求求你，可怜可怜我吧！所有的事情都是宗爱指使我干的……我家里还有七十岁的老母亲啊……"

赵黑轻蔑地看着贾周："贾周，你哪里是我的兄弟？你可是大魏的公爵大人，你是'东平公'啊！"

赵黑说着，使劲从贾周手中将自己的腿挣脱出来，然后往一边跳开去，又用靴跟朝贾周脑袋上重重地踢了一脚。砰的一声，鲜血立刻从贾周一只耳朵里流了出来，直流到他的胸前。而后，赵黑手起刀落，把贾周劈死在当场。

没过多久，宗爱手下那些手持武器抵抗的小宦者也都被押了过来。许多禁卫军兵士的战斗热情还很高涨，恶狠狠地眨动着眼睛，谈论着刚才和这些阉人们搏斗的细节。

此时，拓跋濬入殿。他踏着殿内黏糊糊的血迹，快步走到宗爱面前，轻蔑地眯缝着眼睛，满怀仇恨地盯着这个谋杀了他祖父和父亲的阉人。

到了这个份上，宗爱倒是变得平静了许多。他伸出自己的右脚摇晃着，抿着嘴唇，两只眼睛凶狠地和拓跋濬对视，试图在这最后的时刻在精神上压拓跋濬一头。

拓跋濬低声吼道："宗爱，你终于落网啦，你这条老阉狗！"

宗爱向后退了一步，低沉的声音仿佛是在喉中咕噜咕噜："就你这么一个乳臭未干的小子，我太大意了……唉，我中了赫连太后的计谋，轻信了她，更小看了你！先前我完全可以用一纸诏书就让你变成尸体……"

拓跋濬冷笑："狗贼，阉狗，叛徒！你害死我父亲景穆太子的事暂且不说，我祖父太武帝，他对你那么好、那么信任，你竟然胆敢弑君！"

宗爱摇晃了一下脑袋，好像是在躲避拓跋濬那似耳光一般的目光："我给你祖父当奴才二十多年，历尽艰辛，你又怎么会明白！在宫内伺候他的每一天，我都当作最后一天来活！那种滋味，你应该尝一尝……呵呵，还好，我最后终于动手了，我不后悔！高阳王，拓跋焘，你的祖父，死的时候身体可太健康了……什么因病暴崩，都是假的！我和贾周两个人，用几张纸就糊了他的嘴，哈哈，他憋了足足一个时辰才死利索啊……"

宗爱哈哈笑着，毒蛇一样张着嘴咝咝地吸气，两颊和太阳穴都在发青。

忽然，乙浑冲上前来，看上去一副愤怒至极的样子。他痉挛颤抖的嘴唇间吐出几句含糊不清的谩骂："老阉狗，先帝待你恩重如山，你竟然……"

话音未落，乙浑已抽出了腰刀。六合殿内，忽然鸦雀无声。

宗爱看到乙浑拔刀，畏怯地后退着说："乙浑，你可是我……"

未等宗爱再说什么，乙浑猛地全力前扑，手中的刀以惊人的速度和力量朝宗爱的脑袋挥砍而去。宗爱吓得一哆嗦，本能地抬起右胳膊去挡，只听唰的一声，他的小臂一下子就被砍掉了。乙浑刀刃前滑，顺势削去了他右边脑袋上的一大块头皮，鲜血一下子就涌了出来，他的发辫也随之散落而下。他嘴里发出濒死野兽般低沉的号叫，双眼如同被闪电击中了一般，顿时眯成一条窄缝。

乙浑又向前踏了一步，把刀刃直接捅入了宗爱的心窝。然后，他飞快地抽出刀，任凭鲜血从这老阉人的胸中狂喷而出。

宗爱倒在地上，睁大眼睛，呆呆地看了乙浑最后一眼，咽下了最后一口气。

乙浑低下头，有些疲惫地仔细打量着已经死去的宗爱，又用脚踢了踢这老头儿的花白胡子，以确定他已经死透。而后，这位曾是宗爱心腹的禁卫军将军大步走到拓跋濬面前下拜，高声喊道："殿下，吾等禁卫军全体将士，誓死拥护殿下继承大统！"

一时之间，殿内殿外一片欢呼，众人皆高呼万岁！

宗爱、贾周被杀掉之后，剩余负隅顽抗的宦者都很快被禁卫军缴了械。赵黑亲自到赫连皇后的寝宫内迎请她出来。

看到殿内血迹斑斑，听着殿外人喊马嘶，赫连太后脸上掩饰不住惊惶。冯婉华上前施礼，低声向她简单讲述了禁卫军迎接拓跋濬回宫，并捕杀宗爱等人的整个过程。听了冯婉华的一番讲述，赫连太后终于安下心来。

赵黑唤黄门郎入殿，以赫连太后的名义拟旨，指定拓跋濬为新帝。而后群臣以赫连太后的名义发懿旨于天下，宣布不承认拓跋余先前的帝位，依旧称他为南安王，谥号隐。

从坤德六合殿出发，大批的禁卫军和宫人簇拥着赫连太后及新帝拓跋濬，威风赫赫地朝太极殿方向行进。赫连太后坐在巨大的象辇上，拓跋濬和冯婉华、元华以及诸位禁卫军将领都骑马在辇旁跟随。

进入太极殿内，拓跋濬登上帝座。众臣匍匐跪拜。

公元452年，拓跋濬在众人的推举下登上北魏帝位，时年十五岁，改元兴安，史称"文成帝"。

第三十章　暗流涌动

北魏平城皇宫，太极殿。春天。

窗外，温暖的南风开始刮了起来，宫城内高墙阴影下最后的积雪已经完全消失，西苑和鹿苑到处响起了淙淙的溪流声。早晨的雾气都是湿润和温暖的，此时此刻，平城皇宫内，迎来了一年最好的季节。

顶着大片蔚蓝色的天空，冯婉华和拓跋濬一起走出殿宇，来到了宫城的台阶上，真心陶醉在春天无限清新的芳香空气中。眼前的世界，无比新奇和迷人。在灿烂的阳光下，一切空前美丽，一切都仿佛变得更加鲜艳和温柔。就连雀鸟的歌声，都是那么含情脉脉。

也正是在这样的时刻，想起自己的父亲和母亲，以及至今没有音讯的哥哥，冯婉华忽然从心底被勾起了莫名的忧伤，泪水禁不住夺眶而出……很快，冯婉华揩干了眼泪，重新以恬静的心情享受着久别重逢的宁静和温馨。

拓跋濬这个少年皇帝也似乎成熟了许多，他亲切地搂住冯婉华的肩膀，感受着这位同甘苦、共患难的少女的温柔。同时，拓跋濬对于冯婉华，或多或少有一种依恋的感觉。那种依恋，本来应该是一个少年人对年长于自己的女性才会有的情感。

天空中那冰冷澄澈的蓝光，刺得冯婉华把眼睛眯了起来。看见少年帝王拓跋濬正在目不转睛地看着自己，她的脸忽然红了。她的眼里闪着少女特有的光芒，心情愉悦地打量着周围的景物……正陶醉中，姑母冯昭仪的声音在近旁响了起来。

冯昭仪："陛下，婉华，你们好吗？"

少年拓跋濬现在虽然也是帝王，对这位前朝皇帝的昭仪还是必须礼敬。而且，当着冯婉华的面，拓跋濬还是以晚辈见长辈的礼节向冯昭仪行了礼。

进入内殿，拓跋濬坐定，从怀里掏出一卷缣帛，对冯昭仪说："昭仪姑母，这个诏旨下午就让黄门郎去宣布，我准备让我的常妈妈当保太后，让婉华做我的皇后……"

冯昭仪仔细看着缣帛上的文字，轻声说："陛下尊隆常妈妈，人之常情，这在大魏也有前例可循。你皇祖太武帝的乳母窦氏就获封为保太后，九年之后，太武帝又封窦氏为皇太后……不过呢，陛下虽然宠爱婉华，但根据大魏制度，您还真不能现在就封她为皇后……"

拓跋濬和冯婉华听见这话，都很诧异，姑母冯昭仪竟然对封冯婉华为皇后的事情加以阻拦，这太不可思议了。

冯婉华问："这是为什么？"

冯昭仪缓缓言道："在咱们大魏立国之前，在别的朝代和国家，皇帝当然可以选定皇后，或者太子继位后将太子妃转为皇后也可。但我们大魏源出朔漠，选定皇后不是一次完成的，而是需要两个步骤。也就是说，定下皇后候选人后，下一个步骤才最重要，即这个皇后候选人一定要手铸金人成功！"

冯婉华："什么是手铸金人？"

冯昭仪："这个仪式特别隆重，不是在内宫私下进行的，而要在太极殿广场上举行，邀请朝中百官和拓跋皇室宗室的重要成员都来验看。皇后候选人要当着这么多人的面，亲手铸造一个金人。如果手铸金人失败，说明上天不满意这个人，那时候，她的候选人资格就要被取消……"

冯婉华急切地追问："要亲手铸造一个纯金的金人才行？那这个金人是佛像还是皇后候选人自己的像？手铸金人的时候有模具吗？"

拓跋濬若有所思："昭仪姑母，您这么一说，我还真想起来了，好像我父亲景穆太子就曾经当着我的面和崔浩司徒、高允侍郎说起过这个事情……道武帝和明元帝时期，他们喜欢的美人似乎手铸金人都不成功……"

冯昭仪语重心长地说："手铸金人，过程特别复杂，金和铜混在一起，不能有杂质。而且，铸造金人的模子打开的时间，也特别有讲究。我们大魏鲜卑非常相信这个仪式，认为手铸金人成功之人，做一国皇后才是吉祥的，否则她就根本没有资格当皇后。道武帝喜欢的刘夫人手铸金人失败，就没有当上皇后；后来慕容夫人手铸金人成功，就当上了皇后，道武帝还特意为此祭告天帝。而明元帝呢，其实他非常宠幸姚夫人，很想让她当皇后，然而那位姚夫人手铸金人也失败了，也没能当成皇后。"

冯婉华："也就是说，这是大魏皇家择定皇后必需的过程？"

冯昭仪："对！"

拓跋濬一脸犹疑，问："即使朕贵为帝王，金口玉言，也不能在婉华未手铸金人的情况下封婉华当皇后？"

冯昭仪非常肯定："陛下，您所掌控的，不是一个家，而是一个国家！国家就有国家的制度和传统，就一定要遵守啊。"

早朝。拓跋濬端坐帝座，此时的他已经有少年老成的帝王风度。

大臣们于阶下肃立。

黄门郎高声宣旨："朕应天顺人，继承大统。追尊景穆太子为景穆皇帝，庙号恭宗；常氏母育朕躬，数载勤劳慈顺，封为保太后，居万寿宫。"

由此，文成帝拓跋濬即位之后，第一份重要的诏书只有两个内容：北魏朝廷追尊景穆拓跋晃为景穆皇帝，尊拓跋濬乳母常氏为保太后。

听到诏旨，群臣面面相觑，乙浑则面有得色……

万寿宫窗外，闪耀着中午耀眼的阳光。拓跋濬在冯婉华的陪同下，站在殿外仰头观看那蔚蓝晴空里被风卷起的浓厚的白云。他的语气之中带有矜悯的伤感："人们常说人生如白云苍狗，变幻不定……前些日子我们在平城外面逃亡，觉得能够活下来就不错，哪里想到会有今天……"

冯婉华："陛下富贵天赐，岂是人事所能左右的呢……"

冯婉华说了这话，自己也觉得脸红。拓跋濬登基之后，群臣争相祝贺，听了这么多，她也就学会了这种口吻。

这时候，身材高大健壮、面孔圆圆的常氏急急忙忙从殿内走了出来，她脸上泛着红晕，冲过来紧紧抱住了拓跋濬。常氏的声音有些哽咽："儿啊，不，陛下，感谢您没忘了我，还封我为太后……"

拓跋濬也紧紧搂住常氏，说："常妈妈，不，保太后，您现在就是我们大魏的太后了，没有您哺育我这么多年，照顾我这么多年，我可能都无法活在这个世界上，哪里还当得成皇帝……太后，以后这个万寿宫，就是您住的地方，这是朕特意赐给您的！"

冯婉华也过去搂住了常氏："太后，您可别把我忘了啊……"

保太后常氏把冯婉华也搂在了怀里，泪落如雨："我怎么能把你忘记？！等你和皇帝生了孩子，就放到我这万寿宫里，我来替你们养护！"

冯婉华羞涩地把头埋在常氏的胸前。

拓跋濬也笑了："根据大魏制度，朕的乳母常妈妈现在成为保太后了；还是根据大魏制度，婉华要成为皇后，需要手铸金人成功才行啊……"

保太后常氏愣了一下，拍了一下手掌："哟，还真是的！婉华，你现在还没有名分，陛下，您先封婉华一个贵妃的名号吧……婉华啊，这大魏的制度啊，规定只有皇帝的嫔妃才有位号，王子身边的美人姬妾都没有。所以，当初景穆太子身边的女人，只有那些生下了孩子的，才有椒房的称号。现在陛下是皇帝了，可以先封你为贵妃……"

大概是在宫廷内熏染已久，常氏进入太后的角色飞快。她说话的时候，也开始用一种低沉的喉音，显得特别有威势。

冯婉华赶忙跪地叩谢："谢保太后！谢陛下！"

拓跋濬一脸英气勃发，笑着说："贵妃，冯贵妃，你还真的就是朕的贵人啊！"

拓跋濬看到常氏之兄常英一直缩在角落里面低眉顺眼地躬着身，不敢抬头，就对身后的黄门郎高声说道："常英，亲同舅氏，封常英为散骑常侍、镇军大将军，赐爵辽西公！"

常英吓愣了，呆呆地站在原地不敢动弹。

保太后走过去踢了他一脚："还不赶紧谢恩！"

常英慌忙跪下叩首："谢陛下恩德！"

匍匐在地的时候，常英那张由于饮酒无度而发红的大脸上，出现了更红的斑点，嘴巴乐得都有些合不拢了。

拓跋濬显然陷入了追忆之中，像是在自言自语："在父亲景穆太子的管教下，我一直活得战战兢兢。我自幼在东宫长大，父亲忙于政事，小的时候，每次来见我，他都非常尊敬教我读书的师傅，当着师傅的面对我非打即骂……当然啦，我现在知道他都是为了我好，可我小的时候真是太害怕了……幸亏有常妈妈，我的保太后，天天安慰我、呵护我，我才能有今天……我当时就暗自发誓，只要有一天我当了太子，能够自己在万寿宫内发号施令，一定要报答常妈妈的恩情……神明护佑，如今我当上皇帝了，必须马上报答常妈妈的恩德！"

万寿宫内。大白天的，常英、常泰父子和乙浑正在饮酒作乐。从前乙浑和常英、常泰父子在一起饮酒，几乎都是坐在上座，对父子二人颐指气使，如今却是常氏父子高坐在上，乙浑满脸都是谄笑，不停向父子二人敬酒。

乙浑低声下气地对常英、常泰说："常大哥，从前多有得罪，请多多包涵！"

常英有些醉意，压低声音说："看来，将军你先前看上我妹妹那身老肉，现在想来还是挺值得的……作为太后的亲戚，乙浑将军，你以后可要多巴结我们啦……"

乙浑打趣般地假笑着说："我一直是巴结你们的啊，特别是对保太后，奴才我早已经献身给她啦……"

常英仰头再饮一杯，说："说句实话，乙浑将军，我们常家不是那种一阔脸就变的人。从前我们小家小户，你当时身为右卫将军，是宗爱太监和皇帝身边的红人，也确实没有拿我们当外人哈……"

乙浑自我表功，拍着胸脯说："宗爱那条老狗居心叵测，竟敢弑帝害国！我一直暗怀忠心，随时准备向当今陛下效忠，所以当时才投身太后，暗中保护陛下……"

三个人饮酒说话间，常氏忽然入殿。见到常氏，乙浑赶忙避席，向常氏跪拜行大礼。

常氏如今非常神气，先前多年做乳母所养成的那种谦卑和低眉顺目，已经变成了冷漠、高傲和轻蔑混杂而成的奇怪表情。乍看上去，常氏就像一个生性高傲的妇人，总是高昂着头，特别是在宫中行走的时候，她那圆圆的肉脸上饱含怨懑。总之，她有心要以最快的速度养成贵族气质。为此，她总是到冯昭仪那里去，真心向冯昭仪学习女人该如何在装束方面做到优雅。但穷人乍富的心理，还是让她在穿衣方面显露出俗艳之气。

乙浑跪地，偷眼仔细瞧看，只见身为大魏当朝保太后的常氏穿着一件绣满红色凤凰的紫色睡袍，花枝招展地出现在万寿宫正殿之内。常氏非常热情地扶起乙浑，也不避讳兄长常英和侄子常泰，公然和乙浑打情骂俏："死鬼，我现在可是太后，你日后要小心些……"

乙浑叩头如捣蒜："我生为太后的人，死当太后的鬼！"

常氏掩口巧笑："鬼才信你！"

常氏落座之后，发现乙浑坐在常英和常泰的下首，顿时勃然大怒："你们这对父子狗才，人家乙浑将军毕竟是国家功臣，在关键时刻奉迎陛下，手杀巨奸宗爱，皇帝很快就会封他为领军将军，你们怎么敢坐在他的上首？"

常英看到妹妹忽然变脸，非常尴尬，常泰赶紧从上座翻滚下来，跪坐在乙浑旁边。

乙浑慌忙再拜，朗声说道："保太后，我和常英如家人兄弟一般，和您更是如亲人一样，哪里还分上座和下座……"

常氏还在愤然："我现在当了保太后，你们父子就无法无天……"坐定之后，她陷入回忆之中，"我们常氏家族从前确实也曾显赫过。哥哥，你还记得吗，我们的祖父曾在苻坚皇帝手下当过秦国的扶风太守呢……"

常英酒意上头，也非常感慨，追忆往昔，接着常氏话头说："是啊，你受了这么多年的苦，终于当上保太后，也是我们老常家祖宗保佑……不仅我们祖父曾经当过太守，我们的父亲也当过太守，不过呢，他当的是慕容燕国（后燕）的渤海太守，曾管理过南皮等十县，深受百姓爱戴啊……"

常氏闻言，泪眼蒙眬："唉，遭逢乱世，身不由己。慕容燕国后来被大魏攻灭，我们老常家随之也没落了。记得我们一家人不得不长途步行远走狂逃，最终到达辽西的龙城……"

乙浑恍然道："咦，当时的辽西龙城，不就是冯氏燕国的境土吗？"

常氏点头："对啊，就是冯昭仪他们冯氏家族建立的国家，难怪我们这些人一见面就感到亲切，难怪我们即使不认识也会互相帮忙！冥冥之中，我们从前都是一家人啊，人家冯昭仪他们家还曾经是我们老常家的主人公呢……"

听常氏、常英兄妹说到冯昭仪，乙浑自然想起了冯朗和冯婉华父女，才知道他们和常氏兄妹之间也有某种密切的联系。所以，他不再敢接这个话茬继续说下去。

说起从前往事，常英不免唉声叹气："反正我们前半辈子运气太差……跑到冯氏燕国不久，太武帝大军东征，又将冯氏燕国也给灭了……"

常氏："是啊，冯氏燕国灭亡后，老百姓都被掳掠到大魏的国都平城来，我们当时就是作为罪臣家属被弄到这里来的……幸亏我那时候刚生育不久，能够进入万寿宫做乳母哺育当今陛下……"

乙浑听常氏絮絮叨叨了这么多，其实心中很想知道常氏当时嫁的是什么人，她自己的孩子结局又是什么样……

西苑。冯婉华一副郁郁寡欢的样子，独自在一座小桥上凭栏凝思。不远处，冯昭仪和元华两个人正在说着什么。

大部分时间内，河水两岸都是万古寂静的状态。而此刻，河岸边，春潮泛滥的河水不断冲刷着已经发芽的杨树根部，站在桥上，冯婉华隐约能够听到远处的草原上野雁的呼叫声。河面上，趁着天还没暗而活跃觅食的大鱼忽然跃起，然后扑通一声落下，溅起很大的水花。因为大鱼落水而被惊起的大鸟忽然飞起，发出警惕的叫声……

迎着从河水下游袭来的春天的罡风，冯婉华的脸被吹得有些发红。河水边上，一个十来岁的小宦者牵着一匹没有鞍鞯的儿马，站在堤坝旁边饮马。

小宦者干活儿非常专注，一直没有注意到冯婉华在桥上。儿马咂巴着滑腻的灰色嘴唇，水珠不断从它的嘴唇上滴下来。小宦者专心致志，一边饮马，一边用一柄棕刷刷着马毛……

站在冯婉华不远处的元华调皮，顺手拾起一个土块，朝桥下扔了过去。小宦者这才看到冯婉华和冯昭仪等人，吓了一跳。他不敢过来施礼，也不敢打招呼，只能信手抓住一把马鬃，飞一般跃上马，逃一样打马而去。那匹儿马狂奔起来，小宦者身上的黄色衫袍一下子就被风吹得鼓了起来……

看着那个小宦者逃跑的狼狈样子，冯婉华忍俊不禁，笑了。

冯昭仪仔细打量着侄女的表情，说："婉华，上午听我对陛下说当皇后须得手铸金人之后，我看你一直不开心吧。"

元华闻言也说："昭仪，如果换作是我，我也一样不开心。皇帝金口玉言，封谁当皇后，那是他自己的事情，干吗还要弄那么多周折啊？还手铸金人，多难多复杂啊。"

冯昭仪摆摆手，说："元华，此乃大魏制度，必须遵从。而且，道武帝、明元帝、太武帝三位帝王，都是威名赫赫，人中龙虎，即便是他们，迫于朝中大臣和亲贵的压力，为了国家的长治久安，也不得不放弃心爱的女人。更何况，在这个由男人主宰的世界中，我们女人真是不能随心所欲。有时候，以退为进，也是一种选择。"

冯婉华听姑母如此说，像是自言自语一般道："我现在是皇帝的贵妃，以后若是我能掌权天下，一定要改变所有的一切！"

冯昭仪慈爱地笑了，说："婉华啊，今天，你还没有这个能力，就先争取改变自己吧……"

北魏平城，白天，艳阳高照。皇宫坤德六合殿内，赫连太后坐在榻上，一副精疲力尽的样子。和冯昭仪、冯婉华说话之时，她总会合上双眼，脸上是浑浑噩噩的表情。站在赫连太后的对面，冯婉华都能感觉到她的心情沉重。

在这座宫殿之中，似乎已经没有什么力量能使赫连太后感到温暖了。她的脸色越发苍白，昔日里那清澈美丽的蓝眼睛，似乎也黯淡了许多，再无从前的光芒和亮丽。

赫连太后自言自语一般，语调低沉："我最近啊，总是想到死亡。我当然不是喜欢死亡，谁会喜欢死亡呢，我就是太憎恶死亡了，十多年来，死亡夺走了我多少亲人啊……但是，死亡的概念，现在深深地钻到了我脑子的最深处，挥之不去。"

冯昭仪关切地问："太后姐姐，您是否身体有不舒服的地方？最好唤御医来看看。"

赫连太后摇摇头："我身体没病，是心病吧……最近一年多，发生了那么多变故，景穆太子暴薨，太武皇帝暴崩，南安王暴崩……让人心力交瘁啊……"

冯婉华凑近赫连太后，安慰说："太后，幸亏您发出懿旨，皇帝陛下才能顺利登基啊。"

赫连太后凄然一笑："唉，婉华，昭仪妹妹，多谢你们惦记我。我心里很清楚，高阳王能够登基，不是我的功劳，而是那些禁卫军将领和大臣的功劳。"

冯昭仪："太后姐姐，没有您的懿旨，皇帝陛下就名不正，言不顺啊。"

赫连太后轻轻叹息一声："说是这样说，不过，你们很快就会明白，一朝天子一朝臣，当今皇帝陛下确实是有我发的懿旨才能顺利登基；但当初宗爱立南安王为帝，也是以我的名义发出的懿旨啊！如此大的把柄，自然会有人抓住不放的。"

冯昭仪："您毕竟有皇太后的身份，怎么会有人敢对您不满呢？"

赫连太后："入宫十多年，我看得太多了。昭仪妹妹，婉华，你们也要注意啊，凡事小心为上。我现在的身份是太后，住在这深宫中如同被软禁一般。昭仪妹妹，你瞧瞧，你身边还有抱公公这样跟了你几年的忠心耿耿的人，我身边又有谁呢？除了这几个宫婢和供我使唤的宦者，竟没有一个能够说话的贴心人。"

冯婉华继续宽慰说："太后您德尊位显，谁又能对您怎么样？"

赫连太后："婉华啊婉华，你还是个孩子啊。……哦，现在你被封为贵妃了。总之，你要好自为之！男人的心，你永远把握不住，即使你的男人是大魏的皇帝！你要特别小心，小心皇帝的那个乳母保太后。"

冯婉华心中一惊："您说的是常妈妈？保太后她一直对我很好的啊。"

赫连太后："此一时，彼一时。以后，你会想起我的话的。当然了，此人之药，他人之毒，对我坏的人，不一定对你坏。你以后凡事多想想，毕竟你是皇帝身边亲近的人，一定要多想，多看，少说，少做。"

听赫连太后如此讲，冯昭仪对冯婉华说："你还不谢太后指点！"

冯婉华深深施礼。

赫连太后接着又对冯昭仪讲："昭仪妹妹，如今我信佛了。我的肉身有一天会死去，但是，我希望我的灵魂能在佛祖座前获得安宁，希望我能回到儿时，重新在父母膝下承欢，希望我永远不长大，永远不会被嫁到遥远的地方……"

太极殿内，群臣汇集。文成帝拓跋濬坐在御座上，身边冯婉华、元华、赵黑等人侍立。

这一日少年天子情绪不错，兴高采烈地大声说："今日集会，大赏功臣！"

群臣行礼拜贺。

拓跋濬高声宣布："领军将军陆丽，忠心体国，诛灭贼党，功劳最大，封司徒、平原王！"

陆丽出班跪倒："谢陛下恩赏！臣无功受禄，寝食不安！"

拓跋濬有些愕然："爱卿，难道你是嫌朕对你的封爵不够？"

陆丽叩首再拜："臣父陆俟，代北豪族出身，为大魏家尽忠至今，如今也不过是公爵。臣身为儿子，臣父行将就木尚未封王，臣又何德何能，敢居王位？！"

拓跋濬听陆丽如此说，也挺为难。他看了看身边的冯婉华，问："这怎么办？"

冯婉华的眼睛依旧直视正前方的殿内群臣，低声说："好办啊，陛下也封他父亲为王就好了！"

拓跋濬大喜，冲着陆丽高声说："朕今为大魏皇帝，难道就不能将你们父子同时封王吗？陆俟，朕封你为东平王！"

陆丽大喜，赶忙扶着父亲陆俟出班，父子二人跪谢封赏。

陆丽、陆俟一起叩首："我父子今日同朝为王，恩荣无比！"

陆丽的父亲陆俟，确实年纪够大了，这位老将军满头白发，颤颤巍巍，行走的时候两腿直打哆嗦，步履艰难。而父子同王的荣耀，使得陆俟一下子仿佛年轻了好几岁。

拓跋濬："殿中将军源贺，朕今日封你为征北将军、给事中，以定策之勋，进爵陇西王！"

源贺出班跪拜："谢陛下恩德！"

拓跋濬："源贺将军，幸亏你掌管武库，危急之时增加了我们大家的信心。当时如果没有你的真心支持，只要人心稍有离散，朕的大事就难成啊！好吧，朕知道你一向勤俭，家无余储，你去看，大内府库之内，金银财宝，应有尽有！朕赐你今日可以率领家人，任意从宫内府库取东西，拿多少都行！"

源贺跪奏："谢陛下恩赏！如今我们大魏天下未定，南有刘宋，北有柔然，周边强敌窥境，臣岂敢任由臣下轻入府库取财物？请陛下收回成命！"

源贺这么一说，拓跋濬年轻没有经验，倒显得有些尴尬，低声再问冯婉华："如此，朕将如何？"

冯婉华依旧面朝群臣，低声说："避席可赐源贺御厩中名马一匹！"

拓跋濬深深点了点头，对源贺高声说："景穆皇帝厩中，有名马一匹，名唤'超影'，今日便赏赐爱卿！"

源贺大喜过望，赶紧跪地叩谢："得陛下赐此名马，胜过金银千万！"

拓跋濬："左卫将军刘尼，此次贾周、宗爱在鹿苑刺杀南安王之后，爱卿首举义旗，临危不乱！朕授你内行长，掌管朕一切内廷宿卫，封东安王！"

刘尼出班拜谢。

拓跋濬又看了看身边侍立的赵黑，大声说："赵黑，你这次也有大功啊。"

赵黑急忙跪地。拓跋濬道："赵黑，汝手刃奸贼贾周，临难显忠，朕赐你爵位南安公！"

赵黑俯首跪地，没有谢恩。拓跋濬感到奇怪："难道你对朕的封赏不满意？"

赵黑："陛下，奴才希望有机会去侍奉太后！"

拓跋濬皱了一下眉："哪个太后，赫连太后？"

赵黑："是保太后！"

拓跋濬释然一笑，眉目粲然："当然可以！保太后母仪天下，朕自幼受她乳养保护，你一定替朕把她伺候好了。"

赵黑再叩首："奴才必竭诚尽心，侍奉好太后！"

站立于朝臣之中的常英一直伸着脖子仔细倾听，听到此处，面露喜色。

接下来，拓跋濬又高声宣布："乙浑听封！"

乙浑出班。

望着跪在地上的乙浑，冯婉华气得直咬牙，暗自压抑怒气。拓跋濬目光柔和，言语亲切："乙浑忠心不贰，亲手杀死大贼宗爱，为我太武帝、景穆皇帝报仇雪恨！朕封你为领军将军，代替先前陆丽将军之职，赐爵东郡公，统领宫内外所有禁卫军部队，守卫我大魏皇宫！"

乙浑跪拜如仪："万谢陛下！"

而后，拓跋濬扭头笑着对冯婉华宣布："冯氏，这几年汝护驾有功，伴驾得力，朕封你为贵妃！来日汝手铸金人成功，朕定封汝为皇后，汝当母仪天下！"

冯婉华趋行跪地，行礼谢恩。

拓跋濬又叫常英的名字："辽西公常英！"

常英赶忙出班跪地："臣在！"

拓跋濬："保太后多年哺育朕，功劳莫大，汝协同赵黑等在万寿宫侍奉太后，不得疏忽怠慢！后宫一切事宜，宜听保太后安排。保太后的懿旨，就是朕的诏旨！"

常英拜谢。

夜晚。皇帝、后宫、群臣、禁卫军都聚集在鹿苑。拓跋濬在冯婉华、元华、保太后常氏、赵黑等人的陪同下，坐在静轮天宫的廊台上，居高临下，欣赏焰火表演。

轰一声巨响，五彩的火焰从十丈多高的架台上喷涌而出，顿时照亮了整个平城的夜空。在场众人都非常兴奋，眼里都反射出焰火的光亮。咚咚咚，架台上还在连续喷射焰火，腾腾不息。当焰火略微转暗，鹿苑的大湖上又行来几十艘巨船，开始在湖面游弋。这些巨大的船只遍缀彩灯，浑身发着光。接着，船上的炮筒中轰轰隆隆，又是几十组五颜六色的焰火腾空而起，照亮了整个水面，形成了梦幻一般的场景。木筏上的人员转动绞盘，由巾帛扎缚而成，浸满火药和火油的巨龙缓缓升上天际，数支火箭射出，巨龙立刻变成了火龙。远远望去，这些人工捆扎的巾帛大龙就像几条真正的巨大火龙在飞升。无数通红的火焰从火龙巨大的鼻孔和血盆大口里喷出来，迎风飞舞。期间，大龙的头还彼此冲撞着，就好像它们正在互相战斗一样。

在场所有的人都被这种场景震撼了，不少宫人发出敬畏的尖叫，甚至有人发出了冗长的泣声。

最后，船上和岸上所有的烟火齐射，鹿苑内的整个场景如同迷幻的天上人间，也恰似一片正在燃烧的魔域。

拓跋濬很震惊地观看着，嘴微微张开；冯婉华也惊呆了，她从来没有看到过这样的场景。俯瞰到那些大船上绑了那么多的烟火，冯婉华先前还担忧，害怕整艘大船会不会连同上面的工匠及火龙一起飞到天上去……

看似在互相战斗着的巨大火龙依次熄灭了，燃烧的灰末四处飞溅。焰火消失于天际，几只大船上面忽然又燃放起几百个巨大的火球。火球飞到空中，隆隆作响，下降的时候五颜六色，对着鹿苑的人群撒下梦幻般彩色的火花。这些由能工巧匠制作的火球摇摇摆摆地下降着，其间，伴随着岸边众人狂喜的呼喊，火球都飘落在大湖之中，没有危及在场的任何人。它们沉入水里时，还在喷涌出彩色的火花。

而后，就在人们以为整个狂欢已经结束时，湖中又是一声巨响。黑暗之中，一个巨大的人形木架开始燃烧和发光。在一串咚咚咚的声音之后，一尊高几十丈的、闪闪发光的佛陀塑像出现在湖面上。岸边的人都被震撼了，有些信佛之人的身体情不自禁地战栗起来，不少人跪在地上开始礼拜……

拓跋濬抓住了冯婉华因为激动而有些冰凉的手，心想：朕即大魏！只有帝王，才能拥有这样的排场！

冯婉华回握住少年天子的手，满心欢喜。保太后常氏慈爱地看着身边的少男少女，一脸笑容……

平城皇宫，昭仪宫内。深夜时分，冯昭仪、冯婉华姑侄依旧没有睡意，殿内床榻上，她们两个人絮絮叨叨地还在说着话。

冯婉华搂住冯昭仪的脖子，说："姑母，我每次快要睡着时，都会想到我的父亲、母亲还有哥哥。好几年了，也不知道哥哥现在怎么样了，我常常梦到他……"

冯昭仪轻抚着冯婉华的背，安慰道："婉华，我听解梦的人说，当我们去世的亲人在梦中越来越少出现，就是因为他们非常关切你，怕打扰你现在的生活，也说明他们在另一个世界很平安，希望你现在平安。现在，还真是时候为咱们冯家申冤平反了。老贼宗爱已经被杀，当时就是他向太武帝诬告你父亲，才使得我们冯家被赫连昌逃亡一案牵连，从而导致你父亲被冤杀……"

冯婉华睁大双眼望着窗外："我昨天已经和陛下说了，他命令有司发文长安，为我们冯氏一族平反，还派人去寻找哥哥了。……姑母，我只要躺在您的床上，就睡得很踏实。如今我有时半夜醒来，都会忘记自己身在何处。甚至还有的时候，早晨乍醒过来的那一刻，我连自己是谁都弄不清。如今啊，宗爱老贼一除，陛下登基，我就特别有安全感……"

冯昭仪也陷入了回忆："我十几岁的时候就被你祖父送入魏宫当人质，担惊受怕这么多年，我好像从始至终没有睡过安稳觉。我们女人，有时候真可怜啊，特别是作为王公贵族的女儿，乱世之中，我们就好像物件一样，总是被送来送去的。我希望你的命运和我不一样，希望你能够把握住自己的人生。对了，婉华，你和陛下说到我们冯家从前在长安的往事时，切勿提及乙浑啊。"

冯婉华的语气有些愤怒："乙浑这个坏蛋，陛下不知他先前的所作所为，现在还给他升了官职，要知道他曾经就是逆贼宗爱的心腹啊……"

冯昭仪："这就更说明乙浑城府深险，别人都认为他是宗爱的心腹，关键时刻，他来了个一招反杀，还把从前的恩主宗爱当众杀掉，一下子就成了诛杀逆贼的功臣，给陛下留下深刻印象……另外，他还和保太后关系密切，这一点尤其重要。所以，婉华你要记住了，千万不要和乙浑发生正面冲突。"

冯婉华咬着被子的一角说："当年就是乙浑率领禁卫军兵士到长安抓了我们冯家人，我父亲也是他下令杀害的！即使我不说，陛下和保太后也有可能从别人嘴里或者乙浑他自己嘴里听说的啊。"

冯昭仪："当年的事情，已经过去好几年了。朝廷上大事多，当事人自己不说，陛下、保太后就都不会知道这些琐碎的事情。所以只要你不说，乙浑自己也绝对不会说！他如今是陛下面前的红人，你又是陛下宠爱的贵妃，你必须跟他保持好这种微妙的平衡，日后你甚至还可以向他示好，让他以为你已经忘记或是忽略了从前的事情。"

冯婉华摇摇头："仇人相见，分外眼红。即使我能够忍住，元华的父亲是被他当着元华的面杀害的，她定忍不住。"

冯昭仪扳过冯婉华的身子，让侄女面对自己，嘱咐道："'忍'字头上一把刀！如果你想在这大魏宫中活下去，就必须学会忍耐！"

冯婉华似乎感到有些许困意袭来，轻轻拍了拍姑母的手，转移话题道："魏宫的宫殿真高啊，如果没有这些帐帷，怎么能够睡得着啊。姑母，现在我们安全了，许多时候我都能睡得死死的……沉沉的黑暗中，从前所有的一切，好像都会在我周围旋转起来。黑暗，就像旋涡一样把我卷在里面……还有许多时候，我还想像六七岁时一样，期待着母亲来到我的床前，和我说晚安……"

第三十一章　两个太后

在万寿宫殿外的空地上，已经是大魏南安公的赵黑搭了一顶军队宿营用的帐篷，夜里，他总会整整齐齐地穿着一身两当铠甲躺在帐篷里面。当保太后常氏问及此事时，他便说是自己这样做是为了保障她的安全。

赵黑的这番话语，说得保太后常氏特别开心。他确实是一名非常合格的值班宦者，每天他都在万寿宫行走巡视，只要发现一点极小的疏漏，他就会带着焦急不安的心情把保卫系统从头到尾检查一番……当然，赵黑并不是巡查宫禁的低级宦者，这些事总被别人认为根本不在他的职权之内，甚至有人认为他是在多管闲事。不过常氏对赵黑所做的一切感到很高兴，认定这是赵黑对自己的忠心的表现。时间久了，就连常英、常泰，以及常来万寿宫看望常氏的乙浑，都把赵黑当成了自己人。

在许多个静谧的夜里，赵黑从帐篷里面出来，在万寿宫黑暗的偏僻处行走、巡查。他手持一把锋利的宝剑，像一个武功高强的侠客一般，无声地挥向黑暗中的蝙蝠。

每到夜间，万寿宫内总会出现许多蝙蝠，它们像影子一样无声地扇动翅膀，毫无定向地上下翻飞，轻盈地在宫殿之间转来转去。而这位年轻的宦者似乎特别讨厌这种介乎老鼠和飞鸟之间的混合型生物，每每看见它们，他心里都会升起一股难以名状的怒火。于是，在每个漆黑的夜晚，赵黑都会低吼着，拔剑出鞘，左跳右旋，使尽全身力气朝空中那些低飞的蝙蝠劈斩过去……随着时间的流逝，赵黑并没有白费力气，每天晚上他总会斩落一些行动敏捷，在流动的空气中盲飞的蝙蝠，他的剑术和劈砍动作也越来越娴熟。

每次斩劈过蝙蝠之后，赵黑就会回到自己的帐篷里面，仔细地擦拭刀剑，或者揩拭那些铠甲片，沉浸在忘我的时间空洞之中。做完这些事情之后，他会仰面躺下，头枕双臂，没有任何蒙眬入睡的闲情逸致，而是开始替保太后进行明确而清晰的思考。

每天早晨，只要有时间，赵黑就会和常氏以及常英、常泰父子，或者是和夜间在常氏处"侍寝"的乙浑一起吃饭、闲聊。

这天，赵黑和保太后、常英、常泰等人一起吃饭。常氏独坐一榻，常英、常泰连榻，赵黑亦独坐一榻。宫婢、宦者不停地端上食物和酒，物事皆极尽奢华。常氏、常英、常泰吃得津津有味，赵黑的心思却不在饭菜上，一副若有所思的样子。

保太后发觉赵黑有心事，就问："黑儿啊，你用心吃东西，别在吃饭的时候还瞎琢磨事儿。世上还有什么事情，比吃饭更重要？"

赵黑："当然有！太后您所有的事情，都比我吃饭重要！您的任何小事，对我而言都是天大的事！"

保太后得意地笑了，转头对常英和常泰说："瞧人家赵黑，再瞧瞧你们两个！"

赵黑忽然从怀里掏出一卷缣帛，说："太后，我今天还真有两件大事要办！"

保太后常氏努努嘴，不以为意地说："你别拿懿旨、诏旨什么的给我看，看那么多的字儿怪麻烦的。反正内容都是你拟定的，你告诉我内容就可以……"

赵黑把写有保太后懿旨的缣帛揣起来，禀告说："今天我要把太后您的两个心腹大患都解决掉，一个是皇帝的生母郁久闾氏，一个是赫连太后……"

常英听赵黑说到这两个人，吓得嘴里呛了一口饭，剧烈地咳嗽起来。此时，保太后常氏也停止了吃饭，低头沉思起来。常泰没心没肺，依旧埋头猛吃，不断地吧唧着嘴，此时殿内异常安静，他吧唧嘴的声音尤为明显。

常氏忽然觉得有些烦躁，大声呵斥常泰："别吃了！烦死老娘！"

常英小心翼翼地问赵黑："南安公，那个赫连太后吧，反正是一定要除掉的，皇帝陛下也不会对此说什么……可郁久闾氏可是当今皇帝的生身母亲啊，这事可要慎重……"

赵黑一脸忠勇，朗声道："我心中只有保太后，不知其他！如今大魏后宫之内，有保太后和赫连太后两位太后，一山尚不容二虎，一宫又岂能有两个太后！更何况那赫连太后乃亡国余孽，叛贼亲属，先前又与宗爱联合，擅立南安王为帝，早就应该除掉……嗯，至于郁久闾氏嘛，保太后您也知道，根据大魏制度，子贵母死，她早就应该死了的……最重要的，就是陛下根本不知道自己还有这样一个生身母亲存世……"

常氏点点头："世上没有不透风的墙啊，后宫还是有人知道郁久闾氏的，比如赫连太后，比如冯昭仪……"

赵黑安慰道："赫连太后知道无所谓，反正她就要和郁久闾氏一起上路了……至于冯昭仪，她一直和太后您关系密切，她的侄女冯婉华还是托您的关系才能成为当今陛下的身边人。这对姑侄都是聪明人，她们怎可能对外透露此事呢？"

常氏："嗯，你说得有理。夜长梦多，我这个乳母和皇帝陛下关系再好，也亲不过他的亲娘！"

赵黑附和道："郁久闾氏如果不死，宫内知道消息的必有人会贪图富贵，将此事告知陛下。一旦陛下知道自己的生母犹在，肯定会封她为太后。到那时，除掉一个赫连太后，又出来一个郁久闾太后……保太后，您仔细想想，您还能有好日子过吗？"

常氏望着赵黑，不停点头："可是，大魏的子贵母死制度是皇帝当储君的时候才实行的。如今呢，高阳王都已经是皇帝了，如果我们在他不知情的情况下秘密赐死他的亲娘，我总觉得心里不踏实……"

赵黑语气坚定："保太后，您确实太英明了，总把事情想得久远……不过，您放一千万个心，即使出现万一，也就是说如果陛下知道他的生母是在他登基之后被赐死的，您就推托说自己不知情！"

常氏赶忙摆手："黑儿，那哪行！你可别拿我当无情无义的人！"

赵黑："我不是让您出卖我的意思。我想到一个理由——当今皇帝陛下的生母是郁久闾氏，她的姑母也是郁久闾氏，那个当姑母的郁久闾氏是南安王的生母，也是太武帝的左昭仪，后来在宗爱扶立南安王为帝时被赐死了……这两个郁久闾氏，原本是姑侄关系，所以，如果真有一天陛下问起此事，咱们就对他说，这两个郁久闾氏都是当时宗爱派人杀的！"

常氏听赵黑如此说，不觉离席，凑近赵黑，问："这事儿能成吗？"

赵黑："我可以找到后宫的档案，修改日期。更何况郁久闾氏就一直在您这万寿宫里最偏僻的角落住着，自从景穆太子暴薨，他生前的那些妃子和椒房全部处于被软禁的状态，一直没有变化……"

常英眼珠子乱转，说："先前宗爱赐死南安王生母郁久闾氏时，肯定也有宫婢、宦者是知情的啊……"

赵黑："这事儿我当然已经提前查明了。当时赐死南安王生母郁久闾氏的时候，有三个宫婢和两个宦者在场，而这几个人，都会在今天消失……"

常氏听到这里，长舒了一口气。

赵黑又从怀里掏出另外一卷缣帛诏旨。常氏立刻道："黑儿，凡事你就替我做主，不要给我看了……"

赵黑："保太后，这是我昨天从皇帝陛下那里讨来的封爵诏旨。您看，陛下封您在辽西的弟弟常喜为镇东大将军、带方公；太后您的三个妹妹皆封县君，还有您的大妹夫王睹，封为平州刺史……"

常氏面露喜色和佩服的表情，由衷地言道："黑儿啊，还是你心细！你要是我儿子就好了！"

赵黑即刻离席下拜，高声说："能够当保太后您的义子干儿，乃我平生夙愿！拜见母亲！"

眼瞧着赵黑这种顺坡下驴的功夫，常英、常泰父子对视了一眼，深觉自愧弗如。

常氏赶忙起身，亲自过来扶起赵黑："黑儿啊，以后我就拿你当儿子了……说起儿子，如果我那苦命的儿子没死，如今也和当今皇帝陛下一般大了……唉，当时就是为了全家活命，我才狠下心不顾自己的骨肉，入宫当了乳娘。而我的亲儿子，当年那算是活活饿死的……"

说着，常氏泪如雨下。她似乎是提前到了喜欢回忆的年纪。往昔的时日，常常会牵动她的思绪。过去岁月给她留下的，不仅仅是痛苦，还有成长带来的长久而深度的欢愉。在这样一个悠闲的日子里，在万寿宫，在这种居家般的闲散中，回忆给她平添了某种难以言表的愁绪。她稍微突显的黑眼圈，显示着在许多个夜里她都没能好好地入睡……

如今的日子，常氏特别珍视，她清楚地知道，如今的这种恬静，失去就不会再有。想起从前那种忧心忡忡的日子，想起从前那些关于与爱子黄泉团聚的想象，确实很痛苦，生离死别引起的那些难以容忍的焦虑，有时候还会潮水般涌上她的心头！

有时候，常氏甚至想随心所欲地往自己的回忆中加进某些幻想，幻想自己那个在现实中没有活到一个月大的儿子长大成人，与当今皇帝如兄弟般相处，还会亲热地搂住自己。在许多半梦半醒时分，常氏逐渐地把这些幸福的愿望掺进所谓的回忆，使得回忆变得十分甜蜜！但是，美梦总会醒，早晨她觉察到所有的一切美好都是虚构的，这时这种回忆就要比遗忘更让她痛苦许多。

为了使得自己的精神超脱，为了超越永恒的黑夜孤独，常氏就把情欲上升到炽烈的程度，频繁地把乙浑召到万寿宫内宣淫，从而使得那些无限的、连续不断的孤苦日子，变得有了某种意义……

景穆太子妃寝宫里。即使是白天，宫内依旧鸦雀无声，死气沉沉。一进入郁久闾氏的房间，赵黑就闻到了一股菖蒲花的清香味。窗外，依稀还飘来了墙根下那株野梅花的芳香。从半开半掩的窗户望出去，能够看到一枝开满艳丽梅花的树梢。

赵黑见到郁久闾氏之后，深施一礼。郁久闾氏三十多岁的样子，因为常年的幽禁生活，她神色比较憔悴。看见赵黑，她平静地问："公公此来，有朝廷诏旨否？"

赵黑声音微弱："朝廷有旨意，赐死……"

郁久闾氏听到"赐死"两个字，没有表现出任何惊惶或者恐惧，只是低下头沉思了一会儿。片刻之后，郁久闾氏道："我犯了什么过错吗？"

赵黑想了想，低声说："您没有犯任何过错。如今景穆太子已经被朝廷追谥为景穆皇帝，赐死您，就是希望您能够到黄泉之下陪伴景穆皇帝……"

郁久闾氏听到赵黑如此说，眼睛一下子亮了许多："如此说来，景穆太子身边那几个椒房，也和我一起走吗？"

赵黑："那倒没有。只有您一个人是景穆太子正妃，所以朝廷只赐您……"

让赵黑意想不到的是，郁久闾氏听到这话，表情更加明亮起来："唉，我一个未亡人，早就不想活在这个世上了。现在，我终于能够正大光明地到地下去陪伴景穆太子了……"

说着，她凭窗远望。透过这扇窗，从狭小的空间内能够一直望到太极殿高耸的殿顶。这间小屋，一直是郁久闾氏多年来的住所，同时也是她的佛堂和心灵避难所。任谁也想不到，当朝皇帝的生母会住在万寿宫内如此偏僻的地方……

郁久闾氏又问："朝廷的诏旨，是南安王……当今皇帝陛下赐的诏旨？"她这样问，显然完全不知道自己的儿子拓跋濬已经登基，还以为现在的皇帝依旧是拓跋余。

赵黑想了想，点了点头。到了现在这个时候，他不能也不忍心当面告诉郁久闾氏这个残酷的现实：儿子当皇帝，母亲就要去死。赵黑大着胆子，仔细打量着郁久闾氏清秀的脸庞，能看到她鬓角旁边的眼角已经有了一些微细的皱纹。

不知不觉，郁久闾氏流下了眼泪："公公，我都是要死的人了，请你告诉我一句实话，我的儿子高阳王，是否还活着？当今皇帝陛下没有对他怎么样吧？"

赵黑情不自禁地回头看了看，低声说："高阳王当然健在，还住在万寿宫的前殿呢……"

郁久闾氏死死盯着赵黑的眼睛，想从他的眼睛中确认他说的是实话。

赵黑坚定地回望着郁久闾氏的眼睛："千真万确，高阳王真的健在！"

郁久闾氏的眼泪再也忍不住，扑簌簌地掉在胸前的衣襟上。她胡乱在身上摸索着，从脖子上摘下一个玉佩，又从手腕上摘下一个钗环。"劳烦公公！这个玉佩，如果你能够见到我儿，请给他；这个钗环，帮我送给我儿的乳母常氏。她乳养我儿多年，好久我都没见过她了，她应该还在宫中，你替我谢谢她……"

郁久闾氏说着话，起身抱了一个不小的漆匣过来，亲手递给赵黑："公公，这里面都是珠宝，是我送给你的……希望你能够把我刚才交给你的东西，交到我儿和常氏手中，让他们日后也能当个念想……"

赵黑恭敬地接过漆匣，使劲点头。

郁久闾氏确实是一个可怜到极致的妇人，她连幸福的幻象都没有得到过，在亲儿子当了皇帝之后，自己却孤独地被迫赶往黄泉……没有恐惧，没有悲伤，她自己踏上小木榻，头上悬着一根帛带。

赵黑背过脸去，低头看着手中的玉佩和钗环。一滴清泪，滴在了玉佩上……

咣当一声响，接着是绳索绞紧的声音，女人哽咽的喉头发出的呜咽声，不一会儿，就悄无声息了……

坤德六合殿，赫连太后静悄悄地坐在阴影之中。在这样的白天，她总会让宫婢把帷幕全部拉上，整日整日地独自坐着。近日，盘旋在赫连太后脑海中的，出乎她自己的意料，总是死去的拓跋焘的形象，特别是他充满眉宇间的那股英俊气质。回想起来，有时候赫连太后会忽然觉得痴迷——当然，回忆中的那张面庞，是她还是皇后的时候夫君的脸。在赫连太后的印象中，后来的太武帝已经因为常年酗酒和服用寒食散而失去了魅力，原本开阔的眉眼显得空荡荡的，略微肿胀的眼睛旁边都是细小的皱纹，鹰钩鼻两旁的法令纹非常深……

帷幕忽然拉开，打断了赫连太后的回忆。看到赵黑这张半生不熟的脸，赫连太后很恼火——毕竟自己是大魏的太后，竟然有宦者敢于这样不招自来地打搅自己。仔细瞧看，赵黑中等身材，体格很健壮，鬓发很黑。他稍微肿胀的眼皮底下，一双眼睛似笑非笑，非常有精神，炯炯发光。赫连太后继续观察，发现这个宦者的眼中很少流露出高兴或者不高兴的神情。可以想见，这个宦者，既有理性，又有智慧。

她低声喝问："你是何人，来此何事？是谁让你进来的？"

赵黑行礼："有懿旨，赐死太后！"

赫连太后愣住了："何人懿旨？我有何罪？我可是当朝太后啊！"

赵黑再施一礼："就是因为您是当朝太后，才要被赐死啊……"

赫连太后恍然大悟："哦，难怪是'懿旨'……是常氏要赐死我吧？我早就看出来了，常氏这个老贱婢，不是什么善茬好东西！如今，她竟能够以保太后的名义赐我这个真正的太后死，简直太荒谬了。不过，大魏帝国的荒谬事儿也太多了……"

赵黑默然。

赫连太后接着问："赐死我，最起码要有个罪名吧？就连当今皇帝陛下也因我得立，我有何罪？"

赵黑："您毕竟是前朝太后，当今皇帝虽然是依您懿旨所立，但先前太武皇帝暴崩，而后串通宗爱立南安王拓跋余为帝的，也是您啊……"

赫连太后恨恨地言道："欲加之罪，何患无辞！"

赵黑俯首恭立，依旧默然。

赵黑躬身端上一个案子，以非常礼敬的语气对赫连太后说："这里有绳索、鸩酒，请太后选择！"

赫连太后竟然笑了："既然让我死，作为当朝太后，我还是能够自己选一个快死的方式的吧……我死后当为厉鬼，生绝常氏之喉！"

赫连太后虽然语气坚强，但走起路来还是有些跌跌撞撞。趔趄了一下，她踩到了自己长长的裙摆。她紧紧咬着已经被咬得血红的嘴唇，在屋子里四处寻找着。最后，她从角落的一个矮柜里面拿出一把匕首来。她喘了喘气，静了一下，像是在下定决心。

这时候，赫连太后仿佛既失去了思想，也失去了感觉，整个身心都沉没在对死亡的忧郁意念中。这种意念，在无声的煎熬中，变成了难以忍受的绝望，完全撕裂了她那一直充满了屈辱的内心。

赫连太后以坚忍的语气对赵黑说："让你们这些狗奴才也看看，我身上没有白流赫连家族的血液！"

言毕，她低头看了看闪着寒光的刀刃，双手握住刀柄，把头向后一仰，使尽全力把刀尖刺入自己的心脏……一阵强烈的疼痛，使得她忍不住大叫了一声，猛地跪倒在地。迷迷糊糊之中，她似乎害怕自己一下子死不了，又坚强无比地爬了起来。她用沾满自己鲜血的双手，再一次紧握匕首，使劲又往自己的胸膛深处压了一下……

赵黑在一旁目睹了这壮烈的一幕，眼前的画面使得他的头发都竖立起来。他能够清晰地听见和感受到赫连太后手中尖刀刺破身体的扑哧声，甚至能够感受到她当时所感受到的那种撕心裂肺的疼痛。而后，赫连太后倒地之时血液从伤口中流出的声音，就像火焰一般，顺着赵黑的脚底一直烧到他的脑袋，又如同铮铮作响的长针，锐利地刺进了他的耳朵……

良久，赵黑肃立在赫连太后的尸体前，默默无语。

忽然，常泰急匆匆赶来。他推开殿门，大口大口喘着粗气。赵黑问："你来这里干什么？"

常泰气喘吁吁地说："赵公公，我找您半天了……您腿脚真快，我还以为您还在郁久闾氏那里呢……对了，赫连太后死了吗？"

赵黑侧身，指着地上赫连太后的尸体："嗯，死了……"

常泰吓得一激灵，往后跳了一步："姑母让我告诉您，这个赫连太后是西域国公主出身，据说死前会诅咒人……姑母知道赫连太后生前怕水，所以让公公您把……把赫连太后的尸体扔到水里浸泡一下……"

赵黑黑着脸，问："谁跟保太后这样说的？"

常泰皱着眉头道："我真不知道……"

赵黑表情复杂，慢慢踱出殿外。常泰跟着走了出来。

赵黑望着四周的环境，指着殿外排成一大排的铜缸："常公子，那就麻烦你了，你把赫连太后的尸体扛进去泡一下，算是能回去给保太后交代了……"

常泰一脸惶恐："我？！"

赵黑点点头。

无奈，常泰趴在地上，朝着赫连太后的尸体磕了几个响头，然后哆哆嗦嗦地扛起了尸体。连拖带拽，常泰把赫连太后的尸体弄到殿外，头朝上，轻轻地放入殿外那原本用于救火的铜水缸……

赵黑在一旁冷冷地看着，不动声色。

听到赫连太后的死讯，常氏那张布满倦意的脸顿时变得容光焕发了；而当她听到郁久闾氏的临终遗言，看到郁久闾氏留给自己的物件儿，忽然又掉下了眼泪。

叹息良久，她说："唉，郁久闾氏是个仁德贤良的女人啊，早知道这样，咱们就不赐死她了……"

赵黑在一旁解劝："保太后您别伤心，仔细想想，人都是会改变的，如果郁久闾氏活着，也定会成为当朝太后，到那时候，说不定她就不能容您了……说一千道一万，即使日后郁久闾氏能够容您，她的亲眷和她身边一些人也不一定能够容您……"

常氏克制住自己悲戚的情感，不停擦拭着脸上的泪珠："赫连太后那个事儿，处理得怎么样？"

赵黑犹豫了一下，说："还能怎么样，肯定当时就死了！"

常氏问："怎么死的？是自己吊死的，喝毒药死的，还是你送她上路的？"

赵黑迟疑片刻，回答道："赫连太后，她是自己吊死的……"

赵黑之所以撒谎，就是不想把赫连太后壮丽的死亡过程告诉常氏，以免使她再次怒火攻心……

常氏想了想，说："赫连太后虽然是我的敌人，却是冯昭仪和小冯氏的贵人……这样吧，我也做个人情，你去告诉冯昭仪和冯贵妃，让她们姑侄送赫连太后最后一程吧……"

坤德六合殿内。此刻还是白天，但毕竟面对的是一具尸体，冯婉华满心恐惧，一边努力克制着，一边帮着姑母把赫连太后的玉体清洗干净。

赫连太后的身体上，还残留着铜缸内的水带来的寒意。她稍显肿胀的脸上，是一副严肃的神情。

冯婉华很细心地擦拭着赫连太后的遗体，发现还有一些细沙裹在她的头发里面。这些微细的沙子如同银屑一样在她的头发里闪闪发光，甚至在她的一侧耳朵上，还沾着一丝碧绿的潮湿青苔……赫连太后的双臂呈自由式伸展，从长榻上耷拉下来，仿佛是一个贪睡的少女睡熟的样子，给人一种可怕的安详感……

这就是那个曾经母仪天下、仪态万方的赫连太后吗？

冯婉华在此后很长一段时间里，都总是想起赫连太后这种安睡的样子。

冯昭仪、冯婉华二人仔细把赫连太后身上的裙子整理好。这位太后年轻、白皙的脸，即使在她死后，仍然很美丽。她半闭的眼睛，在略微弯着的棕色眉毛下，依旧闪着暗淡的微蓝的光芒。她那曾经鲜嫩的嘴唇微微张开，像是在等待一个温柔的亲吻；她紧咬着的牙齿，透出珍珠般皎洁的白光；而她那贴在丝绸垫上的脸颊上，还耷拉着一小绺青丝。

死亡，在赫连太后俏丽的脸上，抹了一层橙黄色的惨淡阴影。

冯昭仪对着赫连太后的尸体，泪如雨下："皇后姐姐，我们姐妹一场，现在我们姑侄送你最后一程……"

听姑母如此说，望着赫连太后惨白的脸，冯婉华也情不自禁哭出了声："太后……"

最终，冯昭仪决定把赫连太后安葬在西苑的草地上。而赫连太后的衣冠和一些随身的遗物，都葬在距离太武帝金陵不远处的坟冢里面。没有谥号，没有石碑，什么都没有，仿佛这个女人从来没有在大魏帝国存在过一样……

一棵杨树的嫩枝，在赫连太后满是新土的坟顶上摇曳着。早秋的露水已经把杨树顶上的树叶漂染成伤感的黄色。这样的颜色，就如同赫连太后枯萎的生命一样……杨树、槐树以及蔓延快生的荆棘野草，依旧生机勃勃，盘绕着牵牛花的小树显得清新可爱。

抱公公挖着坟坑，不时扔下铁锹，望着一代美人最后的归宿，坐在潮湿的黏土地上沉思……

冯昭仪和冯婉华站在新坟前，面色哀伤。

冯婉华对冯昭仪说："姑母，赫连太后是我的恩人……保太后为什么不能容她呢？"

冯昭仪叹了一口气："按照宫内的规矩来说，赫连太后是太皇太后，保太后当然不能容她……婉华，赫连太后是你的恩人，保太后也是你的恩人……如果没有保太后，就没有当今圣上的今天，也就没有你的今天。"

冯婉华似懂非懂地点点头："可保太后和赫连太后……她们就不能平和相处吗？"

冯昭仪决然答道："当然不能！这些事儿，等你长大些就会懂了……"

抱公公叹息了一声，说："唉，孩子大了，在想些什么咱也捉摸不透了。赵黑这个家伙，现在越来越有能耐了，手杀贾周，封了公爵，现在又投靠了保太后……想想当初他入宫的时候，才四岁，瘦得像个猴子，是我一手养大的……"

冯昭仪："赵黑挺适合在宫内混，机灵……"

抱公公："嗯，黑子如今真是心思深沉……我现在完全揣摩不透他了。"

冯婉华也是若有所思，说："赵公公是您的养子，又能在宗爱身边好几年，深得信任，真是挺不容易。"

第三十二章　宴饮与杀戮

夜晚的平城鹿苑里，热闹非凡。拓跋濬、冯婉华、常氏高坐御榻上，赵黑、元华等人侍立在侧。宽阔巨大的广场上，到处都是表演百戏的匠人，各种把戏不可胜数，让人眼花缭乱。

常氏如数家珍，对冯婉华说："婉华啊，这个节目叫寻橦，也叫竿木、戴竿或者顶干。你知道吗，百戏中，这寻橦难度最大，也最精彩。"

冯婉华看得瞠目结舌，连连点头。只见二十多个头戴红帽青巾的女艺人，绕着一根耸入青云的巨大粗竿，争先恐后地攀缘。她们穿着绸布袜子，攀着大竿上下蹁跹起舞，上天入地，犹如猿猴挂膝林梢，让所有的观看者都惊奇到窒息，惊叫不断。

常氏又说："瞧，那种技巧叫绳伎，又叫走索；脚踏大圆球的节目，叫蹴球或者踏鞠；那几个大力士互相扭斗的节目叫角抵，又称角力、掼交、相扑。嗯，瞧，还有那些能够跳舞的马，就叫舞马。先前太武帝还在的时候，每次遇到朝廷盛大宴会，这些马就会出来跳舞助兴。那边的百戏叫舞象犀，你看，不仅马能跳舞，连大象和犀牛都会跳舞。不过犀牛拉屎总是很大一堆，你还是不要凑近看的好……还有呢，婉华，我从前最爱看的，就是这种大型幻术了。你看，这么多奇妙的动物和神物，忽然出现，又忽然消失，太好看了。"

冯婉华定睛瞧看，就是感觉自己的眼睛都不够用，什么舍利兽、鼋鼍、龟鳖、水人、虫鱼等等，到处都是，还有大鲸鱼形状的东西在喷雾翳日。忽然之间，一声爆响，那大鲸鱼倏忽化成飞舞的黄龙，又一下子凭空消失，千变万化！

拓跋濬在几个和他年龄相仿的拓跋宗室少年的陪同下，笑语不断，饮酒作乐，也在观赏鱼龙百戏。

然而，就是在这样欢乐的场景中，冯婉华忽然想到了死去不久的赫连太后，不禁神色黯然……

观看百戏过程中，冯婉华的目光逐渐被一个表演绸吊的女孩所吸引。这个女孩长相秀美，艺高人胆大，仅仅凭借着从空中垂下来的两条红色绸带，就能顺势而上。噌噌几下，在升到十几丈高的半空之后，她熟练地把绸带缠绕在手臂上，左舞右摆，令人目眩神迷。随着绸带的不断上升，她时而翻转，时而盘旋，时而抛出绸带急速往地面坠落，做出种种匪夷所思的高难度动作……最巧妙的是，随着绸带越来越长，小姑娘也被绸带抛得越来越远。

最后一次，在高达二十多丈的地方，小姑娘被悠甩出去，抛向无尽的黑暗夜空……其间有相当长的一段时间，人们都看不见她的身影。正当人们屏住呼吸，觉得小女孩已经脱离了绸带，即将摔落在地的时候，她忽然在距离地面不到两尺的地方定住，砰地落在一朵盛开的莲花上面。

此时，乐声大作，火光冲天。整片百戏场如仙界一般，小姑娘就如同仙女一样，熠熠生辉。

一时间，全场所有的人都尖叫不断……

看到冯婉华那么喜欢这个玩绸吊的小女孩，拓跋濬派人把女孩和她的父亲都带上了观景台。拓跋濬望着跪地叩头行礼的父女，问："你们的绸吊表演真好看。喂，下跪者何人？"

女孩父亲讲的是华言，南人口音："回禀陛下，奴才姓林，名冬闾。这是小女林燕燕。"

女孩胆子挺大，跪拜之后便抬起眼睛往上看。冯婉华走到她近前，握住她的手问："你多大了？"

林燕燕大大方方地回答："回娘娘，我十二岁了。"

冯婉华："练习绸吊有多久了？"

林燕燕："我五岁开始练的。"

冯婉华转向女孩的父亲，问："听你们的口音，好像是南人？"

林冬闾回禀道："娘娘说得对，我们本来是豫州人，前几年南朝刘宋国内乱，大魏军队进攻，我们是当时被大魏大军掠到平城来的……"

拓跋濬讨好地对冯婉华说："贵妃，你这么喜欢这个小姑娘，就让她入宫陪你玩吧。"

常氏也笑道："对啊，婉华，这个小姑娘机灵，我也喜欢，就让她陪你在宫里玩！"

冯婉华笑着问林燕燕："你喜欢入宫陪我吗？"

林燕燕眨着大大的眼睛，想了想，说："这要问问我父亲是否能让我去宫里。陛下，你不是要我当你的妃子吧？"

拓跋濬闻言大笑："哪里哪里，我只是让你陪贵妃娘娘玩，你和她住在一起，不是和我住在一起……"

常氏也大笑起来。

林冬间再拜行礼："我等本南朝贱俘，蒙陛下、娘娘恩宠，小女如能入宫，乃天大的恩德！"

冯婉华："我有个玩伴就元华，那你就叫元蕊吧！"

林燕燕眼巴巴地看着自己的父亲。

林冬间赶紧拉着女儿叩头，说："还不谢娘娘赐名！"

夜晚，坤德六合殿，装饰一新的寝殿内只有拓跋濬和冯婉华两个人。拓跋濬含情脉脉地对冯婉华说："婉华，冯贵妃……呵呵，这里可是我们大魏皇后的寝殿啊……"

冯婉华一脸娇羞："嗯，先前这里是赫连太后住的地方……"

拓跋濬情意绵绵地把脸颊贴在冯婉华的面颊上。这对少男少女的脸庞娇嫩，饱满，清新。少年亲吻少女。冯婉华闭上了眼睛。

殿内宫婢蹑手蹑脚的脚步声自远而近。来人把蜡烛灯捻灭了，而后脚步声便又渐渐远去。殿门下的那一线光亮，随之消失……

秋日七月十五，中元节。太极殿内，君臣宴会。在中书侍郎高允和冯婉华的建议下，拓跋濬在中元节的朝会上穿上了一身非常正式的帝王礼服亮相，临轩傲立。这位少年天子头上扎着黑介帻，戴通天冠平冕。通天冠外面是黑色的，里衬朱、绿两色，宽七寸，长一尺二寸，前垂四寸，后垂三寸，前圆而后方；前面垂白玉珠，十二旒，长度齐肩。而拓跋濬身上穿的礼服，上衣是皂色，下裳是绛色，前三幅，后四幅。上衣上画有日月星辰、山、龙、华虫、火、宗彝等；下裳绣着藻、粉米，以及黼黻图案。在他双腿的前面，还有赤色鞣皮为韠。韠就是汉魏时代的韍，这个东西形似围裙，帝王上朝的时候系在腰间，长度蔽膝，在祭奠大礼上为跪拜时所用。他脚上着绛裤袜，赤舄；腰间佩白玉，垂朱黄大绶带，镶边的带条共有黄、赤、缥、绀四种颜色。腰间系着的革带上有一把宝剑，宝剑和革带之间用黄金辟邪首形状为带鐍，边上饰以白玉珠。

冯婉华第一次看到拓跋濬穿华服，还是先前太武帝在世时封他为世嫡皇孙的仪式上。那时，他穿的是太子服饰。如今，拓跋濬穿上中华帝王的衣服，冯婉华感到新奇得了不得，一直上下打量。

拓跋濬被冯婉华看得都有点不好意思了。殿中这么多大臣，许多人也都感到非常新奇，都上上下下地打量着这位帝王所穿的华服。

中元节是拓跋濬登基后遇到的第一个大的节日。这一天，不少从外封地前来的王爷和鲜卑勋贵也都要入殿朝见。拓跋濬坐在御座之上，充满朝气。这个少年天子兴致颇高。当着众臣的面，他唤中书侍郎高允出班。

拓跋濬对高允说："高侍郎，你才高识广，给我们讲讲，这中元节是什么来头？"

高允不假思索地回复道："回禀陛下，中元节起于东汉，原本是道教的节日。太武皇帝时期，大崇道教，所以对中元节特别重视。道教诸神中，有天官、地官、水官，合称'三官大帝'，这三个神是天帝派驻人间的代表，他们分别在'三元日'为天帝检校人间功罪以定赏罚，天官为正月十五上元赐福，地官为七月十五中元赦罪，水官则为十月十五下元解厄。所以，中元是道教的地官大节，而地官所管之域为地府，所检的重点，自然是诸路鬼众了。据说啊，在今天这中元之日，地宫打开地狱之门，众鬼都要离开冥界，到人间接受考校。有主的鬼呢，就回家去；没主的鬼，就游荡人间，徘徊着寻找东西吃。太武皇帝时期，为了展现皇帝慈悲，他派人四处高点荷灯，为亡魂照亮回家之路……"

拓跋濬听得有滋有味："朕从前听皇考景穆皇帝说，中元节也是佛教的节日？"

高允："陛下圣明！依照佛教的说法，七月十五日这天是信奉佛教的僧徒功德圆满的日子，佛弟子会在此日举行盂兰盆法会。根据《大藏经》记载，盂兰盆是梵语，盂兰乃倒悬之意；盆者，救器也。所以，盂兰盆即意为用来救倒悬痛苦的器物。佛教传入中华大地之后，衍生出来别的意思，用盆子装满百味五果，供养佛陀和僧侣，以拯救那些入了地狱的苦难众生。佛经《盂兰盆经》在晋朝的时候传入中华，经中有'目连救母'故事，这样的故事，特别和华夏孝道观念相暗合……其实，真正佛教中的七月，是佛的一个欢喜月；所以呢，盂兰盆的原意'救倒悬'，就是解救在地狱受苦的鬼魂，而并非坊市内细民所想，是为鬼过节也……"

冯婉华点点头，她轻声对拓跋濬说："佛教和道教，源流不同，对中元节这个节日的解释就不同。道教强调孝道，而佛教着重于'普度众生'……"

拓跋濬一直点头："嗯，皇考景穆皇帝一直崇信佛教，可是皇祖太武皇帝后来崇道灭佛……朕以天下苍生为怀，当在天下恢复佛教信仰！"

傍晚时分，大殿内愈加热闹。正式宴会开始之前，拓跋宗室以及鲜卑勋贵正式拜见文成帝拓跋濬。

拓跋濬对这些人不是很熟悉，冯婉华在他身旁当顾问，拿着一卷缣帛，一一详细介绍来人。

建宁王拓跋崇上前施礼："臣拓跋崇，拜见陛下。"

冯婉华低声向拓跋濬道："这位是明元帝之子，也就是您的叔祖。"

永昌王拓跋仁："臣拓跋仁，拜见陛下。"

冯婉华继续低声道："这位是您的堂叔，明元帝拓跋嗣之孙，他的父亲是永昌庄王拓跋健。"

济南王拓跋丽："臣拓跋丽，拜见陛下。"

冯婉华："这位也是您的堂叔，是刚才那位建宁王的儿子。"

京兆王杜元宝："臣杜元宝，拜见陛下。"

拓跋濬见这个人也是一身鲜卑服色打扮，有些奇怪，悄声问冯婉华："这人叫杜元宝？听这名字，不似我们大魏宗室或者代北鲜卑出身的人啊。怎么他还有'京兆王'这么重要的王封？"

冯婉华低声解释说："他是陛下您的皇祖太武帝的表哥，也就是太武帝舅舅杜超的侄子，现在的官职是司空、京兆王。太武帝生母杜太后因为子贵母死制度而被赐死，所以太武帝登基之后特别照顾他的舅舅家，多年来一直给他们加官晋爵，赏赐巨万，而且给他们杜家的官爵封得也特别大。嗯，京兆王，这个王封确实已经超过绝大多数的拓跋宗室了……"

拓跋濬恍然大悟。

长乐王拓跋寿乐："臣拓跋寿乐，拜见陛下。"

冯婉华："此人官拜太宰，是拓跋宗室中辈分最高的，应该是建宁王的堂叔一辈。"

尚书令拓跋渴侯："臣长孙渴侯，拜见陛下。"

冯婉华低声解释："此人官拜尚书令，是拓跋宗室的姻亲老臣，属于大魏勋臣八姓之一。"

…………

大魏帝国各地出产的美酒，包括南朝敌国宋国的美酒，在殿内摆放得到处都是。这种宴会，总是持续时间很长，几乎是夜以继日。肉类、鱼类基本都是在专用的铁质算子上面烧烤，做成烤鸡、烤鹅、烤牛肉、烤乳猪、烤鱼等。那些身穿鲜卑式服装的勋贵大都不用餐具，他们个个席地而坐，不顾油乎乎的脏手，都用手撕扯着烤肉往嘴里送，汁水油水四处飞溅，弄得衣服上油渍斑斑，看上去非常不雅观。

相对的，在高允等华族大臣这边，他们的进餐过程干净而从容。他们的桌案上没有多少脏盘子，匙匕刀筷井然有序。进餐期间，这些华族大臣不断地更换餐巾和餐具，各类盘子、碗碟，以及各种形状的酒碗、杯子和小匙，分类清楚，秩序井然……

拓跋濬和冯婉华坐在食案前面，几乎一动不动，饶有趣味地看着殿中大臣们宴饮。不久，群臣酒足饭饱，殿内喧嚣声渐起。特别是一些鲜卑勋贵，开始起舞高歌，使得殿内喧嚣声大起。

拓跋濬和冯婉华走到殿外，去欣赏秋夜的月色。窗外，月色明净。恰恰是殿内过于喧哗的衬托，反而显得这夜色更加寂静。登高望远，皇宫内的风景像一卷画轴一样徐徐展开，在明月的照耀下显得更加恢宏壮观。

酒酣耳热之际，殿内的鲜卑勋贵开始自我吹嘘起来。永昌王拓跋仁一脸傲狠之色，夸说道："我这人没有别的本事，就是骁勇善战。当年啊，就连太武帝见到我，也亲口夸我是我们鲜卑的马上英雄！想当年，嗯，应该是太平真君六年，我和高凉王阿斗泥（拓跋岳鲜卑小名）各率一万多骑兵，渡黄河南下，直逼南朝宋国的青徐地区，斩杀敌军无数！转年，我率领人马抵达徐州，血战之余，击破多部宋军，还俘虏刘宋大将王章，掠取南朝宋国五千户人家至河北。同年回师，我又和阿斗泥一起，攻打在长安杏城地区造反的盖吴贼党，最终击灭贼军……"

有皇帝在座，这永昌王拓跋仁如此扬扬大言，与鲜卑勋贵隔座而坐的华族大臣皆默然无应。拓跋仁继续夸夸其谈："太平真君十一年年初，太武皇帝御驾亲征，率大军展开对刘宋的攻击。大军围攻悬瓠的时候，我率领军马驻守在汝阳，看管从淮西六郡等地俘虏来的南朝百姓。唉，十多万人啊，当时我们大魏军队掠获了金银财宝无数！岂料，南朝宋国的武陵王刘骏从彭城派遣多名大将攻打汝阳，我临危不惧，在损失三千多兵士的情况下，重整军队，与从虎牢地区来的大魏援军会合，回头力战，大败宋军，斩刘宋大将一员，还俘虏了他们一个叫程天祚的大将……"

建宁王拓跋崇一脸夸赞之色："是啊，永昌王确实勇武。当年十月，我们大魏军队在太武皇帝的率领下，对南朝宋国进行了全面反击！永昌王竟然在盖吴叛乱之后，招募到长安关中地区的民众八万人为兵士，攻克南朝宋国占领下的虎牢关！接着，他从洛阳出发，又攻下了南朝宋国的项城和悬瓠。行军途中，永昌王在尉武遇到了大麻烦，那可是有'神将'之称的南朝宋国大将刘康祖啊！永昌王和他大战一天一夜，竟然全歼刘康祖的部队，进而进逼寿阳，率领大军与太武皇帝合军，抵达长江沿岸！"

永昌王拓跋仁洋洋自得，听任建宁王拓跋崇夸奖自己。而后他接着道："太武皇帝，赫赫武功！有这样的大魏皇帝率领军马进攻，南朝兵马哪里是我们的对手！当然啦，我先前那些小功不必提了。我现在的妃子李氏，就是我在寿阳城下得到的南朝女人，果真是貌美如花，这才是让我最兴奋的事情啊……"

赵黑面露不屑，插话道："呵呵，永昌王的这些往事，听着好像挺英勇的……"

拓跋仁本来想训斥赵黑，转念一想，这个宦者是保太后身边的红人，于是不得不强忍怒火，说："赵公公……哦，应该是南安公，您在宫内伺候人，难道也有什么杀敌的事迹？也给我们这些鲜卑王爷讲一讲啊。"

赵黑："我没有什么杀敌的功绩，没有带兵杀敌几千几万的，也没跟从太武皇帝攻打过南朝宋国。不过，我曾经手刃逆贼贾周，拥推当今陛下登基。这，应该也算是小有功劳吧？"

听赵黑如此说，拓跋仁、拓跋崇以及拓跋丽等人皆闭口不语了。

赵黑嘿嘿一笑："不过呢，永昌王殿下，您刚才把自己夸得武功盖世，跟项羽再世似的，是否渲染太过了？我听说的这段故事，好像又不太一样。据说南朝宋国大将刘康祖乃百战神将，当时他手下只有八千人，面对人数是他们几倍的大魏军队，却丝毫没有惧怕。在他的率领下，宋国军队联结车阵，鼓行而进，激战一昼夜，竟杀掉了您手下军士一万多人！不过呢，这个刘康祖确实可惜，败也败在轻敌这一点上。应该算是你运气好，最终在混战之中，刘康组的颈部中了一支流矢，当时便落马身亡，这才有了你翻盘的机会，否则……"

赵黑不阴不阳的一席话，说得拓跋仁脸色大变，腮边咬肌不停滚动。

拓跋濬和冯婉华再入殿。饮酒正酣的拓跋仁忽然走上近前，摇摇晃晃，指着拓跋濬嘻嘻而笑。他口无遮拦地问："陛下何故穿衣戴帽，有似华儿？"

拓跋濬面色大变。高允起身大声指斥拓跋仁："永昌王大不敬，胆敢对陛下无礼！"

拓跋仁面对高允，竟也不惧，高声斥责："你这条老狗！当初太武皇帝诛杀崔浩五族，那里面就应该有你啊！当年如若不是景穆太子救护你，你三宗五族现在都已经喂狗了吧……"

拓跋濬大怒：“永昌王，不得放肆！”

拓跋仁仍不知收敛，醉醺醺地对着拓跋濬说：“天下，乃太祖之天下！国家，乃我鲜卑之国家！陛下奈何穿华儿之服色，轻我鲜卑之车马！”

听拓跋仁如此说话，殿内的鲜卑勋贵和拓跋宗室中不少人都暗自点头。

拓跋濬怒不可遏，但也语塞：“你……”

冯婉华和元华，至此也气得满脸通红，但都不知道怎么办才好。常氏的兄长常英、侄子常泰和乙浑坐在一处，也面面相觑。

就在一众君臣都很尴尬之际，赵黑忽然站起身来，抡起巴掌，狠命地朝拓跋仁脸上就来了一掌！

啪！

拓跋仁愣在原地。在场诸多鲜卑勋贵和拓跋宗室也都愣住了。

赵黑跪倒向拓跋濬施礼：“陛下，永昌王殿下醉了，因此失礼，请您饶恕！”

冯婉华轻轻捅了一下拓跋濬的胳膊。

拓跋崇此时也赶紧跪下求情：“陛下，请您不要怪罪永昌王，他确实喝醉了！明日一早，我等宗室成员在鹿苑恭候陛下，演习射猎给陛下观赏！”

拓跋濬见好就收：“好吧，明日朕再与诸臣相会！”

清晨时分，拓跋濬和冯婉华、元华等人，早早来到了鹿苑。他们坐在一个小高冈上，观看建宁王拓跋崇等人的射猎表演。

鹿苑猎场之内，并没有被驱赶过来的猎物，而是聚集着几十个已经在大魏干了几年苦工的宋国战俘。这些战俘瑟瑟挤成一团，大多数都衣不蔽体，面露菜色。他们的眼神绝望，目光一直追随着山冈上几个鲜卑勋贵的马匹，盯着他们手上的刀剑，显然是害怕即将到来的屠戮。

建宁王拓跋崇年纪比较大，这个鲜卑老头儿颧骨很高，一张脸被阳光晒成深棕色，穿着一身典型的鲜卑式裤褶，箭袖裘帽，轻蔑地看着宋国战俘。永昌王拓跋仁身材短粗，宽肩，浓眉大眼，头上的辫发像马鬃一样黑硬。他也骑着马，不停用指甲上还沾着干血的粗大手指搔着自己的粗壮的脖子，一脸若无其事的样子。

拓跋仁的胯下马，是一匹非常高大的白马，身上血迹斑斑。这倒不是因为战马受了伤，而是因为先前拓跋仁在开一把新刀的时候劈砍战俘，战马身上便沾满了战俘身上喷溅而出的鲜血……

宋国战俘中大多数都赤着脚，有几个脚上捆着麻布做成的包脚布。几个年轻的战俘一直打寒战一样哆嗦着，脸色极其苍白。而为了使射猎战俘的过程更加富有紧张感和趣味性，济南王拓跋丽事先还让手下的奴仆给宋国战俘发了不少棍棒，甚至给他们丢下十多根棍棒和十多杆长矛。同时，拓跋仁让手下兵士拨了几匹马给战俘中的几个头目。

这时候，一个老兵模样的战俘咬紧了牙关大声鼓励起自己身边的战友来："吾辈被鲜卑贼虏俘获，至今已经两年多。与其在大魏被累死、折磨死，不如就在今天战死！我们绝对不能像挨宰的野兽那样，被这些人在玩乐中射杀、砍死！"

在这个宋国老兵的安排下，拿到了长矛的宋国战俘排在前列，准备迎击骑在马上的鲜卑贵族以及他们的仆从和兵士。宋国老兵鼓足精神，与三个跟自己差不多年纪的兵士一起，都骑上了马，手执棍棒，准备死拼。

射猎开始，拓跋仁首先纵马冲锋。由于大魏的战马脚力太好，拓跋仁与宋国战俘之间的距离一下子就缩短了。在拓跋仁的视线中，宋国战俘在草原上奔跑的身形变得越来越大，人也越来越近……就在这时，拓跋仁的马恰好不小心将蹄子踏在了一个被长草掩盖的小洞里，忽然就打了一个趔趄。而这个趔趄，还真救了他一命——宋国战俘投过来的一支长矛从他头上贴着头皮飞了过去。如果没有这个趔趄，这支长矛应该就把他的脑袋洞穿了。

拓跋仁气得脸都白了，使劲用刀背打了一下马屁股。高大的战马挨了一刀背，玩命地飞奔起来，两只耳朵生气一般紧贴着脸侧，脖子伸得笔直，有节奏地颤抖着，驮着主人朝宋国战俘冲了过去……

拓跋仁盯上了呐喊着冲向自己的宋国老兵。这个老兵骑了一匹褐色的高头大马。这显然是一匹鲜卑战马，在奔跑的时候，竟然能够像狼一样一纵一纵地往前。宋国老兵在空中挥舞着一根粗大的棍棒，他雪白的牙齿在阳光中闪烁着白光。

仅一刹那，拓跋仁就和这个宋国老兵面对面错身而过。宋国老兵手里拿的毕竟不是刀，而是棍，拓跋仁一低头，躲过去了。在感受到棍风的同时，他姿势优美地回手一刀，就像刀砍藤蔓一样，宋国老兵的后脖子立刻被砍断了。鲜血暴喷出来，宋国老兵猛然栽倒在马脖子上。此时他的头被一层薄皮拖在颈上，还没有完全掉下来。而他所骑的马受了惊，头也不回地向草原深处奔跑过去……

作为一名大魏老将，建宁王拓跋崇在马上挺直了魁梧的身子，看上去像是立在马镫上一般。他并不急于冲上前砍杀战俘，而是静静在原地等待。一个骑马的宋国战俘头目好像是控制不住自己胯下的马，没头苍蝇一般没头没脑地朝他冲过来。他所骑的红色大马受了惊吓，高高抬起前蹄，仰起马头。这样一来，他的视线受阻，基本看不到已经冲到面前的宋国战俘了，只能看见一根粗大的荆棘棒子……不慌不忙地，拓跋崇使出全身的劲儿勒住马缰绳，随即来了个镫里藏身，躲开宋国战俘砸来的一棒。然后他右手收紧缰绳，一扯马头，手持砍刀便狠狠地朝着那宋国战俘的胸膛砍了过去。咔嚓一声，宋国俘虏被砍成了两截。

那边厢，济南王拓跋丽是个神箭手，他骑马立在原地，连发弓箭，射兔子一样接连射死了七八个冲过来的宋国战俘。

看到领头的宋国老兵和几个骑马的头目已经被杀，剩下的二十多个宋国战俘精神崩溃了，扭头便开始逃跑，而且跑得七零八落。就这样，这场刚开始还有些竞技性的"射猎游戏"，已然成为一场赤裸裸的杀戮。

从小山冈上远眺下去，可以看到一片色彩斑斓的秋日田野。山谷两边的斜坡上，晚霞照在树林间，景色美丽得有些不真实。草原上横躺着许多宋国战俘的尸体，横七竖八，姿势各异，样子都非常难看、可怕。可以说是触目惊心。尸体附近的土地被鲜血浸得已经潮湿，蔓延出一片紫红色的黏稠泥浆。

这时候，率领着身边的禁卫军，拓跋濬、冯婉华、元华等人开始骑马往山冈下走。看到才被杀戮的宋国战俘新鲜的尸体，拓跋濬掩饰不住内心的恐惧和厌恶，而他身边的禁卫军队伍也都乱了。禁卫军中有不少人下了马，小心翼翼地走到成群的死尸前，一边恐惧地战栗，一边好奇地察看。

一个禁卫军军官下了马，仔细数了数，共有三十一具尸体。这些宋国战俘大多是十八岁到三十岁的年纪，只有那个被拓跋仁砍了后脖子的宋国老兵有些年纪，有三十四五岁的样子。他惨黄而粗大的手中依旧紧紧握着那根木棒，胳膊上伤痕累累，触目惊心。

拓跋濬骑马缓行之时，看到这些已成死尸的宋国战俘身上沾满烂泥的粗布衣服，暴露在外的瘦腿上青筋暴起，大多数人双脚赤裸，当时就深感恼怒。死者当中，有几个年纪十七八岁的年轻人。这几个人的相貌都很周正，特别是其中一个高个子男孩，就像睡着了一样。在他苍白的脸上，两道宽眉毛忧郁地紧锁着。他的眼睛半睁半闭，女人一样长长的睫毛使得他留给人更加深刻的印象。而他那张似乎带着人生最后一次无声呼叫的嘴，已经完全没有了血色……

冯婉华和元华都不太敢往小山冈底下看。泥泞的土地上，那些胡乱堆在一起的残肢令人几欲作呕，而就在残肢堆附近，趴着一具身材高大的宋国俘虏尸体。尸体脸朝下横躺着，天灵盖在之前的屠杀中被拓跋丽削掉了，头顶四周是一圈湿淋淋的被血染成了深红色的发缕。在他空了大半的脑壳里，残余着紫红色夹杂白色的脑浆……

鲜卑勋贵、尚书令长孙渴侯，是个身体早已经发福的胖子。他后背略微发驼，不过身板儿显然算是硬实，左耳朵上还戴着一只圆形的金耳环，所以骑马或者走路时，那只耳环就会晃得人头晕。因为身体过胖，这个老头儿没有参加这次杀戮，只是骑在一匹高大的黑马上静静地观赏整个射猎过程。

看到皇帝一行人到来，长孙渴侯赶紧下马侍立。拓跋濬强忍住怒火，问道："这就是你们说的打猎？"

拓跋崇意气风发："是啊，陛下。"

拓跋濬指着遍布在草原上的宋国战俘尸体，怒斥道："这些，哪里是猎物？！他们都是人啊！"

拓跋仁桀骜不驯地看着拓跋濬："陛下，这些哪里是人，他们都是宋国的战俘，都是畜生一般的东西！"

高允怒喝："永昌王放肆！"

当着拓跋濬的面，拓跋仁没敢回嘴反驳，只是对高允横眉冷对。

拓跋丽脸上赔着笑，对拓跋濬说："陛下，我们鲜卑一贯崇尚英雄勇武，平素我们就会拿这些宋国战俘练手。如果长期不杀人，恐怕手就生了……"

冯婉华气得脸色发白，说："滥杀就叫英雄勇武？如果这些宋国战俘手上持有真正的武器，你们还能这么轻易地就杀害他们吗？"

拓跋仁愤愤道："就算他们手上有武器，照样敌不过我们鲜卑武士！"

拓跋濬："恃强凌弱，屠戮俘虏，哪里算得上真本领！"

拓跋仁气息勃勃，一点没有在帝王面前应有的尊敬和规矩。他依旧骑在马上，一副扬扬自得的样子。

建宁王府内，白发苍苍的拓跋崇大口喝着酒，在院子里面来回踱步，皮靴的靴底沙沙作响。他的腰间挎着一把装饰精美的腰刀。他的儿子济南王拓跋丽、长乐王拓跋寿乐、永昌王拓跋仁，以及长孙渴侯、杜元宝等人，都站在院子里，每个人手里都端着一个酒碗。

拓跋仁朗声高言："当今陛下乳臭未干，就天天被儒臣围绕，还穿着和我们大鲜卑传统完全不一样的华服上朝，哪里有太武皇帝的勇武之感啊。如此下去，以后或许国家会越来越弱，再和刘宋打仗就干不过了……"

拓跋仁红褐色的胡须非常浓密，大概是母家有西域血统的缘故，他的脸部轮廓异常清晰和坚硬。在他方正的额头上，有一道长长的刀痕，使得他平添了几分英武的气质。

杜元宝表示赞同："可惜，太武皇帝六个儿子，现在一个都不在了。景穆拓跋晃暴薨，南安隐王拓跋余被贾周刺死，东平王拓跋翰被宗爱杀掉，临淮王拓跋谭和广阳王拓跋建呢，又在拓跋余当皇帝的时候被宗爱赐死了。唉，其实太武皇帝的儿子当中，晋王拓跋伏罗最适合当皇帝，勇猛善战，可惜他病死得太早了……"

拓跋丽说："太武皇帝儿子一辈，现在真没人了。可他的孙子一辈，孩子可多了。"

长孙渴侯望望四周，笑着说："诸位王爷说话小心，你们现在谈论的内容，不是大不敬，而是大逆不道，是想谋反啊……"

拓跋寿乐捋着长胡子，说："我们哪里想谋反？！我们这些人中又没人想当皇帝，我们都是从心底里为我们大魏帝国担忧！大魏帝国，是我们拓跋家族的，是我们鲜卑族的！"

杜元宝点头赞同："帝国皇帝的宝座，只要是拓跋皇族的人，都有资格坐！永昌王，我看你英武雄豪，颇类太武皇帝啊！"

拓跋仁面有喜色。长孙渴侯警惕地注视着拓跋仁的反应。

秋天，风向常变。暑热未尽，秋日的干爽感已经非常明显。站在万寿宫殿外，拓跋濬的衣襟被风吹得狂舞。他兴高采烈，这里看看，那里走走。保太后常氏笑着，像看自己的亲儿子一般注视着拓跋濬，慈爱布满了她的脸庞。

赵黑对拓跋濬说："陛下，近日这几位勋贵欺您年少，朝堂之上，众人之前，对您极其无礼！奴才斗胆提醒，请陛下留意他们的动向……"

拓跋濬本来兴致挺高，听赵黑如此说，马上阴沉了脸，怒道："这些狗奴才，当着朝廷诸大臣的面，臧否国事，轻侮高允侍郎，对朕的帝王礼服也说三道四，其心可诛！"

常氏附和说："其心可诛，其人也可诛！"

冯婉华解劝说："陛下，您新近登基，鲜卑勋贵中必有心中不服者，确实该对这些人有所惩戒以立威……"

赵黑："不抓不杀，无以立威！"

常氏颇有气势，说："陛下，说句不好听的话，您这些姓拓跋的亲戚，没有几个省油的灯！我们这些外人外姓，功劳再大，爵位再高，也永远是您的臣下，就像我兄长常英，您即使现在封他为王，他又能怎么样？可您那些姓拓跋的亲戚就不好说了，说不定就有人惦记您这高位呢……"

常氏这话说得很重，拓跋濬听后眉头紧锁。过了一会儿，他忽然高声说："对啊，常英，辽西公！朕现在就封你为辽西王，太师！"

常英愣了片刻，赶紧跪地谢恩。

拓跋濬："常英，以后你一定记住，你们姓常的，就是朕之舅氏，切记忠诚体国！"

常英跪地不停叩首："陛下赐富贵于我们常氏全族，我等肝脑涂地，万死不辞！"

常氏一脸欣然。

冯婉华忽然也插了一句："陛下，近来赫连太后崩，后宫无主，您大可为保太后改个名号啊。"

冯婉华如此说，拓跋濬、赵黑、常英，包括常氏本人，都愣住了。

冯婉华接着道："大魏皇宫里应该只有一个皇太后。陛下，保太后就可以当皇太后啊！"

拓跋濬一拍大腿，说："对啊！保太后毕竟还不是皇太后，常妈妈，那朕就正式封您为大魏皇太后！"

常氏感激无限地望了望冯婉华和拓跋濬，一手拉住他们一个，无语欲泣。出于本能，她屈膝欲跪地谢恩，冯婉华马上拉住了她："皇太后，您以后可别瞎行礼了，在我们大魏，您是皇太后，就算是皇帝也不敢受您跪拜的啊。"

拓跋濬一脸笑意："还是冯贵妃知书达理。对，皇太后，大魏所有的臣民都应该向您行礼；逢年过节的，朕也要向您行大礼！"

傍晚，昭仪宫内，冯昭仪一脸慈爱地对冯婉华说："婉华，皇帝诏旨已发，封常妈妈为皇太后了。听说是你促成了此事？"

冯婉华点头："姑母终日教诲，婉华也学了一二……常妈妈对我们有恩，投桃报李，作为晚辈，我必须这样做。"

冯昭仪非常满意，对冯婉华说："婉华，你真长大了。常妈妈现在是皇太后，肯定对咱们冯家也会多有照顾。对了，听说有你哥哥冯熙的下落了？"

冯婉华听姑母这样讲，激动得眼泪一下子就涌了出来："是的，据长安郡守上报，已经有他的确切行踪，他应该很快就会入京和我们相会。"

冯昭仪感慨无限地道："唉，忽然之祸，忽然之福。人这一辈子，不知道最终会怎样……婉华，我们冯氏家族复兴，以后就看你的啦……"

冯婉华："姑母言重了，如果没有您在宫内当昭仪，估计我早死了呢……"

冯昭仪忽然想起什么似的，说："……婉华，切记切记，你哥哥入宫之后，陛下和常妈妈肯定要重赏他，到时候我们一定要有韬晦之策，一定要真心推辞！"

冯婉华听姑母如此说，有些迷惘。

抱公公在旁点头："昭仪说得对！如今常妈妈已经是皇太后，陛下重用常家，他们的子婿亲属也定会在朝中国内飞黄腾达，盛极一时！在这样的情况下，刚才昭仪说得对，你们冯家也属于外戚，一潭不容二龙，一山不容二虎，此时最重要的就是避免和常氏争宠争盛！"

听抱公公如此说，冯婉华明白了其中的道理，重重地点头。

第三十三章　冯氏与慕容氏

就在冯婉华与姑母商谈迎接冯熙回长安之事的同时，冯熙正在距离长安一百多里的羌人坞堡空地上干活儿。当年冯朗被冤杀，冯熙被乳母姚氏带到了自己母家避祸，现在他已经与姚氏之女成了亲。此时的冯熙，完全是一副羌人打扮。他头上戴着羌人特有的白色毡帽，低着头，正在刷洗一匹马。

冯熙的妻子小姚氏是个非常引人注目的美貌少女，十八岁上下的模样，肤色比华族人要黑一些，脸上的轮廓非常分明，嘴唇鲜红，身材高挑。她抚摸着马的背部，轻声和冯熙说着话。

初冬时分，空气干燥且略微寒冷。几只巨大的飞鸟呱呱地叫着，从羌人坞堡的上空飞过，奇妙的啼叫声飘落下来。冯熙抬头看着那几只鸟，若有所思地笑了一下，然后低下头去，接着刷马。

姚氏家族所在坞堡附近的河流还没有完全封冻，不过近岸的地方已经能看见一些薄冰。在薄薄的冰层下面，河水欢腾地冒着白泡，站在岸边，时而会看到很大的鱼忽然游过。

坞堡外面，忽然蹿进来一条黑色的卷毛大狗，使劲撕扯小姚氏的裙子。这大狗的个头就像一周岁左右的小牛犊一般，力大无比，拉扯之下竟把小姚氏按倒了。大狗晃着脑袋，更加狠劲地撕扯起来。冯熙急忙跳过来，使劲用脚踢那恶狗。然而大狗紧闭着嘴，咬着小姚氏的裙子就是不松口，甚至还拖着她走。

小姚氏虽然不怕狗，但是被这么大的狗咬住裙子，还是惊得不停地大声呼叫。冯熙惊怒。他蹲下来，用脚踩住那条恶狗的肚子，然后伸出双手，用力掐住大狗的脖子。就这样，冯熙蹲在那里很久，脸憋得发红，最终把这条忽然闯入的咬人恶狗活活掐死了。

冯熙的乳母姚氏就坐在坞堡的二层，安静地喝着装在瓦罐里的酸乳酪。看着自己的女婿在下面掐狗，她会心地笑了——几年之前，这个小伙子还是个面孔白皙清秀的公子哥。如今，他已经是个顶天立地有气力的男子汉了！

傍晚，羌人坞堡的大门忽然被擂得山响。一个长安郡兵头目在门外大叫："冯熙！冯熙！冯熙在吗？"

听到叫门声，坞堡楼上的姚氏迅速站了起来。小姚氏一脸惊惶，对冯熙说："夫君，你赶快逃！"

冯熙来不及多想，踩上马背便翻到了墙外。

河水在咆哮，大风将雨幕刮得倾斜，天地连成了一片。冯熙徒步跑了十多里地，前面遇上一条大河。听到后方传来迅疾的马蹄声，他只能咬牙跳入河中。

冯熙用脚试探着河底，艰难地往河对面走去。河浪太急，他很难泅水，只能这样踮着脚在河里走，但很快水就没过了他的胸口，冰凉的河水就如同一块大石压在了他的心上。河上风大，波浪就像鞭子一样，朝他的脸打过来。脚下的河床忽然从沙子变成了软泥，冯熙越陷越深，突然一脚踩进一个巨坑之中，这下他的两脚就完全踩不到地了。

湍流猛地把冯熙冲向河中心。他内心深处感到一阵刻骨铭心的绝望，心想自己就要死了。他使劲用手划水，想要往岸上游。然而此时由于近来多大雨，原本清澈的大河已经变成黑水翻滚的洪流。冯熙感到特别恐怖，本来他的游泳技术非常好，现在他却因为恐惧而喘不上气来……好在惶急之中他终于感觉自己有一只脚踏到了河床。一条大鱼直撞上他的胸部，他大大喘了一口气，终于站稳了。

河边上，几十个长安郡兵骑在马上，奇怪地看着冯熙。其中一个军官模样的人高声向河里喊叫："河中之人，是冯熙吗？"

冯熙艰难地站立在大河中央。河对岸传来鸭子的嘎嘎叫声，河岸边上散发着淡淡的潮湿和腥甜的气息。河面上雾气迷漫，天上隐约响着雷声，抬头望去，浅浅的月色却从被风吹开的浓云缝隙中钻了出来。

长安郡兵头目大声吆喝着："冯熙！朝廷有旨，平反冯朗刺史和冯氏家族！你妹妹冯贵妃在京城召你回去……"

冯熙忽然感到全身一软，差点陷在泥沙中沉下去。恍惚之间，他心里生出一片甜蜜的空虚。他朝着长安的方向望去，天边的乌云正在消逝。

阳光灿烂的早晨。冯熙用力地抱着妻子小姚氏，许久都不舍得放开她。几年以来，冯熙的手臂已经被太阳晒得黝黑，放在妻子白皙的胳膊上，就像墨条一样，闪着黑亮的光。

小姚氏啜泣着，不时仰起脑袋看向他的眼睛，恋恋不舍地回抱住他。

冯熙说："我一定会回来的！"

冯熙要离开羌人聚居的坞堡了。他已经习惯了这里的一切，包括奶酪酸酸的味道。气味清新的清晨，洁净的床褥，家里亲切而融洽的气氛，羌人们善良朴实的性情……这里的一切都让他感到不舍。然而，这些年来，每到夜深人静之时，他总会回想起在长安的岁月，会忆念父母，以及妹妹……

两相对比之下，在这羌人坞堡的宁静生活，有时候反而会给他增添愁绪。如今，知道自己的妹妹竟然成了大魏帝国的贵妃，冯熙兴奋极了。

天空中，一只忽然飞近的雄鹰一声鸣叫，一下子就把这对夫妻从温情中惊醒。冯熙环顾四周，再次把妻子紧紧抱在怀里……

正午时分，万寿宫，巍峨的殿堂都笼罩阳光之下。此时广场上空空荡荡，空气清新，耀眼的阳光照在瑰丽的殿宇上，使其显得更加富丽堂皇，甚至让人感到不真实。殿宇之内，所有的地砖都被磨得晶亮如镜，在阳光下散放出异彩；殿顶的黄铜鎏金饰物金光闪闪，如同一团团金球，跃跃蹿动，散射出孔雀羽毛一样奇异的幽光。

冯熙由一个小宦者领着，走进了宫中。行走在这样的宫殿之内，冯熙感觉自己在做梦。

殿内坐着皇太后常氏，冯昭仪、赵黑、常英、常泰等人都站立着。冯婉华按捺不住无比激动的心情，不停地在殿内来回踱步。

终于，灿烂的阳光下，一个身形颀长的年轻人在宦者的引领下走入殿内。由于是背光，殿内的人一时间看不清楚来人的面貌。但冯婉华几乎是立刻就扑了上去，抱住来人："哥哥！"

对冯婉华而言，面前这一张黝黑、俊秀却几乎全然陌生的脸，和她记忆中哥哥的脸完全不一样。几年前，冯熙还是一个面孔白皙的少年。如今，他剑眉星眸，长身玉立，已经是一个相貌堂堂的男子汉了！

冯熙也愣住了。他脑海中闪现出的妹妹冯婉华，还是个六七岁，长着一张圆嘟嘟脸庞的小女孩。而如今，泪流满面抱住他的，已经是一个亭亭玉立的少女，齿如编贝，唇若激朱，秀媚无比！

兄妹二人相拥许久，相对无言。常氏和冯昭仪不停拭泪，感动不已。

冯婉华心中有千言万语，却不知从何说起。平静了一会儿，她拉起冯熙的手走到常氏和冯昭仪近前，说："哥哥，这二位是我们冯家的恩人皇太后，以及我们的姑母冯昭仪！"

冯熙下拜。常氏起身还礼表示亲热，冯昭仪则走到冯熙身边，拉着侄子的手左看右看，泪流不止。

赵黑让小宦者移过来一张坐榻，放置在常英、常泰旁边，请冯熙坐下。冯熙与常英、常泰见礼。

常氏慈祥地仔细打量冯熙的相貌，叹息道："唉，晋昌啊，可惜我们常家亲近的人家中都没有年龄合适的闺女了。这样吧，老身做主，皇帝有个姐姐，博陵公主，今年十八岁，就嫁给你为妻好了……"

冯熙犹豫片刻，说："谢皇太后恩典！可是，我在长安羌地已经娶妻，是我的救命恩人姚氏之女……"

常氏闻言啧啧称赞："晋昌，你这个小伙子有良心！我就喜欢你这样的人品！没事，到时候你也把那个闺女迎到平城，博陵公主你也必须娶，不耽误！"

冯熙还想解释，冯昭仪微微抬头，示意他不要再讲。

冯婉华高兴得又流出眼泪来，说："哥哥，你还不赶紧拜谢皇太后！很快你就是陛下的姐夫啦！"

常氏面有得色："不仅如此，你还将是我们大魏的驸马都尉！以后啊，你就和我兄长还有常泰好好联手，在朝内为皇帝当好帮手！"

冯熙再拜致谢。

常氏非常自得地说："这么着吧，我哥哥现在都封王了，晋昌，你初来乍到，先封个公爵，我哥哥先前的封号'辽西公'，就给你了！"说完，常氏还扭头对坐在自己身边的冯昭仪说，"昭仪妹妹，我是真不拿你们晋昌当外人，你看，辽西公这个爵位，我都不给我侄子常泰，先给了你家侄子。"

冯昭仪拉住常氏的手，真切地说："太后，我们家晋昌刚刚归来，还是应该先谨慎低调些好，他这就封了公爵，怕给那些鲜卑勋贵落以口实。我们冯家毕竟不能和常家比，您母养陛下，恩德过天，陛下给常家人什么封爵都不过分，我们冯家却不能这样。您看，要不先封晋昌为肥如侯吧。先前我那两个哥哥就是以肥如县为进献礼，前来投奔大魏的……"

冯昭仪一席话，说得常氏心满意足。她点了点头，道："嗯，咱们大魏的王爵嘛，老身不敢随口应承，可那公爵、侯爵，就是老身一句话的事情！好，就先封晋昌肥如侯！不过呢，总还是要在朝廷内给他些实职啊。黑儿，你看给晋昌弄个什么官职才合适？"

赵黑立刻答道："如今为冯公子封了侯爵，就先当个散骑常侍如何？如此便可天天陪伴在陛下身边……"

冯婉华赶忙在一旁劝说道："太后，哥哥没有经过历练，一朝入朝就待在陛下身边，恐怕不妥。论亲论贵，他都不能与您兄长和侄儿相比，或许还是先外派哥哥当个刺史更为妥当。"

常氏想了想，点头应允，对赵黑说："黑儿，你寻思寻思，给晋昌找个大州，好好安排！"

赵黑思虑了片刻，说："那就定州吧，陛下明年北巡肯定要过定州，届时冯公子便可以一展风采！"

冯昭仪满意地点头："定州是从前慕容燕国的都城，从前叫中山，是个挺好的地方。"

艳阳高照。

拓跋濬带着太后常氏、冯昭仪、冯婉华、赵黑等人，在太极殿等着銮驾过来，准备去鹿苑。此时，一队禁卫军忽然推搡着一个个子高高的少年，从不远处经过。那少年一路挣扎，大呼小叫。看到皇帝銮驾，几个禁卫军更着急了，对那少年连踢带打。

冯婉华看向一旁的领军将军乙浑，问道："乙将军，这是发生了何事？"

拓跋濬也纳闷："是啊，乙将军，为什么他们要在宫内打人？"

乙浑一时间非常尴尬，回禀道："臣不知。"而后他赶紧对那一队禁卫军高叫，"你们过来！陛下要问话！"

十几个禁卫军押着那少年过来，齐齐跪倒，其中一个小头目急匆匆上前来行礼。

乙浑问："那个小孩子是干什么的？"

禁卫军小头目禀报："他叫慕容白曜，是大军最近在青州附近抓到的一个先前慕容燕国的人。还差几天他才到十五岁，所以要送到掖庭去阉割。"

拓跋濬感到好奇，说："押过来，朕问一问。"

禁卫军小头目把慕容白曜带了过来。常氏仔细打量着少年，说："这孩子生得倒挺齐整，看上去都有十七八岁了。为什么都这岁数了还要下掖庭阉割啊？"

拓跋濬听常氏如此讲，立刻道："皇太后有旨，不能阉割他！"

赵黑闻言嘿嘿一笑："这孩子命真好，如果他现在年纪在十五岁以上，先前就要被杀头了。其实阉割了也好，还能给我当徒弟！"

少年到了拓跋濬近前，立刻向皇太后和皇帝跪倒："谢陛下！谢太后！我宁可被杀头，也不愿被阉割！"

冯昭仪："好个有志气的少年！"

冯婉华急切地对拓跋濬说："陛下，您先与太后去鹿苑吧，我和姑母在这里问问这个人的来历，好吗？"

拓跋濬："好！那朕就与母后先行！"

看到拓跋濬、常氏一行人走远，冯婉华转身对慕容白曜说："这样吧，不阉割你，也不杀你，就派你到禁卫军中当个兵士吧！"

慕容白曜跪倒叩头不止："万谢娘娘恩德！"

冯昭仪眼圈一红，说："唉，这些亡国的凤子龙孙，有时候真让人可怜。"

冯婉华："姑母，这个孩子是慕容氏，又是从青州抓来的，肯定是慕容德那一支的后代吧。上次您给我讲了几个燕国的事情，现在我都搞清楚了。"

冯昭仪笑了："那你说一说。"

冯婉华："慕容白曜所在的这个燕国（南燕），是被南朝宋国的开国皇帝刘裕灭掉的。他们当初的国主慕容德是第一个慕容燕国（前燕）开国皇帝慕容皝最小的儿子，他的哥哥们都挺厉害，包括慕容儁、慕容恪、慕容垂。慕容德本人也挺厉害，南朝晋国的大将桓温率军攻打他们，慕容德做前锋，率领骑兵来去如电，最后打得桓温那位大英雄都只能撤退。可惜，后来慕容燕国在慕容暐当皇帝的时候被秦国苻坚大帝给灭掉了。慕容垂提前投降苻坚，慕容德在国家被灭之后被苻坚大帝迁到了长安……"

赵黑插言："苻坚大帝可是个难得的好人啊。"

冯婉华："是啊，苻坚大帝是历史上少有的仁德帝王，他对慕容家族的人都很好，不仅没有诛灭慕容皇族的人，还赐他们高官厚职，让慕容德做了张掖太守，为他们苻氏秦国戍边。然而，淝水之战之后，慕容垂、慕容暐都没敢马上轻举妄动，唯独慕容德表示要趁着秦国衰弱赶紧复国！由此可见，这个人胸怀大志，但绝对不是一个会顾及信誉和恩情的人。"

赵黑脸上掠过一丝冷笑："后来，慕容垂确实复活了燕国（后燕）。"

冯婉华："是啊，慕容垂复国后封慕容德为范阳王、车骑大将军，派他镇守邺城。不久之后，大魏崛起，道武帝拓跋珪在参合陂大败燕军，慕容垂气得吐血而亡。慕容垂死后，他的儿子慕容宝继承王位，却接连被大魏军队打败，最后被自家亲戚兰汗杀掉，这个燕国也完了。慕容德呢，当时运气还算不错，率领几万人马跑到滑台，后来又到广固，重建燕国（南燕）。可这个燕国地盘太小了，只有几个州。当了五六年皇帝，慕容德病死，先前秦国大乱时他所有的儿子都被人杀掉了，所以临死他只能遗命侄子慕容超继了位。"

赵黑听得津津有味，好奇地问："这个慕容超怎么样？"

冯婉华望了望正在细听的慕容白曜，说："慕容家族的人都外貌俊美，据说他身高八尺，神采秀发。然而当了皇帝之后，却暴露出他是个十足的绣花枕头。他听信谗臣公孙五楼的建议，杀害了不少自己家族的人，很快国力就不行了。五年之后，南朝的刘裕统军进逼，慕容超被抓住，押到建康闹市杀掉了。"

赵黑："唉，贵妃，听您刚才说起那么多慕容家族的人，我脑子都乱了。"说着，他转而问慕容白曜，"燕国宗室里那么多同姓之人，你是谁的后代？"

慕容白曜也一直听得津津有味，忽然听到赵黑发问，赶忙回答说："回禀公公，我祖父叫慕容镇。"

冯婉华点头："刘裕攻克广固之后，非常恼怒燕国的抵抗，怒杀燕国王公三千多人。你那个叫慕容镇的祖父，应该就是当时被杀的吧？"

慕容白曜回答道："听我父亲讲，广固被攻克之后，他得以逃脱。当时青州被南朝军队占领，我们一家人东逃西窜，到了我这一辈，已和大魏没有任何仇怨。大魏军队进攻青州，抢掠人口，把我们一家子抓了。问及我的姓氏，听说我姓慕容，他们立刻就把我给提了出来，就这么把我押到了平城来。"

冯昭仪叹了口气，说："也难怪。你们慕容家族的人，近几十年的时间里都太能折腾了。"

赵黑恍然大悟，拍了一下大腿："距离慕容超的燕国被南朝所灭，都过去五十年了吧。你们这个慕容燕国确实一直和大魏是世仇，而且好人不多，所以大魏一直对你们慕容氏追杀不停……"

元华站在旁边，一直没有说话。

她满怀爱慕地盯着少年俊美的脸看，目不转睛。

第三十四章　大魏内外

太极殿内。拓跋濬见到昙曜大师入殿，立刻离座，亲自迎接。昙曜不拜，只施以鞠躬之礼。

待昙曜大师落座后，拓跋濬才非常高兴地对这位高僧说："朕早就听闻大师您的声名。如今朕准备在大魏再兴佛教，特封大师为沙门统，希望大师能够管理僧众，带领天下僧众整修寺宇，使我大魏佛法得以再振，佛像经论重得显现！"

听到皇帝如此厚待佛门，昙曜稽首："陛下功德无量，真佛降临！"

拓跋濬问："大师，您是哪里人，是如何躲过朕皇祖太武皇帝灭佛之举的？"

昙曜笑着看向身边的高允："想必高侍郎是最清楚其中内幕的人吧。"

未等高允回话，冯婉华就说："昙曜大师是凉州人，后来移居中山。他自小出家习佛，志气高远，品格坚贞。"

高允满脸怅然，接道："此事说来话长。太平真君六年九月，卢水胡人盖吴在杏城起兵，有众十余万，四出劫掠，一时间关中大震。太武皇帝大怒，亲自率师西征。他带着大军抵达长安，辛苦劳累，却在落脚的寺庙中发现大量兵器。寺庙的仓库里还有当地州郡牧守以及富贵人家寄存的财物和酿酒器具，他们甚至还在寺庙中发现了装饰华丽的秘密窟室。为此，太武皇帝勃然大怒。当时随行的大臣崔浩崔司徒本就一直主张崇道抑佛，就趁机进言，希望太武皇帝在大魏境内废除佛教。极怒之下，太武皇帝便做出灭佛的决定，命令将大魏全国的寺庙尽行拆毁，庙内的佛像、经典一概焚烧，还下令坑杀全部僧尼……"

冯婉华点头："此事我也有些耳闻。幸亏当时的太子景穆笃信佛教，跪劝太武皇帝暂缓颁行废佛诏书。这样一来，一部分僧人才得以逃匿避难。"

昙曜："贫僧当时就是蒙景穆皇帝洪福，才得以死里逃生。想当年在万寿宫里，景穆皇帝多次与贫僧谈论经卷义理，那时日恍如就在眼前啊……"

高允一脸赞许之色："昙曜大师信仰坚定，操守很严。太武皇帝诏令一出，官府四处追捕僧徒，佛事断歇，沙门多被迫还俗，唯独昙曜大师道心坚固，一直贴身穿着法衣，没有片刻离身。其实，景穆皇帝薨逝之后，太武皇帝对先前的废佛之举已有悔意。但废佛容易，复佛就难了，太武皇帝很难乍然改变自己曾经颁布的诏令。"

拓跋濬听了二人之言，对昙曜更显敬崇："佛教教人向善，非一般淫祀可比。朕今日决定，矫正皇祖太武皇帝先前的废佛诏令，在全国实行复佛，为大魏祖先追福，为大魏百姓祈福！"

冯婉华问："昙曜大师，您觉得在我们大魏恢复佛法，是难是易？"

昙曜想了想，回答道："大魏历代皇帝，除了太武皇帝，都笃信佛法。大魏初创之时，鲜卑族众笃信萨满教，无论是出征打仗还是小病小灾，都由巫师以巫法作咒，预测吉凶，而此举灵验的时候并不多。同时，道武皇帝身为帝王，每次听到跳神的萨满巫师宣称自己有其母亲或父亲附体，也必须跪倒聆讯。对于萨满教这种不尊帝王的仪式，道武皇帝心里很不高兴。有一次，道武皇帝派大军出征，要和慕容燕国（后燕）打仗，一个大巫师跳神送行，说上天诸神已经发话，此战必胜。结果，最后大魏大军兵败而归。为此，道武帝盛怒，当时就亲自挥刀宰了那个预言不准确的大巫师。还真别说，杀了巫师之后，道武帝诱敌深入，屡战屡胜，不久就在参合陂大败燕国太子慕容宝，擒杀敌军数万，取得大魏建国以来最大的胜利。"

高允接过昙曜的话茬，说："道武皇帝其实心里非常明白，萨满教没有统一教义，日月星辰、山石树木，都可以奉为神灵。那些萨满大巫师，对于自己不理解的人或者事，都解释为有神灵在作祟。道武皇帝作为大魏之君，当然不可能继续用萨满教对民众加以教化，因此他下旨，皇城内外禁止举行萨满跳神仪式。"

昙曜一捋须髯，笑言道："但当时道武皇帝也非常明白，大魏的鲜卑部众和百姓没有信仰肯定不行，必须寻找萨满教的替代品。道武帝时期，大魏和晋国（东晋）一度通好，就开始接受从那边传来的佛教。天兴元年，道武皇帝下令在平城建立佛寺，还建造了高达十五级的庄严浮屠，用官钱铸造铜铁佛像一千多尊。他当时还下诏，每月召集三百名僧集会，共同探讨佛法要旨。到明元帝时，更加敬重三宝。明元帝曾经下诏，在平城四周修造巨大的佛像，在国内广度僧尼。唉……太武帝呢，原来也是信仰佛教的，后来他一时愤怒，听信崔司徒的建议，崇拜名为寇谦之的道士，这才改信了道教。"

高允对拓跋濬解释道："不过，太武皇帝大举灭佛，还真不完全是因为崔司徒的建议。他作为国君，也有自己的考虑。当时国家忙于四出征战，但越来越多的百姓信佛，使得不少人出家，长此以往，严重影响了国家兵源和税源，所以他才最终颁布了灭佛的诏旨。其实，佛教从汉代就传入中土，到汉明帝时逐渐被皇家推崇，当时洛阳还建了第一座官办的佛寺白马寺。即便如此，佛教在百姓中的普及程度一直不高。到了司马晋朝，在首都洛阳，佛寺也不过四十多所。"

冯婉华若有所思："司马晋朝灭亡后，华夏大地百年战乱不息，人间乱世痛苦太多，百姓向佛，其实就是为了求心灵的片刻安宁。陛下明晓大义，信佛向善，有利于我们大魏的长治久安！我记得小时候在长安家中，我刚刚识字的时候，看到我母亲藏有一尊佛像，背面就刻有这样的句子：大千怀道慕之悲，群生衔莫晓之虑。回想起来，这句子深藏悲哀和无奈，让人莫名感怀。佛经教义，在乱世之中，真的能够帮助黎民百姓摆脱精神痛苦啊。"

时光荏苒，转眼就到了除夕。这一日艳阳高照，大魏在首都平城鹿苑举行大傩之礼，耀兵示武。拓跋濬与常氏、冯婉华共坐一驾大辇，伫立高台阅兵。

演武仪式开始，台上群臣侍立，都很有兴趣地观看着。鼓钲齐鸣，步兵方阵列在南面，骑兵方队排在北面。几万人的军队，分成若干个阵列，以钟鼓为节度，禁卫军将领居高指挥。四大阵列的兵士皆身穿青赤黄黑的军衣，手持盾槊矛戟，在广袤的鹿苑演武原上周回转易，互相穿插绕走，大有飞龙腾蛇之变。

演武完毕，群臣列行，在台下的方陈卤簿导引下行走致敬。

禁卫军步骑方队内外共有四重，每一行列都列标建旌，其中通门四达，五色车骑各处其方。拓跋诸王宗室周围是一群甲骑护卫，公爵大臣在幢内行列中，侯爵大臣在步槊行列中，子爵在刀盾步军行列中，五品朝臣则排列在帝王乘舆前面。这些大臣，官职卑者在前，分成两排，庄严行进。

紧紧护卫皇帝乘舆和尊贵大臣的禁卫军将领，都是帝室十姓、勋臣八家以及素和、斛律氏等十多个家族的人，其中品阶高的军官都出自拓跋、乙旃、独孤、斛律、步六孤五个家族。

拓跋濬看着这些威武的军官的服色，禁不住感叹："这些人的身材真高大啊！"

常氏闻言，接话道："这些人不仅身材高大，这几个家族的男人在我大魏掌握的权力也很大。"

拓跋濬问冯婉华："帝室十姓是指哪十姓，婉华你知道吗？"

冯婉华："最近我看了好多宫禁内的藏书和宗室典册，还真知道。北魏宗族十姓，是指与我们鲜卑大魏拓跋氏同宗族的诸姓。这还要说到献皇帝拓跋邻。其实献皇帝本人在世的时候并没有当过皇帝，他是鲜卑大部族的酋长，道武皇帝开国之时追谥数代拓跋先主，献皇帝就被追谥为我们大魏的第十三代帝王。献皇帝有兄弟八人，他们分家时各分出一部统摄，以氏为别，拓跋氏便由献皇帝本人亲自统摄，纥骨氏由献皇帝大兄统摄，普氏由献皇帝二兄统摄，拔拔氏由献皇帝三兄统摄，达奚氏由献皇帝大弟统摄，伊娄氏由献皇帝二弟率领，丘敦氏由献皇帝三弟率领，俟亥氏则由献皇帝四弟率领。此外，献皇帝的叔叔那一支族属乙旃氏，还有另外一家较近的亲戚车焜氏，这两部与献皇帝兄弟八人统摄的各部，便被统称为'帝室十姓'。这十姓自此成为皇族支属，地位非常尊贵。大魏家的祭天仪式，以及从前在部族内部推选大汗，都只有这十姓之人能参加，别的勋贵是没有资格的。"

拓跋濬点头："这么多亲戚，朕还真没有几个很熟悉的。那勋臣八姓又是哪八姓？"

冯婉华回答："我们大魏的勋臣八姓，就是道武帝时跟随道武帝出生入死的新入大部族头领家族，称为'内入诸姓'。他们以功劳大小排列，有丘穆陵氏、步六孤氏、贺赖氏、独孤氏、贺楼氏、勿忸于氏、纥奚氏、尉迟氏，称为'勋臣八姓'。"

常氏笑着对冯婉华说："这些鲜卑姓氏听上去好奇怪。婉华，日后你当了皇后，辅佐皇帝治理国政，可以模仿我们华族，将姓氏都改一改，简单一点，也方便皇帝记住。"

冯婉华笑言曰："我当不当皇后，皇帝说了也不算，还得看手铸金人。不过有太后您这句话，定能佑我手铸金人成功。帝室十姓和勋臣八姓的子弟，在禁卫军中担任幢主和在朝廷中担任郎官者，在军将大臣中约占一半多。陛下，您的那几个亲戚王爷，就是因为掌握了这些人的升迁荣耀之权，才敢当面顶撞您啊。"

拓跋濬低头沉思了好一会儿，恨恨道："这些勋臣确实跋扈，太后都不高兴了。婉华，这些事情，你要替朕仔细思虑着。"

太极殿内，拓跋濬与高允等人座谈很久，依旧不倦。拓跋濬问高允："朕很想与南方的刘宋以及北方的柔然互通商贾，息兵养民。高侍郎，南朝宋国现在的皇帝刘骏，何如人也？"

高允："这个人，从人品上看，其实也不怎么样。当初他们那贼太子刘劭弑父之后当了皇帝，本来派了大臣沈庆之去杀刘骏。当时刘骏只是地方上一个无兵无权的武陵王，是个光杆王爷，吓得向沈庆之哭泣哀求，想要在被杀之前与母亲辞别。结果，沈庆之以及辅臣颜竣等人不仅没有杀刘骏，反而和他的叔父刘义宣、刘义恭，以及大臣臧质等人联手，拥立他起兵，讨伐弑父弑帝的贼太子刘劭。正是依赖这些臣子，刘骏才得以登上帝位。然而，当上皇帝后，刘骏却把他叔父刘义宣的十来个女儿，也就是他的堂姐妹，都纳入宫中奸淫，最终惹得他这位南谯王叔父大恨，暗中与大臣臧质等人联合造反，最后皆兵败被杀。"

拓跋濬："南朝宋国的这些王爷兵将我都不太熟悉，唯独臧质还有些印象。他难道就是在盱眙城以八千人顶住我们太武皇帝几十万人攻城的那个臧质吗？他为什么也造反了呢？"

高允答："刘骏在诸位大臣的帮助下登上帝位，开始还挺感激臧质，拜他为车骑将军、开府仪同三司、江州刺史，加授散骑常侍，进爵始兴郡公，封赠食邑三千户。臧质本来就是一个能臣，平定刘劭之乱后，离京赴镇江州，随行的船只就多达千余艘，统领的军队前后绵延上百里，威震一时。从那个时候开始，臧质日渐骄傲，心里面只将刘骏视为懦弱少主。在江州任上，他所统领的一切政务都不向朝廷请示汇报，专擅行事，长期私自挪用库粮。时间一长，刘骏自然不满，数次从京城派出使臣对臧质加以责问。由此，臧质便产生了疑惧之心。"

拓跋濬沉思了一会儿，说："作为大臣，如果被皇帝怀疑，就离死不远矣。"

高允："当然，这个臧质并非没有家底的人，他是南朝宋国那开国皇帝刘裕的妻侄，和刘氏宗室王爷刘义宣也是表兄弟。"

冯婉华："刘义宣作为叔父，对刘骏有推立之功，刘骏却在京城遍淫其女，真是禽兽不如。"

高允："刘义宣这个王爷，在他哥哥刘义隆当皇帝的时候一直被外派，经营荆州一带已有十年之久，可以说是雄踞长江上游，富于财而强于兵。刘骏当皇帝之后，疑忌宗室诸王，不愿他的叔父刘义宣久居荆州重镇，下诏将刘义宣内调，升他为丞相、扬州刺史，改封南郡王。刘骏如此行事，名义上提高了他叔父刘义宣的荣誉待遇，实际上是想卸掉他的兵权。刘义宣非常不满，立刻上表拒绝内调，当时刘骏翅膀还没硬，只得强忍愤怒，同意让他继续留镇荆州。这个时候，臧质趁机秘密写信给刘义宣，说他们两个人现在都有功高震主之嫌，如果不想办法干出点'大事'，日后只怕没有活路。刘义宣与臧质既是表兄弟，又是儿女亲家，而且刘骏这个皇帝又是他们参与拥立的，于是刘义宣开始心动，联系上和他们关系密切的豫州刺史鲁爽和兖州刺史徐遗宝。几人集结四州军力，发起兵变，进攻建康城。"

冯婉华虽然是一个女流，对南朝宋国的政治却非常感兴趣，追问道："那这宋国皇帝刘骏，能对付这几个人吗？"

高允："臣接着跟您说。臧质、刘义宣等人率领大军到了建康附近，双方开始乱战。梁山洲一战，刘骏手下大臣王玄谟督领朝廷诸将，大败刘义宣和臧质，而后派人顺风放火，将臧质军中的船只全部烧毁。臧质本来指挥能力挺强，还想和刘义宣整兵再战，奈何刘义宣根本不怎么会打仗，早已先行逃走，臧质手足无措，只得弃军逃跑。逃回寻阳之后，臧质纵火烧毁了自己豪华的府邸，命颇受他宠信的下属何文敬领兵在前护送，带着他心爱的姬妾一路向西。"

拓跋濬："臧质是个人才啊，如果他来了我们大魏，朕必定重用！"

高允："臧质一行人逃到西阳附近，西阳太守鲁方平本是臧质党羽，见臧质兵败，不想收留，故意派人欺骗护送臧质的何文敬，说朝廷有诏令，只诛首恶臧质，其他从犯一概不问。何文敬知道他们大势已去，起了异心，立刻抛弃臧质，独自逃走。臧质只得狼狈改奔武昌，想去投靠自己的妹夫羊冲。然而，他急匆匆到达武昌附近，才得知羊冲已经被手下的郡丞杀掉了。此时臧质已是无处可逃，只得带着他最喜爱的姬妾躲到南湖一带。几天下来，两个人饿得摘莲子充饥。不久，追兵赶到。臧质被迫丢弃姬妾，自己潜入湖中，用莲叶遮挡头部，只将鼻子露出水面呼吸……"

冯婉华叹息："臧质既然反叛皇帝，躲在宋国国中，又哪里躲得过去啊。"

高允俯首点头："是啊，他最终还是被追兵发现。这位名将死得挺惨，先是被一箭射中胸口，随后被追兵用乱刀砍死在湖中，血肉模糊，听说连肠子都流淌出来，和水草缠绕在了一起。臧质死后，刘骏命令人把他的所有党羽都斩首弃市，还把臧质的首级用漆封住，放在武库中加以封存……"

拓跋濬也叹息不已："这个臧质真是可惜。如果没有他当年在盱眙城坚守，太武皇帝很有可能取得更大的胜利，南朝宋国可能早就完了。"

冯婉华又问："对啊！还有那个率领兵马打败臧质的宋国将领王玄谟，听这名字也挺熟悉的。"

高允："非常可笑的是，这个王玄谟，就是当时撺掇刘义隆北伐的那个草包将军，曾经被我们太武皇帝打得全军覆没。王玄谟和我们大魏军队打仗不行，却能大败臧质，真是天道无常。"

拓跋濬："宋国内乱一直不能止息，只要不波及我们大魏，我们还是要静待时机！"

冯婉华问："听南朝降人讲，那个王玄谟也信佛教？"

高允："不错。根据南来降人的说法，王玄谟先前被我们太武皇帝大败之后，被宋军统帅萧斌派人抓了起来，要当众斩首。半夜，王玄谟做了一个梦，梦见有人告诉他，只要诵读《观音经》千遍，就可免死。说来奇怪，王玄谟梦醒之后就开始诵读佛经，一直到被绑赴刑场，还在那里哆哆嗦嗦地念诵。这个王玄谟毕竟是刘义隆的宠臣，萧斌最后没敢杀他，命令刀下留人，他才保住性命。此后，他逢人便吹嘘，是他心诚向佛，佛祖才保佑了他的性命。"

拓跋濬嗤之以鼻，说："王玄谟是个专门会打自己人的草包，如果臧质跑到我们大魏，肯定会被收留。唉，刘骏此人，无人君之量啊。"

高允："刘骏此人确实天性凉薄，当初他被刘义宣和臧质等人拥护起兵时，因为惊怕过度，一直重病缠身。他身边的大臣颜竣常常亲自抱持他喂汤喂药，帮他签署文书。继位以后，颜竣自恃是刘骏的亲信，多次恳切地向刘骏进行谏诤，言语之中完全没有什么顾忌和回避，终于激使刘骏大怒，下令把曾经对他有大恩的颜竣下狱。下狱之后，刘骏还非常刻薄，命令狱监把颜竣双脚打折，折磨了他很久，然后才将他砍头。接着，刘骏竟下令把颜竣的几个儿子都沉入江中淹死，以绝其后。由此可见，此人残忍无情到了令人发指的地步。"

冯婉华："我曾听过传闻，也是南朝降人讲述的，说刘骏这个人闺门污秽，姐妹姑侄，乱遍人伦，甚至连他自己的生身母亲路氏都不放过。这种蒸母①的败类，世间罕有！"

高允："确实有这种传闻，宫闺秘事，想必其来有自。不过呢，南朝宋国皇帝都喜欢诗文，刘骏这个人也能文工诗，常常自夸人莫能及。其实他的诗雕文织彩，过为精密，烦琐过度。"

冯婉华："南人所印文集我也看过，记得刘骏有一诗，描写闺思，确实非常精巧。其中有这样的句子：'自君之出矣，金翠暗无精。思君如日月，回还昼夜生。'"

拓跋濬听后点头道："人不是好人，诗却是好诗，这几句听上去确是情真意切。"

赵黑插话道："这刘骏人虽然歹毒了些，可是作为帝王，还是挺够格的。他够狠，够阴，够胆力，下手比别人快！"

听赵黑如此说，高允本有心反驳几句，可想了一下，终是没再说什么。拓跋濬却是一副若有所思的样子，点了点头。

接下来，君臣几人喝了一些乳酪奶浆，继续讨论国事。拓跋濬问高允："高

---

① 古语有"上蒸下报"，淫上为蒸，淫下为报。

侍郎，朕新近治理国家，要学习的东西越来越多。您熟知我们大魏与周边国家的历史，那除了南朝宋国，北部的柔然又有着什么样的过去呢？"

高允答："柔然的建国之人叫木骨闾，是当时蒙兀风姓室韦部族的王子。他的部落被我们大魏的始祖皇帝拓跋力微打败，因此他从小就被掠到拓跋部内当了奴隶。长大之后，木骨闾能征善战，就被免除了奴隶的身份，成了一名骑兵。当年，穆皇帝拓跋猗卢被晋朝封为代王的时候，木骨闾曾因未按时出征而犯了死罪，当斩！结果还没行刑，木骨闾竟然跑了。他很有号召力，逃到广漠溪谷间，逐渐集合起周围从我们拓跋鲜卑部逃亡出去的部族万余人，先依附游牧于阴山北意辛山一带的纥突邻部，而后逐渐坐大。"

拓跋濬："木骨闾，这名字真怪。"

高允："木骨闾是他的姓，他名郁久闾。他的后世子孙就是现在的柔然皇族，便是以郁久闾为姓。木骨闾死后，他的儿子车鹿会非常雄健英武，不断兼并周边其他部落，开始以柔然自称。当时，车鹿会所率的柔然部族名义上还是役属于我们拓跋鲜卑的，每年都向我们进贡许多牲畜和名贵动物的皮毛。作为大魏先世的代国被苻坚大帝灭亡后，柔然曾一度向朔方塞外的匈奴铁弗部首领刘卫辰称臣……"

冯婉华忽然悟道："哦，这个匈奴刘卫辰部我知道。刘卫辰就是大名鼎鼎的赫连勃勃的父亲，也就是赫连太后的祖父。"

高允赞许地看着冯婉华，说："冯贵妃真是多才多识。赫连勃勃从前就姓刘，因为他们一家当时号称先祖是汉朝女婿，所以以刘姓自贵。别着急，臣正要讲到这里，这个柔然和您祖父及叔祖的燕国还有关系呢。"

拓跋濬眼睛一亮，问："啊，和冯氏燕国也有关系？"

冯婉华一脸惘然："这个我还真不知道……"

拓跋濬："他们为什么自称柔然？这个词有什么特别的意思吗？"

高允："柔然一词起源于匈奴胡语，应该有聪敏、贤明和讲礼义的意思。道武皇帝重建代国，改国号为大魏，在登国六年向柔然发动进攻。后来，柔然王子社仑，也就是丘豆伐可汗，集结柔然各部，开始效仿我们大魏定立军法，整顿军务，布置战阵，还建立起他的可汗王庭，正式成立柔然汗国。在我们大魏建国初期，道武皇帝锐意进取中原，不断征伐周围小国，包括姚氏秦国、慕容燕国、乞伏氏秦国、慕容德的燕国，以及河西鲜卑秃发氏的凉国，一时间无暇北顾，使得柔然那位社仑可汗有机会攻破高车等部落，在短时间内尽收匈奴旧地，威服西域。"

冯婉华："社仑可汗够厉害啊。"

高允："社仑当柔然可汗的时候，确实厉害。当时正赶上我们大魏迁都平城不久，柔然忽然崛起，这股巨大的军事力量就成了道武皇帝进取中原的后顾之忧。那时柔然为了集中力量对付我们大魏，也派出使臣四处结盟，和姚氏秦国以及冯氏燕国结成联盟。天赐四年（公元407年），社仑可汗的弟弟郁久闾斛律可汗当政，向冯氏燕国献马三千匹，聘冯跋皇帝之女，也就是冯昭仪的姐姐乐浪公主为妻。"

冯婉华大惊："啊，还有这种事儿？原来我还有一个嫁给柔然可汗的姑姑，我从来不知道！"

拓跋濬："柔然各个可汗都很精明，听说他们不仅和冯氏燕国来往，也一直向南朝刘宋朝献，实行远交近攻之策。"

冯婉华很好奇地问："我的那位姑母乐浪公主后来怎么样了？"

高允："为了继续交好柔然，冯跋皇帝也发出了聘书，要娶斛律可汗之女为妻。结果呢，斛律可汗有位侄子名叫郁久闾步鹿真的，一直蓄谋夺取汗位，就在冯氏燕国使者到达柔然之后，他趁机挑拨几位大臣说可汗要强迫他们的爱女为侍女媵妾，一起远赴燕国。那几个大臣心中怨恨，到了晚上，便率领手下勇士埋伏在可汗帐外，劫持了郁久闾斛律。当时郁久闾步鹿真不敢立刻动手杀掉自己的叔父，但同时他又不想得罪冯氏燕国，就派人将他叔父父女押送和龙，交给冯跋皇帝处理了。"

拓跋濬："大奇！柔然可汗竟然被手下人绑架了送给友邦？"

高允点头："冯跋皇帝对这位倒霉的可汗以礼相待，封他为上谷侯，还册封他的女儿为左昭仪。不久，斛律可汗得到消息，柔然国内再起内讧，步鹿真可汗被他自己的侄子大檀弄死了。斛律可汗高兴极了，他深信自己的部众会欢迎他复位，再三请求冯跋皇帝让他回去。"

冯婉华："这位柔然可汗留在燕国，其实也无用啊。"

高允："是啊。冯跋皇帝很是仁德，命手下名叫万陵的部将率领三百兵士护送斛律可汗回国。然而，这个万陵先前有兄弟被柔然兵马杀死，因此深恨柔然，同时他又担心进入柔然境内自己会卷入是非而被杀，于是一行人行至黑山，他就趁着夜黑潜入可汗帐篷，把斛律可汗杀掉了。而后他回到燕国，谎称可汗是半路被盗贼截杀的。"

冯婉华："我们冯氏燕国还和柔然有这么一段关系，难怪当时我们冯家被诛杀之时，宗爱带来的诏书中有'勾结柔然密谋叛乱'之语。"

高允："是这样的。冯贵妃，您还记得您的叔父冯邈吗？他后来就逃到了柔然。柔然军队打起仗来风驰鸟赴，倏来忽往，威震漠北，一直在大魏边地侵扰，确实是我大魏的心腹大患！泰常八年（公元423年）年底，太武皇帝继位后，柔然可汗亲自率领六万人马进攻我大魏，竟然把建于代国时期的盛乐宫都攻破了。太武皇帝怒极，面对柔然的挑衅，他亲自率轻骑从平城出发，日夜兼程，仅用三天就赶到了云中。当时的柔然可汗是大檀，也就是纥升盖可汗，他万万没有料到太武皇帝会亲征，定下心神之后立刻派大军将太武皇帝的队伍里里外外围了五十层。"

听到这里，拓跋濬大惊失色："啊，五十层？"

高允："好在当时的太武皇帝少年英雄，毫不慌张，镇定自若，禁卫军亦誓死保卫。他们依靠密集的箭矢射杀周围的柔然骑兵，还把大檀可汗的侄子也乱箭射死了，终于使得柔然骑兵大惊而退。这次云中大战，可算是有惊无险。"

拓跋濬："高侍郎，您这样一说，朕还真想起来了。在朕六七岁时，朕到皇祖宫中去玩，他还亲自给朕讲过这个故事。只是朕当时还小，记不住全部内容。而且，皇祖并不管柔然叫'柔然'，而是叫'蠕蠕'还是什么的。"

高允："对，太武皇帝很讨厌柔然，认为他们族人智力低下，似蠕动的虫一般，所以蔑称他们为'蠕蠕'。其实柔然人除了能打仗，智力绝对不低！他们特别聪明的是，还一直和刘宋结盟。每次我们大魏出兵征伐刘宋，往往我们前脚刚离开，柔然军队后脚就会前来犯边，四出抢劫，使得我们大魏军队首尾不能相顾。而当年太武皇帝虽然年轻，却非常有智谋，在全力对付柔然之前，他先派使者出使刘宋示好，表示要与之结盟。安抚好刘宋后，始光二年十月，太武皇帝亲率五路大军，只带十五天的军粮，忽然向柔然展开了进攻。别说，柔然人这次真和蠕动的虫子一样，在我们大魏军队眼皮子底下跑得无踪无影。不过，由于我军所带粮草不多，最终只得无功而返。不久，北方的夏国皇帝赫连勃勃暴崩，他的几个儿子互相杀戮，国内大乱，太武皇帝就把柔然暂时放在了一边，于始光四年御驾亲征，攻克了大夏国的国都统万城。这次奇袭大胜，大魏一举俘获大夏王公卿妃一万余人、马三十万匹，并金银珍玉、车旗器物不可胜计，牛羊多达数千万头。同时，太武皇帝还活捉了大夏国主赫连昌。"

冯婉华："他就是赫连太后的亲哥哥吧！高侍郎，太武皇帝攻伐柔然的故事真精彩，您接着说！"

高允："击溃赫连夏国，太武皇帝就又将北伐柔然的事情提上议程。但这次一提起此事，竟然遭到几乎所有朝臣的反对！"

拓跋濬问："为什么呢？"

高允："当时朝臣们反对的原因很简单，派往刘宋方面的细作不断传来消息，说刘义隆正厉兵秣马准备北伐，而当时的冯氏燕国和沮渠氏凉国也很有可能趁火打劫。如果当时我们大魏军远征柔然，刘宋军队很可能就会趁机大举北上。到时候大魏腹背受敌，甚至还可能几面受敌，非常容易导致国家倾覆。特别是太史张渊，他甚至说若皇帝执意出征柔然，下场定会如当年的苻坚大帝一般。还好，朝臣当中，崔浩崔司徒坚定地支持了太武帝北伐柔然，一一反驳了群臣的意见。崔司徒说，日后大魏和刘宋之间的大战避无可避，所以更应在和南朝军队交战之前就全力以赴把柔然打怕打垮，这样才能避免在日后魏宋大战时腹背受敌。有了崔司徒的坚定支持，太武皇帝终于下决心北伐。"

拓跋濬悠然神往地说："崔司徒就是识见高远！朕皇考景穆皇帝就特别欣赏他！高侍郎，您接着讲！"

高允如数家珍，继续道："神麚二年四月二十九日，太武帝兵分两路北伐，一路由平阳王长孙翰从西道趋大娥山，另一路由太武皇帝本人亲率，从东道直逼黑山。这样一来，两路大军对柔然形成夹击之势。五月间，太武皇帝率领大军抵达漠南。为了轻装赶路，他下令大军放弃所有辎重，轻骑深入，远道奔袭柔然。"

冯婉华："汉朝时打击匈奴，卫青、霍去病二人也都是远道奔袭，常常出敌不意，获得大胜！"

高允："是啊。大檀可汗对太武皇帝的这次突然袭击完全没有准备，当大魏精骑兵到达柔然大本营栗水时，大檀可汗正和他的姬妾饮酒作乐呢。结果呢，陛下，您猜也猜得到吧，柔然军队大败，慌忙四处奔逃。大檀可汗的弟弟匹黎率领的东部柔然军队主力，也被长孙翰将军所率另一支军队拿了个正着，被打得落花流水！大胜之后，太武皇帝下令，分兵搜索追击柔然残部。东至瀚海，西至张掖，北到燕然山，大魏军队东西行进五千余里，南北三千余里，在大漠之间犁庭扫穴地追杀柔然残兵。大檀可汗没办法，只得焚烧庐舍，绝迹西走。最终，此次北伐取得巨大成功，我大魏俘获柔然部众近三十万，缴获战马百万匹，给柔然造成致命的打击。迫于大魏的军事压力，柔然部族不得不开始长途的逃跑和迁徙。不久之后，大檀可汗气恼成疾，不治身亡，他的儿子吴提继位，号敕连可汗。"

拓跋濬听到这里，忽然插了一句："朕小的时候就听说，朕的生母好像就是柔然皇族。"

听闻此话，一直侍立在旁的赵黑脸色大变。高允的脸色也忽然一变，道："吴提可汗见柔然打不过大魏，就与我们和亲，把他的亲妹妹送给了太武皇帝。

这位妹妹后来被太武皇帝封为左昭仪，就是先前被宗爱、贾周害死的南安王拓跋余的生母郁久闾氏。而陛下您的生母郁久闾氏，也是柔然皇族，不过她所在的这一支系，是在太武皇帝征伐柔然时向大魏投降的柔然皇族。"

拓跋濬："嗯……据说朕的生母很久之前就死了。还好，朕从很小的时候开始就一直有太后照顾。"

高允不敢看拓跋濬的眼睛，他望向远方，说："宫闱秘事，臣实不知。"

说完，高允岔开话题，继续述说柔然的故事："神䴥四年，看到吴提可汗把妹妹都送来了，太武皇帝也消气了，便将以前俘获的二十多个俘虏都放了回去，还发给他们衣服，赏赐他们金银。而后，为了继续发展和柔然的关系，延和三年二月，太武皇帝将拓跋宗室的西海公主嫁给了吴提可汗。这一来一往，大魏和柔然互婚和亲，仗就打不起来了。和亲之后不久，吴提可汗又派他的弟弟秃鹿傀带领数百人到大魏来进贡朝觐，献良马两千匹。太武皇帝非常高兴，回赐他们金银财宝无数。自此之后很长时间里，柔然再不敢贸然偷袭我们，还不断派出使臣向我们朝贡。"

拓跋濬问："现在的柔然可汗是谁？"

高允："是处罗可汗，名叫郁久闾吐贺真，是吴提可汗的儿子。"

拓跋濬："我记得史书上有记载，好像从前的匈奴也有一个叫处罗的可汗。"

高允："陛下圣明。处罗可汗在鲜卑语中有'唯一之王'之意。"

拓跋濬："呵呵，唯一之王，这些蛮族的志向还挺大。处罗可汗这个人怎么样，好相处吗？"

冯婉华："对于柔然这样的国家，陛下还需得恩威并施，才能收取效果。"

高允听冯婉华这样说，露出非常赞赏的神情，夸赞道："贵妃年纪轻轻，真是有远见！"

第三十五章　阴　谋

太极殿上，大魏朝会正在进行。拓跋濬在座，所有朝臣皆列在殿中。高允出班，高声道："今日有两个议题。第一，陛下有旨，在大魏全境恢复佛教。根据昙曜大师奏请，允各州郡一般百姓中每年能上交六十斛谷物给寺院者为僧祇户，减免一定税租；上交的谷物称为僧祇粟。允犯重罪的囚犯和官府奴婢为佛图户，入各寺院做扫洒之役，也可以为寺院种田交粟。"

听高允如此说，不少朝臣脸上露出喜悦的表情，纷纷低声交谈起来。

建宁王拓跋崇非常不快，出班奏道："佛教教义虽号称慈悲济世，救苦救难，但教义中却有'不礼世俗之人'的规定，规定出家人不拜君王、不拜父母。如此六亲不认，大违孝道！"

永昌王拓跋仁附和道："陛下之天下，传自太武皇帝。太武皇帝在世时最恨沙门，曾在全国毁佛。陛下托体先帝，怎么能恢复佛教呢？"

冯婉华解释道："皇帝，是可以受高僧跪拜的。道武皇帝时代也曾大力弘扬佛法。曾有高僧法果向道武皇帝跪下深拜，道武皇帝慌忙将法果大师扶起，问：'听说佛教不礼世俗之人，大帅缘何有违教规，如此跪下？'法果大师回答说：'能弘佛法者，就是当今如来，老衲不是拜皇帝，乃拜佛耳！'"

拓跋濬立刻表示赞许："这位法果大师说得真好！佛帝合为一体，有助于宣示大魏王化，整齐民心！"

高允说："佛教弘扬大爱，出家人不礼拜帝王和父母，绝对不是出于不尊，而是因出家之后六根清净，了断尘缘，心中只有佛祖和佛法，对于俗世的一切，便不再挂念和眷恋……"

永昌王拓跋仁粗暴地打断了高允："高侍郎，第二个议题是什么？"

高允："陛下有旨，与南朝宋国和北方柔然恢复友好盟邦关系，修兵养民。"

京兆王杜元宝出班："太武皇帝在世时，南征北战，以兵养民，以战富国，就是为了万世之基！奈何今日弃祖宗旧制，与南北两个敌国讲和，屈膝岛夷，献媚丑虏！"

太极殿内，群臣议论纷纷。鲜卑辫发、胡服打扮的勋贵个个面色激愤，不平之情溢于言表。而见他们如此跋扈，拓跋濬面色阴沉，郁郁不乐。

作为一位少年帝王，拓跋濬在朝堂上的表情总是异常活跃，很想讨好拓跋氏宗族以及一众鲜卑勋臣似的。如果有人表示效忠，他会立即露出喜滋滋的表情；对于那些俯首帖耳、喜笑颜开的大臣，他总是慷慨地赏赐他们爵位和金银。但是，毕竟初掌帝王权力，他眉宇间也总是挂着忧虑，许多时候，面对朝臣的汹汹物议，他都感到十分无可奈何，只能直勾勾地盯着远方不语。说到底，无论是心理还是身体，拓跋濬都只是一个少年，帝王对臣下的这种不自然的友好态度，其实已经到了极限。

冯婉华将一切都看在眼里。对于自己心爱的少年帝王，她感到非常心痛。有时候，在朝堂之上，两人心照不宣的一瞥，就能够马上令他们对彼此的心情和态度心领神会。而此般的灵犀相通，使得他们之间的爱意逐渐升温……

晚间，坤德六合殿内，拓跋濬躺在床榻上，清醒地望着寝宫的屋顶，嘴里喃喃道："这些狗才，朕宣布要干什么，他们就反对什么！"

冯婉华往他身边凑了凑，语气中满是坚定："朕即国家！陛下，您太软弱了。相比皇祖，您的做事风格很不坚定，在朝廷上议事的时候，对于高侍郎的一些建议，您表现出来的支持也不够，使得拓跋宗室和鲜卑勋贵更加嚣张，也越发显得他们的势力渐强。"

拓跋濬点头表示同意。就这样，两个少年人单独相处时，他们如同孩子一般天真的灵魂自然地交融在一起。冯婉华就仿佛一朵吸足了太阳和朝露的怒放的花，更加饱满，更加充实，更加自信。而她的温柔和体贴，使得拓跋濬心中升起更多的爱怜之心。

月亮余晖从窗户中透了进来，殿外，一颗流星从璀璨的天上坠下，向着地平线飞去，留下了一道蓝色的磷光。拓跋濬温柔地抚摸着冯婉华香喷喷的头发，闭上了自己疲倦的眼睛。而冯婉华则以温柔的话语和含情脉脉的注视回应他，她感到一阵温馨，玩味着唇边残留的亲吻……

夜晚，建宁王拓跋崇府邸中。建宁王拓跋崇、永昌王拓跋仁、济南王拓跋丽、安乐王拓跋寿乐以及京兆王杜元宝、尚书令长孙渴侯聚在一起。外人之中，唯独有个乙浑在座。

众人饮酒，醉眼迷离。几十个西域美女在旁欢歌热舞。拓跋寿乐高声道："乙浑将军，大家可是都知道的，你从前是大太监宗爱的心腹。如今陛下这么重用你，他真的相信你吗？"

乙浑尴尬地笑了几声。拓跋崇道："福兮祸兮，乙浑将军当三思！当今陛下乃黄口小儿，信任高允等儒臣，背后又有乳母出身的太后以及她那外戚家族，还有冯昭仪和她的侄女冯氏。这些人不是亡国贱俘就是华族儒士，又怎么能够长久呢！"

杜元宝喝多了，口齿有些不清："乙浑将军，你现在身为领军将军，在宫内就你手中权力最大。当初宗爱和贾周不过是两个宦者，就能干出惊天大事，如今你手下精兵数千，又有什么事情干不成！倘若事成，我把我的京兆王这个位子让给你！"

拓跋仁也喝多了："乙浑将军，这可是京兆王啊！无论是拓跋宗室还是皇帝舅氏，京兆王可是最大的王爷啊！"

乙浑虽然有些醉意，但已经意识到那拓跋仁的一只手一直握着腰间的宝刀。他深知，只要他不答应，肯定马上就会人头落地。于是他非常"忠勇"地道："大魏天下，乃拓跋氏的天下。只要在座的拓跋氏王爷能够登基上位，无论哪个，我都支持！我乙浑刀剑加身，在所不辞！"

闻言，拓跋丽过来敬酒："乙浑将军说得好，只要我们同心协力，天下依旧是拓跋氏的天下！我大魏天家若是由高阳王这样一个可怜虫来管理，就太令人伤心了。这个黄口乳儿优柔寡断，意志薄弱，简直一无所长。你看，他又想恢复佛教，又想和南朝和柔然和好，简直就是卑鄙无耻！就是这么一个小子，竟然当了我们大魏家的皇帝，简直就是国家的叛逆！在必要的时候，我确信，他会毫不犹豫地为满足那些儒生和外戚的愿望而把我们所有的人都出卖！为了大魏长远的利益，我们决心赴汤蹈火，不惜任何代价，拥推一位明君来管理这个国家！"

说着，他越发激动，突然停下来站在乙浑对面，拍着乙浑的肩膀问："为了保我们大魏家的前途，乙浑将军，你能和吾等携手一心吗？"

乙浑眼有泪光，站起身来，满心感动地紧握着拓跋丽的双手，道："我完全同意各位王爷的观点，我定然为诸位效忠，不顾一切！不过，如此大事，一定要周密计划，择机而行。宫内之事，诸位就交给我吧。只有一点，事成之后，谁为大魏新主呢？"

拓跋寿乐："我们已经商定，当推永昌王为主！"

拓跋仁激动得眉飞色舞。他努力掩饰着自己的激动，躬身向拓跋寿乐施礼："一旦我登上帝位，必定敬崇拓跋宗室，恢复先前帝室十姓的公推选汗制度，万事由大家共同做主！"

拓跋崇拍案而起："行动计划我们也已经拟好，至于行动的细节和时间，必须由乙浑将军你来定夺！毕竟你是领军将军，宫内所有的门禁都控制在你手中。当然，大事不能急，我们还有足够的时间来讨论细节。现在，只要我们达成协议，只要你决心加入，便大事可期！"

当天深夜，万寿宫内，乙浑跪在殿上，指手画脚，声泪俱下，激动地说着什么。在他的上首，是皇太后常氏惊怒的脸。一旁的常英、常泰也神色惊惶，赵黑则是愤怒不已。

坤德六合殿寝殿的一个小房间内，烛火明亮。此时正是寂静而漆黑的深夜，平城皇宫内几乎所有灯火都已熄灭，拓跋濬以及一众宦者、宫婢都已睡熟。冯婉华坐着，赵黑侍立。在他们面前跪着的，正是着禁卫军装束的少年慕容白曜。

慕容白曜："我所在部所的禁卫军幢主，今晚大概是喝醉了，我在服侍他睡下时听他嚷嚷说宫内马上有大事要发生，皇宫就要换主人了！这个幢主，是济南王拓跋丽的亲戚……至于别的事情，我就一无所知了。感念贵妃先前救我，我如今冒死觐见，是想报答您当日对我的不杀之恩！"

因为奔跑和紧张，少年满头大汗，连头发都是湿漉漉的，不过他直挺的鼻子和两只闪亮眼睛都衬显得他的所言诚实无欺。

元华站在冯婉华身后，更加仔细地打量着慕容白曜。她发现，在说话的时候，少年的眼睛几乎不眨动，眼中满是忧郁和担心，一直死盯着站在他对面的赵黑。元华能够感觉到，这个少年的眼神非常坚定，像钢铁一样闪出无比厚重的光芒。她心想，即使他们现在就去找到逆贼对质，这少年的目光一定也能将对方的气势压下去。同时，她还注意到，慕容白曜长长的睫毛出奇地厚重、浓密，因为长时间在户外操练而被太阳晒得发焦。

一直在认真听慕容白曜说话的冯婉华亦是目光坚毅，褒赞道："慕容，你今天所讲的事情，万分重要！幸亏我先前使你免受阉割之苦，看来我没有看错人啊！"

赵黑低声向冯婉华建议："咱们是否现在就禀告陛下，以有所准备？"

冯婉华摇头："先不要告诉陛下，免得他劳心忧虑。"说着，她来到殿外。

浓重的夜色中，她的身影透出一种钢铁般的质感，就如一尊塑像一般。赵黑、元华和慕容白曜也跟着她来到殿外。寒风吹得这三个人不约而同地皱起眉，眼睛都眯缝成一条缝。冯婉华举头望向寒冷的夜空，只见星光点点，明月当头。宫禁之外，响起了巡逻的禁卫军新换了铁掌的马蹄声，嘚嘚，嘚嘚，渐渐消失在远方。

淡红色的巨大云层在平城上空静静地飘移。在云层之上更高的蓝色天穹之中，滚动着大堆浓厚的乌云，它们如同起伏的波浪般不断伸延，在太极殿上空泛起粉红的霞光。在这诡异的乌云的衬托下，太阳显得有些黯淡无光。但当阳光照到太极殿外巨大的铜缸之上，却反射出刺目的光芒。

一支足有几百人的禁卫军队伍正从皇宫西苑的斜坡走上来，阳光在他们的兜鍪上闪耀，他们清晰而又有些杂乱的脚步声划破了皇宫清晨的寂静。慕容白曜也在这队禁卫军队伍中。他年纪不大，个子却很高，走在队伍的后排，步伐匆匆。

一路上，这支由拓跋宗室亲戚为幢主的禁卫军部队没有遇到一个人。直到行至太极殿宫墙之外，忽然有一位骑马的禁卫军将军站在门口，拦住了他们的去路。幢主赶紧过去解释，对方却只静静地听了一会儿，随即便坚定地摆手，示意他们不能过去。紧接着，从他身后过来了几个禁卫军兵士，三下五除二便将这幢主缴了械，并命令其余禁卫军全部放仗。

不一会儿，陆丽、刘尼、源贺等人陆续赶来，开始仔细询问被捕的禁卫军幢主。一只大花猫蹲踞在墙头，往下窥视。它的眼睛里闪耀着像人一般好奇的神色。与此同时，太极殿内，拓跋濬、冯婉华二人正高坐御榻，和高允说话。

高允禀告道："陛下，先前我们派往南朝宋国的使臣游明根已经回来，等待陛下接见。"

拓跋濬："传见。"

游明根，字志远，是大魏都曹主书，安乐侯，曾三次出使南朝宋国。

冯婉华低声向拓跋濬介绍道："陛下，这位就是太武皇帝时期名臣游雅的族弟。他祖父游鳝曾任慕容燕国（后燕）乐浪太守，父亲游幼曾任冯氏燕国广平太守。到游明根这一代，国家沦亡，他非常穷苦，幼年时曾给栎阳一家姓王的地主当牧童。但他不忘学业，没钱买书，就用壶盛浆水，央求过路的人在地上写字，他自己跪地仔细模仿。天佑吉人，有一天长安镇将发现了他，推举他重归学府，勤学之下，他的族兄游雅举荐他到都城来，继续学业。"

拓跋濬有些惘惑："游雅是谁啊，我怎么不知道这个人？"

高允答道："游雅，字伯度，小名黄头，是太武皇帝时期的名臣，也是臣的朝中老友，曾任太子少傅，前几年刚去世。他也是我们大魏闻名天下的'任县三游'之一！所谓'任县三游'，即游雅、游明根、游肇。这三人之中，数游雅文采最为出众，游肇为官清正，刚直不阿。而游明根，他的道德文章在我们大魏乃是一流。"

游明根上前："拜见陛下！"

游明根身长九尺，音声脆朗，相貌堂堂。拓跋濬看到如此人才，禁不住点头称赞："出使南朝宋国，我们大魏需要这样的人物啊！"

高允："朝臣出使，便是代表了大魏的风貌，所选人物一定是能为国家折冲樽俎的人才，这样才能使得邻国不敢轻视我们大魏，才能不辱君命！"

冯婉华："看来相貌风度是挺重要的。聘使，就是我们大魏的代表，他们的一言一行，关乎我们大魏的风貌和荣誉，彰显的是我们大魏的文化和礼仪。"

高允："确实如此。但凡出使南朝宋国的聘使，不仅要考量相貌和才学，还要严格筛选门第。游明根出于任县游氏大族，根据九品中正制，他的家世完全合格，南朝人绝对会对他的名门出身表示礼敬。"

拓跋濬问高允："那游明根出使南朝，为什么要挂名散骑常侍这个虚衔呢？"

高允："散骑常侍是一个清贵官职，是代表国君出使的重要职位。不仅如此，游明根出使之前，朝廷还封他为安乐侯。"

拓跋濬让宦者扶起跪地的游明根，问道："游爱卿，根据你亲眼所见，宋主刘骏何许人也？"

游明根："宋主为人机警，敢于决断，学问渊博，文章也特别华丽机敏。我到殿上去见他，看到他审阅臣下的奏章，能一目七行。此人还善于骑射，喜欢到处驰马打猎，箭术精良！"

拓跋濬："如此说来，宋主文韬武略，是治国明主吗？"

游明根："宋主当然不是明主！此人称帝之后，奢侈贪欲，没有任何节制。自晋氏渡江以来，建康朝廷的宫室不多，举行朝宴的地方，只有东西二堂而已。然宋主刘骏继位之后，开始大修宫室，装饰得富丽堂皇。他手下还豢养了一批谄谀小人和幸臣，倾尽官府的库藏赏赐给他们。更甚者，他推倒宋国开国皇帝刘裕原来居住的阴室，在那地方盖起宏大的玉烛殿。在推倒阴室之前，宋主和手下群臣前往参观，看到床头边有一道土墙，墙壁上挂着葛做的灯笼和麻做的苍蝇拂子。当时，侍中袁顗奉承前人，称赞刘裕作为开国皇帝，品德俭素。谁料到宋主刘骏竟然说，一个庄稼汉出身的人，能住到这样的屋子，实属过分了……"

冯婉华问："宋国内乱不断，宋主除掉了他的叔父南郡王刘义宣和大臣臧质之后，据说最近又除掉了他的兄弟广陵王刘诞？"

游明根："诚如贵妃所言！宋国南郡王刘义宣率领荆州、江州、豫州、兖州四州叛乱之时，宋主刘骏即位还不到一年，当时他大为惊慌，甚至有主动向刘义宣投降让位的打算。正是他的这个弟弟广陵王刘诞极力奉劝他死守都城，才坚定了他平叛的决心。最终，鲁爽、刘义宣、臧质等人等相继败死，他才算坐稳帝座。"

拓跋濬："刘诞如此功高，看来是不能被宋主所容了。"

游明根："陛下明断！刘诞确实遭到了宋主的忌惮。刘诞是个聪明人，他曾经主动上疏朝廷，提出抑制宗室皇族的九条建议。可即便如此，宋主刘骏也并未消除对自己这位六弟的猜忌，没过多久，便将他调离建康，外放为使持节，都督南徐、兖二州诸军事，封太子太傅、司空，明升暗降，任命他为南徐州刺史。"

高允插言："把此人如此外调，其实又是一种祸端。"

游明根："大人高见。宋国的南徐州位于长江以南，素为南朝重镇，距离宋国都城建康仅有二百余里。广陵王刘诞外镇京口，一旦发动叛乱，到达建康可朝发夕至。果然，不久，宋主刘骏又改授刘诞都督南兖、南徐、兖、青、冀、幽六州诸军事，封南兖州刺史，将他调往江北广陵。同时，他命令心腹大臣接掌南徐州政事，以防刘诞对建康形成的潜在的军事威胁。"

冯婉华："广陵王刘诞为宋主刘骏立下如此大功，还受到这样的猜忌，宋主真是一个沉猜之人。"

游明根："是啊。刘诞为了消除宋主的猜疑，不断进献祥瑞，以表忠心。同时，他也以我们大魏军队可能会发动进攻为由，在广陵城大修城防，聚敛军资，加强武备。不久，建康不断有人上疏朝廷，控告刘诞生杀任意，而且有对皇帝的谤言。再不久，又有吴郡百姓和豫章百姓受人指使，相继上疏朝廷，告发刘诞谋反。为此，宋主刘骏借机发难，下诏贬刘诞为侯爵，命令他回其封国竟陵听候进一步处理。"

拓跋濬："这就是要逼反刘诞啊。"

游明根："陛下圣明！刘诞得到诏旨后，大为惊怒，就凭借广陵坚城，公开反叛。听到消息之后，宋主刘骏立刻起复了老将沈庆之，让他率大军北上，攻打广陵城。情急之下，刘诞发布檄文为自己辩解，指控宋主刘骏对宗室、功臣的无罪加诛，甚至公开提及刘骏淫蒸其母的宫闱丑事。为此，宋主刘骏恼羞成怒，下令搜捕刘诞在京中的朋党故旧及那些人的亲属家人，诛杀数以千计。"

冯婉华："宋主真是一个残忍之人啊。"

游明根："当时的广陵城下聚集了很多兵将。得到宋主诏令之后，宋国名将沈庆之、豫州刺史宗悫、徐州刺史刘道隆、兖州刺史沈僧荣等，相继率部赶来平叛，广陵城被兵马重重围困。当时宋主还担心刘诞会在情急之下弃城投奔我们大魏，一度下令沈庆之出一军断其北逃之路。心急之下，刘骏为了尽快攻取广陵，在军中悬下赏格，许诺能生擒刘诞者封为食邑一千户的竟陵县侯，而谁能率先攻上广陵城，则封为食邑三百户的建兴县男。"

拓跋濬："兄弟相残，何至于斯！"

游明根："臣当时正在建康出使，颇知其中内幕。当时，由于阴雨不断，沈庆之等人一时无法攻破广陵城。宋主刘骏恼怒不已，打算自己御驾亲征。延至当年七月，宋军终于对广陵城发起总攻。大将沈庆之身先士卒，亲率诸军攻破广陵外城，而后乘胜攻进内城。城破之后，刘诞仓皇逃跑，在桥上被追兵一刀砍中面部，负伤坠河。很快，他就被追兵从河水中捞出来，乱刀剁死，首级传送建康报捷，时年仅二十七岁。刘诞的母亲殷氏、妻子徐氏听闻败讯之后都上吊自杀了，世子刘景粹躲入民间，不久也被搜出杀掉……"

冯婉华叹息："宋国皇族，内乱不已啊。"

游明根："刘骏得到刘诞被杀的消息，欣喜若狂。同时，他下诏对广陵屠城，将城中女子全部犒赏军士，男子全部处决！"

拓跋濬听游明根如此说，不禁道："作为一国君主，宋主刘骏真是无人君之量啊！"

游明根："陛下圣明！宋主无人君之量，更无人君之礼！朝中殿上，他特别喜欢戏谑大臣，各取绰号，无礼之至。除了他的叔父、宋国太宰刘义恭不受侮辱，朝中贵戚大官都遭到过他的嘲弄戏谑。宋主经常称呼金紫光禄大夫王玄谟为老伧[①]，称呼仆射刘秀之为老悭[②]，称呼御史中丞颜师伯为老齯[③]……至于其他大臣，不论高矮肥瘦，他都亲自起绰号。宋国的黄门侍郎宗灵秀体形肥胖，但凡下拜起立都特别不方便。为此，每次朝廷集会，宋主总是故意赏赐他东西，目的就是看他在众目睽睽之下千辛万苦地下跪谢恩，最后累成一摊肉泥。此外，宋主身边还有一个颇受他宠爱的昆仑奴宦者，他没事就命令这个黑皮肤的奴隶用棍杖击打群臣……"

冯婉华问游明根："南朝皇室子弟据说年少时都有耆宿大儒辅导教育，怎么成年之后会如此荒唐不节呢？"

---

① 大老粗之意。

② 吝啬鬼之意。

③ 大龅牙之意。

游明根："臣也不知就里！大概南朝的皇子年少时压抑过甚，所以成年之后一旦失去约束，往往恶性萌发！宋主刘骏这个人，好色之外，就是荒唐。他特别宠幸的殷贵妃病死之后，他竟然强命群臣都去拜墓哭灵！"

拓跋濬备感惊讶，问："南朝礼数不是很周全吗，岂有大臣向帝王妃嫔哭灵之礼？"

游明根："更过分的是，宋主对大臣们宣布，谁能哭得更悲伤更凄凉，所得赏赐就越丰厚。反之，如果哭不尽哀，就要减免官俸甚至免官。当时，宋国游击将军刘德愿刚刚因罪失爵，宋主刘骏便对他说，如果他能在贵妃灵前大哭尽情，当加厚赏。这个刘德愿虽然是个粗人，却立刻大放悲声，号恸跳扑，拊膺顿足，涕泗横流。宋主大悦，即刻升他为豫州刺史。还有一个宫廷医者叫羊志的，在殷妃墓前也悲哭呜咽，泪下如雨，宋主一高兴，立刻赏赐了他珍宝一大批。过了几天，有人问那羊志：'你哪里来的如此急泪呢？'羊志笑答：'当天我心爱的小妾死了，我是想起她才哭的啊。'"

拓跋濬拊掌叹息："如此君王如此臣，竟然也能跨江割据一方，与我大魏对峙！"

高允面色严肃，说："南朝君虽荒唐，其下却也有一批能臣武将，陛下不可轻觑啊。"

第三十六章　血溅太极殿

太极殿外，建宁王拓跋崇、长乐王拓跋寿乐、永昌王拓跋仁、济南王拓跋丽，以及京兆王杜元宝和尚书令长孙渴侯，个个焦躁不已。

拓跋仁怒言："皇帝陛下接待这些儒生书呆子，能长谈两个时辰，让吾等宗室贵戚在外面久等，实在令人气恼！"

拓跋丽也气恼地说："我先去西苑看一看今天是否有机会。乙浑怎么还没出现呢？"

拓跋寿乐闭着眼睛，紧张得不停地捋着胡须，说："亡宗破家亦由汝，化家为国亦由汝，真让人心焦……"

杜元宝劝道："长乐王不必如此忧虑，万事由天不由人！黄口乳儿，何能为也！现在的天下人心都还没有安定下来，先前南安王在位快一年，说被干掉也就被干掉了。只要我们一年之内能干成大事，朝中大臣和各地郡守大将都来不及反应！"

长孙渴侯也显得非常紧张不安，说："刚才在殿外，我好像看到陆丽和刘尼了，好像还有源贺。他们三人都身着甲胄，是怎么回事啊？"

拓跋仁也表示疑虑："就是啊，这三个人都是扶助当今陛下登基的功臣，很不好对付！不过，这几个人虽然位高权重，但禁卫军军权都在乙浑手中。而这乙浑现在可是我们的人啊。"

拓跋寿乐依然焦躁不已："世事难料！我今天早上起来就一直觉得心惊肉跳，精神恍惚，东西也吃不下……"

拓跋仁面色傲狠，说："干大事，绝对不能犹豫！一会儿入了殿，诸位见机行事吧。只要有机会，切勿迟疑犹豫！"

万寿宫内，皇太后常氏和常英、常泰以及乙浑正在说着些什么。宫内外到处都是禁卫军。

常氏问乙浑："今天如果那几个拓跋宗室忽然发难，你能够保证陛下的安全吗？"

乙浑满脸忠色，答："太后放心，永昌王拓跋仁、建宁王拓跋崇等人在禁卫军中的亲信不过都是几个中级幢主，手下仅有几百兵士。而如今殿内殿外的守军都是我精心挑选出来的，请太后放心。"

常英："我也选出了常府家丁一百多人，保卫太后的万寿宫。"

常泰抽出一把长剑："我誓死保卫姑母皇太后！"

常氏皱眉："常泰，你把剑放下，怪吓人的……"

乙浑对常英说："太师，您大可不必带家丁到万寿宫来，这些人没经过什么训练，到时候叛贼真的冲过来，他们根本防不住。"

常英："可一旦事发，陛下知道我曾经如此忠心地保卫太后，定会高兴！常府家丁能不能打仗，管事不管事，没什么关系，主要是得表明我与太后、陛下共进退的决心！"

常氏："乙浑，经历了此事，证明你对皇帝陛下和我确实忠心！不过啊，即使这次你不报告，也另有人会来报告。听赵黑说，你手下已经有人早在你之前就将拓跋宗室在禁卫军中的异动告诉了冯贵妃呢。"

乙浑恍然大悟："哦，难怪！刚才手下有人告诉我说陆丽将军、刘尼将军和源贺将军今天都在上朝前到达宫内，他们肯定是陛下事先安排的。"

常氏："其实皇帝现在还完全不知情，是冯贵妃特别告诉我别惊他的。乙浑，有我，有你，有冯贵妃，我们三方联合起来，就没人能在大魏皇宫之内再干出宗爱干的那种弑帝的事情来！"

乙浑下拜行礼，表忠心道："皇太后放心，有臣在，万事安心！"

太极殿内，拓跋濬和冯婉华共坐御榻，高允侍立。

拓跋濬高声言道："诸位大臣，为了给大魏社稷以及百姓祈福，朕决定由昙曜大师主持，在武周塞石窟，开凿雕刻大佛。"

高允："陛下圣明！平日里，一些百姓不修心，只是为了家族和自身小事拜佛，说明家国信仰不够深厚。先前太武帝灭佛时，甚至有的愚民百姓把灾难的缘由归于信佛，更是愚陋至极。为了稳定人心，安定社稷，开凿石窟确实很有必要。"

拓跋濬："凿山刻石，就可以塑造永恒的佛像。如此，佛祖在百姓心中的形象将会更加神圣，佛陀的光辉能够永远普照！前日，朕和昙曜大师以及冯贵妃一起跋山涉水，将开凿地址选定在平城西部武周塞。武周塞，历来就是祭祀神灵的神山。昙曜大师正在定吉日，朕准备率领群臣，参加佛窟的开凿大典。"

高允："武周塞大佛石窟，由昙曜大师精心设计。这些年来，他在西域各地奔波行走，见多识广。这五尊大佛，对应我们大魏五代皇帝，也就是道武皇帝拓跋珪、明元皇帝拓跋嗣、太武皇帝拓跋焘、景穆皇帝拓跋晃，以及当今陛下！佛像凿成，大魏的百姓就会知道，皇帝什么样，佛就是什么样！皇帝，就是现世佛！如此，大魏将民心安定，共享安乐！"

长乐王拓跋寿乐出班，道："天子行大事，只要利民益国，就是贴合佛心。开窟凿佛，如此巨大的工程，得耗费多少民力啊！"

高允："佛像高五十尺，每窟可以容纳三千人，从凉地请来的工匠已经到达，工程分成几期来做，并不会造成过度的劳动耗费。"

拓跋寿乐仍在表示不满："夫佛心者，以大慈为本，安养众生。然如今为了开凿这样的大窟巨佛，苦役黎民百姓，费工费钱巨万，是与佛心相背了！"

冯婉华看了看身边的拓跋濬，说："庶民百姓，都会希望有佛像可拜，方才心安。陛下正是心怀大慈大悲的善心，为了黎民百姓永久的幸福，为了保国家之昌盛，才有凿窟雕佛之举！"

高允："陛下不仅崇佛，也敬道，更崇儒，三教合一，志在一统华夏！"

此时，尚书令长孙渴侯也出班，道："昔日太武帝灭佛，就在于痛恨沙门以求佛之名敛财。沙门本应摄心守道，志在禅诵，不干世事。然一旦佛教大兴，造作经像，这些人肯定会想如何更多地得人财物；既得他物，贪心即起，既怀贪心，恰是三毒不除，具足烦恼！"

杜元宝出班，进言道："陛下亲自下诏兴佛，利国利民之心可嘉，但其中弊端，肯定很快就会显现。而且人心不同，善恶相异，必定会有图利之徒，趁机迷惑众心，广施奸诳。记得昔日平城内外，梵唱屠音，连檐接响。太武皇帝灭佛之前，沙门真伪混居，往来纷杂，京内许多富民贵戚趁机私造寺观，本意就是图利。当时，不仅京城如此，各州郡军镇也有不少僧寺广占田宅，侵夺细民。长此以往，何以劝善？！"

冯婉华："尚书令所言有理。如来当年弘扬佛法，多依山林静谧所在。所以陛下才选在武周塞这样的僻静之处开凿窟室。而若是留恋城邑繁华，时间一长，沙门定会利引其心，莫能自止。"

杜元宝听到冯贵妃似乎在向着自己说话，也来了精神，继续道："那最好还是不要兴佛，方能节省国力民力来南伐宋国，北击柔然，强我大魏！"

拓跋濬闻言大为不悦，说："朕登基不久，百废待兴，你们这些宗室贵臣却不与朕一心，凡事皆相阻挠，深负朕望！退朝！"

高允、游明根等儒臣皆施礼退下，拓跋崇、拓跋寿乐、拓跋仁、杜元宝及长孙渴侯五人兀自站在原地，没有出殿。

冯婉华忽然低声问赵黑："那个长乐王拓跋寿乐为什么腰中有剑？"

赵黑报称："长乐王宗室老人，从太武皇帝时期起，他就被允许剑履上殿。不过，他佩带的剑是班剑，也就是说那剑鞘里是装饰用的木剑。"

冯婉华："这一点我也注意到了。但先前他的剑鞘外面和剑柄外面都裹着鎏金铜叶，铜叶上还錾刻着怪兽和瑞草纹饰，特别精致，看上去就很轻。而他此时的佩剑，剑柄是精铜的，看着很沉，似乎里面是真剑啊。"

赵黑点头，仔细观察着。这时，拓跋崇往前迈了一步，说："陛下，吾等几位宗室贵戚，想和陛下商谈一下朝服之事。"

拓跋濬非常不快，问："朝服？什么朝服？"

拓跋崇的表情有些不自然。他回头看了看殿门，忽然发现乙浑带着一大队禁卫军出现在门外。见到乙浑左右安排，指挥若定的模样，拓跋崇心中大定。于是他高声大气地说："陛下乃大魏皇帝，大魏家乃鲜卑国家，奈何效仿南朝，穿华服而弃我鲜卑左衽窄袖！臣等劝陛下日后以鲜卑礼仪祭天，穿鲜卑服色接见朝臣！"

冯婉华观察到，一向气息勃勃的永昌王拓跋仁今日似乎分外沉默，神色也有些紧张。

感觉到气氛不对，冯婉华仰头望了望殿顶。此时拓跋濬已经非常不耐烦了，他对拓跋崇说："朕平日其实喜欢穿鲜卑小袖，而且朕现在也还是梳的鲜卑辫发！但是，如今朕上朝所穿的朝服，是汉晋以来的帝王朝服。你们为什么如此多事，对朕穿衣戴帽也横加指责？"

杜元宝说："陛下，您的一举一动，皆引天下关注，如有不妥，我等勋臣宗室当然要提醒。"

赵黑忽然插话道："说到礼仪，陛下的辫发只有十二缕，而诸位请看看你们自己的辫发，又有多少缕？这是否有僭越之嫌啊？"

赵黑这一句话，说得几人猛然一惊——鲜卑人确实惯梳辫发，但是按照制度，只有皇帝才能编十二缕辫发，臣子不能超出这个数目。然而自太武帝以来，服装礼仪日趋华化，不少鲜卑宗室贵族为了好看，都喜欢编特别多的辫子在头上，还要在辫发上缀缠宝石精玉。

赵黑说着，来到杜元宝身边，围着这位京兆王转了一圈，仔细数着他脑袋上的辫缭。

赵黑笑了："京兆王，您头上的辫缭有二十根之多，此举大不敬，有违礼制。您该知道的，妄自僭越，是杀头的大罪呢。"

听赵黑如此一说，杜元宝脸上立刻就有汗流了下来。

就在此时，拓跋仁注意到殿门处的乙浑正眼巴巴地看着自己。深感对方已经安排妥当，他走上前，站在拓跋寿乐身边，猛地从他腰间抽出那把长剑，高声叫道："陛下，我用这把剑来告诉你该怎么坐天下吧！"

果然，拓跋寿乐今天上朝所带的佩剑，就是真剑！一如他们的计划，上朝时由拓跋寿乐将佩剑换为真剑带入，关键时刻再由拓跋仁来使用。

事起仓促，拓跋濬竟然愣在了榻上。只听拓跋仁大喝一声，拔剑直接就向还在发愣的拓跋濬奔了过去。

赵黑手中拿着一把铁如意，挺身举起如意挡了一下。一声脆响，利剑砍在铁如意上，火星直进。拓跋仁转手照着赵黑的胸部就是一记劈砍，把赵黑劈倒在地。

赵黑衣服底下裹着软甲，虽然没有受伤，但拓跋仁力道奇大，他愣是被重击在地，一时间横瘫着无法起身，狼狈不堪。

拓跋仁心中所想，就是要杀掉拓跋濬。他趔趄了一下，继续朝文成帝这边来。这时，冯婉华挺身而出，情急之下，她将手中的一卷奏牍扔到了拓跋仁的脸上。拓跋仁猛击出一掌，直击中她的腹部，一下便把这位冯贵妃也打倒在地。

眼看着拓跋仁的长剑就要刺到拓跋濬，半空中传来一声怒喝，忽然坠下一个姑娘，正是先前被冯婉华收用的那个玩绸吊的元蕊！此前，从慕容白曜那里得到这几个鲜卑勋贵有异动的消息，冯婉华就安排元蕊加紧练习，上朝之前让她吊在太极殿的殿顶，以防万一。

元蕊飞踢一脚，正好踢在拓跋仁的鼻梁上。她顺着系在身上的绳索从空中落下，下坠和摇荡的力道很大，这一脚几乎把拓跋仁的鼻梁都要踢断了。与此同时，殿外一阵喧闹，陆丽、常英、常泰也都带人冲了进来。冯婉华忍着痛起身，扶着拓跋濬一起躲在御座之后。二人周围还有几个宦者，也都哆哆嗦嗦地围成一圈，心惊肉跳地看着外面的打斗。

拓跋仁摸了摸自己满是鲜血的脸，往上看，元蕊已经依靠吊索又飞荡到了高处。一个不防，赵黑忽然跃起，用铁如意给了拓跋仁脑袋一下。被这般猛然一击，拓跋仁仰面朝天摔倒，利剑也从手里飞了出去，但他力气非常大，瞬间就和赵黑扭打在了一起。关键时刻，陆丽上前，挥舞拳头，往拓跋崇的后脑勺上来了一击，而后他跪在地上，不停出拳击打着拓跋崇的脸，直打到脸都变了形。另一边，常英上前，把那杜元宝脸朝天地摔倒在地；常泰骑在老头儿拓跋寿乐的身上，也是一顿老拳；长孙渴侯被晾在了一边，但他大概是吓得精神失常了，竟然站在原地歇斯底里地哈哈大笑……

乙浑带领禁卫军就候在殿外，可等了半天也不见他过来帮忙，拓跋仁心知不妙，摇摇晃晃地从乱斗中挣脱，跑向殿门。

殿内，拓跋崇、拓跋寿乐、杜元宝几人被前来帮忙的赵黑手下逮住，又遭到一番狠揍，都两腿直挺着，脑袋浸在逐渐凝结的大摊黑血里，脸上血肉模糊，口中呻吟不止。

这时候，作为禁卫军首领的领军将军乙浑，才终于入了殿。他高声喝道："何等奸贼，敢在太极殿内冒犯！"

拓跋崇、拓跋寿乐、杜元宝等人听到乙浑的声音，大喜过望。他们回了魂一样都仰头望向殿门，挣扎着想爬起来。而陆丽、源贺、赵黑等人看到乙浑手持一把亮晃晃的长剑，都出于本能地后退了几步。

拓跋崇在地上爬着，朝乙浑的方向蠕动，边努力举高手边喊："乙浑，乙将军！"

乙浑闻声向他迎过去，然而未等拓跋崇说出更多的字句，乙浑的剑就捅进了他的嘴里！刃出脑后，这个鲜卑王爷被捅死在当场。

杜元宝看到眼前血淋淋的一幕，惊恐地大叫起来："乙浑，你这个败类！你……！"

乙浑恍若不闻，向前一跳，挥剑就把杜元宝的脑袋斩了下来。脑袋在地上滚了几圈，最终停在了拓跋寿乐的脚下，此时那脑袋上的嘴还惊愕地张着，眼睛也半合半闭，一副死不瞑目的样子。一旁的长孙渴侯看到这个场景，直接吓昏了过去。

乙浑入殿拜见拓跋濬，又安慰了他好一会儿。而后乙浑命令手下兵士进来搬抬殿中尸体，清洗血迹斑斑的地面。

参与叛逆的人中，济南王拓跋丽并没有在太极殿里，而是一直在鹿苑等候，准备接应。然而他在鹿苑里找了半天，也没有看到自己熟悉的禁卫军幢主。好不容易在围墙边找到一匹战马，他翻身上马，逡巡了一会儿，听到太极殿那边喊声阵阵，就纵马冲了过去。他手中挥舞着一柄长刀，来势汹汹，一时间竟没人敢上前抵挡。守卫在太极殿周围的人中只有刘尼和元华有坐骑，他们低声说了几句什么，然后分别打马跑开，开始围着太极殿绕圈。

太极殿内，冯婉华搀扶着拓跋濬刚刚站起，就听得殿外马蹄声嘚嘚响，那声音像鞭子一样打在她的耳膜上。殿外，拓跋丽骑着马，原是往太极殿跑来，却在半途不知为什么改了主意，开始往宫门外跑。

刘尼、元华紧紧跟随，岂料拓跋丽忽然猛地拨转马头，又急匆匆地跑了回来，而且是直朝着元华的方向。元华手中只有一柄短剑，显然不可能抗敌，她立刻也打马回头急奔。

发现拓跋丽开始追杀元华，刘尼立刻拍马狂追，以惊人的速度向拓跋丽奔过去，想从右边斜插过来拦截。

拓跋丽一手扬鞭抽马，一手持刀，不断地回头观察。他那张因为紧张而发灰的脸不停地抽搐着，急得好像眼珠子都要掉出来了。此时，他一心想要杀掉元华，夺取她的马，然后回太极殿去帮忙。然而元华竟然没那么容易被追上，她伏在马鞍上，跑得飞快。拓跋丽紧追不放，马蹄上的铁掌甚至在青石地面上激起了火星。

追逐中，刘尼从一个站在原地目瞪口呆的禁卫军兵士手中夺过一支长戟。就在拓跋丽的长刀即将砍到元华背上之时，刘尼的长戟先他一步扎进了他的后背，把他刺了个透心凉。

拓跋丽大叫一声，一只手抓住长戟，竟然在马上转过身来，整个人一甩，刘尼手中的长戟便脱了手。接着他在马镫上立起身来，抬手就朝正从自己右边奔驰而过的刘尼砍了一刀。刘尼一闪身，躲过了刀锋，但拓跋丽身下那匹高大的柔然战马的胸部正好侧撞在刘尼的马上，一下就把刘尼撞下了马，摔在地上。

拓跋丽确实是个勇士，身受如此重的伤，他竟然能够忍住剧痛把身上那根长戟拔出来，不顾自己血流如注，挥舞着长戟又朝刘尼这边奔来。刘尼还坐在地上，一抬头便看到了拓跋丽扭曲恐怖的脸。此时的拓跋丽龇着牙，脸色已经变得青紫，俨然就是个死人了。他使出最后的力气，双手持戟，狠命地朝刘尼胸口扎来。

千钧一发之际，一柄短剑斜刺过来，正刺入拓跋丽的脖颈。当啷一声，拓跋丽手中的长戟应声落地。他神情痛苦地用沾满鲜血的双手捂住脖子，仿佛想要拔出那柄短剑。然而一用力，短剑没有拔出，他自己却仰身栽下马，气绝身亡了。

至死犹斗，拓跋家族的爷们儿确实个个勇武。

这边拓跋丽刚刚掉下马，满脸是血的拓跋仁就挥舞着长剑旋风似的冲了出来。他飞身上马，骑着拓跋丽的马就开始狂奔，眼看是要逃出宫去。这时，已经陆续有骑马的军将过来增援，陆丽、源贺等人也都骑上了马，宫内四处是飞驰的身影，呐喊指挥的声音交响不绝。

在陆丽居高临下、有条不紊的指挥中，一个禁卫军幢主从一旁冲杀过来，凌空刺来的利剑的寒光在拓跋仁的眼前闪烁。拓跋仁举剑格挡，二剑相击，火星飞溅，铿然有声，震得那个幢主身子一颤，差点从马上掉下。又有一个幢主骑马跑过来，想从拓跋仁身后用长戟刺他，戟尖从他背后的衣服上挑下一大块闪亮的衣锦。

拓跋仁勒马停下，神情凶恶地看着对面的大胡子禁卫军幢主。那幢主脸上滚动着汗珠，下垂的脸颊颤抖着，出于恐惧，他将手中的剑朝拓跋仁这边胡刺乱捅，拓跋仁一个闪身，他便刺了个空。双方纵马错身而过，拓跋仁看到了幢主惊恐的棕色眼睛在不停地眨动。他展臂挥剑，幢主的脑袋立刻被斩落，没有脑袋的脖颈上热血狂喷。

这时候，又冲过来四个禁卫军骑兵，把拓跋仁团团围住。陆丽在马上高喊："活捉永昌王！"

听闻命令，四个骑兵不敢立刻用长戟捅死拓跋仁，只能想尽办法将他击下马。拓跋仁眼见陆丽不敢立时要自己性命，心道有机可乘，便使出浑身解数，左右开弓，很快就砍死了一个骑兵。随即他一伸手，又将剑刺入了另外一个骑兵的脖颈。见势不妙，剩下那两个骑兵想跑，还未来得及，拓跋仁就从自己的马上跳到其中一个骑兵的马上，一剑割断对方的咽喉，又夺过他的长戟，将最后一个骑兵刺死了。

围在四周的禁卫军眼看着这场厮杀，都被拓跋仁吓住了。这位永昌王风驰电掣，杀兵斩将，英武异常，好几个没有上过战场的新兵都吓得有些失常，向着拓跋仁的方向大喊大叫，对着空气乱刺乱砍。而血腥的场面似乎也把几匹失了主人的战马吓昏了头，四处横冲直撞。正是因为这几匹战马惊惶奔跑，一个禁卫军骑兵混乱间被带到了拓跋仁近前。他恐惧得不行，硬着头皮举起长戟，闭着眼朝拓跋仁捅去。疯马来得突然，拓跋仁没有躲过，长戟一下子刺穿了他的左腰。他反手一剑，也刺向这个捅伤自己的骑兵。然而长剑磕到骑兵头上的兜鍪，一下子滑了开去。那命大的骑兵也顾不得长戟了，迅速拨转马头飞逃。

拓跋仁冲出重围，鲜血直流，朝着宫门飞奔。源贺在后面紧追。拓跋仁随手一剑，差点砍中源贺，剑锋从源贺胸前划了过去。不过由于拓跋仁腰上受了贯穿伤，这场殊死格斗的形势急转直下，才跑出去没多远，他就在马上摇晃起来。

拓跋仁自言自语道："唉，我坚持不住了，我要掉下去了……"

他勒住马。一百多步骑都围了上来。源贺大叫："永昌王放剑，下马投降！"

拓跋仁看了看手中的长剑，对源贺轻蔑地笑了一下。

而后，他心一横，大喝一声，自刎而死。

跑到永昌王身边的源贺抹了抹溅在自己脸上的血，又摸了摸自己的胸膛。还好，刚才只是被剑尖划过，甲胄上面还隐约有斑斑血渍。

陆丽这时候也赶到了。他扔掉缰绳，从鞍上跳下，费了很大的劲才将剑从拓跋仁僵硬的手里拽出来。

第三十七章　内乱平

刚刚经历了如此骇人的杀戮，拓跋濬好像一下子瘦了很多，短短时间内两腮都陷了下去。不管是睁着眼还是闭着眼，殿上血腥的场景总是在他眼前浮现。他深知，这些场景会在日后频繁地出现在他梦中，血腥的回忆定会长久地折磨他。

从在平城外逃窜那次事件之后，这个少年甚至在梦中也总能感到自己紧握刀剑的右手在痉挛。每次醒来，幸亏有冯贵人在身边帮他驱赶惧意。而此时冯婉华也浑身都在哆嗦。她站在拓跋濬身边，强自镇定。

常氏抱着拓跋濬："陛下，你受惊了！"

拓跋濬也紧抱着常氏，说："太后，朕差点就见不到你了！"

常氏泪如雨下。乙浑表功，言道："陛下，太后，有臣在，鼠辈何能为！"

常氏异常亲切地看着乙浑："你又立功了！封你京兆王！就把那个该死的杜元宝的封爵给你！"

拓跋濬："传朕旨意，立刻派人彻底搜查杜元宝府邸，搜出的全部家当赐予乙浑。府内无论男女，皆赐给乙浑为奴！"

乙浑下拜，叩头直至出血："愿为太后、陛下效死！"

拓跋濬仍然惊魂未定，又道："那个从天上掉下来救驾的小姑娘，叫什么来着？封贵妃！"

常氏像打自己儿子一样打了拓跋濬屁股一下："吾儿，那姑娘还是个孩子，人家才不当你的贵妃呢！你现在只有一个贵妃，就是冯贵妃！"

拓跋濬："嗨，朕都糊涂了……反正赐她俸禄，按照一品官赏赐，如果她年纪太小不好封赠，就封她爹！"

赵黑："他父亲叫林冬闲，可以封个大官当当！"

拓跋濬终于来了精神，高声说："今天但凡不顾安危救护朕躬的，全都加官晋爵！这几个拓跋宗室的败类，全都诛杀五族！"

冯婉华捂住腹部强忍疼痛，劝说道："陛下，祸起萧墙，会被外人看笑话的。而且陛下新登大宝，南朝宋国和北方柔然都在虎视眈眈，就希望我们大魏出现内乱。所以，一定要把今天的事情遮盖住，万不能让外人知晓！……"

常氏问："冯贵妃，我的乖女，这些奴才刚才差点把皇帝都杀了，这事要怎么遮盖啊？"

冯婉华："太后，陛下，咱们对外一定不要大肆张扬我大魏皇宫太极殿里有谋反事件发生，至于这几个拓跋宗室和勋臣贵戚，可以对外说他们因为宫室、服饰等犯了僭越罪，获罪赐死，切勿株连五族啊……"

冯婉华说着话，忽然觉得自己头重脚轻，体力不支，话未说完就倒地不起。在她身下，一摊鲜血漫了出来。

隔日早晨，昭仪宫。太阳升起，金色的阳光闪耀在平城上空，闪耀在皇宫大殿，闪耀在浸着夜露的湿润屋脊上，也在冯婉华的脸上照出一块桃红色的阴影，越发衬托出她身上一股苍白的微润，以及美丽的哀愁。

冯昭仪慈爱又惋惜地抚摸着侄女的额头，说："婉华，佛祖保佑，你这次逃过了这一劫。但是真是可惜啊，你肚子里的孩子没有了……"

冯婉华脸色蜡黄，兀自强装镇定，说："永昌王那个家伙，还算是个男人。当时他手里有剑，完全可以杀了我，但大概因为我是女人，他并没有动手。"

元华恨恨地道："贵妃真是仁慈，那个家伙都把你打得小产了，你还说他算是个男人？！"

元蕊也气得小脸通红："当时我在大殿顶上，看到贵妃娘娘挨打，急得差点掉下来！"

冯婉华百感交集地望着元蕊："元蕊，你这次可是有救驾之功，救了皇帝一命！"

抱公公夸赞道："元蕊小小年纪，能够在陛下危难之际果断出手，太难得了！陛下因此封了你父亲为平凉公，食邑两千户！你们家作为南来的降人俘虏，如今一下子成了大魏的公爵，太罕见了！"

冯婉华强挤出笑容，说："是啊，元蕊这一脚，帮他父亲踢出了一个公爵来！"

元蕊施礼："万谢贵妃！当初若不是您把我领入宫内，我也没有机会为陛下效力！"

冯昭仪表情复杂，说："这姑娘嘴真甜。"

元华在一旁默然。

冯婉华问："元华，怎么看你不高兴？"

元华："我想起父亲了……"

冯婉华听元华如此说，脸上的笑容逐渐消失。元华又怒言道："那个混蛋乙浑，如今越混越好，这次救驾有功，还当上了京兆王，成了陛下身边的大红人！"

冯昭仪默了片刻，对冯婉华说："姑母还是那句话，在大魏宫中，你要判别清楚你的对手到底是仇人还是敌人。乙浑，他就是你的仇人，而不是你的敌人。"

冯昭仪一边仔细查看抱公公拿来的药品，一边低声念叨着："当归，炙黄芪，川芎，熟地，生甘草，白芍，芦根，黄芩，茯苓，炒白术，红景天，焦三仙，大枣，枳壳……嗯，就是这十四味药，婉华，你吃个几天，对你的身体很有好处。"

冯婉华："我不想吃药……"

冯昭仪："这药不怎么苦的。"

想到自己小产，冯婉华闷闷不乐。

冯昭仪劝说道："世上的事啊，福兮祸兮。如果你真生了儿子，按大魏制度，当子贵母死，对你不见得是好事；而若是生了公主，也提高不了你在宫内的身份……"

元华不以为然："常妈妈如今已经是太后，贵妃如果生了皇子，即使有子贵母死制度，太后又怎么会让贵妃死？"

冯昭仪苦笑道："你们还是太年轻了。制度就是制度！更何况，人和人之间的关系也是会变的。"

与此同时，万寿宫内，另是一番欢乐情景。宫里准备了丰盛的宴席，皇太后常氏宴请乙浑、赵黑以及常英、常泰父子。

乙浑朗声道："恭喜赵公公获封安定王！您可是我们大魏开国第一个被封王的内监啊！"

赵黑笑着答道："我这个安定王，比起您京兆王，还是差了好大的一截呢。况且大魏第一个被封王的内监也不是我，是宗爱，他当时封的是冯翊王！"

提到宗爱，乙浑的表情有些不自然："宗爱那个老死人，提他做什么？更何况，封他为冯翊王的那位，我们大魏也不承认他是皇帝呢。"

常英在一旁插话说："那位就算真是皇帝，宗爱的王爷爵位也不是他封的，而是宗爱自己封的！当年太武皇帝被宗爱弑杀，宫内大权全落在他和贾周两个人手里，他们想封谁就封谁，想杀谁就杀谁！"

太后常氏打趣地对乙浑和常英说："好啦，你们这两个死鬼要知趣，别得罪我们黑儿，日后他如宗爱一般掌了权，看不弄死你们两个！"

赵黑赶忙笑着跪下叩首，说："太后言重了！儿只有孝顺您和辽西王的份儿，怎敢下如此狠手啊。"

乙浑大笑："赵公公，安定王，您以内监之身封王，说明陛下确实是信任您！"

赵黑："哪里！当初陆丽将军封王，是从子爵进到王爵，他当时还给他父亲求了一个王爷，大家都认为他们陆家就算开大魏先例了。而您呢，从将军到王爵，一步就迈过来了，还封的是这算得上大魏第一王的京兆王！大魏从开国以来，除了拓跋氏王族，基本不会将此头衔封给外姓之人。杜元宝早先得封京兆王，乃是因为他是太武皇帝的舅舅，实实在在的皇帝亲戚。而您，乙将军，不是宗室，不是贵戚，竟然也获封京兆王，这说明什么？说明皇帝对您绝对信任！"

赵黑如此奉迎乙浑，乙浑非常受用，两只眼睛眯成了一条缝。

常氏非常兴奋，说："乙浑就是能在关键时刻知道什么更重要！但凡他当时有别的想法，事情的结局很可能就完全不是现在这样了。哥哥、常泰，你们父子可是要向乙浑以及赵黑多学学！"

乙浑离席，对常氏下拜，真心实意地说："若不是太后您待见我，我乙浑哪里会有今天！"

常氏情不自禁露出一副春心荡漾的神情，对乙浑说："你小子也别拿虚话敷衍老身，以后和我哥哥他们父子多多互相关照才是！"

每隔几天，在万寿宫内的隐秘殿宇中，常氏都会穿上一身粉红色的贴身衣服接待乙浑。每逢此时，殿宇中四处都会摆放上屏风和鲜花，常氏总是裸露着脖颈和胳膊躺在床榻上，对乙浑最常说的话就是："来，你怎样舒服就怎样……"

而乙浑每每听闻此话，便会露出要一显身手的得意微笑。他利落地卸下外衣，像个奴仆一样在地上匍匐着爬过去，然后用一双大手在常氏的身上搓搓揉揉。

有时常氏也会到冯昭仪那里去，满怀感激，和冯昭仪说一些悄悄话。常氏的生活，就这样日复一日地过着。虽然一天天过得单调，她却觉得十分温暖和舒心，非常满足。而每每想到自己那个当皇帝的"儿子"，她就忍不住在脸上堆满笑容。

另一边，作为当今皇太后的亲兄弟，如今的常英已经有了王爷的派头。除了常常和乙浑一起欢歌宴饮，他与各宗室贵臣也来往颇多。在辽西的常氏家族如今都被接到了平城来，皇宫内外，无论是谁，见到常英都会以"帝舅"之身份来奉承他。一时之间，常英收受无数金银财宝。

每天，身为辽西王的常英都会来给常氏请安。这一日，常英入殿，常氏正侧卧着睡得很香，还发出轻轻的鼾声。常英蹑手蹑脚地准备离开，路过一个宫婢身边，他信手捏了一把那个女孩的脸蛋，女孩发出呀的一声惊叫。常氏或是被扰了，鼾声忽然停顿了一下。常英赶紧停住脚步，用手捂住宫婢的嘴。常氏又继续睡了，呼噜声小了一些，常英抬脚准备继续往外走。谁知这时常氏惊醒，一声大喝："谁？！"

常英只得返回。

常英："拜见太后！"

常氏从榻上起身，脸上露出恐惧的神色："吓死我了！我刚做了一个噩梦！"

常英满脸谄媚："妹妹，你现在坐享天下富贵荣华，怎么会做噩梦啊？"

常氏："哎呀，我就是梦到咱们常家许多人刚到平城那时，我丈夫那个死鬼，在路上被兵士随随便便就杀掉了，那场景真真切切的……还有我那个刚刚几个月大的孩子，在梦里又活过来了，抓住我哭着要吃奶……唉，做做这样的噩梦也好，醒来就会觉得现在的日子真好！"

说着，常氏随意捻动手中的佛珠，困意再次袭来。

常英脸上露出一副狡黠的神情，说："太后，乙浑托我带来一种药丸……"

常氏睁开眼睛，问："药丸，什么药丸？"

常英低声道："嘿嘿，可不是一般小药丸，是一个小伙子！白白净净，身大力不亏的……"

常氏捂嘴扑哧一声："那乙浑现在是京兆王了，伺候我，还怕自己会变成药渣？呵呵，他可算知道我的厉害了。怎么着，这是从哪里弄来的药丸啊？"

常英答："先前是段氏白部鲜卑部落的，被柔然人编为战士，最近边地打仗俘虏到我们这儿来的。把他弄进来还颇费了一番功夫呢，毕竟要出入宫禁。还好是在这万寿宫，平常里若是要弄这么一个大男人进太极殿或坤德六合殿什么的，真就要先阉割了才可以。"

常氏："在平城就近弄个小伙子送来就行了嘛，费这么大的劲干什么？"

常英低声笑笑，不答，只往殿门处一摆手，便有宦者引领一个肤色白皙、几乎没有胡子的高个子年轻男人入了殿来。那男人匍匐行礼：“拜见皇太后！”

宦者示意他抬头。常氏上上下下地仔细打量了这人一番，点点头表示满意。常英察言观色，挥手对宦者说：“把他带入寝殿等候吧。”

常氏那张老脸似乎羞红了一下，自言自语道：“唉，如果我是男人，宫里放着几百个女人也没有人说什么。可是身为女人，就算贵为皇太后，弄个小伙子来开心开心还跟做贼一般！哥哥，你可好好记着，现在咱们的日子算是好过了，可如果想一直过好日子，你就必须跟拓跋宗室还有那些帝室十姓的勋贵们打交道，自己多留个心眼。”

常英赔着小心，笑道：“那些人对我可好了，有什么送什么！”

常氏脸上的笑容消退，叮嘱道：“现在我是皇太后，你是帝舅，咱们老常家还缺钱吗？咱们缺的是人脉，是忠心！皇帝现在大了，得赶紧给他把选皇后的事儿办了，也算我们对得起冯昭仪。想当初如果不是冯昭仪劝住了太武皇帝，我儿可就被送到河北封地当高阳王去了呀，弄不好半路就得被宗爱他们弄死！”

常英：“冯昭仪的这个情好补，冯贵妃只要当上皇后，咱们常家就不欠她们人情了。”

常氏一脸肃然，说：“可是那冯贵妃须得手铸金人成功，你以为就那么好办吗？”

昭仪宫。殿外狂风怒吼，大雪纷飞。在这样的夜晚，在这样的宫中，寒冷和岑寂却并不让人感到可怕——安全地待在殿内，有亲人的陪伴，温暖、舒适又惬意，屋外的冷风和寂寞也就成了一种让人着迷的风景。

冯昭仪、冯婉华姑侄俩在殿中，只命人点燃一半灯烛，她们就在这样的半明半暗中，一起欣赏殿外的翩翩飘雪。冯昭仪慈爱地对冯婉华说：“婉华，你毕竟年轻，身体也恢复得快。瞧，前些日子刚刚小产时，你脸上没有一丝血色。现在，又变回红扑扑的样子了。”

元华仔细打量了冯婉华一番，说：“贵妃先前真是太憔悴了，现在是白里透红。”

元蕊笑着说：“贵妃真好看！”

冯昭仪靠近，替侄女拉了拉被子：“你身体刚刚恢复，可别让陛下碰你啊。”

冯婉华脸颊一红，低头一笑：“陛下挺疼我的，不停让人调制药方给我。好多南朝过来的药材，还有高丽、柔然的补药，御医都给我用上了。”

冯昭仪放心地点头："毕竟你和陛下曾经共患难，他对你是发自心底地好！"

冯婉华："姑母，我记得在与您相认之前，刚到平城宫内来当奴婢时，日子非常难过。那时候我那么小，却要干那么重的活儿。记得有一天我半夜醒来，看见窗外苍白、忧郁的月亮高悬，一下就忍不住哭出了声来，直到那个时候我才意识到，这个世界上只剩下我孤独的一个人……"

冯昭仪脸上露出凄婉的神色，说："婉华，当初我来大魏，是因为你叔父打了败仗，把我还有一大堆金银财宝都派人送来给大魏皇帝当赔罪礼物。可即便是这样，我也没有像你那样吃了那么多苦。毕竟我来大魏的时候都已经十七岁了。当然，只身来到遥远的异国他乡，远离亲人和故土，我也感到特别难过，怕自己被亲人遗忘……"

姑侄俩回忆起往事，元华和元蕊也听得眼睛发红。她们也想起了自己的遭遇，感同身受，眼泪在眼眶里面直打转。

那边厢，昭仪宫偏侧殿里，赵黑和抱公公也见了面。抱公公见到赵黑，打了一躬，而后半是打趣半是认真地对赵黑说："哎呦，是赵王爷！"

赵黑见左右无人，赶忙跪地向抱公公行礼："义父您对我赵黑恩重如山，如今我得封王爵，也是这些年来义父对我的教诲所致！"

二人落座，抱公公笑了："黑儿啊，你混到今天太不容易了！当年你从我门下出去，在宗爱手下获得信任，继而又侍奉南安王，在关键时刻手刃贾周，近来又能挺身护帝……这一路你但凡走错半步，早就粉身碎骨了！你现在深得太后、至尊两宫信任，日后还要替冯贵妃多多美言啊。"

赵黑举手齐额，说："义父，儿今日在宫内侍奉太后，就是为了日后助冯贵妃登上皇后大位。而且，朝中大臣，无论良莠，儿皆悉心交结，也都是为了我们日后的安身立命。"

抱公公深深点头，诚嘱道："做人就要有忠心，有了不移的忠心，就能成大事！"

北魏皇宫里，北苑是拓跋濬最喜欢游玩的地方。午后时分，天气晴和，乙浑、常英、常泰陪着拓跋濬骑马四处游逛，有他们的陪同，拓跋濬能在这里待上大半天。凝望着湛蓝的蓝天，拓跋濬手持弓箭，仔细地观察着从树梢中露出身形的鹞鹰，而后，在乙浑的指引下，他瞄准，拉弓，放箭！

拓跋濬大叫："哇，朕射中了！"

虽然贵为皇帝，拓跋濬毕竟还是一个青少年，很喜欢驰马射猎，而乙浑就成了他田猎的最佳陪同。每次陪同拓跋濬田猎，乙浑还会给他讲从前自己打猎的故事，还有太武皇帝率领大军驰骋草原的往事。乙浑总能将这些故事讲得绘声绘色，扣人心弦，让拓跋濬听得极为入迷。

此时，拓跋濬就与乙浑并肩骑马，听着乙浑继续讲述打猎中遇到的奇闻逸事。

乙浑："陛下，您日后打猎，如果身边从人不多的话，千万不要打野猪。"

拓跋濬兴趣盎然，问："你前日陪朕射死过三只狼，大狼我们都不怕，难道还怕野猪不成？"

乙浑煞有介事地说："打虎射狼，都没有问题，甚至射猎大熊都不怕。怕的就是野猪这种动物，特别是身形巨大的大野猪，千万不要招惹。"

拓跋濬："为什么呢？"

乙浑："大野猪吃饱后，没事就会用身体蹭松树去痒，天天如此，所以野猪的皮特别厚实，就如同穿了一件厚厚的铠甲。这样厚实的野猪皮，一般我们骑射用的箭根本就射不透。"

拓跋濬更加好奇了，问："如果一箭没有射透，立刻拨转马头跑也可以啊。"

乙浑将头摇得像拨浪鼓："您别看野猪个头大，又肥又蠢的样子，跑起来可是飞快！更危险的是，野猪这种动物脑子憨直，太傻，只要惹了它，它就会不顾一切地追！它那锐利的大牙比刀刃还要锋利，一旦被它追到，甚至连人带马都能被刺死！"

常英、常泰父子跟随在拓跋濬和乙浑身后，听乙浑这么一讲，也不禁咋舌。阳光下，乙浑的头发呈深棕色，目光炯炯有神。每次拓跋濬射中猎物，他就会像风一样跑动起来，衣服下摆随风飘拂，给拓跋濬留下忠勇无双的印象。

几个人说着话，很快就到了北苑清远殿，拓跋濬步入书房。此地从前是太武皇帝拓跋焘打猎、游玩期间的休憩之所，已经好久没有来过人了。仔细观察了一圈，拓跋濬发现墙上挂着一把打猎用的精致匕首。他小心翼翼地把匕首摘下，从镶满奇异宝石的刀鞘中将它拔了出来。用手轻轻触摸刀刃，平滑而冰冷的刃锋让拓跋濬浑身一抖，似乎有一种杀戮的快感涌上心头。禁不住冲动，他晃了晃匕首，真想当下就把它插进什么物体之中。

就在这位少年帝王玩赏刀具的时候，一只红嘴白羽大鸟忽然从窗外扑棱棱飞了进来，落在高几之上。看到拓跋濬和乙浑两个人在里面，大鸟吓得收紧了翅膀，屏息不动，发亮的眼里露出恐惧的神色，愣了一会儿就怯生生地掉头想跑。

但大鸟还来不及张开翅膀，拓跋濬就忽然走近，将它捉住了。大鸟将胸脯伏在地上，张开嘴发出奇怪而凶狠的鸣叫。拓跋濬没有多想，他手中正好拿着一把锐利的匕首，顺手就划了大鸟一下。刀刃锋利，大鸟的脑袋掉落在地，雪白的脖子被血染红，鲜血溅了拓跋濬一手。

见此情状，乙浑拍手叫好，常英、常泰父子则吓得面面相觑。

落座之后，拓跋濬面色发白。陡然的杀戮让这位年轻帝王的手微微颤抖起来。这时，乙浑呈上一只浅碗，其中的酒液呈琥珀色。而后他又从自己随身携带的皮囊里拿出两颗药丸，递过一颗给拓跋濬，另一颗放入自己的口中，表情神秘，小声说："陛下，这是南朝传来的秘制药丸，乃宋国皇帝吃的东西……"

拓跋濬喝了一口酒，把小药丸攥在手中，问："这药丸是什么做的，有什么效果？"

乙浑嘿嘿一笑："陛下您吃了就知道了，臣保证您服用之后遍体舒泰！"

看见乙浑满嘴嚼个不停，拓跋濬也把药丸放入了自己口中。

清远殿的屋顶上，长风自由地呼号着。拓跋濬和乙浑、常英、常泰坐在一处，畅饮美酒。乙浑和常英、常泰父子不停地向拓跋濬劝酒，拓跋濬频频举碗，来者不拒。

微醺之下，拓跋濬笑着对乙浑说："乙浑，别说你先前立有大功，就是没有立过功，现在能够陪朕玩耍，使朕如此高兴，朕也要封你个王爷当当！"

几个人吃着喝着说着话，时间过得很快，天色逐渐变暗，拓跋濬又带着乙浑和常英、常泰父子骑着马在宫内四处闲逛。很快，他们就把北苑靠近宫殿的地方几乎转遍了，便往掖庭方向走，进入一片有许多牲口棚和车库的地方。这些地方拓跋濬从未来过。况且，从前他还是高阳王时，即使知道有这些地方，由于父亲的管束，他也不敢来。

自从登基为帝，每次拓跋濬在宫内闲逛游玩，都是由乙浑带领，总会去到一些从前他从没去过的地方。这些地方越来越吸引他，尤其是宫内一些人迹罕至之处，比如掖庭狱，拓跋濬就格外有兴趣。

几人路过太武皇帝曾经专用的马厩，里面是太武皇帝生前骑过的几十匹宝马。这些马都是北地或柔然进贡来的良驹，如今太武皇帝虽然已经崩逝，这些宝马良驹却仍继续过着优渥的生活，整天都在大声地咀嚼干草和精良的雀麦。

细看这些宝马良驹，确实漂亮，体形匀称、壮实，皮毛油光水滑。拓跋濬十分享受地抚摸着其中一匹黄马柔软的马鬃。马厩很干净，虽然牲畜的气味依然浓重，但喜欢马的人会认为这样的气味挺好闻。

拓跋濬问乙浑："朕很小就学骑马了，但还真不知道马如何睡觉。它们是站着睡还是躺着睡的啊？"

乙浑笑了，回答说："陛下，您还真问对人了！马一般都是站着睡觉，有时也会躺下睡。但那对它们而言非常艰难，只有在深更半夜，确认周围没有危险时，它们才会那样做。"

几人继续闲聊，拓跋濬兴奋地甩着马鞭，不停抽打墙壁。马儿不时用力将蹄子踏在地上，发出咚咚的声音。与此同时，一条小狗跳到土台上，非常可爱，拓跋濬抬脚要追，小狗却忽然吠了一声跑开了。

"阿黄，过来！"狗的叫声把一个在马厩里干活儿的身材窈窕的姑娘招了出来，她怀里正抱着一堆干草，随手往马厩外面的一辆大车上放。一个管理马厩的宦者走出来，恶声恶气地骂了她一句，又挥手扬起一鞭。姑娘没在意，继续干活儿，弯下腰来用膝盖压住一捆干草，使劲捆紧。

拓跋濬刚刚喝了许多酒，又吃了乙浑给的神秘药丸，这时候看到这个姑娘，浑身一阵阵发热。他指着那个姑娘问："她是谁？怎么让她干这么粗重的活儿？"

常泰："回禀陛下，她应该是某位罪臣家的女眷。但凡罪臣被杀或者被门诛，家里的女人都会没入宫中作婢。罪大恶极的罪臣的女眷，就会被送到掖庭狱或马厩、米坊、染坊等地做苦力。"

拓跋濬此时欲火中烧，他目不转睛望着女孩，说："这个姑娘真不错！"

乙浑心领神会，立刻进入马厩，值班的宦者库吏看到他，吓得立刻跪下磕头，颤抖着问："京兆王大人，您怎么到这里来了？奴才怎样效劳？"

乙浑四下打量，指着马厩内堆放干草的一块干净地方："这里看起来还算暖和，你立刻弄条被子过来，铺在这里！"

值班库吏满脸疑惑："弄条被子？铺在这里？"

乙浑点头："对！再让那个姑娘过来在这里等！"

值班库吏恍然大悟："啊，大人您还有这份闲心。明白了，小人马上去办！"

乙浑也是满心醉意，笑着吆喝道："快，不是我有这份闲心，是皇帝陛下！"

一听这话，值班库吏吓得脸都白了，不敢多问，转身飞跑出去，很快就拿着一床锦褥匆匆回来了，身后跟着那个姑娘。

天色已经暗了下来。走到近前，值班库吏这才看到乙浑身边的拓跋濬，吓得趴在地上不住地叩头："奴才见过陛下！"

在他身后，那姑娘还愣愣地站在原地，不明就里地望着拓跋濬和乙浑发呆。库吏恶狠狠地小声呵斥："李氏，还不跪下见过陛下！"

拓跋濬此时欲火如焚，他挥手制止值班库吏，声音柔和地说："朕要和这个姑娘单独说话，你们出去吧。"

乙浑拉起值班库吏，以极快的速度消失在马厩之外。

终于意识到站在自己面前的俊美少年就是当今皇帝，李氏脸色发白，浑身哆嗦。拓跋濬上前搂住她，满脸乱吻起来。出于本能，李氏推了拓跋濬一下，拓跋濬欲火更炽，把李氏推倒在锦褥上面。

李氏看清了拓跋濬被欲望染得潮红的脸，没有再做挣扎，闭上了眼睛……

第三十八章　北　巡

午后，平城郊外。

人马喧腾，无数兵马、兵车集结，将士表情肃然，整装待发。拓跋濬和冯贵妃并肩站在八匹大马拉的金根车上，望着不见尽头的阵列，神采飞扬。

太安二年（公元456年）十月，文成帝拓跋濬亲率大魏骑兵十万、兵车十五万，从平城出发，旌旗千里，浩浩荡荡地往大漠草原进发，巡视阴山，以震柔然。

车驾将要起行，宦者来报：皇太后常氏送别。

拓跋濬和冯婉华停车驻马，下车与常氏相见。

常氏眼含泪花，上前握住拓跋濬的手："儿啊，此行千里，你千万要当心！"

冯婉华拉起常氏的手，说道："太后放心，陛下身边有这么多的将士跟随，万无一失！"

常氏也反握住冯婉华的手，嘱咐道："贵妃，你可要好好把皇帝看好了，吃喝都要仔细照顾，可不能让他着了风寒啊！"

冯婉华："太后您放心，此次出发，您看看，有金根车、玉辇、追锋车、云母辇，我会尽量让陛下坐在车上，不让他累的。"

拓跋濬搂住常氏的肩，亲昵地说："太后，朕这回好不容易从您身边'逃出去'，您又安排冯贵妃这样一个'眼线'来看着朕！如果不骑马，此去草原大漠，还有什么意思啊？"

常氏疼爱地看着拓跋濬，说："儿啊，该玩你就玩，该打猎你就打猎，可我就是怕你累着之后受风寒。你从小就怕这个，每次受风寒都得大病一场。"

拓跋濬笑了："谨遵太后教诲！您放心吧，朕听贵妃的话。"

常氏又扭头唤赵黑近前，对拓跋濬说："儿啊，我让赵黑也跟着你去，他手里有药，万一真受寒得病，还得有人贴身照料才是。贵妃肯定照顾周全，但赵黑手里的这些药是我亲自教他配的，有他在我便更加放心了！"

赵黑向拓跋濬和冯婉华施礼。拓跋濬很高兴，说："也好！赵黑又会骑马又会射箭，正好陪我玩！"

常氏看到皇帝儿子这么高兴，借机说："儿啊，我把赵黑给你了，你能给我留下一个人不？"

拓跋濬："太后吩咐就是，您说留谁就留谁。"

常氏："这么多能臣猛将都随你出去巡视大漠阴山了，京城也要留一个大将啊。这样吧，你把乙浑给我留下好了。"

拓跋濬立刻扭头寻找，高声呼喊："乙浑！乙浑何在？"

乙浑屁颠颠地跑过来，跪地施礼："臣在！"

拓跋濬："乙浑，朕此行阴山，千里迢迢。京城乃国家根本，朕派你留守保卫京城，尽心侍奉皇太后！"

乙浑："臣遵旨！"

拓跋濬微笑着说："乙浑忠心耿耿，对朕好，对皇太后好，朕心颇慰！"

常氏也会心一笑。冯婉华则是强颜欢笑。皇帝车驾不远处，元华骑马伫立。她望着乙浑，眼中含有怒火。

大军开拔几天后，已经进入大魏北部的大草原深处。

天空阴沉，大雪纷飞。刚开始雪片不大也不密，可很快，大风越来越劲，雪也越下越密，不过一会儿就像在空中罩上了一面巨大的白网，行进中的兵车也被盖上了白被。大军不得不暂停修整。

寒冷而凛冽的空气将兵士的鼻子和面颊冻得通红。天幕又低又暗，到处都是白茫茫的一片。帐篷搭起，炭火已备。帐篷内，刘尼等几个高级军将前来和拓跋濬议事。

刘尼禀告："陛下，如今大雪，前路非常难行！我们如果冒雪前行，臣恐怕会多有冻伤，路遇寒河，也恐兵马坠入。臣等商议，大军远行，中途遇到如此大雪，陛下又在军中，为保万全，希望陛下准大军返京。"

拓跋濬点点头，在座诸将禁不住都松了一口气。

然而冯婉华先前一直默不作声，此时却谏称道："此次陛下亲率大军大张旗鼓出征，就是想向北敌柔然示以军威！可如今陛下离开都城没有多久，忽然就旋驾回军，北虏侦知情况后定会认为我们军队内部柔弱不堪，甚至是京城之内发生了内乱！为了震慑柔然，不给他们以可乘之机，即使雪再大，路再不好走，我觉得，陛下您以及众军将，无论如何也须克服艰难，忍受劳苦，继续前进！”

冯婉华一席话，说得拓跋濬顿生豪情。帐内的几个军将一听，也觉得有理。刘尼低头想了想，说：“我等军将兵人任劳任苦，乃分内之事！可臣等所担心的是陛下……”

拓跋濬一拍桌案，大声说：“就从冯贵妃所言，大军继续前行！”

果然，大军继续行进两天之后，雪停了。

天色近晚，大草原上壮丽的风光，让拓跋濬和冯婉华一下子心旷神怡。风吹拂着焦黄的硬毛似的麦茬，黑云在西方天边大山一般涌起，夕阳给大片大片黑云镶了整圈的紫红色霞光。然而冬日的天空瞬息万变，稍微一不留神，刚才那种壮美绮丽的色彩就忽然消失了。大片黑色的云堆忽然从中间崩裂，云隙间光芒四射，一道橙红色晚霞直泻大地，在一片大湖的湖面坚冰上迸散开来，又蓦然折射回天空，让人目醉神迷！

草原上被大军踏出来一条宽阔的路，一匹刚死去的黑色大马躺在路边，两条健硕的后腿刺眼地翘向天空，才钉上去不久的新马掌闪烁着耀眼的光亮。元华仔细打量着这匹死马，发现它的脖子上有一支巨大的弩箭。元蕊有些惋惜，说：“唉，多么好的一匹大马啊，毛色像绸缎一样。”

元华故意吓唬元蕊：“你可小心点，人也一样，现在活蹦乱跳的，一支箭射过来，就会变成死尸！”

赵黑摸着大马轮廓分明的趾关节，断定说：“我敢说，这是一匹非常年轻的良种骏马，五岁口吧。可惜了。”

元蕊指挥车旁随行护卫的兵士：“赶紧挖坑，把这匹大马埋了吧。”

刘尼正好骑马路过，向拓跋濬和冯婉华行礼。而后，他笑着对元蕊摇了摇手，阻止道：“这么好、这么大的马，怎么能够埋呢？不能埋！”

元蕊：“为什么？”

刘尼：“这是上好的军粮啊。一会儿让人埋锅造饭，把这匹马的肉烤上一烤，香极了！”

拓跋濬听到，也赶紧说：“是吗？朕还真的没有吃过马肉呢，别忘了给朕也弄一块尝尝。”

冯婉华思虑了一下，说：“马肉这种东西，吃了可以强筋健骨，但马肉性温热，常吃会加重内热，引发尿路不通的毛病……”

听冯婉华这么讲，拓跋濬沉吟了片刻，道：“哦，那就算了。”

刘尼忍俊不禁，心里知道冯贵妃是不想皇帝食用死马的马肉。他再次向皇帝和贵妃行礼，而后拍马走开。

大军再行数日，已经接近柔然境内的草原。

拓跋濬和冯婉华一起站在一辆两匹马拉的猎车上，四处张望。这种皇家猎车轮子非常高，车上四周有坚固的栏杆，从中可以向四周发箭射猎。猎车旁，元华、元蕊、赵黑骑着马护卫。

冷风一吹，彻骨深寒。拓跋濬虽然身披貂裘，还是打了一个哆嗦。冯婉华赶紧劝说："陛下，今日大雪方停，您先在帐内休息吧，避免风寒。过两天若是天气回暖，再出去打猎不迟。"

拓跋濬想了想，说："也好。"

冯婉华自告奋勇："陛下，我现在要出去看看。"

拓跋濬："你怕我受寒，你就不怕？"

冯婉华："我从小就不怕冷。幸亏我有这样的体质，小时候坐槛车从长安来到平城，我才没有被冻死。"

拓跋濬命令道："赵黑，元华，元蕊，你们几人跟着贵妃，好好保护她！"

抬眼观瞧，拓跋濬忽然看到了已经被提升为禁卫军幢主的慕容白曜。此时他正在猎车附近安排着什么。拓跋濬便道："对了，那个小伙子，叫慕容什么来着？"

赵黑答："他叫慕容白曜。"

拓跋濬："对，就是他，先前被冯贵妃所救的那个。让他也跟着你们。你们千万不要走得太远，在大军附近看看就行了。"

在赵黑的呼唤下，慕容白曜过来行礼。临行前，冯婉华道："陛下您就放心吧，周围都是我们大魏军队，绝对不会有危险。唔……赵黑，慕容白曜，你们两个的服色太扎眼了。为了避免惊动兵士，这样吧，元华，你把帐中几件御寒的黑色长披风拿出来，给赵公公和慕容白曜穿上，免得让人看出他们的身份。"

准备完毕，冯婉华一行人离开拓跋濬的乘舆，开始在草原上骑马行走。大雪之下，能够辨认出草原上的植物种类十分丰富，有地榆、裂叶蒿、豌豆、黑麦、落草、小糠草、青茅、委陵菜、黄芪、报春花，以及高大、挺立的唐松草、山黧豆、马先蒿等等。这些植物从雪中露出，各有特殊的形色和气味。

行走在草原上，冯婉华一行人忽然发现一个十岁上下的柔然牧童。牧童穿着粗麻和粗毛编织的衣服，身上补丁重叠。他的面孔被太阳晒得黑黑的，脸上到处都被晒脱了皮，手脚上却有不少冻伤。由于需要长期咀嚼粗粮，还要嚼吃草原上各种有毒或无毒的植物种子，这个孩子的嘴唇是溃烂的。但他那双漂亮的眼睛敏锐又犀利，和他的年纪有些不符。

冯婉华骑马慢慢走近，元华、元蕊跟在她身后，警惕地上下打量这个孩子。

冯婉华问："你住在附近吗？你父母呢？"

牧童摇摇头，似乎是没听懂。赵黑见状，打马走近，用鲜卑语又问了那牧童一遍，牧童这才低声回答起来。

赵黑翻译道："回禀贵妃，这个孩子说他的父母所在的部落几天前听说大魏军队逼近，就逃跑了。当时他睡在马厩里，家人仓皇间把他一个人忘在了这里。"

冯婉华疼爱地看了牧童许久，对元蕊说："给他一块饧吧。"

元蕊不情愿地从随身的袋子中掏出一块麦芽饧，看了看衣衫褴褛的柔然牧童，把饧扔到了地上。牧童捡起来，不明所以地看着她。

冯婉华指了指自己的嘴。牧童把麦芽饧放入口中，瞬间笑容就显现在他的脸上，而后，他眼里忽然涌出了泪水。对于这个柔然牧童来说，甜甜的麦芽饧是他这辈子第一次尝到的甜味的食物。

元蕊哧哧地笑了。元华没有笑。

冯婉华叹了一口气。

冯婉华对赵黑说："这个柔然孩子，最好派人来保护一下。大魏兵士多年和柔然打仗，互相杀戮，许多人都和柔然人有深仇大恨。你赶快把这孩子编入辎重队伍中，再跟队主说清楚，让他换件我们大魏军队的衣服在营内干干活儿，免得被兵士杀害。"

赵黑下马，用鲜卑语向那牧童交代起来。牧童跪地，向冯婉华叩首行礼……

白日里的柔然大草原似乎比大魏境内的草原更加广袤，草也更高。

骑马行走间，冯婉华忽然想起了什么。她拉住马缰绳，问慕容白曜："你也是鲜卑人，那你应该会说鲜卑话吧？"

慕容白曜摇头："回禀贵妃娘娘，我一点都不会说。"

元华很奇怪地问："你们姓慕容的都是血统纯正的鲜卑人，为什么你不会说鲜卑话？"

慕容白曜："在我祖父一辈时，慕容德的燕国就被晋国灭掉了，我们这一支流落青州，从那之后谁还敢说鲜卑话呢？另外，我们也是慕容鲜卑氏里最早华化的一支。从我小的时候起，我父亲就为我请了宿儒教习儒学，我一直讲的是华言。虽然我父亲和家中一个老仆都说鲜卑语，但只要看到我，他们马上就会改口。我父亲在世时还给我说过许多秦汉和晋朝时期的王朝治世故事，鼓励我多多学习儒家典籍。"

冯婉华忽然问赵黑："赵黑，你是华儿，为什么你倒会说鲜卑话呢？"

赵黑："回贵妃的话，我祖籍是河内温县，出生于酒泉安弥。我父亲是华族，从小就教我儒家忠孝之书，当时是被秃发氏鲜卑人掠走当了随军书记，才到了酒泉一带，而我的母亲就来自秃发鲜卑部族。因此我自然也会说鲜卑语。"

冯婉华恍然大悟："原来是这样啊。"

几个人骑着马说着话，在坎坷不平的雪路上颠簸着，继续往前走。到了一处河流旁，一群人正聚集在那儿，人声喧嚷。只见地上跪着一个年长的兵士，一个鲜卑队主正在指手画脚地训斥他。这个队主看起来四十多岁，盔甲外面穿着一件厚厚的皮袄，一头浓密的辫发，大皮帽子歪戴着，压住了后脑勺。他面色阴沉，一副桀骜不驯的模样，外貌凶暴丑陋，尤其是那满脸的大胡子，从眼角一直蔓延到下颚，黑白相间，十分吓人。

冯婉华一行人骑马过去，那队主看了他们一眼，见到来人都是女人，又都穿着让人辨认不出身份的衣服，就认为她们只是魏军某部的随军家属，没有太在意。

河中间有一座木桥，两根柱子坏了。两个兵士模样的人站在冰河中，浑身颤抖，正扶着木桥充当桥柱。他们身上的衣服都结了冰，脸色煞白，眼看都快冻死了。

队主那张自命不凡的脸上是鄙视一切的神情，冯婉华看在眼里，感到非常憎恶。她对慕容白曜说："你去问问，那边是怎么回事儿。"

慕容白曜打马走近河边，没有摘掉罩帽，问那队主："河里为什么站着两个人？"

队主依旧阴沉着脸，扬起鞭子，指着慕容白曜就骂了起来。原来这个人根本不懂华言。

赵黑低声对冯婉华说："我来当舌人①吧。"说着，他踢了踢胯下马，不紧不慢地走了过去。

看到又来了一个人，仍然戴着罩帽，鲜卑队主更加不耐烦了。他身边十多个鲜卑兵士也纷纷起身，表情凶恶。

赵黑指着跪在地上的年长兵士，用鲜卑语问："此人为何下跪？河中两个人

_____

① 即翻译。

又是什么人？"

队主见赵黑罩帽也不摘就开口问自己话，非常气恼。他没有回答，挑衅地扬眉瞪着赵黑。

这时候，跪在地上的年长兵士转过了身来，冲赵黑和慕容白曜磕了个头。此人的个子很高，体格匀称，轮廓清晰的面庞说明他是一个华人。他脸上的胡须都已经花白，一副很可怜的神情。这个兵士用华言道："在河里扶桥的，是我的两个儿子，他们就快要冻死了，求大人们开恩，哪怕让他们其中一个上岸，我去顶替，也给我留下一个活的儿子吧……"

那队主听完笑了，半是对他身边的那些鲜卑兵士说，半是对跪在地上的年长兵士说："既然这样，就让他们冻死在河里好了，正好当人形冰柱，能一直站到来年开春。毕竟咱们大军回程时还要从原路返回呢。低贱华儿，命值几钱，死就死了！"

赵黑将这话高声翻译给了冯婉华和慕容白曜听。

冯婉华拍马上前，骂道："这几个华族人都是我大魏兵士，也都是我们大魏子民，你怎么敢对他们这样？！"

赵黑面无表情，又把这话翻译了过去。

对方听完，都哈哈大笑起来。队主看着冯婉华，大声说："这个华族小娘儿们挺有趣，定是哪家华族将领的家眷，正好今天我们拿她乐一乐！"

说着，他忽地往前一蹿，捉住了冯婉华的一只脚。冯婉华大力将靴子从马镫中抽出，一脚踢在了这队主的脸上。未等队主翻身起来，慕容白曜便飞身下了马，手起刀落，把他刚才捏住冯婉华脚的那只手砍落在地。哎呀一声惨叫，那队主猛地退后，靠在一棵树上，大叫起来："给我上！"

在他的命令下，一个戴着护耳皮帽的大个子鲜卑兵士端着一根长槊冲了过来，然而还没跑出几步，就被纵马前行的赵黑候了个正着。赵黑迎面一刀砍下，把那兵士的脑袋劈成了两半。

冯婉华、元华先前见过杀人场面，元蕊却是第一次，吓得差点从马上摔下。

鲜卑队主见情况不对，惊慌万分，竭尽全力地高喊着让手下兵士继续冲杀。赵黑、慕容白曜相继掀起罩帽，露出兜鍪。赵黑的服色不算十分鲜明，可慕容白曜的兜鍪表明他是一个禁卫军高级幢主，吓得对方个个面无人色，呼啦啦全都跪了下去。

鲜卑队主也看到了慕容白曜的服色，气焰立刻熄灭了，声音变得微弱不堪，几乎听不见了。

冯婉华以命令的口吻说："立刻把河里的两个人救出来！"

赵黑用鲜卑语转译。刚才还穷凶极恶的十多个鲜卑兵士，如今俯首听令，立刻冒着严寒下水，把那两个几乎已经冻晕过去的兵士拉了上来。原本跪着的年长兵士趴在地上，转着圈地朝冯婉华、赵黑以及慕容白曜等人叩头谢恩。

赵黑命令几个鲜卑兵士把他们身上的皮袄脱下，给那两个年轻兵士披上保暖，同时，他也将自己身上的披风解下，盖在了其中一个人身上。这时候，赵黑终于露出了他身上的王爷服色。靠在树上的鲜卑队主看清了，一下子就瘫了，他的身子禁不住顺着树干往下滑，脸色变得更加枯黄，眼神绝望。

赵黑在马上指挥人给那队主处理断腕，由于剧烈的疼痛，队主不停地号叫。

冯婉华痛心疾首地说："你们同为大魏人，就应该共同为大魏家效力，上下一心，怎能在军中轻视华族呢？日后真打起仗来，难道你们还要这样欺凌人吗？"

慕容白曜看了看摇摇欲坠的木桥，喝令两个方才跟着队主一同欺负华族兵士的鲜卑兵士下到冰河里去。鲜卑族兵士听不懂，赵黑翻译了一遍。两个鲜卑兵士只得下水，站在刚才两个华族兵士站的地方，扶着木桥，瑟瑟发抖。

慕容白曜厉声对那些鲜卑兵士说："你们，轮流下去充当桥桩，好让你们也知道一下站在冰河中的滋味！"

正在这时，一个鲜卑副幢主骑马带领一队禁卫军飞奔过来。看到赵黑和慕容白曜，副幢主飞身下马，也顾不得地上泥泞，跪在地上便朝赵黑叩头。

赵黑用鲜卑语与他激烈地说着什么。那个副幢主匍匐在地，一直叩首哀求。未几，他又转向冯婉华，叩头直到出血。

赵黑低声对冯婉华解释："此人手下有一千鲜卑兵士，还有三百华族辅助兵士。他哀求您开恩原谅，说如果皇帝陛下知道了刚才的事情，他的家族和手下所有这些兵士都会被杀掉！"

冯婉华有些奇怪，问："这个混蛋鲜卑队主虽然欺负人，可并没有犯杀人的死罪，作为队主的上峰，他为什么觉得陛下会把他统领之下的这一千多人都杀掉？"

赵黑："刚才那两个华族兵士若是被冻死，这个鲜卑队主也不过会被罚没一匹马而已。可这个狗奴的罪大之处在于，他刚才摸了您的靴子！就这个罪，足以让这一千多人全部被斩首！若是太武皇帝在世，这个大队所有人的家属也都是要被处死的！"

那副幢主跪在冯婉华马蹄下的泥泞中，不停叩首，鲜血和泥浆沾满了他的脸。他不敢抬头，只能死盯着冯婉华脚下的马蹄。

冯婉华有些不忍，摇摇手说："这事儿就算了，让那两个冻伤的兵士好好休养吧。"

副幢主能听懂华言，听到冯婉华如此说，更是叩头如捣蒜，涕泗横流。

赵黑对元华、元蕊说："你们二人护送贵妃回去，我和慕容将军留在此处处理。"

冯婉华、元华、元蕊三人未作他言，打马离去。那鲜卑副幢主和他手下所有兵士都跪倒在烂泥之中，朝着几人离开的方向叩首不已。

白昼将尽，草原上的天空无限肃穆。赵黑和慕容白曜骑在马上，那鲜卑副幢主依旧跪在地上不敢起身。

赵黑居高临下地说："蒙贵妃之恩，这事儿就算过去了，起来吧。"

副幢主如获大赦，可怜巴巴地抬头看赵黑的脸色。赵黑点点头。

副幢主起身，而之前那不可一世的鲜卑队主已经没有分毫得意，跪在那里俯首听命。

赵黑指着慕容白曜说："这位慕容将军就是鲜卑族人，而且还是大名鼎鼎的慕容鲜卑！可他不会一句鲜卑话。而我呢，虽然会说鲜卑话，实际上却是一个华族人。"说着，他看向那萎靡不堪的队主，"刚才这个狗奴才说，华族人的命不值一钱，也就是说，我的命也不值一钱！"

副幢主听赵黑如此说，赶忙重新跪下叩头："王爷饶命！王爷饶命！"

赵黑："算了。刚才冯贵妃都说饶恕你们了，我没理由再找你们麻烦。不过，那条狗奴，你赶紧送他上路吧，血糊糊的，看着怪让人难受！"

副幢主听明白了，一个蹿身跳起，快步走到队主面前。他恶狠狠地望着这浑身是血的倒霉蛋，喝令两个鲜卑兵士："来人，把这个狗才弄到河堤上来！"

两个鲜卑兵士架起队主，拖牲口一样把他拖到了堤岸的泥地上。而那个华族年长兵士此时也爬了过来，跪在赵黑和慕容白曜的马前，想要说什么。

赵黑挥手制止："你不必求情，这事儿和你无关！"

副幢主抽出一把大刀，用鲜卑语朝那队主大声喝骂着什么。刀落下之前，队主不停哀求，嘴里嘟嘟囔囔，脸上泪水横流。

赵黑给慕容白曜翻译着幢主的话："你这条狗，差点连累我们一千多人的大队被全诛，去死吧！你死之后，我还要卖掉你的老婆和儿女，为那两个冻伤的兵士治病！"

语毕，大刀落下，队主的脑袋被砍落，身子倒在了河堤上。副幢主使劲踢了尸体一脚，尸体应声落入碎冰流动的河中。而后，副幢主率领手下所有兵士跪在赵黑和慕容白曜的马前，他发自肺腑地高声谢道："谢王爷不杀之恩！"

赵黑一脸傲狠："你们应该感谢贵妃仁德！这次算你们命好，如果是我，就让你们这些狗奴全都变成尸体！"

说完，赵黑拍马，转身而去。慕容白曜跟上，两人循着冯婉华等人的马迹离开了。

而那一群鲜卑兵将一直不敢起身，都跪在泥里，直到听不到马蹄声了才敢抬头。

第三十九章　大战柔然

　　柔然大草原。天苍苍，野茫茫。魏军指挥大帐内，拓跋濬端坐在上，冯婉华居侧座，元华、元蕊侍立，赵黑、刘尼、慕容白曜以及其他诸将皆坐于下首。众人表情严肃，正在商讨军情。

　　拓跋濬仔细验看用牛皮制作的行军地图，问："这里的地势很高啊，距离原先设想的我们大军会师之地地弗池①还有多远？"

　　刘尼："回禀陛下，还有三十里。"

　　冯婉华问："敌情方面，有何发现？"

　　刘尼："柔然可汗吐贺真忽然停止逃跑，率众十多万在距离我们大军二十里远的地方扎了营。"

　　冯婉华很惊讶："此行北伐之前，以及出发后直至日前，军中谍报一直称柔然可汗已逃得无影无踪，怎么现在他们竟在距离我们这么近的地方扎了营，且人数如此之多？"

　　拓跋濬有些担心："对啊，他们真有这么多人？"

　　刘尼："柔然贼众都是骑兵，行踪难定，忽远忽近。臣得到消息，略阳王拓跋羯儿的大军早已取西道而出。略阳王手下有五万骑兵，足以震慑柔然。"

　　冯婉华："这些天遭遇大雪，我们和略阳王之间的联系一时中断，谁知道他们现在距离我们多远呢。如今柔然可汗尽发全国精锐，看来是准备与我们正面相决，危机近在眼前，我们绝不能轻敌！"

　　慕容白曜在一旁进言："我们可以派骑兵夜袭！"

　　刘尼摇头："柔然那边肯定有所戒备，夜袭一旦不成功，回撤之举定会导致我军慌乱而炸营溃散。如今陛下在军中，我们凡事必得思虑万全！"

---

①　今蒙古国西南拜德拉格河流域本查干湖。

冯婉华："是啊，陛下御驾亲征，好处是能够激励全军，助士气旺盛，可也有坏处。但凡陛下遭遇一点危险，或者军中传出流言说陛下有恙，便立刻会使军心摇动，甚至短时间内溃营。既然大敌当前，最稳妥之法，还是立刻停止行军，掘长堑，深挖沟，坚持据守，与强敌相峙！"

刘尼："贵妃之计甚妙！但是……"

拓跋濬急切地看着刘尼，问："但是什么？刘将军但说无妨！"

刘尼："我们大魏军队行军数千里，辎重粮草有限，速战有利。可一旦与敌相峙，恐怕旷日持久之下敌人以逸待劳，我们坚持不下去啊。"

又是新的一天。柔然草原弗池。一个蓄着浓密胡子的华族队主迎面走来，急匆匆的样子。看到慕容白曜的幢主服色，又看了看这位少年出奇年轻的脸，他满怀惆怅，赶忙行礼。

慕容白曜问了问最新的军情，又了解了一番军中将士的状态。在他们简短的谈话过程中，这个大胡子队主没精打采的，似乎是疲惫之心战胜了好奇心，没有再抬眼看慕容白曜。

走进军营，慕容白曜看到营地上有个鲜卑队主正在喝酒，就走过去寒暄。这个队主会讲华言，对慕容白曜也非常尊重。慕容白曜问及军将们当下的战斗能力和战斗意志，队主一边用马刀柄搔着自己的脖子，一边说道："幢主，您去见见咱们队中的兄弟们吧。您知道，我们都已经几宿没有睡觉了。在离家这么远的柔然草原上，却一直没有见到敌人。如今见到敌人了，却又不打，整天安营扎寨挖大沟……"

慕容白曜陷入沉思。

半夜时分，趁着敌人沉睡，魏军已经悄悄填平了战地前面左右两翼的堑壕。到了黎明时分，在赵黑、慕容白曜等禁卫军的保卫下，拓跋濬、冯婉华坐着追锋车，已经在高地草原上转了一大圈。放眼四周，无论是树林里还是山冈上，阵阵冷风不停，被严霜打过、被大雪覆盖的野草，散发着说不出的忧郁气味。黎明熹微中，北斗七星横在银河旁，就像一辆正在倾覆的大马车。

空中最亮的星星要属长庚星了，即使黎明到来，也掩盖不住这颗大星熠熠发光。拓跋濬和冯婉华都眯起眼睛，遥望着它。

回去的路上，冯婉华和刘尼一直谈论着什么。赵黑骑马在旁，也参与讨论。刘尼不断点头，而后他叫来几个大魏军将，让他们率领兵士即刻在堑壕之后开挖。

众人巡视了一番，回到了魏军大营的帅帐中。拓跋濬此时似乎胸有成竹：

"我们十多万人的大军，一路追赶柔然军队，锐气正盛。无论如何，此番我们也要和柔然可汗打一仗！"

刘尼："陛下明鉴！"

冯婉华："如今的粮草，可以支撑我们一个月的耗用，只要我们在这场仗里能够先声夺人，就足以达到威吓的效果！"

刘尼："有陛下在营内，众将士斗志高昂。只是我们这几人都暗自害怕陛下有什么闪失，所以一直以持重为主。"

赵黑："持重，有时候就变成了胆怯。军队中最怕胆怯情绪的蔓延，一旦兵士感受到上峰的胆怯，他们也会立刻露怯。而露了怯的军队，打仗肯定输！"

刘尼："既然陛下和贵妃都这么勇敢，我们还有什么可怕的！只要我们这一战能够胜利，回程的路上，即使后勤军粮不多也不慌，就粮于敌，我们可以从柔然败军和柔然属下高车等部族获取军粮物资。"

早晨，大草原上。冬天的太阳像暗淡的镜子一样挂在空中，发出不祥的光芒。对面山冈下的柔然营地，慢悠悠地冒出灰白色的炊烟。空气寒冷异常，刺人肌骨，更平添临战的剑拔弩张之感。

拓跋濬、冯婉华、刘尼，以及元蕊、元华等人，都站在一驾巨大的辇车上。辇车的周围和顶部都有厚厚的牛皮作为防护，牛皮之外还搭有几层铁甲，床弩都难以穿透，能够最大限度地保护皇帝。

透过瞭望窗口，拓跋濬和冯婉华等人居高临下地观察着，商议对策。大战之前，所有人都十分紧张，刘尼等高级军将也都一脸肃然。十个幢主各率领手下一千多骑兵，在一片宽大又平整的高台上列好队，准备冲锋；左右翼步兵各一万人，也已经在长十里的战线上列阵完毕。

慕容白曜率领他手下一千骑兵，作为后备队，站在右翼步兵的背后，随时准备抓住时机冲锋。这时，柔然军队已经发现魏军的动向。通过观察，柔然指挥官认定，先前掘堑壕自守的魏军不会主动进攻。为此，他们加紧准备，要抓住魏军进攻前的时机先发制人，从心理上先打击一下这支由大魏皇帝亲自率领的、迢迢而来的大魏军队。

魏军正前方目光所及之处，似乎集结的正是柔然军队的主力。慕容白曜仔细观察着。居高临下，他能远远看见在离自己所率骑兵部队几里之外的地方，有一些柔然人临时挖掘的壕沟，壕沟后面是一片起伏的坡地，地势随之渐低。在那大片的坡地上面，到处都是柔然人驻扎的营盘。

旭日初升，整个山岭和盆地都笼罩在淡红色的晨雾中。柔然方面动作很快，号角齐鸣，他们忽然就发动了冲锋。柔然军中也是幢主制，约二十幢骑兵、两万多人开始行动了。刀剑和长戟就如森林一般，映射着朝阳，千军万马制造出震耳欲聋的动静，就如同地底下有一头无比巨大的恶兽在嚎叫，轰鸣不断。

柔然骑兵呐喊着，直朝大魏军阵冲杀过来，几乎是一瞬间，就跑出来四五里地。然而这种从坡下往坡顶冲锋的奔驰十分艰难，很快他们就耗尽了马力，即使是最有耐力的骏马，跑着跑着也开始摇晃。这些柔然战马，与其说是在奔跑，不如说是在挣扎。

就在柔然军队接近堑壕时，魏军的床弩开始发射，弓箭手也开始了第一轮攻击。天空中布满了飞蝗一般的箭矢，到处都是嗖嗖的声音和箭头刺穿肉体的噗噗声，随之而来的，就是受伤者可怖的哀嚎以及战马的嘶鸣。

这时，魏军中的几位高级指挥官发现，柔然方面最先冲锋的，都是来自柔然帝国属下高车部族的兵士，而他们的主力其实并未伤及分毫。

号角再鸣，柔然的第二次冲锋开始。这次排在队列最前面的依然是高车人。约一万步兵呐喊着，高举明晃晃的武器直冲大魏军阵而来。这些身体高大的高车兵士耐力极强，似乎比上一波冲锋里的战马还要厉害，虽然累得气喘吁吁，却没有多少人倒地不起。相对于骑兵来说，步兵因为目标较小，在箭雨中的生还率要高得多。同时，这些高车兵士一路冲锋，一路还拖拽起尸体或半死的活人，往魏军挖出来的堑壕里抛填。

很快，不少高车步兵就冲到了堑壕前，其中一些停止冲锋，开始用兵器挖土，准备填平堑壕，另一些则跳下堑壕，开始往上拼命攀爬，准备跃出沟堑，继续冲锋。

刘尼冷静地观察着一切。几个大魏领军将领一直焦急地等待他发出冲锋号令，刘尼却一直没有动。

坡顶的皇帝辇车上，拓跋濬满脸焦急，冯婉华忧心忡忡。就在这个时候，柔然方面又一波惊天动地的大鼓敲响了，草原再次开始轰鸣。这一次，柔然军阵中有近万骑兵，这是真正的柔然鲜卑骑兵主力。这些骑兵的来势明显比上一波更快、更猛，很快就逼到了堑壕前。在他们的压迫下，那些还未越过堑壕的高车步兵纷纷往下跳，人压着人，迅速就将堑壕填平了。而后柔然主力骑兵便以他们为桥梁，轻而易举地跨过了堑壕，马蹄踢碎了不少正在堑壕表层挣扎的高车兵士的脑袋，堑壕里又是一片哀号和呜咽之声。

柔然骑兵自以为得计，在越过堑壕之后，拼命朝着拓跋濬所在的大本营冲杀。不料想，刚过堑壕不远，脚下的大地忽然塌陷，几千柔然骑兵顿时陷进一个巨大的深坑，后面的战马收刹不住，纷纷落入。

原来，交战前夜，在冯婉华和刘尼的指挥下，大魏兵士连夜挖出巨大的陷坑，并填上草皮伪装，如今，这陷坑果然让柔然军队上了当。巨大的陷坑很快被柔然骑兵填平了，这时，魏军各路才纷纷出击，攻杀这些摔得头破血流的倒霉蛋，在用长戟猛捅的同时，还将大石头拼命地往坑中砸。一时间，柔然兵士死伤无数，那些还有命爬出陷坑的柔然骑兵，也随即被凶神恶煞冲过来的魏军砍死在坑边。

柔然骑兵遭到重创后，他们的右翼便开始动摇。骑在马上的将领们焦躁地在阵前来回逡巡，后方的兵士见势不妙，也跟着骚动起来。

慕容白曜和赵黑站在高坡上，在商量着什么。在他们身后是整装待发的两千多精锐骑兵，而赵黑将亲自指挥最精锐的一幢羽林卫士。

赵黑指着柔然军队骚动不已的右翼，对慕容白曜说："你看他们黑色的服色，还有精甲和锐矛，再仔细看看他们的面孔。"

慕容白曜仔细看了一会儿，摇头说："这么远，哪里看得清。"

赵黑："这些人不是柔然人，是突厥人，从前一直是柔然的锻奴部落，是为柔然人制造兵器的，最近才强盛起来，就开始为柔然打仗了。他们的武器铠甲特别精良。我们一会儿首先要攻击的，就是这帮人。"

慕容白曜："我们不是应该拣软柿子捏，先攻击柔然正面的骑兵预备队吗？他们右翼兵强马壮，武器精良，我们该是讨不到好的。"

赵黑："这支几千人的突厥部队，就是软柿子！"

慕容白曜大感不解："他们？"

赵黑："对！柔然一直欺负和压榨高车、突厥等部族，高车部族的活人被当作壕堑填充物，这事就发生在眼前，你想这些突厥人能真心替柔然人卖命吗？当然不！"

慕容白曜："原来如此。"

二人互相看了看，心照不宣地点点头。而后，他们举刀高声大喊："冲！"

他们分头行进，各自率领人马开始冲锋。奔跑到一个台地的时候，慕容白曜与迎面而来的突厥骑兵短兵相接了。

慕容白曜曾在青州跟一个宋国军将学到一手独特的马上劈刺之法，只因他幼时惯用左手，才可能使用这种劈刺方式。通常，人都是惯用右手，近战中攻守双方都会使用右手出击或格挡，然而慕容白曜因惯用左手，在距离来敌仅十几步远时，总是先不动声色地拨马绕至对方右面，而后猝不及防地将右手所握马刀换到左手里。这样一来，敌方就不得不跟着改变砍杀姿势，然而这对于惯用右手的人来说会非常不顺手。在瞬息万变的战斗中，一瞬间的破绽都能给对手以可乘之机，于是趁着对方这样短暂的一愣，慕容白曜就会拼命朝对方砍去。

由于慕容白曜身上鲜明的幢主服色，但凡拍马过来与他交手的，都是柔然军中的高级将官，甚至也是幢主。在战斗中，越有信心，越无所畏惧，战斗力就越强！接连劈砍了十多个柔然骑将，慕容白曜信心猛增，颇有所向披靡之感。可他毕竟太年轻，实战经验不足，在砍杀了第十五个柔然骑将之后，又一个柔然幢主拍马朝他奔了过来，在这关键时刻，他竟因为手上鲜血太多，手里的刀飞一般脱了手！

这个时候，来敌的马已经距离他仅十几步远了。没有任何办法，他只得兜转马头就跑。

眼前所见，到处是还在厮杀的大魏和柔然将士。慕容白曜没命地打马狂奔，他知道，身后那个柔然幢主认定他手中没有武器，定不会放过他。他甚至已经听得见那个幢主沉重的呼吸声了。他的心开始怦怦狂跳，感到无比恐惧，心中只有一个念头，就是一定要活下来。

身后马蹄声越来越近，慕容白曜似乎都能感受到身后战马的口鼻里喷过来的热气了。就在这一刹那，他听见身后那个柔然幢主惨叫了一声，战马嘶鸣，他回头一望，竟见那幢主摔倒在地，喉头中了一箭，已经死得透透的了。他的战马还愣愣地站着，口鼻处喷出白气，不知道发生了什么事情。

再转头，慕容白曜看到，在距离自己几十步远的地方，元华骑着马，手中持弓，得意地朝他扬了扬手。

慕容白曜感激地看着元华。见她身边有十多个大魏骑兵护卫，他心中稍安。随即，他跳下马，捡起柔然幢主手中的刀，用衣服擦干净带血的刀柄，再次上马朝着战场飞奔而去。

另一边，作为大魏的王爷，赵黑身边一直有百十来个羽林骑兵护卫，因此他冲入战场之后并没有像慕容白曜那样和对方单打独斗。马蹄溅起的烟尘滚滚，冲杀了三里地的光景，他们忽然遇到一个陡坡，护卫们不得已分散开来，朝向坡底边冲边杀敌。

大片的坡地上到处是交战双方将士的尸体，以及摔倒受伤的马匹。无论是哪一方骑兵，只要落马，顿时就变得十分狼狈。目光所及之处，到处是落满尘土的军服，鲜血淋漓的脊背，以及大睁着惶恐双眼的脸。落马的将士都在奋力地往四面爬去，艰难地找寻躲藏之处。但敌方骑兵只要路过，便会奋力挥刀，将他们砍成两段。

这时，赵黑忽然听到慕容白曜的呼喊声。慕容白曜："赵公公，你杀掉了几个敌人啊？"

赵黑："臭小子，你还活着啊！我刚才杀掉了三个！"

慕容白曜骑马飞奔过来，自豪地高喊："我杀了十多个呢！"话音未落，他已经调转马头，再次往山上驰去。

赵黑刚想说什么，忽有一支弩箭射过来，将他的马的肚子一箭射穿，他一下子便从马上摔了下来。那弩箭许是正好射中了马匹的心脏部位，大马原地打了一个滚，死了。下一瞬间，一旁的草丛中便窜出来一个人，正是一个摔下马后躲在此处的柔然骑兵。柔然骑兵本来躲得好好的，忽然看到赵黑这个大魏军将从马上掉落，又从他的服色大致猜到他身份一定不低，把心一横，就想要杀掉他回去报功。

这个柔然骑兵动作敏捷，一刀砍过来，正中赵黑的后背。赵黑哎呀一声痛呼，痛得趴在地上，几乎不能动。若不是身上穿有精甲，赵黑一定已经被砍成了两截，饶是这样，他还是感觉自己的背像断了一样，剧烈的疼痛使他连抬手挥刀格挡的力气都没有了。

赵黑能看到眼前有马腿来来往往，到处都是酣战中的骑兵。那个柔然骑兵没敢贸然起身再次攻击赵黑，而是匍匐着爬过去，准备伺机一下砍掉赵黑的脑袋。

就在这柔然骑兵准备一跃而起时，慕容白曜不知什么时候又骑着马兜转了回来。他俯身对着正要挥刀的柔然骑兵一砍，那人的脑袋就直接掉在了赵黑面前的雪地上。

颈血狂喷，赵黑被溅得满身都是血。慕容白曜下马，抱起赵黑放到自己的马鞍上。二人共乘一骑，往大魏军营奔驰。

赵黑抱着慕容白曜的腰，说："慕容啊，我现在欠你一个人情，一条命的人情！"

慕容白曜打趣道："赵公公，先前我被抓入宫，幸亏遇到冯贵妃为我说话。如果当时你坚持把我阉割了收入门下，刚才可就没人救你了啊！"

弗池，广袤的战场上，胜负已分。到处都是大魏兵士在欢呼。不远处传来震撼大地的马蹄声，很快，便又传来将士们高呼"参见略阳王"的声音！赵黑说："胜局已定！我们大魏的略阳王拓跋羯儿率领五万援军到了！"

慕容白曜一脸沧桑："唉，在战场上活下来，太不容易了！"

回营路上，二人遇到一个长着很大的鹰钩鼻的高车骑兵。他躺在地上，不停哀号。一匹红色的死马压在他身上，连摔带压，造成他一条胳膊和一条大腿都骨折了，动弹不得。他只能费劲地挥着唯一还能动的胳膊，每看到有大魏兵士路过，就用鲜卑语求救："大魏的弟兄们，救救我吧！我也有兄弟在大魏军队中服役，你们把我从死马身下拖出来吧，弟兄们，别让我冻死在这里……"

路过这个可怜的高车骑兵时，慕容白曜和赵黑都尽力不去听他那沙哑的哀求。在痛楚和绝望的折磨下，这个高车骑兵的呼声越来越弱。然而从他身边驰过的大魏兵士，没有一人停下，不是他们没有同情心，而是根本没有人顾得上他，他们都在忙着追击柔然的残兵败将，争取机会抢夺更多财物。

赵黑抱着马鞍，强忍住疼痛，对慕容白曜说："慕容，你下去帮助一下这位高车兄弟吧，他太难受了。"

慕容白曜神色惊讶，问："我怎么帮他？总不能让我下马，让他和你一起骑马走吧？"

赵黑咧嘴笑了："你这个臭小子，脑子怎么忽然变得这么笨！我是让你帮忙给他个痛快，省得他挨受苦痛！"

慕容白曜："原来是这样……"

慕容白曜下马，看了看四周，走到那高车骑兵的身后，手起刀落送他上了路。高车骑兵并不知自己背后有人，也就没有恐惧，死得还算痛快。而后，慕容白曜站在高冈之上，一边用从高车骑兵衣服上割下的一块镶着漂亮毛皮边的布料擦刀，一边观察高坡下的战场。只见巨大的战场上到处都是溃逃的柔然将士和喊杀追击的大魏兵马。很远的地方，还有不少柔然的辎重车被马拖着，顺着山冈飞快奔逃。浓黑色和乳白色的烟雾弥漫，柔然营地四处起火，喊杀声和惨叫声在草原上回响不绝。

次日早晨，草原上许多柔然兵将的尸体还没有来得及焚化掩埋，天空中到处是异常兴奋的秃鹰、雀鹰、苍鹰以及大鹫。死去的柔然兵将身上的铠甲已经被魏军收取，尸体没有遮掩的腹部就成了许多大鸟的美食。特别是贪食的秃鹫，它们用尖锐的脚爪勾住尸体，把带弯钩的长嘴伸进开裂的腹腔内，贪婪地啄食脏器。只要有魏军过来搜掠或检查，这些大鸟就飞升到空中，一旦人们稍稍离开，它们便又重新降落，继续享用饕餮盛宴。

众将群臣簇拥着拓跋濬和冯贵妃，登上高处俯瞰战场。刘尼神色激昂："禀告陛下，昨日大战过后，柔然处罗可汗吐贺真率部远遁而去，他手下的莫弗乌朱贺颓率领数千帐落归降我们大魏！"

拓跋濬："莫弗乌朱贺颓？"

冯婉华在一旁低声对拓跋濬解释："柔然建国之后，一直模仿汉晋以来的中原王朝制度，效仿我们大魏早期的统治形态，他们的最高头目叫'可汗'，每一任可汗都有专门的称呼，与我们大魏的国号类似。比如社仑可汗为柔然的开国之主，号丘豆伐，在柔然鲜卑语中的意思就是'驾驭开张'，这也表明了他开国之君的特殊身份。柔然国的大臣也都各有称号，比如这个向我们大魏投降的莫弗乌朱贺颓，他的名字叫乌朱贺颓，莫弗在柔然鲜卑语中有'勇健者''大酋长'之意。柔然内部的官职还挺多，如国相、国师，还有什么俟力发、吐豆发、俟利、吐豆登、俟斤等等。"

拓跋濬笑了，温柔地看着冯婉华说："贵妃，你一直不懂鲜卑语，怎么现在连柔然鲜卑语都懂了？"

冯婉华："大军北伐路上，我一直在看宫内收藏的和柔然有关的文献。同时，每遇到柔然降人，我都会仔细询问他们柔然的风土人情以及官制国俗。"

刘尼："陛下，如今大军士气旺盛，如果您下令追击，我军定能对柔然犁庭扫穴，种群不留！"

拓跋濬摆摆手："算啦。这次出征，我们已经把柔然打得十年都缓不过来了。再者，毕竟朕的生母也是柔然皇族，也就是说，朕总不能把舅氏全部斩尽杀绝不是？"

赵黑："陛下所言极是。自道武帝开始，我们和柔然的关系就是时打时和，但凡柔然贵族来降，尊贵者可娶大魏公主，贵族则会被赐予将军、大夫之爵号。我们大可回到朝内数一数，会发现不少人都和柔然有血缘关系。"

冯婉华："嗯，穷寇莫追。这次战事，毕竟我们也是险胜啊。如果略阳王拓跋羯儿的军队没有及时赶到，最终谁胜谁败还真是难以预料呢。"说完，冯婉华又问慕容白曜，"我有些奇怪的是，慕容，你年纪轻轻的，从前也没有上过战场，为何这次初上战场就能够有这么好的表现？"

慕容白曜躬身施礼，回禀道："贵妃娘娘，我从小长在青州，那里一直是大魏和宋国交战的地方，民风彪悍。从小，我父亲除找人教我读史读书外，也教我骑射技艺，因此我打小就会骑马。再者，我虽未上过战场，可从前亲历过大魏军队攻打青州，因此并不害怕战争和死亡。我明白，真正打起仗来，即使再强壮的男人，也可能害怕畏怯，可能在战场上吓得连手中的刀都举不起来，更别说杀敌制胜，只能乖乖地等着被别人杀！所以，到了战场上，心中就只能想两个字：杀人！"

冯婉华："我听说，昨天你差点被柔然骑兵杀掉，关键时刻有人把你救了？"

慕容白曜："禀告贵妃，是元华姐姐救了我！"

元华低下头不作声。

冯婉华看看元华，笑了，问慕容白曜："嗯，所以，你愿如何报答啊？"

慕容白曜："粉身难报！"

拓跋濬："那你就嫁给元华好了！……不，应该是娶了元华！"

慕容白曜下拜叩首："谢陛下赐婚！谢贵妃娘娘！"

元华的脸一阵绯红。

赵黑也笑着对元华说："如此说来，元华也是我的救命恩人啊。你昨天若是没救下慕容，他后面也就救不了我了！"

冯婉华："所以，赵公公，慕容和元华大婚，你肯定得出一份大大的厚礼！"

大家都看着元华笑，元华一直低头不语。忽然，她似乎下了什么决心一般冒出一句话："我不愿意现在嫁人！"

拓跋濬有些吃惊："为什么？"

元华本来想说自己父仇未报，转念一想，乙浑如今是皇帝的宠臣，只得说："我比慕容大了两岁，恐怕……"

拓跋濬哈哈一笑："这有什么好怕的，你又不是大他二十岁！"说着，他想起了出征前在马厩所幸的李氏，对慕容白曜眨了眨眼："娶一个比你大的夫人，才更有滋味呢！"

冯婉华听明白了元华的话外音，但对于拓跋濬的那句话，却是完全不明白……

太安三年二月，拓跋濬率领魏军击败柔然处罗可汗吐贺真，开始从弗池撤军，返回平城。

回程路上，大军不断遇到大魏伤兵。起初，这些伤兵只是三五成群，再往前走，就是几十上百人的大群的伤兵了。这些伤兵挤在几百辆兵车上，慢悠悠地晃荡在草原上。由于一路雪路颠簸以及草料供给不够，拉车的牛都瘦得可怕，它们瘦削的脊背被人用鞭子抽得皮开肉绽，许多牛的脊背都露出了骨头。这些倒霉的牛伏下身子，大汗淋漓的脑袋几乎都擦着地，吃力地拖着载满伤兵的巨大四轮车，呼哧呼哧喘着，拼命往前走。牛车后面，还有一些伤势较轻的兵士，拉着牛车的木栏杆，蹒跚地跟着车步行。

路过一处林间空地，拓跋濬和冯婉华等人还看到许多尸体。尸体成排地列在地上，估算下来，仅这处林地的阵亡者就有近两千人。这些尸体肩挨着肩，躺着的，趴着的，姿态各异，且大多数面部都已经变得非常难看和可怕。才过去一两天的时间，虽然天气寒冷，许多尸体也已开始散发腐臭的气息。

尸体附近，潮湿的草地浸满了血水，又经过人和牲畜的来回践踏，变成了紫色的黏稠泥浆，遍覆脚印和车轮的深辙。

拓跋濬命令车驾缓行，以示对战死者的敬意。赵黑、刘尼、慕容白曜、元华、元蕊等人骑马跟随，亦是慢慢地从成片的尸体前走过。

禁卫军队伍中出现些许混乱。骑兵们怀着对死者的敬畏和近乎恐怖的好奇心，在经过尸体时都仔细打量着死者的容貌和表情。只见这些阵亡者大多非常年轻，二十到三十岁之间的居多，也有许多看似还不到二十岁的年轻人，连唇上的髭须都还没长。许多死者还穿着裹满烂泥的军服，为了方便辨别死者身份，他们的帽子全都被摘下，面孔朝上者便能看得一清二楚。

其中，一个兵士的模样引起了拓跋濬一行人的注意——他身材颀长，面容英俊，皮肤白皙，眉目和嘴鼻都酷似慕容白曜。除了因为失血过多而嘴唇白得像蜡一样，他简直就是慕容白曜的孪生兄弟。这个年轻死者的眼睛半睁着，瞳孔颜色似乎淡了一些，像是带着些微笑般，迷茫地望着慕容白曜。

拓跋濬一行人不约而同地露出吃惊的神色，都扭头去看慕容白曜。

慕容白曜自己也很惊奇。他勒马停下，仔细地观察着。只见这个年轻的死者右手紧紧抠着自己胸口，在那里，还能看见一支插得很深的弩箭。他的左臂曲在一旁，像是在搂抱什么东西，那惨白的左手腕上还戴着一只鲜卑女人常戴的金钏，金钏有些小，似乎与这个俊美的男人的手腕嵌熔在了一起。在他的左边，一具尸体横在那里，后脑上有一个大洞，应该是被长戟捅穿的。那人侧脸趴着，身材粗壮，面目狰狞，更把他身旁酷似慕容白曜的小伙子衬托得格外俊美，让所有经过的人都心生怜悯。

诸人缓步经过，心情越发沉重。

就在快要离开这片摊放尸体的空地时，最后一排尸体中，又一具尸体引起了大家的注意，那是一个十岁左右的孩子。

拓跋濬蹙眉，问：“怎么军中还有这么小的孩子？”

刘尼回答：“应该是运送辎重的军人子弟，或者是路上被抢掠来干活儿的柔然孩子。”

冯婉华等人仔细看去，发现竟是前些天他们在路上遇到的那个柔然牧童！此时，这个孩子身上穿着的是极其不合身的魏军军服，脸颊比起初见时干净丰润了一些，椭圆的脸上神情祥和，就如睡着了一般。一支柔然箭镞穿透了他的一侧动脉，血液流干使得他的脸格外白皙，白得近乎透明。

冯婉华、元华、元蕊几乎是同时认出了这个孩子，眼泪顿时从几个姑娘的眼中汩汩涌出。元蕊低声哽咽，慌忙把自己随身带着的一袋芽饧和糖渍肉干轻轻放在了孩子的身边。一个头目模样的魏军兵士跪在尸体旁向车驾行礼，看到这一幕，他很惊讶。他低头看了看元蕊放下的袋子，很想问一句这是何意，却又不敢。

慕容白曜骑在马上，勒住缰绳，问小头目："你负责烧这些尸体？"

小头目依旧跪地，不敢抬头："正是小人负责！"

慕容白曜："焚烧这个孩子的时候，把这袋子一起烧了吧。"

小头目："谨遵大人之命！"

看着这些尸体，拓跋濬一脸沉郁，得胜的喜悦似乎被眼前的场景一扫而空。

冯婉华明白他心中所思，劝道："陛下不必过虑。我们大魏现在打仗，就是为了以后少打仗、不打仗……"

第四十章　李氏与皇长子

皇太后常氏面色阴沉地坐在辇上，由四个宦者抬着。乙浑躬身在旁，正耐心向她解释着什么。常英、常泰侍立。

常氏愠怒地道："宫内女官给我看了医官记录，说掖庭狱内的这个李氏怀孕了！我倒是要看看这是个什么女人，能让皇帝这么有兴趣，大白天的在马厩里就能行事，还一次就怀上了！"

乙浑："陛下在马厩行幸李氏一事的确属实，当时我和辽西王以及常泰都在现场。陛下那日多喝了一些酒，想是兴之所至吧。"

常泰："太后，我也可以作证，确有此事！"

当然，二人都没有提拓跋濬吃下了乙浑所供秘药之事。

乙浑："太后，我已经派人去叫库吏了，他也会来向您解释。"

未几，库吏匆匆赶到，跪地向常氏行礼。常氏怒气冲冲地问："你这个奴才，实话告诉我，皇帝率大军北伐之前，是否在马厩临幸了李氏？"

库吏："禀太后，确有此事。当时小的不敢轻忽，就在陛下行幸李氏的草垛旁边，小的还在一块木板上用小字记下了具体的日期和时间，是甲戌月卯时。"

常氏将信将疑，说："既然我都来了，你带我去看看！"

宦者放下辇，扶常氏下来。库吏哈腰，领着常氏和乙浑、常英、常泰等人进入马厩。常氏用绢帕捂住鼻子，皱着眉头，四下打量马厩内部。

很快，库吏便引领常氏到达先前拓跋濬行幸李氏的草垛旁。果然，草垛旁边一块本是当隔断用的小木板上有一排小字，笔墨虽然有些黯淡，但清清楚楚地记着"皇帝临幸李氏"，后面是具体的日期和时间。

见此，常氏一脸不快："在这种脏地方都能干事儿，真是的……"

乙浑："陛下春秋正盛，年少欲强，也是正常。"

常氏睃了乙浑一眼："怕是你们给他吃了什么药丸子吧。"

乙浑和常英对视，二人缩头一笑。

常氏用手中绢帕轻打了乙浑的脑袋一下："就知道你们不是好人，诱引皇帝不干正事儿！不过，话说回来，这李氏有孕，拓跋皇族有后，也算是大好事。但李氏的身份底细一定要好好查一查！"

库吏："回禀太后，李氏是罪王永昌王拓跋仁的家眷。陛下临幸她前，她才到拓跋仁家没多久，是拓跋仁南伐宋国时从青州一带抢掠回来的当地官吏家的姑娘。"

常氏："原来是拓跋仁的美人儿啊。皇帝可恨这个王爷了呢，当时在殿上，这个拓跋仁差点就刺杀了皇帝！"

库吏："正因为拓跋仁篡弑之罪深重，他家里的男性家属悉数被抄斩，女性家属全部没入宫内掖庭狱做最苦的活儿。这个李氏，刚被拓跋仁从南边抢过来，还没过上几天安生日子，又因为拓跋仁弑君之罪入宫当了奴婢，唉，确实命苦！"

常氏撇撇嘴，说："命苦？那是从前！现在她有了身孕，怀了龙种，就不是命苦，是命好了！"

昭仪宫内，常氏、冯昭仪、冯婉华围坐，皆表情严肃。元华、元蕊侍立。

北伐凯旋后刚回到平城，冯婉华便从常氏那里得知了李氏怀孕的消息。一想到心爱的男人与别的女人亲热，嫉妒感就像千万支钢针一样刺钻着冯婉华的心，她的内心感到一种被撕裂般的痛苦。每过一天，这种深藏心底的痛苦就厚一层，让她日夜不得安宁。更甚者，拓跋濬自北伐归来后越发春风得意，夜里也常常宿在别的宫室，因此每到夜间，沉沉的愁思郁积在心，使得冯婉华整夜无眠。

看到冯婉华面色憔悴，常氏安慰道："婉华啊，说句实话，这李氏怀了孕，对咱们皇帝和大魏来说都是好事，毕竟是皇帝有了子嗣啊。再说，李氏再如何，地位也超不过你！"

元华在一旁气哼哼地说："贵妃当时可是为了保护陛下，才被那拓跋仁击中腹部而小产。她对陛下这么好，陛下还让别的狐狸精先怀上了孩子！"

冯婉华赶紧打断元华的话，很认真地说："皇帝就是皇帝，哪朝哪代的皇帝只有一个女人的？这宫里不是一般人家，也不可能一家一计地过平常日子。"

冯昭仪表示赞同："婉华说得对。只要婉华先将身份摆正了，宫内哪个女人生孩子都没事儿。"

常氏拍着胸脯保证："昭仪，婉华，你们放心，只要我活着，就亏不了你们娘儿俩！即使眼下皇帝被李氏迷住了，有皇宫旧制在，水大还能漫过桥吗？她若运气好，生个公主还好说，若运气不好，生个皇长子，有子贵母死的旧制在，还不得老身我这个皇太后来周旋！"

冯昭仪非常诚恳地向常氏请求说："太后，很快太武皇帝孝期就将过去，还望您能加紧张罗手铸金人一事。若是我们婉华蒙上天垂顾，能有皇后名分，我们娘儿俩的心就完全放实了；即使手铸金人不成功，有太后您周旋，咱们婉华能有个皇贵妃的名号，便也是好的！"

常氏："昭仪，一家人不说两家话，有老身在，你万事放心！当初皇帝还是高阳王时，若没有你在太武皇帝面前劝解，他早就被送到河北藩地去了，命都不一定保得住。这一点，皇帝自己也清清楚楚！"

冯婉华："我昭仪姑母所做的一切，都是为了大魏应该做的。而我……我只希望陛下惦念我和他这几年的情分，仅此而已！"

常氏："婉华，你还小，男人的事情你还不太懂。别说皇帝了，就是平常人家里，但凡多有几亩地几头牛的，哪个男人不想娶个小？对我们女人而言，最重要的，就是名分！话说回来，你们冯家也是立过国家当过君王的人家，该有的名分，你们一定会有。就说我，做乳母时打死我我也不敢想会有今天！唉，亏得大魏有制度，亏得皇帝和你们都惦记我，给了我这么大的名分，你们的事我当然得当自己的事办！"

常氏刚刚离去，赵黑便匆忙入内，觐见冯昭仪和冯婉华。他施礼起身后，从怀中掏出一本黄色的册子递给冯昭仪。

冯昭仪借过册子，不解地问："这是去年掖庭狱内女犯的起居记录，公公给我们看这个干吗？"

赵黑："您仔细看看这册子上犯妇李氏的月信记录。"

冯昭仪听赵黑如此说，马上低下头仔细查看起来。片刻后，她抬起头，面色苍白地压低声音说："李氏是七月入的宫，陛下临幸李氏的时候，她已经两个月没有来月信了！如此说来……"

迎着冯昭仪不可置信的眼神，赵黑点了点头。

冯婉华一时没明白，满脸惆然。冯昭仪把声音又压低了一些，说："也就是说，李氏所怀的孩子，根本就不是陛下的！"

赵黑做了一个手势："凡做事不可在人后！李氏肚子里的那块肉，乃是犯王拓跋仁的骨血！这本册子送到陛下或者太后那里，李氏和她肚子里的孩子都立刻要死！"

冯婉华一听，惶急得不得了："使不得使不得！毕竟是两条性命啊！"

冯昭仪深深叹了一口气，对侄女说："婉华，你这么良善的心，希望日后能用对地方……"

赵黑愣了一会儿，说："既然您如此说……好吧，贵妃，这事儿没有任何人知道！但这本册子您留着，日后或许会有用。"

冯婉华问："没有任何人知道？负责在这个册子上做记录的宦者怎么会不知道呀！"

赵黑："回禀贵妃，宫内有几百个女犯，只有她们刚入宫时会有这种记录。永昌王谋叛事件牵连好几个王爷被诛，他们每个人名下的女眷都有几十上百人，负责记录的宦者根本记不住谁是谁。"

冯昭仪："日后若是这个李氏因生子得宠，记录此事的宦者会否有所透露来为自己谋利呢？"

赵黑："回禀昭仪，那个宦者年纪很大，去年年底已经出宫回家了。"

冯婉华默不作声，只心下骇然。她没有想到，在宫内竟然还有这样灼人的秘密存在。

万寿宫。殿外的一切都在阳光下熠熠发光。拓跋濬好不容易才劝通了常氏，让她亲自见一见李氏。母子二人一边亲热地说着话，一边等待着李氏的到来。

常氏："儿啊，就好像刚刚过了一个冬天，你就长大了很多，已经完全是一个大人了。瞧你的身体发育得多快啊，脸上长出了髭须，手脚也都变壮了。谢天谢地，要知道，你生下来三天就钻到我怀里吃奶，那个时候你瘦弱得就像一只小猫……"

常氏说着，深情地看着紧挨着自己的拓跋濬。几个月的北伐在他的脸上涂上了一层健美的颜色，看着如此年轻、健康、朝气蓬勃的帝王，常氏突然感觉到一种美好和幸福。她问拓跋濬："儿啊，那个李氏，你喜欢吗？"

拓跋濬眼睛发亮："当然喜欢！如今她怀孕了，如果能为我生个儿子，就是皇长子！"

常氏拉住拓跋濬的手，很认真地问："冯贵妃和李氏这两个姑娘，你更喜欢哪个？"

拓跋濬想了想："更喜欢……李氏。和李氏在一起的时候，怎么说呢，我特别想和她亲昵；而冯贵妃呢，虽然她年纪比我小，却更像我的姐姐。"

常氏试探性地继续问："如果要选她们中的一人做皇后，你觉得谁更合适？"

拓跋濬不假思索地回答："当然是冯贵妃！大魏宫中自有制度，名分岂能乱来？"

常氏一拍大腿，高兴地道："儿啊，有你这句话我就放心了！你真是长大了，这才是大魏帝王的气量！"

正在这时，赵黑入殿："太后，陛下，李氏来了。"

李氏入殿，跪地匍匐下拜，向常氏和拓跋濬行礼。拓跋濬本想给李氏赐座，转头看到常氏没有表示，就没说话。

这个年轻的姑娘虽然已经有孕几个月，身段依旧窈窕，清秀的面容没有任何孕妇的臃肿。拓跋濬愉快地打量着她，目不转睛地注视着她美丽的黑眼睛，心魂荡漾。而李氏竭力不去看拓跋濬，脸色却禁不住发红，不停地咬自己的嘴唇。关于那一天的事，至今她只记得从木板缝隙里吹来的寒风，以及皇帝急切的脸。那真是奇异的一天。

常氏仔细打量着李氏，问："你家一直在南朝宋国？"

李氏垂着眼帘，声音低低地答："回禀太后，奴婢是南朝宋国人，去年被……大军进攻青州，我就被掠到了平城……"

李氏本想说自己是被永昌王拓跋仁掠到平城的，想了想，没敢说出罪王的名字。

常氏低声对拓跋濬道："这个李氏本是永昌王府内的女人，幸亏永昌王没有正式纳她为王妃，否则，论辈分她还是你的堂婶呢。"

拓跋濬笑了："朕只管她年轻貌美，管她堂婶表姨的。"

常氏刮了一下拓跋濬的鼻子，以数落的口吻笑着说："你们拓跋家的爷儿们啊，都是大小辈分都不分的……"而后她又问李氏，"你在南朝的家里还有什么人？"

李氏闻言，眼圈一下红了，回答说："奴婢全家都在南朝，包括父亲和两个哥哥。当时我去青州郊外的姑母家探望，正好大魏军队在附近，所以只有我一个人被掠过来了。去年听到消息，宋国听说我在平城入了宗室王府，就把我父亲和两个哥哥都关了起来。"

拓跋濬沉思片刻，说："还有这种事？朕记得我们大魏和南朝有互相赎人的做法，如果能行，就拿先前俘虏的南朝宋国兵将换你父亲和哥哥过来吧。"

李氏闻言，立刻行大礼："谢陛下大恩！"

常氏眉头一皱，想说什么，最终什么也没说。

拓跋濬扭头问赵黑："赵黑，若想赎回李氏的父亲和哥哥，大概需要用多少人去换？"

赵黑："南朝宋国定也有细作在我们大魏，若是被他们知道了我们要赎的人是您宠爱的宫人亲属，怎么也得几百个兵士吧……"

常氏大惊："只赎他们父子几个，就要大魏交这么多人？"

拓跋濬想了想，吩咐赵黑："传朕旨意，赶紧去办，让李氏一家子尽快团圆！"

李氏再拜叩首。

拓跋濬离开后，常氏与赵黑、乙浑、常英、常泰议事。常氏思忖良久，道："刚才见那李氏，感觉是个有心机的姑娘。"

乙浑："这姑娘命好，本来要在掖庭狱里当一辈子苦力，结果还没进去多久，就遇到陛下了。若是再晚上个一年半载的，她很可能就因为长期干粗活儿而模样全变，陛下即使看到她也不会有多喜爱了。"

常英："嘻，陛下那日如果没有喝酒，没有吃下那……"说着，常英忽然想起自己的妹妹并不知此事底细，赶紧掐了话头。

常氏没有听出猫腻，道："反正啊，这个李氏和我们没有什么瓜葛牵连，一旦受宠，以后我们绝对控制不住。"

赵黑深深点头："是啊，太后，今天陛下可以拿我们俘获的几百上千宋国兵士换李氏父兄，您想想，日后这李氏的父兄过来了，陛下肯定还要赐他们官职，又是一家外戚啊！"

常氏一脸无奈："可那又能怎么办，皇帝就是喜欢她啊。这姑娘身上那股劲儿，冯贵妃可学不来。"

夜晚，坤德六合殿内。冯婉华穿着一身紫色衣裙，浑身上下表现出可爱的风姿。她刚一走进寝殿，就端了一杯热酒给自己的夫君。拓跋濬轻轻握了一下她冰凉的手，或许是因为负疚感，他的手有些抖。

冯婉华笑意盈盈地说："陛下，祝贺您，您要当父亲啦！这么大的好事您也不跟我说，还是我从别处听来的……"

拓跋濬一下子面红耳赤，嗫嚅着说："是……是我们北伐之前，那天我喝醉了，乙浑、常泰带着我……后来的事情我都记不起来了，谁想到那李氏就……"

看到拓跋濬一脸窘迫，像做错了事的孩子一样吞吞吐吐地解释，冯婉华心中充满嫉妒的阴郁情绪一下子消失了。她哈哈大笑起来："您是皇帝啊，孩子多对我们大魏是好事……"

冯婉华坐在拓跋濬的膝盖上，两个人拥抱着。拓跋濬能听到她的心在跳动，温情脉脉，他尽情感受着这个深爱自己的姑娘身上那种令人惬意的温馨……

太极殿内，拓跋濬正与冯婉华、高允商讨国事。高允满脸喜色，贺道："恭喜陛下此次出征大获全胜！在大魏的重击之下，柔然可汗远遁他方，近期定不敢再到我们大魏边境骚扰。臣以为，当下我们大魏应加强南面力量，北边防务则应由主动进攻改为以防守为主。"

冯婉华："高侍郎所言极是。每次我们进军柔然，都消耗了巨大国力，即使获胜，柔然也总飘忽不定，总不能一举全歼。但凡出兵寻寇，多郡骚动，劳役京都，绝非御边长计，因此我们应该在边地设立军镇，作长久之计！"

高允："贵妃高见！如果我们每年都兴师动众去北伐柔然，不仅影响州郡百姓的生产，京师官民也会疲惫不堪，使得朝廷一直有北顾之虑。我们可以考虑在边地设立六个军镇，军镇之间建筑坚城，城内布置强弩和兵车。各军镇招募数万身强力壮的战士戍守，并让他们携带家属，同时朝廷减免他们的徭赋，厚加赈恤，如此一来，冬天讲武，春天种植，耕战并用！"

拓跋濬表示赞同："高侍郎这个主意好啊！如果六镇建设成功，日后我们再用兵柔然就无须那么劳师动众了，军镇的兵民平时耕种、牧养，战时出兵抵御贼寇，兵马不劳，牲畜粮食有余，真是长久之策！"

高允："臣等仔细计议，建议在白道①以南地区设置三个大粮仓，可就近补充军粮，使得各个军镇足食足兵，以备不虞！"

冯婉华看着高允手中的地图，重重地点头："高侍郎的计议非常务实！如果军镇得以顺利建成，我们大魏边境就会形成一套完整的防卫体系。春夏期间，漠北温暖，柔然忙于在他们自己的地盘上游牧，而我们军镇的兵民可以趁此时节安心耕作；到了秋冬农闲时节，柔然贼寇往往为躲避高寒而往南侵袭，到那时，各军镇兵精粮足，正好趁此机会讲武御敌，常备不息！"

正在说话间，忽从掖庭方向传来报喜的声音："恭喜皇帝，贺喜皇帝，皇长子诞生！"

---

① 在今内蒙古呼和浩特西北。

按照老规矩，报喜之声一个院落接着一个院落传递过来，此起彼伏，回响不息……

听说李氏生了一个男孩，冯婉华感到莫名悲伤。她回到自己的寝殿，走进卧室，拉上帐帷，很想立刻就蒙头大睡，忘记所有的烦恼。而与此同时，在皇宫太极殿的一间偏殿内，又是完全不同的一幅场景。拓跋濬亲自接见了刚从南朝宋国赎回的李氏父亲李崔和兄长李长祥。同时，他派人唤李氏入殿，与父兄相见。

李氏与父兄相见，皆抱头痛哭，而后三人再向拓跋濬跪拜谢恩。那日李氏身着紫色衣裙，尤显楚楚动人。李崔是个身材颀长的中年人，装束讲究，一身南朝宋国样式的华服，风度翩翩。李长祥也穿着一件广衣大袖的宋国华服，面容白皙清秀。这样的一家三口站在一起，让人看着就非常愉快。

拓跋濬用鲜卑话对乙浑说："这南朝人的长相就是看着让人舒心，我父亲在世时常常夸好看的人叫'人样子'，你瞧，这李家三人，不就是真正的'人样子'吗。"

乙浑："陛下圣明！陛下心如佛陀，愿似菩提！如今李美人已经为陛下生下了皇长子，应该给予封赠了……"

为了在李氏面前有所表现，乙浑当场便对拓跋濬提出了建议，并深知皇帝定会马上附和同意。

果然，拓跋濬一脸赞同："对！李氏为我大魏帝国诞育皇嗣，其功不小。朕下旨，特封李氏为贵人！"

常英此时也不甘示弱，马上进言："如今李贵人一家人团圆，南来北往实属不易，也希望陛下对李贵人的父兄加以封赏！"

拓跋濬："嗯，李贵人，你希望汝父汝兄在哪里任职啊？"

李氏跪地禀道："陛下，臣妾自小跟随父亲长大，直到在青州被掠才远离故土亲人，实为想念，因此望陛下能留我父兄在平城，以使臣妾有所怙恃。"

拓跋濬点点头，问赵黑："安定王，你看如何安排才好？"

赵黑："李贵人之父李崔，可封散骑常侍、青州刺史！兄李长祥，可入中书省办事，官职由省内斟酌之后再做安排。"

拓跋濬连连点头："甚好，甚好。"

李氏、李崔、李长祥再跪谢恩。

又说了会儿话，李家三人告辞出殿，殿内只剩下拓跋濬和赵黑、乙浑、常英、常泰几人。拓跋濬兴高采烈，唤宦者上酒上菜，与几人一起饮食。

乙浑祝贺说："陛下，李贵人为大魏生下皇长子，劳苦功高。如今她被封为贵人，身边需要有体己人伺候，我有一个侄女，叫乙观音，今年十七岁，可让她进宫陪侍李贵人。"

拓跋濬："准！京兆王，当时如果你和常英、常泰没有带朕去北苑的马厩，朕就没有机会遇到李氏，真是机缘巧合。"

乙浑："陛下英明神武，是上天安排的这次巧遇！一次行云纵雨就能种上龙种，大魏帝国增添皇嗣，陛下大福，大魏大福！"

吃喝了好一阵，乙浑、赵黑、常英、常泰几人酒足饭饱，拜辞而出。看着乙浑的得意样儿，赵黑打趣道："京兆王啊，祝贺祝贺，现在您又把侄女送入宫内服侍李贵人了，您现在真是智勇双全，手段越来越高，在宫内算是稳住了！"

乙浑嘿嘿一笑，说："安定王，你也聪明啊。刚才陛下向你询问授予李氏父亲什么职位，你竟然能够想出青州刺史这个官职，哈哈哈……"

常英一脸茫然，问："这个官职有什么问题吗？"

乙浑："青州刺史！青州现在在谁手里？在南朝宋国手里！李崔怎么可能去敌国当刺史？安定王还是听太后的话呀，刚才就这么巧妙地一周旋，那李崔名义上得到了一个大州刺史的官封，其实却是个虚衔；而陛下和李贵人那里呢，安定王又卖了大人情。所以，安定王你还说我高，其实你比我高呀！"

常英、常泰父子听了乙浑的解释，才恍然大悟。

常英叹息一声，说："还是人家冯昭仪、冯贵妃安分守己，没有野心。先前人家冯贵妃的亲哥哥冯熙来到平城，立刻自己要求外放，不愿在京城搅浑水……"

赵黑："唉，在宫中混，都不容易。如今太后和陛下母子和洽，眼下还好相处，可那李贵人和冯贵妃各有千秋，这些关系，日后再加上她们的亲戚，我们可要权衡好了，得罪了哪一方说不定都要掉脑袋。"

第四十一章　手铸金人

太极殿内，拓跋濬和高允正在议事。跋濬非常认真地问："高侍郎，今日请您到殿，朕就是想仔细问问您手铸金人一事。这件事情到底要如何做，请您为朕细细讲一讲。"

高允："陛下，铸造金人并非汉晋皇朝的制度，最早起源于匈奴单于。匈奴人笃信天地鬼神，一直把偶像当作天地鬼神的化身加以崇拜。当然，早先匈奴单于派人铸造金人，不是为了选阏氏，而是为了祭天，而当年汉武帝得到匈奴休屠王的祭天金人后，也把它当作大神供在甘泉宫。匈奴祭天的金人很大，高达一丈多。"

拓跋濬问道："啊？那么大的金人，要消耗不少黄金吧？"

高允："肯定要消耗许多黄金。而且匈奴祭天的金人不止一个，有好几个。而说到手铸金人这事，近百十年来，还必须提一个人——冉闵。"

拓跋濬："这个名字朕好像听说过，您从前给朕讲过，好像他也建立过一个魏国（冉魏）。"

高允："晋朝（西晋）灭亡后，五胡纷起，中原地区匈奴赵国皇帝石虎死后，他的几个儿子互相残杀，原本就是晋人的冉闵忽然生威，率领兵马诛除剩下的石氏宗室，并发布'杀胡令'，尽诛在中原作恶多年的羯族官兵。而后他自己建国，国号也是'魏'。冉闵称帝时效仿匈奴和羯族，也曾铸造以自己为模的金像，但没能成功。这个消息被当时的燕国（前燕）国主慕容儁得知，他认定冉闵没有天命，发兵攻打冉魏。说到这里，鲜卑慕容氏也对手铸金人非常重视，一直有铸像占卜的习俗。我们大魏皇族也源自鲜卑，上天授命，一直保留手铸金人的国俗，特别是皇帝立后，都须有手铸金人成功为基础，如今已经形成非常完备的制度，以此来占卜吉凶，窥探天意！"

拓跋濬若有所思："如此说来，冯贵妃和李贵人她们不是要铸佛像，而是要铸造她们自己的像？"

高允："是啊，陛下。根据大魏国俗，如果她们连自己的像都铸不好，就没资格当皇后。"

拓跋濬端详着高允，问："高侍郎，您辅佐过景穆皇帝和朕两代人，朕有一句想问您，您实话实答，好吗？"

高允："陛下请问。"

拓跋濬："如今大魏帝国的皇后人选，从你们大臣的角度，或者从您自己的角度，您觉得朕该选谁？"

高允离席，伏地稽首行礼，言道："陛下，恕臣鲁莽愚昧，依臣所见，于情于理，于才于智，当然都应该是冯贵妃当皇后。但李贵人诞育皇嗣，首功于春宫，也有当皇后的资格。从我们大魏制度来讲，无论是帝室十姓还是勋臣八家，抑或鲜卑大臣，以及后宫里的前代妃嫔，肯定都希望陛下您遵祖制，依国俗，以手铸金人的方式选定皇后，如此就不会招致异议，天下百姓必定心悦诚服！"

拓跋濬深深点头，赞叹道："高侍郎，您真是我们大魏纯臣！"

自得知李氏有孕以来，嫉妒一直在损害着冯婉华的心灵和肉体，她的生活似乎只剩下无尽的等待，以及充满醋意的终极痛苦。身在坤德六合殿内，每当知道拓跋濬去了李氏那里，滔天的醋意便会涌上冯婉华心头，她感到自己的心都被扯碎了。

如今，李氏诞育下拓跋濬的皇长子，更常常让冯婉华陷入心慌，苦恼成了她生活的常态。每每想到李氏那窈窕的腰身、秀美无瑕的脸蛋、红润细嫩的嘴唇，冯婉华就会恨得浑身打战。这样的时刻，她真想把赵黑寻到的宫女黄册拿出来交给拓跋濬！但转念一想，冯婉华也知道，即便自己使出这样的手段，她和拓跋濬从前的幸福日子也不会重现片刻。

冯婉华心事重重，在殿内到处转悠。元蕊跟着她，一声不吭。二人穿殿入室，走过一条又一条黑暗的、长长的走廊，在大得惊人的殿宇中漫无目的地游走。每推开一扇沉重的大门，殿门都会发出吱嘎的声响。在昔日赫连太后所住的殿中，冯婉华发现，仅仅两年多过去，这里面已经完全没有了昔日的人气和温暖。殿中凉飕飕、暗蒙蒙的，春天的风吹进来，四壁似乎都在颤动，不知哪里发出吱吱的声音，甚是凄凉。

不久，两人又发现，在赫连太后待客用的房屋左边，有一条幽暗的走廊，好像直通寝室。她们大着胆子走进去，只见里面空空荡荡，冷冷清清，十多个巨大的烛台堆放在一起，就像全都冻僵了一样。

元蕊："贵妃，这地方让人害怕……"

冯婉华："是啊，没有人住，建筑就如同死了一样……"

元蕊："我们赶紧出去吧，外边亮堂……"

两个人急匆匆地离开，回到了六合殿大厅。大厅里高旷宽阔，地板平滑，目光所及的一切都沉浸在阳光中。墙壁上镶嵌着许多灿烂的宝石，在阳光的照射下呈现出红色、淡紫色以及蓝色的斑点，像火花一样燃烧着，富丽堂皇，使两个姑娘一下子心情大好。

冯婉华和元蕊穿过大厅，来到室外。他们往上望去，看到了平城清澈透明的无边穹苍。

万寿宫内，常氏坐在正座上，冯昭仪、冯婉华坐在侧座的榻上。

冯昭仪一脸忧色："太后，婉华马上就要进行手铸金人了，我们心里都没底啊。"

冯婉华坐在榻上，也是愁眉不展。她之所以如此忧郁，一方面是因为即将举行的手铸金人之礼，另一方面则是出于对自己感情的担忧。

常氏慈和地对冯婉华说："婉华，你手铸金人是否成功，我不敢保证，这是上天的安排。但有一点我可以向你保证，也可以向昭仪保证——与你同时进行手铸金人的李氏，肯定不会成功。所以，即使你这次当不成皇后，李氏她也当不成。皇帝已经答应我，即便这次你手铸金人不成，也会封你为皇贵妃，这是最起码的；而李氏呢，现在她才是贵人，品级无论如何都在你之下。再者，就算李氏日后很快也被封为皇贵妃，有昭仪在，有我在，她也大不过你去！"

几个人正说话间，宦者来报，拓跋濬来了。

宦者："启禀太后，皇帝陛下携李贵人前来拜谢太后！"

常氏低声对冯昭仪和冯婉华说："你们看看，李氏这个狐狸精，自己不单独来，还裹挟着皇帝前来，这就是在向我们示强显硬啊。"

拓跋濬与李贵人共坐一辇，进入殿内才下来。看到冯昭仪、冯婉华也在，这位青年皇帝神色有些尴尬，道："太后，昭仪，李氏被封为贵人，特地到太后面前来谢恩！"

李氏伏地，向常氏、冯昭仪行礼。而后她起身，看了一眼冯婉华，将右手放在左手上，两手握拳，右脚向后撤一小步，敛衽，两膝微曲，微微伏身，向冯婉华行万福之礼。

　　拓跋濬坐下之后，本来想招呼李氏也坐，但看常氏没有表示，也就没敢。如此，在场之人，除宦者外，只有李氏是站立在一旁的，余人皆落了座。

　　冯昭仪亲切地对李氏说："太后母仪天下，对皇帝有乳养之功，你如今得封贵人，也一定要孝尊太后啊。"而后，她又对常氏道，"常妈妈，李贵人为您和大魏帝国首诞皇嗣，身有大功！"

　　冯婉华不得不强颜欢笑，附和说："贵人劳苦！有常妈妈在宫内保育万方，我们都要听常妈妈的……"

　　拓跋濬："常妈妈如今贵为太后，不仅你们要听她的话，就连朕也要听她的话！"

　　李氏躬身低头，轻启朱唇，说："常妈妈，臣妾乃南朝人，对于许多宫内的礼仪和制度完全不懂，还望您日后多多教诲。"

　　常氏将嘴一撇，以斥责的口吻道："哎呀，李贵人，这'常妈妈'三个字，宫里面只有三个人能叫——皇帝、冯昭仪、冯贵妃。除此以外，任何人可都没资格叫这三个字！你切记，在我们大魏宫里，最重要的就是守规矩！"

　　李氏听闻此言，脸色大变。拓跋濬满脸悻悻，也不好说什么，只得在一旁尴尬地笑。

　　李氏强压内心的愤懑，静默了片刻，鼓足勇气，又向常氏说出了自己的请求："太后，此次臣妾前来拜见，一是谢您看得起臣妾，封臣妾为贵人，二是臣妾有一个请求……"

　　常氏脸色不悦，打断了她："你的贵人，是皇帝亲口封的，你不要谢我。至于请求，且先听你说说看再论。"

　　李氏："臣妾诞下皇子，孩子刚生下来，就被宦者和宫婢从我身边带走了。作为母亲，臣妾希望能够自己养育这个孩子……"

　　常氏闻言，顿时勃然变色，呵斥道："大魏宫内有规矩，几代以来，只要有皇子出生，皆由乳母保育，从来没有让生母亲自喂养孩子的先例！当然啦，若是你日后手铸金人成功，有幸成为大魏帝国的皇后，这孩子你倒是可以自己养护；可如果冯贵妃手铸金人成功，她当上皇后，身为嫡母，便就该由她来替你养护这个孩子！"

　　听常氏如此一说，在座所有人表情各异：拓跋濬表情复杂，李氏满脸悲愤，冯昭仪心领神会，冯婉华大惊失色，赵黑若有所思……

　　平城南郊，圜丘。白天。一场大戏正在上演。地上有两堆小山丘一样巨大的柴寮，青烟缭绕而上。柴寮周围各围着一圈女祭司，她们穿着颜色绚丽的奇装异服，每人怀里都抱着一个铜鼓。她们一边跳舞，一边击打手中的铜鼓。在咚咚的鼓声中，在几百位宗室、勋臣、高级大臣以及宫内后妃共同注视下，冯贵妃和李氏走向万众瞩目的高台，准备亲手铸造她们成为皇后的梦想。

赵黑站在近处，充当监铸人。他目不转睛地看着漆案上的四个模具。依照礼制，本来应该由冯婉华先挑。然而冯婉华犹豫了一下，对李氏说：“你先挑吧……”

冯婉华的谦让出乎李氏意料。她看了看冯婉华，又看了看赵黑，不知道自己该不该先挑。

赵黑见状，对李氏说：“既然贵妃谦让，李贵人，你便先挑吧。”

李氏跪在地上，朝常氏和拓跋濬所在的方向叩首。然后她双手合十，默祷了一会儿，这才开始仔细查看各个模具。琢磨了一会儿，她挑中了左数第二个。

女大祭司走了过来。她脸上戴着一个吓人的面具，长袍大袖，走到李氏所选的模具前，没有任何迟疑地双手抱起模具，放到了李氏的面前。

赵黑高喊：“冯贵妃选！”

冯婉华想了想，又谨慎地看了看，选定了最右边的模具。女大祭司依旧袍服飘飘，走过去抱起那个模具放到了她的面前。

在距离二人几十步远的高台上，端坐着常氏和拓跋濬。拓跋濬轻声对常氏说：“太后，我一直以为金人是真人一般大小呢，原来也就一尺高啊。”

常氏也看得认真，充满好奇地道：“我从前也以为很大，后来问宫内的宦者，才知道其实没多大。这可是纯金的金人，如果真有真人那么大，得灌注多少黄金啊，女人哪有那气力去浇铸！”

元华正侍立在二人身后，闻言便小声插话道：“可就算是一尺的金人，一个女人要抱起来也挺费劲！”

这时候，赵黑清了清嗓子，高声宣布：“此次手铸金人仪式开始！冯贵妃和李贵人各选一个模具铸造金人，成功者为皇后；若二人第一次均铸造成功，则开始第二次铸造；若第二次二人再铸造成功，二人均立为皇后，先成者为左皇后，后成者为右皇后；若二人两次均铸像不成，三年之后再举行一次手铸金人仪式！”

初夏时节，天气并不算热，可冯婉华还是感到自己的里衫都湿透了。她的脸颊红红的，由于紧张，眼里似乎也涌溢出了泪水，连眼前的模具都看得不很清楚。李氏也满脸是汗，感觉自己耳朵里嗡嗡直叫，喉咙里也黏糊糊的，似乎堵着一块东西。在距她们不远的地方，架着两口不大的坩埚，里面是纯金的液体，锅子底下炭火已经烧得红彤彤的，几个宦者还在不停添炭。坩埚旁边各有一只捞勺，长长的勺柄上缠着红色的防热布帛。

赵黑高声喊道："开始浇注金人！"

李氏此时已经是浑身大汗淋漓，衣服湿漉漉的，弄得她很不舒服。她定了定心神，慢慢走到坩埚旁边，试了试捞勺的重量。

冯婉华也走了过去，不过她的神态十分坚定，她拿起捞勺，果断地伸进坩埚之中，舀起满满一勺金液，而后快步走到自己选定的模具前，聚精会神地慢慢从模具顶端小孔将金液倒入。

李氏看了看冯婉华，也用力地捞起一大勺金液，走到自己选定的模具前，模仿冯婉华的做法，把金液慢慢倒进模具上的小孔中。

砰！

声音不大，但在场所有的人都吓了一跳。大家仔细一看，原来是李氏所选的模具背部忽然爆裂，金液顿时洒了出来。李氏面如死灰，愣愣地站在原地，不知所措。

赵黑高声喝道："李贵人少安毋躁，请等冯贵妃浇注金人。"

冯婉华也吓了一跳。她定了定心神，继续往自己的模具中灌注金液。忽然又是一声爆响，冯婉华手腕一抖，手中盛装金液的捞勺差点掉在地上。大家循声一看，原来是一个围绕柴寮舞蹈的女祭司把手中的铜鼓掉在了地上。

冯婉华终于浇注好了自己的金人。还好，她的模具没有爆裂，但金人是否铸造成功，还要开模才能验证。

在场所有人都凝神屏气，注视着冯婉华的模具。拓跋濬看到李氏的模具开裂，似乎有些丧气；冯昭仪脸色煞白，紧张到连嘴唇都没有血色了；皇太后常氏倒是气定神闲，不停地捏玩手中的佛珠。

赵黑大呼："时辰到！开模！"

两个宦者走过去，小心翼翼地用金属小撬棒把模具打开。一尊闪闪发光的金像完整地显现出来。

冯婉华闭上了眼睛，一颗心终于放下。

李氏站立不稳，一下子晕倒在地。

在场众人都欢呼起来！

常氏起身，声音虽然不大，但是非常庄严："应天顺人，大魏皇后选定——冯氏！"

拓跋濬这才恍然大悟般，也站了起来："传皇太后懿旨，亦是朕之旨意，宣告天下，大魏皇后选定——冯氏！”

众人皆跪拜，高呼万岁。

万寿宫内，常氏的表情非常惬意。她对站立在旁的赵黑和常英说道："哥哥，黑儿啊，你们两个这次干得真不错，有皇帝和几百人在场，竟没出任何纰漏，冯贵妃也手铸金人成功了。你们快跟我说说，是怎么做到的？"

赵黑："这都是辽西王的功劳，我只是从中周旋而已。"

常氏半闭着眼睛，说："哥哥，那你跟我说说吧。"

常英得意地答道："太后，这一回呀，最重要的不是保证冯贵妃手铸金人成功，而是得先保证李氏手铸金人不成功！"

常氏："此话怎讲？"

常英："这四个金人模具，乍看上去一模一样，其实其中一个的背部有一条事先做好的裂缝，用蜡泥补上，而后再涂上和模具外表其他地方一模一样的颜色。只要用这个模具铸造金人，金液一灌进去就会立刻爆模！"

常氏："可这就是难点所在。我看得仔细，在仪式开始前，不仅仅是帝氏十姓、勋臣八姓，甚至是皇帝本人，都亲自验看过模具的。"

常英："那裂缝做得非常之隐秘，除非有人把几个模具都使劲摔在地上来检验，否则仅凭着眼睛观察，再怎么看也是看不出来的。"

常氏睁开眼，目光炯炯地问："我还是不明白，即使事先弄了一个背部有裂缝的模具，怎么才能保证这个模具由李氏选中呢？万一冯贵妃自己选中了那个有裂缝的模具，怎么办？"

赵黑："这个还真保证不了！当时您也看到了，陛下甚至命令大鸿胪到场仔细验看过，还让女祭司特意把四个模具的顺序调整了好几次。"

常氏："所以啊，其中关窍到底是什么？"

常英："其中最关键的人物，就是那个女大祭司！只有她，才能在关键时刻保证冯贵妃所选的不是那个有裂缝的模具！"

看到常氏依旧是一脸迷惑，赵黑继续解释："太后，那个女大祭司，我们事先已经寻到了她的一些把柄。有了这些把柄在我们手里，她为了自己宗族和弟子几百人的性命，定会任我们摆布。更重要的是，模具虽是由冯贵妃和李贵人自己挑，但替她们从案子上取下，放到她们面前的，却是那个女大祭司。这个过程中，我们就可以保证李氏拿到的模具一定是有裂缝的！太后，您知道西域幻术吗？即使当时冯贵妃运气不好，恰好选中了那个有裂缝的模具，女大祭司也会用西域幻术暗中把模具调包，最后，还是会将有裂缝的模具拿给李氏去铸像！"

常氏："那模具个头可不小，当着那么多人的面，还有皇帝在上面坐着，女大祭司能够调包？"

常英："即使比这模具大两倍的东西，女大祭司也能当众调包，一般人看不出来！"

赵黑："不过，这都是事先所做的为保万无一失的准备！太后，您一定要相信天命，实际上这次李氏选中的模具，恰好就是有裂缝的那个！并且冯贵妃手铸金人的过程，真是一气呵成，没有任何掺假的成分，可以说是浑然天成！"

常氏使劲点头："原来是这样。看来，她们冯家还真是有上天护佑呢。"

赵黑："太后，瞧您说的，上天护佑？您就是上天啊！"

常氏被奉承得很高兴，道："无论如何，这个李贵人没当成皇后，老身就不那么担心了。但是呢，为了让皇帝高兴，咱们也不能把事情做得太过分，李氏的父兄该升官还是要升官！"

常英："那是，那是。冯贵妃就要封皇后了，难免以后她们亲族会在朝中兴风作浪，有李氏父兄在，也好有个牵制！"

赵黑："太后，您瞧，辽西王经过这一段时间的历练，大有长进啊！"

常氏满意地点点头。

常英："人无远虑，必有近忧。我忽然想，李氏所生的是皇长子，如果冯贵妃以后生不出男孩来，这个皇长子就会是皇太子，李氏日后还是有机会当皇后的啊。"

常氏："哎呀哥哥啊，赵黑刚还夸你，怎么你又糊涂起来了呢？如果今天李氏手铸金人成功，真当上了皇后，子贵母死制度还真奈何不了她，因为子贵母死都是在选定太子之后，赐死太子还没有名分的生母！如今李氏没当成皇后，日后若是皇帝立了她的儿子为太子，她的死期可就不远了！"

赵黑立刻点头附和："是啊，后宫内所有人的生死荣华，皆在太后一念之间！"

常氏表情威严，继续问："你们刚才说手里有那个女大祭司的把柄，这种人物，平常你们和她又没有交集，怎么会有她的把柄？她又会有什么把柄呢？"

常英："太后，我从前在市肆里和人交结饮酒，您总是骂我不长进。可恰是在市肆之中，我才能知晓宫内和官府得不到的消息。这个萨满大女祭司，手下有徒众三四百人，但凡宗庙祭祀大事，都是她们这些人来跳舞、推演，预定吉凶。特别是太武皇帝在时，谁升官谁族诛，有时候都是她们一念之间的事情。这个女大祭司，按理说她的所有徒弟都是女流，她却暗中私养少男二十多人，还把那些美男熏衣剃面，扮成女人，养在她的萨满祭司府内，平时恣意淫荡。"

常氏："还有这种事儿？"

赵黑："这本不算什么大事。可如果我们现在要用到此辈人等，这对于她们来说就是大事了！"

常氏："可这个女大祭司如此胆大妄为，就不怕别人告发？"

常英："太后，您想想，如果我平素不混市坊酒肆，又怎会知道这些隐情；如果不是我们抓住了她的把柄，平头百姓里又有谁敢告发她？"

常氏："依你这么一说，好像市坊间老百姓知道多少东西似的。"

赵黑："太后，宫内和官府之间互有忌讳和默契，但无论是宫内还是官府，总有人把隐秘之事传出去告诉亲朋，民间百姓就把这些流言当趣事讲，一传十，十传百，很快就路人皆知了。然而即便如此，没有实证和关键人物去查，市坊之间，这些秘事也就是趣谈而已。"

常氏非常钦服地看着赵黑，夸赞中又有隐忧，说："如今你们抓住女大祭司的把柄，她替你们干了这事儿，等于你们也有把柄在她手中了啊，就不怕她日后告发你们？"

常英："太后，您老真是在万寿宫内养尊处优久了，对于这些小事儿转不过弯来。手铸金人选皇后，何等大事，女大祭司怎么敢承认自己参与作伪呢？即使日后她犯了别的事情被抓，也不会供出此等诛灭五族的事情！更何况，这次手铸金人，李氏是自己选中的那个模具，仪式过后，所有模具尽皆销毁，这事儿又怎么可能被坐实呢？"

常氏："我就是担心，若是女大祭司私养男人一事日后泄露了，她自知罪责难逃，可能就会把从前给你们帮忙的事情全都交代出来。"

常英诡秘地笑了："这事儿您倒放心，此事已经一了百了！那些美男嘛，我们帮人帮到底，都已经替女大祭司了结了……"

常氏："了结了……嗯……"

看到常氏终于明白了常英的意思，赵黑也笑了。

第四十二章　几人欢喜几人愁

近来的日子里，似乎每个晚上都有月亮。深更半夜，冯婉华醒来，感觉整个世界一片沉寂。最近身边总没有拓跋濬的陪伴，她便总能感觉到这种让人瞬间惊醒的寂静。悲哀的情绪忽然涌上心头，冯婉华光着脚，小心翼翼地跳下床，打开寝殿的大门，从黑暗中往外望去。她想起了自己在魏宫内度过的这些难熬的岁月，想起了曾经的痛苦和美好。

殿门之外，在月光下，冯婉华顺着那棵异常高大的松树往上望去。她能够看到松树齿状的尖顶直插向透明的蓝色夜空。再往上望，许多明亮的星星在天空中闪烁，如同佛陀的眼睛，那么神奇，那么遥远，那么扣人心弦。初夏的月亮，并不比冬天的月亮温暖，但正是这种冷寂之色，把冯婉华心内的孤独衬得更加突出。即使如今她已如愿当上皇后，她却依旧对皇帝的爱感到疑惑和悲伤。她多么希望回到拓跋濬还是高阳王的那段日子，在万寿宫内的黑暗中，他们可以亲密地相拥，可以借助明明暗暗的星光，长久地无言对望……

薄暮时分，昭仪宫内。冯昭仪、冯婉华姑侄，以及元华、元蕊、抱公公等人在说话。突然起了风，簇簇乌云涌来，一时天昏地暗，雷声隆隆，浓云的缝隙中闪出一道道白色的电光。天色很快就黑得伸手不见五指了，雷雨带来的轰隆声和霹雳声不时在空中轰响，有时候只是噼啪一声，有时候却震耳欲聋，让人感觉头晕目眩。狂风大作，雷电交加，震得殿宇都猛烈颤抖。不久，倾盆大雨落下，不断抽打着昭仪殿的窗户和殿门。

冯昭仪脸色平和，说："外面越是这样的天气，我们在屋子里面的人就越感到安全……"

抱公公此时到冯婉华面前拜礼："贵妃，不，皇后，老奴祝贺您啦！"

冯婉华赶忙起立，说："抱公公，这么多年，我和姑母承蒙您的照顾，如今在咱们自己屋里，您千万不要这样多礼！"

冯昭仪忽然泪下沾襟："婉华啊，想想你真不容易！如今终于成了皇后！"

冯婉华眼里也噙着泪花，说："是啊，姑母。我这几天也是精神恍惚，总感觉像在做梦一样。"

元华高兴地笑着说："我以后更不能叫您妹妹，只能叫皇后了。"

冯昭仪笑了："私下里，在我的昭仪宫，你还是叫她婉华妹妹吧。当初从长安到平城，你们姐妹相互帮助，才能活着到达，这是不能忘的。"

元蕊听冯昭仪这样讲，很是惊讶："啊？元华姐姐和皇后还有这样的事情？有空跟我讲讲吧。"

冯昭仪慈和地笑了，点点头，又道："婉华，现在你当上皇后了，更要注意自己的一举一动。皇帝那里自不必说，皇太后常妈妈那里，你必须一日一拜，千万不能有一点怠慢疏漏！"

冯婉华："姑母放心，我肯定会注意这些事情的。幸亏有抱公公和赵公公在，有些事情我才能够提前知悉。"

冯昭仪："还有啊，李氏这次虽然手铸金人没有成功，但她毕竟是皇帝爱宠之人，又是皇长子生母，你必须处理好和她的关系。"

冯婉华重重点头。

手铸金人成功，成为大魏皇后，使得冯婉华心中因爱人另有新欢而产生的痛苦减弱了一些。她暗自祈祷皇帝能恢复对自己在肉体方面的兴趣，但她也明白，男人，特别是一个帝王，对女人的爱既经受不起分离的考验，也经受不起别的女人的吸引。而正是皇后的身份，让她对往后的生活多了一份憧憬，内心的焦虑也减弱了。

大魏皇帝迎娶皇后的礼仪，复杂烦琐，有纳采、问名、纳征三个步骤。而后，皇帝还得派礼官带着皇后谒告圜丘和祖庙。

太极殿偏殿内，拓跋濬加元服，命陆丽太尉为正使，司徒刘尼为副使，随行人员高举仪仗，带着皇后的玺绶和金册，到冯婉华宫里迎接她。

冯婉华接受了金册。全体大臣下跪，向冯皇后行跪拜大礼。此时，冯婉华身着全套皇后服饰，包括大严绣衣，绶珮，外披加幨。女长御为前导，引领她坐上皇后专用的画轮四望车，另一个女侍双手捧皇后玺印，在车内陪乘。

同一时间，拓跋濬身穿全套衮冕，亦坐车出行，到达太极殿正殿之后，升上御座。

皇后车驾起行。皇后卤簿和皇帝的大驾规模相同，制式也几乎一样。到达太极殿后，大卤簿停在门外，小卤簿簇拥皇后进入殿内。皇后升座，与御座并列。元蕊上前帮冯婉华去掉了幪衣。

落座之前，冯婉华先拜拓跋濬。拓跋濬作为皇帝，也要向自己的皇后施以同等的拜礼。而后皇帝、皇后各自坐下。礼官上前，敬献皇帝举行婚礼专用的酒器，二爵一卺。皇帝、皇后同饮。

殿下，群臣拜贺。礼官大声向皇帝、皇后以及群臣宣布谒太庙的具体日期。

礼成。

初夏的一个宁静的傍晚，万寿宫内，美景迷人。夕阳的余晖静静洒在殿宇上，殿外的草木散发着一股清香的气息。四周的林木中，许多鸟儿在欢声啼唱，歌声婉转悠扬，让人在清欢中萌发出淡淡的哀愁。

皇太后常氏、皇后冯婉华坐在榻上，李贵人侍立在一旁。赵黑站着，在殿门口观望着什么。殿门开启，元华、元蕊走进来。元华捧着珍宝一般小心翼翼地抱了一个婴儿进来。

元华："禀太后、皇后，皇长子来了。"

李氏的脸一下子白成一张纸。她想要说些什么，但又没敢。眼睁睁地，作为生身母亲，她连过去抱一下自己的亲儿子也不能。

元华把手中的婴儿递给了常氏。

常氏抱着婴儿，一脸慈爱："唉，真和皇帝小时候有些像啊，红红的笑脸，鼻直口方的，一看就是大贵之人！"

说着，她把孩子递给了冯婉华。冯婉华从没抱过小孩，有些手足无措，不知该如何接。元华过去帮了她的忙。抱着婴儿，冯婉华仔细打量，说："这孩子身上好香啊，有奶味，又有甜甜的香料味道。对了，陛下给他起名了吗？"

常氏："已经起名了，昨天晚上我和皇帝，还有宫内的大鸿胪一起商量的，叫拓跋弘！"

冯婉华："拓跋弘！好响亮的名字！"

李氏站在一边，眼巴巴地看着自己肚子里面掉下来的肉被别人抱在怀里，心如刀割。常氏瞥了她一眼，说："元华，你把孩子抱给李贵人瞧瞧，这是她最后一次见孩子了，日后，他们母子便不能再见面！"

元华轻轻把孩子从冯婉华的怀里抱过来，递给李氏。李氏接过孩子，眼泪如断线的珍珠般流个不停。

常氏非常严厉地说："李贵人，你别把眼泪滴在孩子身上，不吉利！搞得好像生离死别似的。你想想，日后这孩子将由皇后抚育，是大富大贵的命！换了我，高兴还来不及，你怎么哭成这个样子？我当初入宫给皇帝当乳母，离家之前抱着我的亲儿子，心里明明白白地知道，入宫之后，我的亲骨肉就将会因为没有奶吃而活活饿死，那才叫生离死别！"

深夜，北苑。远远听见皇后宫内乐声大作，远在北苑的李氏坐立不安。茕茕孑立，她和自己的影子一起，孤独地走在通往池塘的林荫路上。半明半暗中，树影婆娑，她的心也在颤动。一路走，她似乎总能听到婴儿的哭声，于是她向坤德六合殿的方向眺望，很想透过枝叶间的空隙看到什么……走到一个池塘边，她绝望地仰头凝望天空。一勾浅月挂在天边，池塘的水面泛着光泽，几条大鱼轻轻游了过去，月亮就好像轻轻地睡在了这池水上。在池塘的后边，远处是黑压压的一座座殿堂。

万物沉静，李氏很想大哭一场，但又仿佛害怕自己的哭声会吵醒那个与自己相隔重重宫阙的孩子，只能默默饮泣。强烈的情感涌动下，她甚至要咬住自己的胳膊才能避免自己喊出声来，而牙齿噬咬肉体所产生的疼痛，或多或少减轻了她的精神痛苦。

似乎又有孩子的哭声在黑暗中响起。池内的几只野鸭被惊醒，忽然游动起来，发出更加令李氏惊惶不安的叫声，也把原本平滑如镜的池水搅乱了。怀抱着依旧带有孩子体味的褓褓，李氏情不自禁在上面洒满了热泪。对骨肉的思念，让她整夜不能入眠。

与此同时，在坤德六合殿内，皇后冯婉华抱着才两个月大的孩子，满心好奇。尽管有着些许生疏，但她仍想把她全部的爱都倾注到这样一个与自己没有血缘关系的孩子身上。烛光下，冯婉华把孩子高高举起，仔细查看着。孩子睡眼惺忪的小脸上有着一对天生的浓眉，睫毛又黑又长。除此之外，冯婉华还发现了一丝与永昌王拓跋仁那既英俊又可憎的面庞非常相似的线条。

冯婉华永远也忘不了那张脸，忘不了朝堂之上那人勇武狞厉的样子！

这个孩子，与那人有着极其细微的相似之处。想到这些，冯婉华禁不住踉跄后退，吓得身边的元华赶紧过来扶她。然而，看见这胖胖的孩子醒了，朝自己微笑着，大大的一双眼睛里多少藏了点忧郁，冯婉华又会狠狠地欺骗自己，逼自己去相信这个孩子就是皇帝的骨血。虽然她清清楚楚地知道，随着时间的流逝，这孩子身上隐藏的细节会越发明显。

秘密！那是只能藏在心底的灼人的秘密！

在越来越爱这个孩子的同时，冯婉华心中的负罪感也在日益加深。每一个日夜，面对着这个孩子，她都会被勾起紊乱的思绪，心中同时充溢着柔情和忧戚……

第四十三章　南来使臣

这一日，太极殿内，拓跋濬、冯婉华亲自御殿，北魏群臣汇集，专门接见从南朝宋国来的使臣谢超宗。

大鸿胪高声宣布："宋国使臣谢超宗觐见！"

谢超宗进殿。

此人一表人才，长身玉立，肤色白皙，一脸长髯，身穿一身绮丽的锦袍，长袍大袖，风度翩翩，望之如神仙中人！

大魏众臣皆列朝。高允及曾出使南朝宋国的游明根等人与谢超宗交礼寒暄，相谈甚欢。

冯婉华低声向拓跋濬介绍说："这个宋国来使谢超宗，是南朝大诗人谢灵运的后代！据说宋国皇帝刘骏特别欣赏他，夸他'超宗殊有凤毛，灵运复出矣'！"

拓跋濬若有所思："朕从小就背诵谢灵运的诗。南朝的文人雅士，确实有我们大魏臣子缺乏的风度！"

冯婉华和气温婉地对谢超宗说："谢先生，您该是南朝王谢大族的后代，不知道您是谢安宰相的什么人？您又和大诗人谢灵运是什么关系？"

拓跋濬也顺着冯婉华的话头问："谢安？晋朝（东晋）宰相谢安，指挥淝水之战大败秦国苻坚大帝的那位？"

冯婉华："正是！"

谢超宗深施一礼，侃侃而言："在下乃谢灵运之孙，谢凤之子。方才陛下提到的淝水之战，其实是由我的曾曾祖父谢玄直接指挥的。太元四年（公元379年），正是他首先率兵击退秦军，被晋升为冠军将军，而后在淝水之战中，他任前锋都督，指挥手下部将夜袭洛涧，首战告捷。再之后，他抓住战机，计诱苻坚的军队在淝水岸边向后撤，乘势猛攻，取得以少胜多的通天大胜。我们南朝名噪一时的北府兵，最初也是由我先祖谢玄组建而成。"

拓跋濬不停点头："南朝王谢风流，朕实知之！这么说，汝之先祖谢玄，就是宰相谢安的儿子了？"

谢超宗："回禀陛下，先祖谢玄是宰相谢安的侄子！"

冯婉华一脸羡慕之色，又问："你们谢家还有一位叫谢道韫的女诗人，她又是你的什么人？她和谢灵运又是什么关系呢？"

谢超宗："谢道韫是宰相谢安的侄女，也就是我祖父谢灵运的姑奶奶，乃晋朝安西将军谢奕的长女。"

冯婉华对拓跋濬道："在我很小的时候，我父亲就爱给我讲谢道韫的故事——谢道韫很小的时候，有一回和兄弟姐妹们在一起玩耍，忽然下起雪来。谢安兴致大起，指着天空中飘洒的雪问孩子们：'白雪纷纷何所似？'这时，谢安的侄儿谢郎答道：'撒盐空中差可拟。'而当时才五岁的谢道韫马上脱口而出：'未若柳絮因风起。'陛下您看，那么小的女孩子，竟然能够把飞雪比喻成柳絮，真是神思飞扬啊！有如此咏絮之才的才女，便是他们谢家人！"

谢超宗道："皇后大才！我祖父的这位姑奶奶长大之后，先祖谢安在王家大族为她寻找佳婿。起初看中的是王羲之的儿子王徽之。不久，先祖谢安听说王徽之这个人过于放纵，不拘小节，便把谢道韫许配给了王羲之的另一个儿子王凝之。"

冯婉华："王羲之的书法独步天下，王谢两家的子弟个个都是人中龙凤啊。"

谢超宗："回禀皇后，也不尽然。"

冯婉华满脸好奇，问："难道王凝之此人的才华配不上谢道韫？"

谢超宗笑了："不仅是配不上，他简直就是个废物！这个王凝之，是王羲之的次子，也精通书法，担任过江州刺史、左将军等要职。但此人见识庸浅，笃信五斗米道，平时就五迷三道，天天在家里踏星步斗，煞有介事，惹得谢道韫非常恼怒。"

冯婉华："后来呢？我读过谢道韫的许多诗词，却是真不知道她日后的结局如何。"

谢超宗："我们谢家的这位女名士谢道韫，确实所嫁非人。后来，晋朝气数将尽，孙恩、卢循二贼乱起，王凝之当时在会稽内史任上，天天迷信道教，面对强敌进犯，根本不晓得积极备战，天天闭门祈祷。谢道韫劝说过王凝之几次，对方一概不理。无奈，谢道韫只好亲自招募数百家丁天天加以训练，准备在大乱的时候保家卫国。不久，孙恩贼军杀入会稽城，王凝之和他的几个子女都被杀了，谢道韫虽是女流，却手持兵器，率领家中女眷和仆从奋起杀贼……"

冯婉华听得十分紧张："她杀出重围了吗？"

谢超宗："没有！最终她寡不敌众，被贼众生俘。当时，她怀中抱着三岁的外孙刘涛，面对刀头滴血的孙恩贼众，她厉声喊道：'大人们的事，跟这小孩子无关！你们要杀他，就先杀我！'可巧，贼头孙恩早听说过谢道韫的大名，一时间顿生敬仰之情，不仅没有杀死谢道韫和她的外孙刘涛，还派人将她们俩送回了会稽郡城。"

冯婉华悠然神往："如此女豪杰，能文能武，就是生错了地点和朝代！谢大人，你们谢家在南朝有那么大的功劳，淝水一战，可说是保存了南朝社稷啊。后来南朝改朝换代①，你们也应该代代荣显吧？"

谢超宗神色黯然道："一言难尽！我的祖父谢灵运才高盖世，最后还是被人诬陷，朝廷下令将他杀害了！祖父被杀之后，我们全家被贬谪到广州，当时我只有三岁。直到元嘉三十年（公元453年），父亲谢凤去世后，我才得以返回都城建康。"

冯婉华："谢大人，您能否把您祖父谢灵运这位大诗人为什么被杀的事情讲一讲？其中缘由，我们魏国的人知之甚少。"

谢超宗："我们谢家有大功于晋朝，后来武帝代晋，建立宋国，把先前晋朝的王公都降了级。为此，我祖父谢灵运的爵位由康乐公降为康乐县侯。虽然降了级，毕竟我祖父名满天下，朝廷还是给了他散骑常侍和太子左卫率的清闲之职。但我祖父天性非常偏激，觉得自己不被赏识、重用，因而愤愤不平。武帝崩逝之后，少帝继位，掌握大权的司徒徐羡之等人嫉恨我祖父，就排挤他，外放他担任永嘉太守。此后，祖父放浪行迹，天天吟诗作赋，不久就称病离职，返乡隐居了。之后，宋国几个大臣杀掉少帝，推文帝登基。文帝天性明察，入京之后很快就诛杀了权臣徐羡之等人，调任我祖父为秘书监，升任侍中。"

冯婉华小声对拓跋濬讲："他说的这位文帝就是刘义隆，小字车儿，在宋国当了三十年皇帝……"

谢超宗："文帝继位之后，非常看重我祖父的才华，日夜与他谈论诗歌。但是，文帝所喜，只是我祖父的文章和书法，祖父依然觉得自己大材小用，不久便主动辞职回乡了。"

---

① 指南朝刘宋替代东晋。

　　拓跋濬："似乎你们南朝文人都比较任性放诞。"

　　谢超宗："是的！元嘉五年，我祖父谢灵运回到家乡，常与故朋旧友游玩、喝酒、集会，夜以继日。为此，他遭到朝中御史弹劾，很快就被免除了所有官职。郁闷之下，他索性愈加纵情逸乐，到处游山玩水。每次出门游山，他都带着数百童仆，甚至一度被当地郡守误认为是山贼，派兵追击。不久，我祖父得罪了会稽太守孟顗，此人就上了一道奏疏，诬称我祖父想兴兵谋反。文帝深知我祖父的为人，并没有判他有罪，但当时谗毁我祖父的人很多，文帝也就不再让祖父在会稽待了，让他做了临川内史，还给他增加俸禄到两千石。我祖父此人，一向傲慢放诞惯了，赴任之后，依旧我行我素，很快再次遭到弹劾。朝中有大官恨他，派人去抓捕，文帝仍然爱惜他的才华，只想免去他的官职。但当时彭城王刘义康坚持说要严惩祖父，为此，文帝只得下诏，说我祖父罪过深重，应该处死，念及其祖父谢玄有功于国家，免死，充军广州。"

　　拓跋濬听得目瞪口呆，问："到了如此地步，谢灵运这次该消停了吧？"

　　谢超宗苦笑，说："还真没有。不久，又有人诬告我祖父谋反。这个案件上达朝廷之后，文帝不得已，下诏命令有司在广州将我祖父处以斩首之刑。"

　　拓跋濬有些迷惑，问："谋反在南朝也应该是族诛的大罪，谢大人，你这一家是如何躲过此次劫难的啊？"

　　谢超宗："还是感念文帝开恩，不相信我祖父真的谋反，所以只下诏处决了他一个人，亲属皆只流放。"

　　高允道："臣也听昙曜大师说过，你祖父谢灵运是个美髯公，对佛学有很深的造诣。他临刑前，自愿把长须施舍给广州的祇洹寺，用作寺中佛像的胡须，此事是真是假？"

　　谢超宗："高大人，您所言之事是真！我祖父的这束美髯，至今还为当地寺庙的僧人所珍视。按照他临刑前的遗愿，寺庙隆重地塑了维摩诘像，将我祖父的美髯粘了上去。"

　　拓跋濬听得非常入迷，说："朕幼年时，皇考景穆皇帝非常喜欢谢灵运的诗。朕印象最深的是他的《登池上楼》：潜虬媚幽姿，飞鸿响远音。薄霄愧云浮，栖川怍渊沉。进德智所拙，退耕力不任。徇禄反穷海，卧疴对空林。衾枕昧节候，褰开暂窥临。倾耳聆波澜，举目眺岖嵚。初景革绪风，新阳改故阴。池塘生春草，园柳变鸣禽……"

　　拓跋濬一气呵成地将《登池上楼》背了出来。

　　谢超宗听到拓跋濬朗诵自己祖父的诗词，立刻跪地下拜施以重礼："此诗正是祖父所作，感念陛下能够诵记此诗！"

拓跋濬："朕记背此诗时很小，此诗所言内容，其实朕不是很明白，就觉得朗朗上口，特别好读。至于其中内容和含义，当时还是高侍郎仔细为朕讲述的，说这是谢灵运出任永嘉太守时所写长诗。高侍郎当时还特别对朕说，'池塘生春草，园柳变鸣禽'这两句就是此诗的'诗眼'。当时朕懵懵懂懂，不明白怎么诗词还有'眼'啊……"

谢超宗："这两句诗，确实千锤百炼方能成，表现出了我祖父作为诗人敏锐的感觉！"

高允听到这里，也是百感交集，说："是啊，陛下您当时也才七八岁。我当时为陛下读诗的情景，恍如昨日！不过，我最欣赏的，是谢灵运所写的《岁暮》：殷忧不能寐，苦此夜难颓。明月照积雪，朔风劲且哀。运往无淹物，年逝觉已催……"

拓跋濬当下便问了起来："高侍郎，'殷忧不能寐'一句里的'殷忧'，是什么意思？"

高允见皇帝难得对诗词如此感兴趣，顿时颇感欣慰，立刻回答说："殷忧，出自《诗经·邶风·柏舟》'耿耿不寐，如有殷忧'一句。殷者，多也，深也。这句的意思便是，诗人因深深的忧虑而不能入眠。这是谢灵运写的一首岁暮感怀诗，描写一年将尽之夜，诗人怀着深重的忧虑辗转不寐，将诗人对时光流逝无可追回的惋惜之情，以及对家国事业无成的惆怅之感，都表达得十分透彻。"

拓跋濬禁不住大加赞许说："南朝确实人杰地灵！朕皇考不仅喜爱谢灵运的诗，他在世时，每每酒酣之余，总会背诵陶渊明《饮酒二十首》中的第五首：结庐在人境，而无车马喧。问君何能尔？心远地自偏。采菊东篱下，悠然见南山。山气日夕佳，飞鸟相与还。此中有真意，欲辩已忘言！"

谢超宗："陶渊明的诗，精深高妙，超然绝俗！"

拓跋濬："唉，多少年过去了，陶渊明的这首诗，还有朕皇考背诵这首诗时的神情、语调，至今历历在目。"

谢超宗神采飞扬，发自内心地赞叹说："陛下，我万万没想到，您作为北朝皇帝，竟然如此熟悉我们南朝诗人的诗歌！陶渊明诗中'采菊东篱下，悠然见南山'二句，静穆，淡远，从诗意上讲，就是诗人完美的生命形态！大魏景穆皇帝珍爱这首诗，说明了他也是真正的会意之人！"

太极殿内，拓跋濬和冯婉华兴高采烈，非常欣赏南朝这位使臣的器貌风度。

冯婉华："谢大人，据我所知，南朝人对父祖名讳非常在意，陛下与我确实不太了解南朝风物和迭代之事，与您言事时多提及您父祖和亲戚的名讳，还望见谅。我大魏崛起代朔之地，历经三世，廓平南夏，武功赫赫。然所缺者，文教之事也！如今皇帝幼承洪绪，有睿圣之风，躬总大政，一日万机，其实呢，华夏与大魏同源，殊途同归，皇帝很想钦明稽古，协御天人，与南朝和好，最终还是想使得天下衣冠号令，华夏同风！"

谢超宗听冯婉华如此说，恭谨下拜，说："大魏数代久居朔野，相比我们南朝，声教可能有所不及。然如今臣见陛下、皇后二圣同朝，卓尔不群，承袭冕旒，身披龙衮，真命代之才！微臣回国，必当面见君上，述以实情，以求万世通好！"

退朝之后，高允和游明根一起，陪同谢超宗前往客舍。

高允以真挚的语气对谢超宗说："谢大人，您此次出使我们大魏，皇帝、皇后亲自临朝接见，抚慰备至，回朝之后，希望您能把我们帝后的意旨转达宋国皇帝陛下，修好睦邻，拒绝逃人，互市通好，避免发生战争。"

游明根也说："上次我出使贵国，皇帝陛下赏赐颇厚，此次谢大人您出使到鄙国，皇后亲自拣选礼物，特意挑了百多匹西域名马，送给贵国皇帝陛下。这说明我们大魏诚意非常，如果我们对贵国有防备之心，甚至还有要和贵国交战之打算，就绝不会送这么好的骏马给你们。"

谢超宗高揖，道："感谢陛下、皇后！感谢高大人、游大人！我来贵国之前，以为北俗粗野，礼乐不用，岂料到平城一游，人杰地灵，帝后二圣临朝，丰神俊秀，言语谆谆，不逊我们宋国衣冠人物！"

游明根："我们大魏皇帝陛下自不必说了，托体先帝，乃拓跋世胄！就说我们皇后，也是冯氏燕国皇族之后，文韬武略，皆有所成！"

谢超宗："让我最惊讶的是，你们大魏皇帝和皇后真是年轻啊，二十岁不到，却如此老成持重，让人想不到！"

高允："去年年底到今年年初的这几个月，我们皇帝和皇后还御驾亲征，远逐柔然，横行数千里，最终得胜还朝！相比之下，你们宋国皇帝除了打猎，还真没有如此的武功啊。"

对于高允夸耀大魏大胜柔然之事，谢超宗欲言又止。想了想，他说："君子上国，在德不在险，在文不在武。大魏帝后同心，文武并用，确实让我等使臣从心底钦服！"

游明根："我们大魏皇帝继位之后，北伐柔然，南和宋国，确实是从心底倾慕宋国所秉承的华夏衣冠礼乐，希望日后使臣互往，通礼不断。特别是您这样的词臣骚客，也不妨互派到国，切磋诗文要旨，增益情感。"

谢超宗："诚如游大人所言！我们宋国的皇后，包括秦汉乃至魏晋以来的诸位皇后，除了汉高后①，都只在每年祭祀大礼或亲蚕大典上出面。平素皇帝和大臣上朝，皇后从来不会到殿。你们大魏帝后同朝，言语无忌，也真让在下开眼了！"

高允："我们大魏拓跋族源，出自朔漠北国，风俗淳良素朴，有些风俗确实和南朝贵国大不相同。如今，我们大魏不仅和贵国通使，皇帝和皇后也力图缓和与柔然的关系，同时，吐谷浑、高丽、契丹、库莫奚、扶余，西域的于阗、疏勒、普岚、粟特、悉居半、嚈哒，还有波斯、吐火罗等国，皆派出使臣，携带贡品，络绎不绝地向我们大魏朝贡。"

谢超宗没有接高允的话茬，却是问："贵国子贵母死制度，还有选后的手铸金人制度，也让人印象深刻啊。最让我们南朝宋人想不通的是，你们大魏皇子做储君后其生母会被赐死，而乳母日后却能够当皇太后，此确非吾等意力所及！"

游明根、高允听谢超宗如此说，都沉默了一会儿。

高允："家有家规，国有国俗。恰如宋国人束发，大魏人辫发，各有风俗罢了。"

谢超宗："这倒不是吧。刚才在殿上见到皇帝、皇后，皆华服装饰，和我们南朝宋国的帝后服饰几乎完全相同。衣冠方面，除了鲜卑武将和几个宗室所着是鲜卑窄袖裤褶，你们二位以及殿上诸位儒臣文臣，皆与我冠服类似啊。如此飘飘华服，看着就让人觉得非常亲近！"

语涉敏感话题，高允、游明根不再接谢超宗的话茬了。

---

① 即汉高祖刘邦之妻吕雉，通称"吕后"。《史记》对其有着极高评价，说其执政期间"政不出房户，天下晏然；刑罚罕用，罪人是希；民务稼穑，衣食滋殖"。

第四十四章　太后的怒气

坤德六合殿内，冯婉华正在听元华奏事。

元华："皇后，陛下为李贵人挑选了一个侍女，叫乙观音。她被她父亲乙瓌带着，前来您这里听候教诲。"

冯婉华感到奇怪，问："李贵人的侍女？伺候她的人，和我有什么关系？"

元华笑了，说："您现在是管理整个大魏后宫的皇后啊。李贵人也归您管，她宫里进什么人，当然要得到您的首肯。"

冯婉华接过元华递来的黄册，仔细看了看，说："嗯，乙观音，原来是乙浑的侄女。"

元华凑过去看了看黄册上的记录，面露怒容。

很快，乙瓌率领女儿乙观音进入殿内。乙瓌身材高大，长方形的面孔黝黑得发光，一对黑眼睛烁烁闪亮。他脸上长着半拉子黑黑的连腮胡，看上去威风凛凛。跟在乙瓌身后的，是他十七岁的女儿乙观音。这个女孩相貌清秀，初入皇宫内院，表情怯生生的，却不乏伶俐。

乙瓌和乙观音向冯婉华拜礼。冯婉华："乙瓌，你拥有朝廷所赐西平公爵位，如今你女儿入宫伺候李贵人，不知你们家里是否非常高兴？你要知道，李贵人所生的皇长子，皇帝非常喜爱。……嗯，你还是京兆王乙浑的兄弟，乙氏家族，真是能人辈出。"

乙瓌闻言，脸色不快，回答说："回禀皇后，臣乙氏家族，与乞伏鲜卑氏同源。当年太武皇帝在时，臣就开始为国效力，太武帝特赐上谷公主为臣妻，臣现在是驸马都尉，西平公。"

冯婉华觉得很奇怪，问："如此说来，你比京兆王乙浑的官职还要大？"

乙瓌："臣与乙浑为同宗兄弟，但平素很少往来。如今，乙浑推荐臣女入宫侍奉李贵人，臣特来送女入宫。不过……臣一向莽直，便直说了，臣并不喜欢以送女入宫侍奉李贵人这样的方式来求取富贵，只是宫中有旨，不得不尊。"

冯婉华："如此说来，乙浑并没有和你商量，就把你的女儿召入宫中了？"

乙瓌："乙浑是借太后之命，点选臣的女儿入的宫。"

冯婉华："哦，这样啊。既然是皇太后点选，皇帝也已经同意，你的女儿现在就必须入宫侍奉李贵人了。"

乙瓌："皇命难违，臣知晓。但臣有一言，不知当讲不当讲。"

冯婉华："但说无妨。"

乙瓌："臣堂兄乙浑，居心深险，日后必破乙家门户。臣昔日的爵位官职，皆是臣在太武皇帝身边一刀一剑挣来的。皇后圣明，当知臣非谄谀佞臣，他日乙浑如果犯下滔天大罪，望皇后能记得今日臣言，赦免我乙瓌一门。"

说完，乙瓌跪地不起。

冯婉华听乙瓌如此说，仔细打量着他，感觉他刚才的一番话情真意切，还真不是别有所谋。只是此时此刻她并不好直接说什么。于是冯婉华含糊其词地道："京兆王乙浑，勇勤于国事，皇帝对他非常信任，你不必多心多想。至于你女儿乙观音入宫，也绝对是好事一件，有幸侍奉李贵人，是她的福分。"

夜晚，北苑。拓跋濬特意设晚宴，在秀春舫与李贵人一家宴饮。在李贵人父兄到来之前，他和李贵人单独相处，乙观音在一旁侍立。

夏夜清凉，黄昏不知不觉降临，黑夜在即。辉煌的灯火，西域的美酒，乐曲和歌声，这一切交融在一起，使得拓跋濬非常愉悦和兴奋。拓跋濬坐在李贵人身旁，紧紧地握住她的手。李贵人起初有些不好意思，看了旁边侍立的乙观音一眼，稍作犹豫，也就没有将手抽回去。

拓跋濬兴致很高，他起身离座，拉着李贵人走下凉台，来到船舫旁边幽暗的花园中。乙观音犹豫了一下，没敢跟上，只停留在原地。

夜风中，二人在充满花香的黑暗花园里站了一会儿，而后拓跋濬让李贵人背倚一棵树，伸开双臂把她紧紧抱住，开始亲吻这位为他生下皇长子的美丽姑娘。户外不停有人经过，李贵人有些紧张。不过很快，她就以热情的拥抱和激吻回报拓跋濬，毕竟早知春情，她很快就让拓跋濬感觉到了兴奋。

与上次在马厩里一样，拓跋濬脱下了李贵人的衣服。一刹那，李贵人脑中飞快地闪出一个想法：如果这次她能够再怀孕，即使皇长子被立为太子，她也能因有孕在身而多活一年！

满怀着希望，也满怀着绝望，李贵人更加热情地奉迎着拓跋濬勃勃的情欲。

如此，爱之花在花园中恣意开放了。

激情过后，二人整理了服装，宫人宦者服侍他们盥洗，而后二人回到了舫内坐下。拓跋濬怡然自得，而刚刚受了雨露之恩的李贵人却感到些许孤独。过了没一会儿，舫内乐声大作，巨烛高燃，整个花园都亮了起来。平城广阔的天空中，星星在闪烁，花园里面四处金光闪闪。

宦者引李崔和李长祥进入舫内。乍看见二人，拓跋濬和李贵人都愣了一下——一改第一次觐见时那身宽袍大袖的南朝华服，如今这对父子都身着窄袖紧身的鲜卑服饰。如此怪异的穿戴，让人觉得非常别扭。

李崔和李长祥跪拜行礼。拓跋濬即刻示意他们起身，唤宦者过来服侍二人坐下。

拓跋濬对李氏父子说："如今不是在太极殿，吾等欢饮笑语而已，汝二人千万不必拘束，如家人一般才好。"

李贵人看到自己的父兄这般鲜卑打扮，有些惘然若失。她坐在拓跋濬身边，有些发木，不知道说些什么才好。

李崔："谢陛下恩德。我父子自南朝来归，得见天颜，自是得幸于贵人能沾雨露大恩。如今大魏家毕竟有鲜卑旧俗，吾父子当入乡随俗，以免让朝中鲜卑大臣在背后议论。"

拓跋濬："鲜卑旧俗，有些过于鄙陋。当年朕皇考景穆皇帝，就特别憎恶鲜卑式服饰，天天着华服大袖，与儒臣谈论儒家经典，手不释卷。我呢，自小由太后看护，她虽是华族，但她深知朕皇祖太武皇帝喜欢鲜卑的勇武旧俗，才一直让我学习骑马，并养成了辫发窄袖的习惯。其实太后的真实目的，是让皇祖太武皇帝喜欢朕。"

大概是因饮酒过多，拓跋濬对着李崔和李长祥不停地絮叨，将平日里很多不敢或不好说的话都说了出来。李长祥年轻后生，看到自己的这位小舅子皇帝忽然如此平易近人，一下就把先前的紧张情绪抛到了脑后，开始与拓跋濬欢饮。

拓跋濬醉意上来，对李氏父子说："李贵人对我大魏社稷有大功，如今诞育皇长子，日后贵不可言！"

李贵人离席跪地："臣妾定会尽力服侍陛下，不敢怠慢！"

拓跋濬又对李氏父子言语谆谆："你们两个人，日后上殿在朝，该穿华服还是穿华服。华服那么富丽堂皇，你们穿在身上，朕看着都开心养眼。更何况，冯皇后也一直推动在朝内实行华化，如今那些鲜卑勋贵好不容易才开始改易服色，你们作为朕的南朝亲眷，忽然穿起鲜卑窄袖来，会让那些人多想……"

李崔："谢陛下提醒！"

微醺之余，李长祥说："陛下，我有一个想法，不知当讲不当讲。"

拓跋濬："刚才朕都和你们说了，今日乃家人欢会，汝但说无妨！"

李长祥："我妹妹得蒙皇帝恩赐，得封贵人，如今生下皇长子，也算为大魏社稷立下一功。"

拓跋濬听到这里，以为李长祥是要为妹妹讨更多封赐，马上对李贵人说："是呀，天命有数，虽然贵人你上次手铸金人不成功，但你毕竟为朕诞育了皇长子，朕现在就正式封你为贵妃！来呀，小黄门，记下朕的口谕，明日转给太后和皇后知悉。"

李氏离席再拜："深谢陛下洪恩！"

李氏父子也离席谢恩。

过一会儿，李长祥又饮一大觞，再次凑近拓跋濬："陛下，刚才臣的话还没有说完呢。"

拓跋濬饮酒兴致高，鼓励他说："你接着讲！"

李崔对儿子李长祥的表现有些不满，一个劲地朝儿子使眼色。但李长祥酒酣，没有看见父亲对自己的暗示。因为饮酒过多，此时他的舌头有些发硬："陛下，臣、臣与臣父此次入宫，陛下您希望我们下次改穿华服。其实，大魏真正要改变的，不只是服装，而是国俗和制度啊！"

拓跋濬不停点头："当然要改！朕一步一步来，慢慢改，他日我大魏肯定会超过南朝，成为华夏正统！"

李长祥："臣要说的是，时至今日，为何大魏子贵母死这样的陋习还不改呢？我妹妹为陛下您生下了皇长子，他日皇长子被立为太子，那一日难道就是我妹妹的死期了？"

拓跋濬听李长祥如此说，如酒醒了一般，长久沉默不语。

李贵妃本来一直在旁边无言坐陪，如今听兄长如此不识时务，竟说出干涉大魏国政之语，又气又急，但也不好说什么。一旁的李崔也气得咬牙切齿。

拓跋濬忽然挺起身，四下望了望。周边侍奉的除了乙观音，还有几个年长的宦者，他们都站在阴影中，黑乎乎的，看不清楚容貌。

拓跋濬叹了一口气，诚心诚意地对李长祥说："朕何尝不想废此陋俗？但大魏三代以来，皆是如此，想要改变，谈何容易。而且后宫之事，皆由冯皇后或太后主导，要想废除子贵母死制度，也得她们以及帝室十姓、勋臣八姓全都同意才行啊。"

大概是耳闻此番讨论而过于紧张，距离李氏父子很近的一个刀削脸的宦者咳嗽了一声。

万寿宫的早晨，和往昔一样静怡祥和。皇太后常氏手捻佛珠，闭目养神。一个宦者跪在地上，正向她汇报着什么。

这个宦者，原来就是昨晚在画舫内侍奉拓跋濬和李氏父子饮酒的刀削脸宦者。常英、常泰也坐在旁边，聚精会神地听这个宦者说话。

常氏听着听着，忽然睁开双眼，怒目圆睁，把手中的佛珠摔在地上。她怒喝道："这个李氏，绝不是一个好东西！她真觉得自己要母以子贵了？！"

常英见机，进谗言道："更可怕的是，陛下不仅宠爱她，还如此信任她的父亲和兄长！"

常氏："长此以往，皇帝定会被这个狐狸精迷住，越陷越深！一旦她父兄在朝中有了内援，还不知道会掀起什么风浪呢！你们看看，我看人没错吧，相比冯昭仪、冯皇后姑侄，这个李氏是不是该死，是不是该杀！"

看到一向慈眉善目的常氏大发威，常英、常泰父子都有些心惊胆战。常氏咬牙切齿半天，又唉声叹气了一会儿，便坐在原地发呆，过了许久，她才想起来那个刀削脸宦者依旧跪在地上。她忽然想起来什么似的，从身边案子上拿起一个绣囊，扔给那宦者，而后和颜悦色地说："好孩子，听好了，你接下来好好给我留个耳朵，但凡李氏和她父兄在皇帝身边有任何动静，事无巨细，你都要来讲给我听！"

刀削脸宦者捡起绣囊，感激无限，叩首谢恩，领命而去。

平城的夏天，气候非常舒适。尤其是宫殿之内，风从殿门外吹进来，使得殿内凉爽宜人。此时常氏、拓跋濬、冯婉华都在殿内欢聚，元蕊抱着皇长子拓跋弘，元华侍立，赵黑也在一旁站着，帝室一家其乐融融。

拓跋濬把头枕在常氏的怀里，像小孩那样撒着娇："常妈妈，我从小到大，您一直给我梳鲜卑式发辫；现在每次上朝，我都穿的是华服衮冕……您会梳华族的那种发式吗？宫人梳发总不如您梳发舒服，她们早晨帮我梳头总是会弄痛我呢……"

常氏慈爱地拍着拓跋濬的脸颊，说："我当然会梳华族的发式。比起鲜卑式辫发，华族发式简单多了，就是别簪子要有些小技巧而已。我小的时候，大概从四五岁开始，我父亲天天给我梳头；从我十二岁开始，有好几年的光景，大概就是在我十七岁出嫁之前，我天天给我父亲梳头，那时候就是梳的这种华族发式啊。"

说到这里，常氏忽然泪下："唉，不知为什么，一想起我父亲，几十年前的事情犹如就在昨日……唉，谁年幼的时候不是自己父母的心肝啊……"

常氏这样的一番话，勾得冯婉华也红了眼眶。她深情地说："是啊，我小的时候，在长安，我父亲也天天为我梳头。我还不如皇太后您，您父亲为您梳过好几年头发，我却是没有那个机会啊。"

拓跋濬看到常氏和冯婉华都如此伤感，赶紧坐起身来。他搂住常氏，道："常妈妈，既然您现在都尊为太后了，朕也再为您加个感恩的人情！来，赵黑，赶紧查一查，有什么好的谥号，朕要追赠皇太后的父亲和祖父，让他们的在天之灵得到安慰！"

赵黑想了想，说："追赠皇太后的祖父为辽西简公，追赠皇太后的父亲为辽西献王，陛下觉得如何？"

常氏："黑儿啊，简公、献王听着都不错，有什么说法吗？"

赵黑："根据谥法，此二字都挺好。一德不懈曰简，正直无邪曰简，易从有功曰简；献者，聪明睿哲曰献，知质有圣曰献，聪明澼哲曰献……"

拓跋濬举手道："大好！就依你了！下午你就赶紧宣诏，派人到辽西为皇太后的祖父和父亲重新建墓立碑！"

常氏喜极而泣。一旁的冯婉华也以衣袖拭泪。

从万寿宫回到坤德六合殿，冯婉华做的第一件事就是抱哄婴儿拓跋弘。每次听到拓跋濬又在北苑的崇光宫和李贵妃相会，她心里就禁不住隐隐作痛。可又想到自己有权看护拓跋弘，她的嫉妒和悲伤就会有所减弱。孩子哭了，孩子笑了，孩子拉了，孩子尿了……对于一个没有生育过的女人来说，虽然一直有宫婢和侍女协助，她还是很愿意亲力亲为，以一个母亲的角色来照顾这个与自己并没有血缘关系的婴儿。

元华最近时常到禁卫军中和慕容白曜一起骑马、操练。元蕊则除了练武和练习绸吊，非常喜欢替冯婉华照看拓跋弘，没事就逗得孩子笑个不停。

看到皇后抱着孩子又亲又吻的，元蕊忽然冒冒失失地讲："皇后，小皇子越长越大了，但我怎么看他也不像陛下……"

冯婉华心中暗惊，只能装作不懂地问："怎么不像呢？……嗯，可能他像李贵妃更多一些吧。"

元蕊并没有意识到冯婉华的慌张，道："您看，这大胖孩子的皮肤这么白，可陛下的肤色好像没有这么白吧。还有他的鼻子，高高挺挺的，陛下的鼻梁比他宽……"

冯婉华惶然，语气变得十分严厉，说："元蕊，你在陛下和太后面前千万不要说这等话，千万记住！"

元蕊："哦，好吧……"

冯婉华暗自叹息——这个孩子，相貌上某些地方确实太像永昌王拓跋仁了。拓跋仁的母家有着西域血统，所以这孩子的肤色很白，脸部轮廓也鲜明，但眉目间依旧有拓跋家族的勃勃英武之气。

欺骗和自我欺骗，最终都掩盖不了真正的事实。有时候，就连冯婉华自己也会陷入深深的惘惑：为什么自己当时阻止了赵黑把这个孩子的秘密告知皇太后和皇帝呢？在内心深处，她清楚地知道自己对李氏充满了敌意，但是，为什么自己又要救她呢？

第四十五章　心心相印

得到皇帝指婚之后，元华倒也大大方方，总是到慕容白曜所在的禁卫军中去，身着一身铠甲，与慕容白曜一起训练。

每次来到鹿苑的大草场上，元华似乎就会立刻变成另外一个人。她目光炯炯，披挂好兵甲，戴上兜鍪，浑身光耀闪亮。特别是她身上那套慕容白曜赠给她的锁子甲，块块甲片由红丝带串联，几乎完全密合无缝，穿在她身上熠熠生辉，衬得她煞是英气好看！

虽然是女性，元华却很自负。这种自负，来自她曾真正地亲历战阵，甚至还亲手杀死过敌人。而慕容白曜呢，他一直不敢让自己的这位由皇帝指婚的未来夫人和将士们比试，生怕她出现什么闪失。所以，每每元华想要与人切磋，他就只能自己上阵，当元华的练习对手，和她在草地上认真地比武切磋。

训练过程中，元华不断地向慕容白曜挑战，她总是表现出一种巾帼不让须眉的刚毅，浑身充满了战斗的豪情和傲气。而只要出了比试场，元华身上的女性本性则会立刻苏醒，看着慕容白曜的目光中充满爱慕和柔情。

在慕容白曜面前，元华也时而会变成一个既温柔又热烈的情人。有时候，为了锻炼臂力，她会在校场的草地上练习拉弓，一练就是半天。她非常勤奋，拉弓的时候，她总是身穿一件紧身的短褙子，将头发绾在颈后，裸露着白皙的手臂。她撑着弓，眯起一只眼睛，桃红色的面颊由于使劲而更加泛红。

嗖嗖几下，长箭直中靶心。慕容白曜站在元华身边，也搭箭在弦，支支中靶。

禁卫军一个小队有百十来号人，他们望着慕容白曜和元华这对神仙伴侣，个个称羡不已。

慕容白曜对元华满心痴情。这种痴情，来源于这位年轻人对元华的爱情，更来源于元华强烈的个性，让慕容白曜十分着迷。

尽管是皇帝亲自指的婚，慕容白曜还是忐忑不安，很怕元华日后会改变主意，不肯嫁给自己。所以，一直以来，他抱着孤注一掷的决心，竭尽全力地讨元华的欢心。无论是骑马还是射箭，元华总是大声呵斥他，有时候甚至还要捉弄他，但慕容白曜对元华的这种态度一直甘之如饴。

这天，二人正比试箭艺，慕容白曜忽然问："元姐姐，我忽然想起来，北伐柔然之后，皇帝为我们指婚，你曾经推称说你不想嫁人……我还听元蕊说过，你好像有什么大仇要报。"

元华望了望四周的禁卫军，没有即刻回答慕容白曜的问题。默然久之，元华开始脱卸自己身上的铠甲。只见她一脸凛然之色："我原本是长安人，随我父亲来到平城。然而，在路上，他被贼人强盗所害，因此我一直想报杀父之仇！"

慕容白曜一听，来了劲头："元姐姐，你还记得你的仇人是谁吗？你父亲是在哪里被害的，我和你一起为你父亲报仇！"

第四十六章　现世真佛

万寿宫内，常氏抱着婴儿拓跋弘，满脸慈爱。冯婉华坐在她旁边，也和她一起逗弄着孩子。拓跋濬仰躺在榻上，笑看着她二人和孩子玩耍。

常氏轻轻把孩子递到冯婉华手中，对拓跋濬说：“皇帝啊，我已经和皇后商量过了，李氏生下皇长子，劳苦功高，你封她为贵妃的诏旨，我已让黄门郎下发到尚书省，即将宣告天下！”

冯婉华看了常氏一眼，又看了看拓跋濬。她哄了哄怀里的婴儿，貌似无心地说：“是啊，李贵妃变成李贵妃，早就应该这样了！等日后我们弘儿当了皇太子，再往后，他当了皇帝，李贵妃还能变成李皇后呢！”

常氏听到冯婉华如此说，骤然变了脸色，声色俱厉地道：“皇后，不要这样胡说！大魏自有宫廷制度！李贵妃如果变成李皇后，真还要等这个孩子日后当成皇帝再说。到那个时候，他可以下诏追谥他的生母……”

见常氏如此愤激，拓跋濬也无可奈何。于是他假装没听见一样，继续半躺在那里，看着冯婉华逗弄孩子……

孩子很快就睡着了。他躺在冯婉华温柔的臂弯里，沐浴着平城的阳光，静静地沉睡着。

午后，皇宫内一片空蒙和静寂，殿宇外面只有蝴蝶在翩翩起舞。冯婉华抚摸着婴儿的头发，满怀母爱，神色慈祥而亲切。

正当常氏、冯婉华、拓跋濬共享天伦的时候，李贵妃由侍女乙观音陪同，踏上了北苑崇光殿宽阔的石阶。她一步一步上行，去到亭阁，远望着在北苑花园中的皇后，以及皇后怀中自己的儿子拓跋弘。

那花园距离李贵妃站立的地方很远，她看不清细节的东西，只能依稀看到皇后、她的侍从、侍女，以及那个在地上爬行玩耍的孩子的轮廓。李贵妃能够想象到皇后的嫣然一笑，也能想象到她哄弄婴儿时的甜蜜、迷人的嗓音……然而最重要的是，只要闭上眼睛，李贵妃就能想象到儿子那娇嫩如水的皮肤的触感，还有他安详柔和的眼神，他身上洁净的衣服，他躺在摇篮中把拳头放在嘴里时的那种悠闲自得……

每当孤独到就要发疯的时候，李贵妃的脑海中总会浮现出许多怪异的念头——她害怕自己完全被抛弃，害怕自己的孩子永远变成别人的孩子……这个可怜的女人意识到，她总是这般备感岑寂，并非因为无人陪伴。正值青春的皇帝经常来看望自己，热情似火。但他的这种火热的感情只限于肉体层面。最牵动李贵妃心弦的，还是她的亲骨肉。

在南朝做姑娘的时候，就算是在罪王拓跋仁王府里，她也从来没有想过自己有一天会被迫与骨肉咫尺天涯！

如今，李贵妃偶尔会到北苑附近的马厩散步。夏天，马厩四周荒草丛生，呈现出一派凄凉景象。这个马厩，如今似乎已经废弃。之所以到这里来，并不是李贵妃想要重游旧地以怀想她和皇帝初会的日子，她只是在忆念自己的儿子。在她的内心深处，她坚信，这个孩子就是皇帝在这里种下的种子。为此，她逐渐产生了一种虚幻的自我麻痹，不时会产生幻觉。她会看到，马厩的阴影处出现了骷髅一般的幻象，白齿森森，眼窝深深……而在另外一些幻觉中，李贵妃则会看到遥远的北苑草地上，一直飞翔着一个穿着红色衣服的巨大婴儿。婴儿那纯红色的衣袍随风阵阵飘动，一双肉嘟嘟的小脚在天空中踩出了印痕，在宁静而又空荡荡的天空荡起了涟漪……

于是，李贵妃会喃喃自语般对乙观音讲："观音，你看到天空中的那个孩子了吗？"

乙观音每每听闻此言都会十分惊诧："……贵妃，您在说什么呀，天空中的孩子？"

平城西山武周山。天空比平时更加晴朗。常氏、拓跋濬、冯婉华三人共乘一驾六十六人拉的巨大辇车，来到了武周山下。远远望去，殿宇森然，雕梁画栋。在巨大的楼阁内，香烟缭绕，隐约可见五座巨大的雕像。这几座大佛像，每座都有五六丈那么高，蔚为壮观。

常氏赞叹道："哦，这几座大佛，真是好大啊！嗯，这五尊大佛是如何排列的呢？"

昙曜大师指着大窟中的佛像，一一解释道："回太后，是按照世俗的昭穆制进行排列的。这个窟室的主尊佛像，以我们大魏开国皇帝道武帝为形象；这个窟室的大佛，则代表的是第二代皇帝明元帝；这一尊呢，是我们大魏第三代皇帝太武帝；而旁边这个窟室里的交脚菩萨，代表的是景穆帝。还有，您看，最壮观的这个窟室里面的主佛像，便代表的是我们当今陛下！"

果然，以拓跋濬为形象的本尊坐佛非常宏伟，有气势，佛像素面，面相丰圆，唇上蓄有八字须，嘴角微微上翘呈微笑状，头上有高肉髻，庄严无比，充满慈悲！

常氏赞叹道："哎呀，太神奇了！你们看，这尊佛像真像皇帝本人啊！瞧，脸上和脚部，各有一块闪闪发光的黑色石头，皇帝身上就有两颗黑痣，与这黑石头的位置、形状一模一样！上天显灵，上天显灵！"

昙曜大师合掌敬礼，道："如此一来，便是佛帝一身！这是上天要告示世人，当今陛下，就是佛的化身！"

敬畏之余，冯婉华低声对拓跋濬说："这尊大佛大目高鼻，双耳有轮，瞧瞧，真像您！"

拓跋濬微笑着道："佛像的年纪看起来比朕要大一些吧……双手放在腹前，哦，是结禅定印的意思，不过这种袒露右肩的袈裟，朕可从来没有穿过。嗯，袈裟下面还有一层僧衹支，边饰有联珠纹，细微之处，一丝不苟。佛像身后的火焰背光，窟室内还有坐佛和飞天雕塑，确实是美轮美奂！"

冯婉华仔细地为拓跋濬解释："陛下，大佛所穿的这种袒右肩袈裟，在凉州地区很常见。昙曜大师本人就是凉州人，或许正是因此，他才选择了这种式样简单却最能表现大佛气势的袈裟吧。"

常氏："这么大的大佛，超出老身的想象了。大佛背部与山体是连在一起的吗？从正面看，好像大佛是独立的、全身雕凿完美无缺的造像啊。"

昙曜："大佛背部靠着山。作为礼拜者，对于大佛我们只能仰观。可如果我们站在山顶，从正面从上往下看大佛，就可以感觉到，大佛恰似皇帝一般俯视着芸芸众生！"

冯婉华轻声对拓跋濬说："陛下，您仔细看看太武皇帝这尊大佛，看，能够察觉出什么不一样的地方吗？"

拓跋濬仔细看着大佛。只见这尊大立佛庄严宁静，眼神平和，似是充满智慧。大佛右臂下垂，左手举于胸前，身上还披着一袭奇特的袈裟。在这幅袈裟上面，还雕满了小坐佛，一排排一列列，随着衣纹起伏，顺着褶皱延展，上上下下，竟然数以千计。

拓跋濬有些惘然，说："这尊大佛真是威武，但有什么玄机，朕确实还没有看出来！"

冯婉华："想当年，太武皇帝曾下令在全国灭佛啊！昙曜大师为了设计这尊佛像，费尽了心思！陛下，昙曜大师禅心可敬，经过他一番煞费苦心的设计，太武皇帝的佛像威武神圣。您看，他站立举手，一只手正在抚心自问，有忏悔之意；而他身上所披有无数小坐佛的袈裟，就是在时刻提醒世人，太武皇帝内心深处还在追念死在刀下的僧众……"

拓跋濬恍然大悟："高僧就是高僧！这尊大佛真是精妙含蓄，如此造型，包涵万法！"